HILFE FÜR PENNY

DIE RESCUE ANGELS
BUCH 4

SUSAN STOKER

Copyright © 2026 Susan Stoker

Englischer Originaltitel: »Keeping Penny (Rescue Angels Book 4)«
Deutsche Übersetzung: Noëlle-Sophie Niederberger für Daniela Mansfield Translations 2026

Alle Rechte vorbehalten. Dies ist ein Werk der Fiktion. Namen, Darsteller, Orte und Handlung entspringen entweder der Fantasie der Autorin oder werden fiktiv eingesetzt. Jegliche Ähnlichkeit mit tatsächlichen Vorkommnissen, Schauplätzen oder Personen, lebend oder verstorben, ist rein zufällig. Dieses Buch darf ohne die ausdrückliche schriftliche Genehmigung der Autorin weder in seiner Gesamtheit noch in Auszügen auf keinerlei Art mithilfe elektronischer oder mechanischer Mittel vervielfältigt oder weitergegeben werden.

Ohne die ausschließlichen Rechte der Autorin [und des Herausgebers], die sich aus dem Urheberrecht ableiten lassen, auf irgendeine Weise einzuschränken, ist jegliche Verwendung dieser Veröffentlichung zum »Training« generativer Technologien der Künstlichen Intelligenz mit dem Ziel der Generierung von Texten ausdrücklich untersagt. Die Autorin behält sich das Recht vor, Lizenzen für den Gebrauch dieses Werkes für das Training generativer Künstlicher Intelligenz und die Entwicklung von Sprachmodellen für maschinelles Lernen zu vergeben.

Titelbild entworfen von: Chris Mackey, AURA Design Group

ISBN Taschenbuch: 978-1-64499-493-1

Besuchen Sie Susan im Netz!
www.stokeraces.com
facebook.com/authorsusanstoker
twitter.com/Susan_Stoker
bookbub.com/authors/susan-stoker
instagram.com/authorsusanstoker
Email: Susan@StokerAces.com

EBENFALLS VON SUSAN STOKER

Die Rescue Angels
Hilfe für Laryn
Hilfe für Amanda
Hilfe für Zita
Hilfe für Penny
Hilfe für Kara (7 July)
Hilfe für Jennifer (10 Nov)

Die Männer von Alpha Cove
Ein Soldat für Britt
Ein Seemann für Marit
Ein Pilot für Harper (4 Aug)
Ein Wächter für Jordan

SEALs of Protection: Alliance
Schutz für Remi
Schutz für Wren
Schutz für Josie
Schutz für Maggie

Schutz für Addison
Schutz für Kelli
Schutz für Bree

Die Zuflucht in den Bergen
Zuflucht für Alaska
Zuflucht für Henley
Zuflucht für Reese
Zuflucht für Cora
Zuflucht für Lara
Zuflucht für Maisy
Zuflucht für Ryleigh

Ein Spiel des Glücks
Ein Beschützer für Carlise
Ein Prinz für June
Ein Held für Marlowe
Ein Holzfäller für April

Badge of Honor: Die Texas Heroes
Gerechtigkeit für Mackenzie
Gerechtigkeit für Mickie
Gerechtigkeit für Corrie
Gerechtigkeit für Laine
Sicherheit für Elizabeth
Gerechtigkeit für Boone
Sicherheit für Adeline (1 Jun)
Sicherheit für Sophie (1 Jun)
Gerechtigkeit für Erin (1 Aug)
Gerechtigkeit für Milena (1 Aug)
Sicherheit für Blythe (1 Oct)
Gerechtigkeit für Hope (1 Oct)
Sicherheit für Quinn
Sicherheit für Koren
Sicherheit für Penelope

Die Männer von Silverstone
Vertrauen in Skylar
Vertrauen in Taylor
Vertrauen in Molly
Vertrauen in Cassidy

Die Zuflucht in den Bergen
Zuflucht für Alaska
Zuflucht für Henley
Zuflucht für Reese
Zuflucht für Cora
Zuflucht für Lara
Zuflucht für Maisy
Zuflucht für Ryleigh

Das Bergungsteam vom Eagle Point
Ein Retter für Lilly
Ein Retter für Elsie
Ein Retter für Bristol
Ein Retter für Caryn
Ein Retter für Finley
Ein Retter für Heather
Ein Retter für Khloe

SEALs of Protection: Legacy
Ein Beschützer für Caite
Ein Beschützer für Brenae
Ein Beschützer für Sidney
Ein Beschützer für Piper
Ein Beschützer für Zoey
Ein Beschützer für Avery
Ein Beschützer für Kalee
Ein Beschützer für Jane

Die SEALs von Hawaii:

Die Suche nach Elodie
Die Suche nach Lexie
Die Suche nach Kenna
Die Suche nach Monica
Die Suche nach Carly
Die Suche nach Ashlyn
Die Suche nach Jodelle

Delta Team Zwei
Ein Held für Gillian
Ein Held für Kinley
Ein Held für Aspen
Ein Held für Jayme
Ein Held für Riley
Ein Held für Devyn
Ein Held für Ember
Ein Held für Sierra

Mountain Mercenaries:
Die Befreiung von Allye
Die Befreiung von Chloe
Die Befreiung von Morgan
Die Befreiung von Harlow
Die Befreiung von Everly
Die Befreiung von Zara
Die Befreiung von Raven

Ace Security Reihe:
Anspruch auf Grace
Anspruch auf Alexis
Anspruch auf Bailey
Anspruch auf Felicity
Anspruch auf Sarah

Die Delta Force Heroes:

Die Rettung von Rayne
Die Rettung von Emily
Die Rettung von Harley
Die Hochzeit von Emily
Die Rettung von Kassie
Die Rettung von Bryn
Die Rettung von Casey
Die Rettung von Wendy
Die Rettung von Sadie
Die Rettung von Mary
Die Rettung von Macie
Die Rettung von Annie

SEALs of Protection:
Schutz für Caroline
Schutz für Alabama
Schutz für Fiona
Die Hochzeit von Caroline
Schutz für Summer
Schutz für Cheyenne
Schutz für Jessyka
Schutz für Julie
Schutz für Melody
Schutz für die Zukunft
Schutz für Kiera
Schutz für Alabamas Kinder
Schutz für Dakota
Schutz für Tex

Eine Sammlung von Kurzgeschichten
Ein langer kurzer Augenblick

KAPITEL EINS

Pennys Herz raste. Sie hatte Angst. Aber sie hatte auf die harte Tour gelernt, niemals Angst zu zeigen. Ihr Mann hatte es geliebt, sie zittern zu sehen. Hatte es genossen. Dies war zwar eine ganz andere Situation, aber die Lektion, die sie gelernt hatte, war schwer zu vergessen.

Ihr Mann war jetzt tot, und sie musste ihn nicht mehr fürchten – oder das, was er ihr antun würde. Was sie in diesem Moment fürchten musste, war die Möglichkeit, dass die wütenden gabunischen Bürger ihre Frustration und Wut über ihre Regierung an ihr, ihrer Tochter und den etwa zwei Dutzend anderen Frauen und Kindern auf dem Dach dieses Hotels auslassen würden.

Sie waren an diesen Ort geschickt worden, um auf Anweisungen zu warten, wie sie aus dem Land gebracht werden sollten. Gabun befand sich mitten in einem politischen Shitstorm, und niemand war sicher. Die US-Regierung hatte beschlossen, so viele ihrer Bürger wie möglich zu evakuieren. Nur war nichts nach den Anweisungen gelaufen, die sie erhalten hatten.

Penny war mit einem Funken Hoffnung zum Hotel gegangen ... aber das Gebäude war schnell zu einem der Sammelpunkte für die Unruhen geworden, die in der Stadt herrschten. Sie hatte einen Anruf erhalten, auf das Dach zu gehen, also hatten sie ihr kleines Zimmer verlassen, nur mit Pennys Umhängetasche, in der sich ihre Pässe und das wenige Bargeld befanden, das sie besaß.

Als sie und Bowie das Dach erreichten, stellten sie fest, dass sie gefangen waren. Es gab keinen Weg nach unten, und selbst wenn es einen gegeben hätte, hätten sie ihn nicht nehmen können. Jeder konnte deutlich das Chaos auf den Straßen rund um das Hotel sehen.

Das Geräusch von Rotorblättern in der Ferne ließ alle zum Himmel schauen. Ein Hubschrauber kam immer näher, aber niemand wusste, ob es jemand war, der ihnen helfen wollte, oder ob die Regierung kam, um gegen die Randalierer vorzugehen.

Alle schienen vor Angst wie gelähmt zu sein. Sie weinten und zitterten.

Penny hatte auch Angst, aber sie hatte den größten Ansporn von allen, heil von diesem Dach zu kommen – ihre Tochter.

Bowie war sechs Jahre alt, seit ihrer Geburt blind ... und das Beste, was Penny je passiert war. Beide hatten in dem kurzen Leben des Mädchens die Hölle durchgemacht, obwohl die letzten zwei Jahre seit dem Tod ihres Mannes etwas friedlicher gewesen waren.

Ihr Mann hatte *ihr* immer die Schuld für Bowies Blindheit gegeben. Es war kein Tag vergangen, an dem John sie nicht dafür beschimpft hatte, dass sie ihm nicht nur eine Tochter statt eines Sohnes geboren hatte, sondern auch noch eine »defekte« dazu.

Aber Bowie war nicht defekt. Ganz und gar nicht. Sie war innerlich und äußerlich wunderschön. Ein Sonnenstrahl in einer Welt, in der es oft nicht viel Licht gab.

Nachdem ihr Mann getötet worden war, war Penny unsicher, was sie tun sollte ... vor allem als sich herausstellte, dass

HILFE FÜR PENNY

Komplikationen aus Johns Leben – von denen Penny nichts gewusst hatte – nicht mit ihm gestorben waren.

Sie und Bowie konnten es sich nicht leisten, in ihrer Wohnung in Libreville, der Hauptstadt Gabuns, zu bleiben, aber innerhalb weniger Tage war ihr glücklicherweise eine Stelle außerhalb der Stadt vermittelt worden. Es war eine winzige Gemeinde, aber Penny war nicht wählerisch. Eine Rückkehr in die Vereinigten Staaten kam nicht infrage, da sie nicht genügend Geld hatte, um dorthin zu gelangen. Also zog sie mit Bowie um und machte das Beste aus einer schwierigen Situation.

Und da John nicht mehr da war, um sie beide täglich zu terrorisieren, blühte Bowie unter Pennys Obhut auf. Sie kam aus sich heraus. Jetzt war sie furchtlos und fand sich in einer dunklen Welt besser zurecht als viele Menschen mit perfektem Sehvermögen.

Penny sah voller Ehrfurcht zu, wie der Hubschrauber immer näher kam und dann mit einer Kufe auf dem Dach »parkte«, während die andere in der Luft schwebte. Der Pilot war offensichtlich ein Profi, und zum ersten Mal keimte in ihr die Hoffnung auf, dass sie diese Situation wirklich lebend überstehen könnten.

Die Tür des Hubschraubers sprang auf, und ein Mann in einem Fluganzug, mit einem Helm mit einem Headset vor dem Mund und robusten Stiefeln kniete am Eingang und bedeutete ihnen, zu ihm zu kommen. Aber die Frauen um sie herum bewegten sich nicht von der Stelle. Sie waren vor Angst wie gelähmt. Der Hubschrauber war laut und der Wind peitschte wie wild um sie herum.

»Mommy, was ist los?«, fragte Bowie hinter ihr.

Penny traf eine blitzschnelle Entscheidung, da sie instinktiv spürte, dass die Zeit knapp wurde. Sie drehte sich zu ihr um und sagte: »Wir werden gerettet. Nicht weit von uns entfernt steht ein Hubschrauber.«

»Wirklich? Cool!«, rief Bowie, als seien sie auf einer Flugshow in ihrer Heimat in den USA und nicht mitten in einer lebensbedrohlichen Situation auf einem Dach in Afrika. Eine der vielen Eigenschaften, die sie an ihrer Tochter liebte, war ihre Bereitschaft, neue Dinge anzunehmen.

»Nicht wahr? Und wir dürfen mitfliegen. Ich möchte, dass du zu dem netten Soldaten gehst, der darauf wartet, dass wir einsteigen. Schaffst du das?«

»Ja, Mommy!«

»Es sind etwa dreißig Schritte in gerader Linie von hier bis zu dem Ort, an dem er auf dich wartet. Es gibt nichts zwischen dir und ihm. Geh einfach langsam. Renne nicht und stolpere nicht.«

Bowie kicherte. »Das werde ich nicht.«

Mit klopfendem Herzen sah Penny zu, wie ihre Tochter selbstbewusst auf den riesigen Hubschrauber zuging, der am Rand des Daches schwebte. Wenn sie zu weit nach links oder rechts ausweichen würde, könnte sie buchstäblich vom Rand des Gebäudes fallen.

Zu Pennys Erleichterung sprang der Mann aus dem Hubschrauber, sagte etwas zu Bowie und streckte die Hand nach ihr aus. Im nächsten Moment war ihre Tochter im Hubschrauber. In Sicherheit.

Die Frauen um sie herum waren sich nicht sicher, ob sie gehen sollten oder nicht, aber Penny hatte genug.

»Er ist offensichtlich hier, um uns zu evakuieren. Los! Wir müssen einsteigen! Lasst eure Sachen hier. Sie passen nicht rein.«

Es gelang ihr, die meisten Frauen zu der riesigen Maschine zu treiben, die neben dem Hotel schwebte. Penny sah Bowie mit einem breiten Lächeln im Gesicht an der hinteren Wand des Hubschraubers sitzen. Wenigstens genoss *jemand* diese Erfahrung. Penny hatte immer noch Todesangst. Ihre Muskeln zitterten vor Panik, aber je schneller sie alle an Bord brachte, desto schneller konnte sie zu Bowie.

Es war Penny in Fleisch und Blut übergegangen, sich zuerst

um andere zu kümmern und dann um sich selbst. Dafür hatte ihr Mann gesorgt. Und ihre Arbeit beim Bevölkerungsfonds der Vereinten Nationen hatte dies noch verstärkt. Sie war zwar eher zufällig beim UNFPA gelandet, aber es passte ideal zu ihr, und sie war immer dankbar dafür, dass sie nach Johns Tod diesen Job gefunden hatte. Er war in der Ölindustrie tätig gewesen und hatte sie vor einem Jahrzehnt nach Gabun gebracht. Als sie schwanger wurde, wurde Penny sofort klar, wie schlecht die medizinische Versorgung für Schwangere vor Ort war.

Ihre Arbeit beim UNFPA, einer Organisation, die sich auf reproduktive und mütterliche Gesundheit spezialisiert hat, war lohnend und erfüllend. Sie hatte unzähligen Kindern auf die Welt geholfen und sowohl ihnen als auch ihren Müttern während des gesamten Geburtsprozesses mehr Sicherheit gegeben.

Angesichts von Bowies Blindheit und der schutzbedürftigen Bevölkerung, mit der sie arbeitete, hatte Penny sich im Grunde genommen ganz der Fürsorge für andere verschrieben.

Deshalb drängte sie sich nicht an die Spitze der Gruppe, um in den Hubschrauber zu gelangen. Deshalb ermutigte sie die verängstigten und nervösen Menschen vor ihr, schnell einzusteigen und dann zurückzutreten, um Platz für andere zu machen. Deshalb nahm sie den Menschen ihre Taschen aus den Händen und warf sie, ohne zu zögern, auf das Dach. Jede zurückgelassene Tasche bedeutete mehr Platz für eine weitere Person. Und Menschenleben waren wichtiger als alles, was diese Frauen in ihre Koffer gepackt hatten.

Es war nicht ganz so einfach, da mehrere Frauen sich weigerten, ihre Sachen zurückzulassen. Aber Penny blieb hartnäckig, ohne dabei zickig zu werden.

Als noch etwa sechs von ihnen auf dem Dach waren, spürte Penny eine Veränderung bei dem Mann, der ihnen beim Einsteigen half. Eine Dringlichkeit, die vorher nicht da gewesen war. Er war seit dem Öffnen der Tür etwas in Eile gewesen, aber jetzt warf er die Frauen praktisch in den

Hubschrauber, während er zuvor etwas geduldiger gewesen war.

Diese Veränderung ließ Penny die Nackenhaare zu Berge stehen.

»Beeilung!«, schrie sie die Frau vor ihr an, die sich weigerte, in den Hubschrauber einzusteigen.

»Ich kann nicht!«, jammerte die Dame.

Penny musste nicht die fest zusammengepressten Lippen und die gerunzelte Stirn des Mannes sehen, um zu wissen, dass ihnen fast keine Zeit mehr blieb. Sie legte eine Hand an den Rücken der Frau und schob sie nach vorn.

»Steigen Sie ein oder wir sind alle tot!«, schrie sie der Frau ins Ohr.

Sie glaubte nicht, dass die Frau sich tatsächlich selbst entschlossen hatte einzusteigen, aber mit Penny hinter ihr, die sie schob, und dem Soldaten, der sie an der Taille packte, hochhob und in den Hubschrauber beförderte, hatte sie keine Wahl.

Die Frau öffnete den Mund und stieß wahrscheinlich einen Schrei der Überraschung oder des Protests aus, der jedoch im Lärm der Rotoren unterging.

Der Mann mit dem Helm drehte sich zu ihr um und packte sie an der Taille, aber Penny war bereit und willig. Sobald sie im Hubschrauber stand, sprang der Mann selbst hinein. Er griff nach der Tür, um sie zu schließen, und Penny streckte instinktiv die Hand aus, um ihm zu helfen.

Er nickte ihr zu, und Penny konnte nicht umhin zu bemerken, dass seine Augen eine wunderschöne, satte mahagonibraune Farbe hatten. Sein Gesicht wirkte ... vertrauenswürdig. Das mochte albern klingen, aber im Laufe der Jahre hatte sie ein gutes Gespür für Menschen entwickelt. Sie musste in Sekundenschnelle entscheiden, wem sie vertrauen konnte und vor wem sie sich in Acht nehmen musste.

Und dieser Mann – er war jemand, dem sie vertrauen konnte. Schließlich hatte sie gesehen, wie er Bowie behandelte, als sei sie aus Glas, was in ihren Augen ein großes Plus war.

Die Leute neigten dazu, ihre kleine Tochter entweder abzuweisen – weil sie sie für wertlos hielten, da sie nicht sehen konnte – oder sie wegen ihrer Behinderung wie eine Dumme zu behandeln. Beide Reaktionen waren ärgerlich. Aber Penny hatte sofort erkannt, dass dieser Mann die Situation mit Bowie verstanden und sich sofort auf ihren Zustand eingestellt hatte. Anhand der Bewegungen ihrer Tochter im Hubschrauber schien der Mann ihr sehr präzise Anweisungen zu geben, die für das Mädchen leicht zu befolgen waren.

Natürlich hätte sie die Situation auch falsch einschätzen können, da sie nicht nahe genug dran gewesen war, um zu hören, was er zu ihrer Tochter gesagt hatte, aber sie wollte glauben, dass er beruhigend und tröstend auf sie gewirkt hatte.

Sobald die Tür geschlossen war, musste der Mann sich durch die Menschenmenge drängen, um wieder nach vorn zum Hubschrauber zu gelangen. Bevor er den Sitz am Steuer erreichte, waren sie bereits in Bewegung. Und das nicht langsam. Der Hubschrauber hob ab, dann neigte er sich stark nach rechts.

Alle um sie herum schrien vor Angst, und Penny schaute instinktiv zu der Stelle, an der sie Bowie zuletzt gesehen hatte. Zu ihrer Überraschung hielt ihre Tochter sich an einem Seil fest, das an der Seite des Hubschraubers befestigt war – und sie hatte immer noch ein breites Lächeln im Gesicht. Als befände sie sich auf einer Achterbahn statt in einer lebensgefährlichen Situation.

Natürlich war Bowie in ihrem kurzen Leben noch nie mit einer Achterbahn gefahren, aber sie hatte Geschichten darüber gehört, die Penny ihr vorgelesen hatte. Und als sie etwa vier Jahre alt war, hatte Penny sogar eine Art Achterbahn aus einem Karton gebaut, einen Ventilator davor gestellt und ihn geschüttelt, damit das kleine Mädchen so tun konnte, als würde sie mit einer Achterbahn fahren.

Pennys Aufmerksamkeit richtete sich auf die Männer hinter den Steuerknüppeln. Sie war zu weit weg, um mehr als den Himmel vor der Windschutzscheibe zu sehen, also blickte sie auf die Piloten. Auf einen ganz bestimmten. Denjenigen, dessen Hände sie, wie sie hätte schwören können, immer noch um ihre Taille spüren konnte.

Er war stark und kompetent, und sie musste daran glauben, dass er sie alle sicher und unversehrt wieder auf den Boden bringen würde.

Er drehte sich um und rief seinen Passagieren etwas zu, und Penny las eher seine Lippen, als dass sie die Worte hörte.

»Festhalten!«

Niemand hatte Zeit, seine Warnung zu beachten, bevor der Hubschrauber erneut eine scharfe Kurve machte und alle heftig gegeneinander schleuderte. Es gab weitere Schreie, einige Frauen weinten jetzt.

Sie klammerte sich an die Tür, während der Hubschrauber nach rechts und links schwankte. Als er sich endlich wieder stabilisierte, weinten die meisten Frauen und Kinder.

Die Rotorblätter waren laut, und es hatte keinen Sinn, mit jemandem zu sprechen oder zu fragen, ob es in Ordnung sei, wenn sie sich bewegte. Also nutzte Penny die Gelegenheit, um sich endlich einen Weg durch die auf dem Boden knienden oder sitzenden Menschen zu bahnen, damit sie zu Bowie gelangen konnte.

In dem Moment, in dem sie die Schulter ihrer Tochter berührte, hob Bowie den Kopf und lächelte.

»Alles in Ordnung?«, fragte Penny und kniete sich vor ihr Kind. Es gab keinen Platz, um sich neben sie an die Seite des Hubschraubers zu setzen, aber das war in Ordnung. Penny zog es vor, dass Bowie sich am Seil festhielt, falls es weitere Turbulenzen geben sollte.

Das, was vermutlich Ausweichmanöver gegen Raketen und Geschosse war, als »Turbulenzen« zu bezeichnen, kam ihr wie ein Witz vor. Aber es war besser, als zuzugeben, dass

HILFE FÜR PENNY

Menschen, die sie nicht einmal kannten, sie alle tot sehen wollten.

Bowies Gehör war besser als das eines durchschnittlichen Kindes, wahrscheinlich als Überkompensation für ihr fehlendes Augenlicht, sodass sie die Frage ihrer Mutter trotz des Lärms des Motors und der Rotorblätter hören konnte.

»Mir geht es gut!«, antwortete sie begeistert. »Das macht Spaß!«

Penny musste lächeln. Ihre Tochter tätschelte den Arm der weinenden Frau neben ihr, um sie zu trösten, aber die Sechsjährige selbst schien völlig unbeeindruckt zu sein. Wieder einmal schwoll Pennys Stolz an. Die beiden hatten zusammen einige ziemlich schwere Zeiten durchgemacht, und es war offensichtlich, dass ihre Tochter genauso wie Penny gelernt hatte, sich dem Lauf der Dinge anzupassen.

Erleichtert, dass ihre Tochter die Gefahr, in der sie sich befanden, nicht begriff, lehnte Penny sich zurück. Sie legte eine Hand auf Bowies Bein, während sie den Blick erneut zu dem Mann wandern ließ, der den Hubschrauber flog. Nun, insbesondere zu einem von ihnen.

Die gesamte Aufmerksamkeit des Mannes galt den Instrumenten vor ihm und dem Gelände draußen. Seine Lippen bewegten sich, während er mit dem Mann neben ihm sprach, oder vielleicht mit jemand anderem über das Headset über seinen Ohren. Er strahlte Selbstvertrauen und Kompetenz aus, und allein das gab Penny ein Gefühl der Sicherheit. Er wusste offensichtlich, was er tat. Weder er noch der andere Pilot gerieten in Panik. Soweit sie das beurteilen konnte, arbeiteten sie zusammen, um sie von dem, was auch immer unten vor sich ging, wegzubringen, weg von denen, die ihnen Schaden zufügen wollten.

Sie hatte auf die harte Tour gelernt, dass das Einzige, was im Leben wirklich zählte, Bowie war. Ihr Mann hatte sie immer wieder enttäuscht, und als er getötet wurde, hinterließ er einen Berg von Schulden ... und einen Feind, der alles getan hätte, um das Geld zu bekommen, das ihm seiner Meinung nach zustand.

Finanziell gesehen waren die letzten zwei Jahre hart gewesen. *Extrem* hart. Der größte Teil des Geldes, das Penny verdiente, floss in die Tilgung der Schulden ihres Mannes. Obwohl sie die Stadt verlassen hatte, hatte der Mann, dem John Geld schuldete, sie gefunden, und er bestand darauf, dass sie ihm regelmäßig Zahlungen leistete, um die Schulden zu begleichen. Sie und Bowie lebten wie viele Einheimische ... in extremer Armut.

Trotzdem waren sie zufrieden, wenn auch nicht glücklich. Die Gefahr von Johns wild schwankenden Launen war verschwunden. Penny musste sich keine Sorgen mehr machen, ob er von der Arbeit nach Hause kommen würde, wütend auf die ganze Welt und bereit, sie oder Bowie wegen der kleinsten Dinge anzuschreien, die sie seiner Meinung nach falsch gemacht hatten. Sie musste nicht mehr wie auf Eierschalen laufen, und in ihrer winzigen Ein-Zimmer-Hütte erklang häufig Gelächter.

Es war unwirklich, sich mitten in einem Versuch zur Übernahme der Regierung wiederzufinden. Und niemals im Leben hätte Penny gedacht, dass sie einmal in einem Hubschrauber sitzen würde. Dennoch ... obwohl sie im Grunde auf der Flucht waren und wahrscheinlich beschossen wurden, konnte sie sich ein Lächeln nicht verkneifen, als sie sah, wie sehr Bowie den Flug genoss.

Sie hatte keine Ahnung, wie lange sie flogen, aber schließlich veränderte sich das Geräusch der Motoren. Penny nahm an, dass sie landen würden, aber sie hatte keine Ahnung wo. Die Anweisungen, die sie im Hotel erhalten hatte, waren bestenfalls vage. Sie und Bowie waren jetzt der Gnade der US-Regierung ausgeliefert. Sie konnten nirgendwo hingehen, hatten keine Familie in den Staaten, zu der sie zurückkehren konnten, und kein Geld, um in einem Hotel zu übernachten.

Sie konnten nur warten und herausfinden, wie es weitergehen würde.

Sie hätte unglaublich gestresst sein müssen, und obwohl sie tatsächlich ein wenig besorgt war, hatte Penny schon Schlimmeres durchgemacht. Und der Gedanke, Gabun zu verlassen, wegzukommen von denen, die meinten, sie müsse für die Sünden ihres Mannes bezahlen, war eigentlich eine große Erleichterung. Denn in Wahrheit hätte sie Gabun ohne die Intervention und Evakuierung durch die US-Regierung niemals verlassen können.

Penny mochte es nicht, anderen ausgeliefert zu sein, aber das war sie schon fast ihr ganzes Leben lang gewesen, daher fühlte sich das nicht so anders an. Sie vertraute darauf, dass alles gut werden würde. Dass sie und Bowie gemeinsam alles meistern würden, was die Zukunft für sie bereithielt, so wie sie alles andere auch gemeistert hatten.

Penny hielt sich an Bowies Bein fest und zuckte leicht, als der Hubschrauber landete. Vorfreude strömte durch ihre Adern. Welche neuen Möglichkeiten würden sich ihr bieten? Würde Bowie zum ersten Mal in ihrem Leben eine Schule besuchen können? Sie hoffte es. Denn obwohl Penny ihr Bestes gegeben hatte, um sie zu Hause zu unterrichten, wusste sie, dass dies umso schwieriger werden würde, je älter ihre Tochter wurde.

Und Bowie war äußerst kontaktfreudig, mehr noch als ihre Mutter. Sie liebte es, neue Leute kennenzulernen, und die meisten, die sie traf, mochten sie sofort. Bowie hatte keine Probleme, Freunde zu finden, und Penny hatte keine Angst, dass sie in der Schule zurückbleiben würde. Ihre Tochter war intelligent. Wahrscheinlich zu intelligent für ihr eigenes Wohl.

Sie fragte sich, wo die Regierung sie in den Vereinigten Staaten unterbringen würde. Es war eigentlich egal, aber Penny hoffte, dass es ein sicherer Ort sein würde. Das war alles, was sie für sich und ihre Tochter wollte ... Sicherheit. Es war so lange her, dass sie echte Sicherheit gekannt hatte, dass Penny sich nicht einmal mehr daran erinnern konnte, wie sich das anfühlte. Nie mehr über die Schulter schauen zu müssen oder jedes Mal zusammenzuzucken, wenn jemand an die Tür klopfte. Sich nicht mehr fragen zu müssen, wer plötzlich auftauchen und sagen würde, dass er gekommen sei, um Johns Schulden einzutreiben.

Als ihr klar wurde, dass sie sich über Dinge Sorgen machte, die sie nicht kontrollieren konnte, versuchte Penny ihr Bestes, ihre Gedanken auf das Hier und Jetzt zu lenken.

Die Rotorblätter des Hubschraubers wurden langsamer, sodass alle wieder miteinander sprechen konnten.

Und das taten sie auch. Die Frauen fragten die Piloten, wo sie sich befanden, was als Nächstes passieren würde und wann sie nach Libreville zurückkehren könnten.

Der Mann, der neben demjenigen saß, der ihnen in den Hubschrauber geholfen hatte, stieg aus seinem Pilotensitz. Die Rotorblätter hatten inzwischen fast vollständig angehalten, und er hob eine Hand, während er sein Headset abnahm.

»Sie sind jetzt alle in Sicherheit. Wir befinden uns auf einem US-Flugzeugträger vor der Küste. Ich weiß nicht, wie Ihre Rückkehr in die Stadt geplant ist, aber ich vermute, dass es nicht so bald sein wird. Sobald wir Sie aus diesem Hubschrauber herausholen, werden Sie in einen Raum gebracht, und jemand wird Ihnen erklären, wie es weitergeht.«

Alle schienen gleichzeitig zu sprechen, sich zu beschweren, zu weinen und allgemein ihre Ängste und Sorgen über die Zukunft zum Ausdruck zu bringen. Penny konnte es ihnen nicht verübeln, aber sich über die Situation zu beschweren würde niemandem helfen.

»Mommy, sind wir auf einem Boot?«, fragte Bowie, wobei die Ehrfurcht und Aufregung in ihrer Stimme deutlich zu hören waren.

»Ja, Schatz. Ich glaube, das sind wir.«

»Das bedeutet, dass es keinen Staub geben wird.«

Penny lachte leise. Beide hassten den roten Staub, der

außerhalb der Stadt überall zu sein schien. Die Straßen bestanden aus hart gestampfter roter Erde, ebenso wie der Boden ihres Zuhauses, und der Staub drang *überall* ein. »Du hast recht, Schatz.«

»Super!«, hauchte Bowie.

Es war typisch für ihre Tochter, sich über etwas so Nebensächliches wie Staubfreiheit zu freuen, anstatt sich Gedanken darüber zu machen, woher ihre nächste Mahlzeit kommen würde oder wo sie heute Nacht schlafen würden. Aber das waren Dinge, um die Penny sich kümmern musste. Nicht ein sechsjähriges kleines Mädchen. Penny hatte immer alles getan, um dafür zu sorgen, dass ihre Tochter satt und zufrieden war. Dass sie nie erfahren würde, was die furchterregenden Männer, die willkürlich ihre Hütte aufsuchten, *wirklich* wollten.

Die Tür des Hubschraubers glitt auf, und Penny starrte fasziniert auf das Deck des Flugzeugträgers. Ihr Leben kam ihr in diesem Moment unwirklich vor. Erst ein Hubschrauberflug, und jetzt befand sie sich auf einem echten Militärschiff. Das Leben war manchmal seltsam.

Penny hielt sich zurück und ließ die anderen Frauen und Kinder zuerst aus dem Hubschrauber steigen, während sie Bowies Hand fest in ihrer eigenen hielt. Sie war etwas besorgt darüber, was als Nächstes auf sie zukommen würde, aber sie blieb ruhig. Im Gegensatz zu vielen anderen Passagieren, die immer noch weinten und sich aufregten, stand sie geduldig mit Bowie da und wartete, bis sie an der Reihe waren.

»Sind Sie beide okay?«

Penny blickte zu der tiefen Stimme zu ihrer Rechten und sah den Mann, der ihnen in den Hubschrauber geholfen hatte. Er hatte seinen Helm und sein Headset abgenommen, sodass sie ihn jetzt besser sehen konnte. Er hatte braunes Haar mit blonden Strähnen, das derzeit vom Schweiß feucht war. Seine dunklen Bartstoppeln waren eher ein kurzer Bart als ein Bartschatten. Seine Augenbrauen waren nach unten gezogen, als ob er sich wirklich um sie sorgte und nicht nur aus Pflichtgefühl fragte.

»Uns geht es gut«, antwortete Bowie, bevor Penny etwas sagen konnte. »Das hat Spaß gemacht! Wie wir hierhin und dorthin geflitzt sind!«, rief sie aus und zeigte mit der Hand, die nicht in der ihrer Mutter lag, wie sie sich geneigt hatten. »Und alle haben geschrien, nur ich nicht!«

»Du nicht, was?«, fragte der Pilot mit einem leisen Lachen.

»Nein. Du hast eine wirklich tiefe Stimme. Sie ist freundlich. Ich mag sie.«

Der Mann sah einen Moment lang überrascht aus, dann lächelte er – und es veränderte sein Gesicht.

Bowie hatte eine Art, Dinge zu sagen, die die Leute nicht erwarteten. Sie »sah« die Welt mit ihren anderen Sinnen. Und wenn sie sagte, der Mann habe eine freundliche Stimme, dann war das etwas Gutes. Etwas *sehr* Gutes. Das scharfe Gehör ihrer Tochter ermöglichte es ihr oft, den Unsinn zu durchschauen und einfach anhand der Untertöne in der Stimme der Menschen herauszufinden, ob sie aufrichtig waren oder nicht.

»Danke. Ich mag deine Stimme auch. Ich bin Kylo. Kylo Mullins, aber alle nennen mich Pyro.«

»Kylo, Pyro«, sang Bowie. »Und dein Nachname erinnert mich an Cotton-Headed Ninny-Muggins. Mullins-Muggins.«

»Bowie«, schimpfte Penny sanft.

»Was?«, protestierte ihre Tochter und blickte in Pennys Richtung. »So ist es doch!«

»Sie liebt den Film *Buddy – Der Weihnachtself*. Wir haben uns einmal etwas gegönnt und ihn zu Weihnachten in der Stadt gesehen«, erklärte Penny.

»Das ist völlig in Ordnung. Ich liebe diesen Film auch«, sagte Pyro. Dann überraschte er Penny, indem er sich hinkniete, um auf Bowies Höhe zu sein. »Du heißt also Bowie? Das ist ein ungewöhnlicher Name, und ein schöner.«

»Er ist gälisch. Er bedeutet ›gelbhaarig‹, was ich zwar nicht bin, aber das ist okay, denn so hieß der Hund meiner Mutter, als sie ein Kind war, und sie hat mich nach ihm benannt.«

Penny wollte am liebsten im Boden versinken. Sie liebte ihre Tochter, aber sie hatte die Angewohnheit, alles zu sagen, was ihr gerade in den Sinn kam, was für ihre Mutter oft unglaublich peinlich war.

Pyro sah auf, und Penny merkte, dass er sich sehr bemühte, nicht zu lachen.

»Er war ein guter Hund. Der beste«, sagte sie in Verteidigung des Hundes, mit dem sie sich in einem ihrer Pflegeheime angefreundet hatte – und ihrer Entscheidung, ihre Tochter nach dem gelben Labrador zu benennen.

Pyro wandte die Aufmerksamkeit wieder Bowie zu. »Geht es dir gut? Du hast dir nicht den Kopf gestoßen oder dich anderweitig verletzt, während wir diese verrückten Flugmanöver gemacht haben?«

»Mir geht es gut. Und ich fand das verrückte Fliegen *toll*!«

Pyro lachte erneut, stand dann auf und streckte Penny die Hand entgegen.

»Schön, Sie kennenzulernen, aber es tut mir leid, dass es unter diesen Umständen sein muss.«

»Mir auch. Ich bin übrigens Penny Burns. Und das ist natürlich meine Tochter.«

Pyro ergriff ihre Hand, und Penny spürte, wie die Wärme seiner Handfläche ihren Arm hinaufkroch und sie von innen heraus erfüllte. Sie starrten einander einen langen Moment an, hielten sich an der Hand und sagten kein Wort.

»Mommy, ich glaube, alle anderen sind schon draußen. Können wir auch gehen? Ich möchte das Boot erkunden!«

Ihre Worte ließen Penny vor Schreck zusammenzucken, und Pyro ließ ihre Hand los. Sie spürte das Fehlen seiner Berührung bis in die Zehenspitzen, was an sich schon beunruhigend war.

»Du hast recht. Habe ich dir in letzter Zeit schon gesagt, wie klug du bist?«

Bowie kicherte. »Heute Morgen, Mommy!«

Zwei Männer standen an der Tür und warteten darauf, ihnen beim Aussteigen zu helfen, und Penny wandte sich von Pyro ab, um ihre Tochter zu ihnen zu führen.

»Zehn Schritte«, sagte Bowie leise.

Das war ihre Sache. Schritte zählen. Das war Bowies Art, sich in der Welt zurechtzufinden. Sie hatte offensichtlich gezählt, wie weit es von der Tür bis zu ihrem Platz im Hubschrauber war.

»Penny.«

Sie drehte sich bei Pyros Stimme um und sah ihn an.

»Wenn Sie oder Bowie etwas brauchen ... bitten Sie einfach jemanden, mich zu suchen, und ich werde sehen, was ich für Sie tun kann, okay?«

Das war ein sehr nettes Angebot. Und obwohl Penny nicht verstand, warum er es machte, warum er gerade sie unter all den anderen Frauen und Kindern im Hubschrauber herausgegriffen hatte, wollte sie es nicht hinterfragen.

Nicht dass sie vorhatte, sein Angebot anzunehmen. Sie hatte auf die harte Tour gelernt, dass es nie gut endete, sich auf andere zu verlassen. Meistens erwarteten sie eine Gegenleistung, und Penny hatte nichts zu geben ... weder ihm noch sonst jemandem.

Sie lächelte Pyro höflich an, nickte ihm zu und wandte sich dann wieder Bowie zu, um aus dem Hubschrauber zu steigen, ohne dabei auf die Nase zu fallen.

KAPITEL ZWEI

Pyro hatte keine Ahnung, warum er Penny gesagt hatte, sie solle ihm Bescheid geben, wenn sie etwas brauchte. Er war niemand, der sich in das Leben der Menschen einmischte, die er transportierte. Er machte seinen Job als Hubschrauberpilot, machte ihn gut und ging seiner Wege.

Aber irgendetwas an der kleinen Bowie hatte ihn berührt. Das Mädchen hatte die Manöver des Hubschraubers zur Abwehr der Panzerfäuste als *Spaß* empfunden. Nicht als beängstigend. Sie hatte ein breites Lächeln auf ihrem hübschen kleinen Gesicht, und trotz ihres leeren Blicks schien sie direkt in seine Seele zu sehen.

Pyro schnaubte leise vor Lachen, als er sich daran erinnerte, wie sie Mullins-Muggins gesagt hatte. Wie sie aus seinem Vornamen und seinem Rufzeichen einen Reim gemacht hatte. Sie hatte den Nagel auf den Kopf getroffen, warum er Pyro genannt wurde. Nun, zumindest teilweise. Er hatte diesen Spitznamen, weil er sich auf Kylo reimte, aber auch, weil er ein kleiner Hitzkopf war. Weil er sich über Dinge aufregte, die viele andere einfach abtaten. Dinge wie Menschen, die nicht gleich behandelt wurden oder in extremer Armut lebten, ohne Hilfe von der Regierung. Oder wohlhabendere Menschen, die ihre Privilegien für Böses statt für Gutes nutzten.

Tief in seinem Inneren war er ein Weltverbesserer, und es war ihm egal, wer das wusste. Er hatte aus erster Hand gesehen, wie ungerecht die Welt sein konnte, und Pyro wollte seinen Teil dazu beitragen, das Gleichgewicht wiederherzustellen.

Aber es war Bowies Mutter, die ihn *wirklich* faszinierte. Die Liebe, die sie für ihre Tochter empfand, war offensichtlich. Wie sie sie festhielt, sie anlächelte, sie ermutigte und beruhigte. Als Pflegekind hatte Pyro während seiner Kindheit nicht viel davon erfahren. Selbst inmitten des Stresses der Evakuierung und der Ungewissheit in Bezug auf ihre Zukunft nahm Penny die Dinge offensichtlich gelassen hin.

In dem Moment, in dem er ihre Hand genommen hatte, spürte er, wie ein elektrischer Schlag seinen Arm hinunter direkt in seinen Schwanz schoss. Das war überraschend und ehrlich gesagt auch etwas beunruhigend. Er hatte noch nie eine solche sofortige Anziehungskraft gegenüber jemandem verspürt, und es war erschreckend und aufregend zugleich. Sein Herz schlug heftig, aber aus einem anderen Grund als noch vor fünf Minuten.

Seltsamerweise *beruhigte* ihn ihre Anwesenheit jedoch auch und reduzierte ein wenig das Adrenalin, das seit ihrer brenzligen Situation im Hotel durch seine Adern geströmt war.

Pyro verstand nicht, wie er wegen einer Fremden so viele Gefühle gleichzeitig empfinden konnte. Und er mochte nicht, was er nicht verstand. Seine Welt war schwarz und weiß. Gute gegen Böse. Er hatte keine Zeit für etwas anderes, als der beste Pilot zu sein, der er sein konnte.

Aber das hielt ihn nicht davon ab, Penny zu sagen, sie solle nach ihm fragen, wenn sie etwas brauchte.

Das war untypisch für ihn, weshalb er sich fragte, was zum Teufel er da eigentlich tat. Penny und ihre Tochter bedeuteten ihm nichts. Es waren zwei Menschen, die er im Rahmen seiner

Arbeit kennengelernt hatte. Jedes Jahr traf er Hunderte von Menschen wie sie. Sie waren nicht anders.

Nur, dass sie es doch waren.

Pyro konnte das Bild von Bowie, die auf dem Hoteldach auf ihn zuging, nicht aus dem Kopf bekommen. Alle waren verängstigt gewesen, wie erstarrt, und doch ging dieses Kind über das Dach, als ginge sie im Park spazieren. Sie war blind und kam ohne jedes Gefühl der Angst auf ihn zu. Mit der absoluten Gewissheit, dass ihr nichts passieren würde. Wahrscheinlich weil ihre Mutter ihr gesagt hatte, wohin sie gehen und was sie tun solle.

Dieses Maß an Vertrauen hatte Pyro bisher nur bei fünf anderen Menschen empfunden ... den fünf Night-Stalker-Piloten, mit denen er regelmäßig zusammenarbeitete.

Er verspürte das Bedürfnis, Bowie kennenzulernen. Um zu sehen, was sie noch sagen würde, um ihn zum Lachen zu bringen. Um mehr über ihre und Pennys Situation zu erfahren ... denn es war mehr als offensichtlich, dass sie nicht über das Geld verfügten, das die anderen Frauen und Kinder hatten. Ihre Kleidung war zerfetzt und schmutzig. Ihre Schuhe hatten Löcher und waren offensichtlich mehrere Jahre alt. Ihre Haare sahen ungewaschen aus, und beide hatten roten Schmutz unter den Fingernägeln. Sie waren ganz anders als die anderen Frauen und Kinder, die alle sauber waren und teure Kleidung trugen.

Bowie und Penny waren außerdem ruhig geblieben und nicht in Panik geraten. Und Penny hatte sehr dabei geholfen, die anderen in den Hubschrauber zu bringen. Anstatt auszuflippen, hatte Bowie sich offenbar prächtig amüsiert.

Man konnte mit Sicherheit behaupten, dass Pyro fasziniert war. Und obwohl er nicht damit rechnete, dass Penny ihn tatsächlich um etwas bitten würde, stellte er fest, dass er alles tun wollte, um ihnen die Zeit auf dem Schiff zu erleichtern.

»Gute Arbeit, Mann. Das war eine Zeit lang ziemlich brenzlig«, sagte Casper, der Pyro auf den Rücken klopfte, als er zur Tür des Hubschraubers ging.

»Es ist mir immer wieder ein Rätsel, wie und wo normale Bürger an verdammte Panzerfäuste kommen«, sagte Pyro kopfschüttelnd.

»Nicht wahr? Offensichtlich versorgt jemand sie mit den Waffen. Wahrscheinlich sind es hochrangige Regierungsmitglieder, die insgeheim gegen das derzeitige Regime opponieren. Ich kann es ihnen nicht verübeln. Gabun steht ganz oben auf der Liste der Menschenrechtsverletzungen und ist eine Diktatur. Mehr Geld für die Reichen, die nicht noch mehr Geld brauchen, ist so ziemlich ihr Hauptziel. Es scheint ihnen egal zu sein, dass die Armen arm bleiben und die Hungrigen noch hungriger werden, während sie selbst wie Könige leben.«

Pyro widersprach nicht.

»Danke, dass ihr diesen Hubschrauber nicht zerstört habt«, sagte Laryn mit einem Grinsen, als sie auf Casper zuging. Sie hatte einen dünnen Fettstreifen auf einer Wange, und auch ihr Overall war verschmutzt.

»Heute war es etwas zu knapp, als dass es angenehm gewesen wäre. Wir mussten ziemlich extrem fliegen, um dem Mist auszuweichen, mit dem auf uns geschossen wurde«, sagte Casper, streckte die Arme aus und zog sie an sich.

Die Umarmung war innig und herzlich, und Pyro lächelte nur über ihre öffentliche Zuneigungsbekundung.

Laryn und Casper waren total verliebt und es war ihnen egal, wer davon wusste. Jahrelang hatten sie um ihre Anziehungskraft herumgetanzt, und jetzt, da sie es sich endlich eingestanden hatten, kosteten sie das Leben voll aus. Laryn war die beste Mechanikerin in der Armee, vielleicht sogar in den ganzen USA, und ihr Night-Stalker-Team konnte sich glücklich schätzen, sie in seinen Reihen zu haben. Aber mehr noch: Sie machte Casper glücklich. Und das reichte aus, damit Pyro und seine Teamkameraden sie alle verehrten.

»Wie geht es dir? Ist dir übel?«, fragte Casper.

»Nein. Es heißt nicht umsonst Morgenübelkeit, Tate«, erwiderte Laryn mit einem Augenrollen.

»Und unserem Kleinen? Oder den Kleinen?«, fragte er und legte eine Hand auf ihren Bauch.

Laryn strahlte ihn an. Mit nur eins fünfundsechzig war sie etwa fünfzehn Zentimeter kleiner als Casper. Sie legte ihre Hand auf seine auf ihrem Bauch. »Ihnen geht es gut.«

Casper nickte.

Casper und Laryn waren nicht nur ein Paar, sie war auch schwanger. Sie alle gingen davon aus, dass sie irgendwann nicht mehr mit ihnen auf Mission würde gehen können, aber er hatte das Gefühl, dass Laryn das so lange wie möglich hinauszögern würde. Pyro hatte nichts dagegen, denn er fand den Gedanken nicht gerade erfreulich, dass jemand anderes sich um ihre kostbaren Hubschrauber kümmern sollte. Alle vertrauten Laryn zu hundert Prozent, und ohne sie hätten sie während ihrer Missionen noch etwas mehr zu befürchten.

Laryn umarmte Casper noch einmal und trat dann zurück. »Geht«, befahl sie. »Ich werde alles überprüfen und dafür sorgen, dass ihr für euren nächsten Flug bereit seid. Ich nehme an, es gibt noch mehr Menschen, die ihr evakuieren müsst.«

»Ja«, antwortete Casper mit ernster Miene.

»Weißt du, wo die Leute untergebracht werden, die wir hierherbringen?«, fragte Pyro. Das hatte ihn bisher nie interessiert, was ihm leichte Gewissensbisse bescherte. Aber er konnte die kleine Bowie nicht aus dem Kopf bekommen. An einem neuen Ort zu sein war wahrscheinlich ein bisschen beängstigend, vor allem weil sie nicht sehen konnte. Er wollte nur sichergehen, dass es ihr und ihrer Mutter gut ging.

Es lag nur an der Behinderung des Mädchens. Das war alles.

Er ignorierte die Stimme in seinem Kopf, die ihm sagte, dass er nur Unsinn redete.

»Ich glaube, sie haben am anderen Ende des Hangars ein paar Feldbetten aufgestellt. Ich weiß nicht, wo sie alle unterbringen werden, sobald wir nach Hause zurückgekehrt sind, da die Hubschrauber wieder in den Hangar müssen, aber im Moment sind sie dort.«

Pyro runzelte die Stirn. Der Hangar war ein riesiger Raum, in dem die Flugzeuge gelagert wurden, wenn sie nicht im Einsatz waren. Es gab drei Decks mit mehreren Zonen, was einen besseren Ablauf und eine effizientere Lagerung und Wartung der extrem teuren Flugzeuge und Hubschrauber ermöglichte. Es war laut und zugig – und nach Pyros Einschätzung kein guter Ort, um tatsächlich zu schlafen.

Aber das Schiff war voll ausgelastet, und es gab nicht genügend zusätzliche Kojen für alle Evakuierten. Es war der naheliegendste Ort, um Feldbetten aufzustellen und die zusätzlichen Menschen unterzubringen, die an Bord gebracht wurden.

Doch allein der Gedanke daran, dass Bowie und Penny versuchten, sich im Hangar auszuruhen, brachte Pyro dazu, die Stirn zu runzeln.

»Wow, *du* siehst aber ernst aus. Komm, lass uns die anderen suchen. Wir müssen noch weitere Evakuierungen durchführen und planen. Jetzt, da es mehr als offensichtlich ist, wer wir sind und was wir tun, wird es bei unserem nächsten Flug wahrscheinlich noch schwieriger werden. Wir müssen Notfallpläne erstellen und die Evakuierungen vielleicht an andere Orte in der Stadt verlegen, damit wir keine so leichten Ziele sind.«

Pyro widersprach ihm nicht. Da es ihre erste Rettungsaktion im Rahmen der Mission gewesen war, konnten sie die Rebellen überraschen. Er hatte keine Ahnung, wie viele US-Bürger noch gerettet werden mussten, aber die nächsten Flüge in die Stadt würden weitaus gefährlicher sein.

Seine Gedanken kehrten zu Bowie und Penny zurück. Sie hatten Glück gehabt, dass sie zu den ersten Evakuierten gehörten. Erneut fragte er sich, was wohl Pennys Geschichte war. Wie sie nach Gabun gekommen war, woher sie stammte, was sie jetzt vorhatte. Und er musste sich einfach fragen, wie es ihnen ging, ob sich gut um sie gekümmert wurde.

Pyro versuchte, diese Gedanken zu verdrängen – ebenso wie seine Sorge darüber, wie es mit den Frauen und Kindern weitergehen würde –, und folgte Casper, als sie das Flugdeck verließen.

Drei Stunden später schmerzte Pyros Rücken, weil er sich über die Karten von Libreville gebeugt hatte, während er und seine Kameraden von den Night Stalkers die Gegend nach den besten Orten absuchten, an denen sich die nächste Gruppe von Evakuierten versammeln konnte, damit sie so sicher wie möglich abgeholt werden konnten.

Aufgrund der Informationen, die sie erhalten hatten, wussten sie, dass sie wahrscheinlich noch jeweils zwei weitere Flüge vor sich hatten. Sechs weitere Ladungen US-Bürger, die evakuiert werden mussten. Die erste würde aus einer Mischung aus Frauen, Kindern und Männern bestehen, die letzte hauptsächlich aus Männern. Es handelte sich um diejenigen, die sich entschlossen hatten, bis zum letzten Moment zu bleiben, um streng geheime Dokumente in Sicherheit zu bringen und ihren gabunischen Kollegen zu helfen.

»Geht etwas essen. Macht vielleicht ein Nickerchen. In vier Stunden brechen wir auf. Im Dunkeln wird es schwieriger, aber hoffentlich sind dann weniger Leute auf den Straßen, die uns ausschalten wollen.«

Pyro musste sich von Casper nicht zweimal sagen lassen, dass er gehen sollte. Ihm knurrte der Magen und er war mehr als bereit zu essen. Er war sich nicht sicher, ob Schlafen eine Option war, da ihm die Details der bevorstehenden Mission im Kopf herumschwirrten. Und er konnte immer noch nicht das Verlangen abschütteln, nach Penny und Bowie zu sehen ... und den anderen Frauen, die sie heute Morgen evakuiert hatten.

»Gehst du in die Kantine? Ich komme mit«, sagte Chaos.

»Warte, ich komme auch mit«, rief Edge.

Pyro war froh über ihre Gesellschaft. Sie gingen durch das

Labyrinth der Korridore zur Hauptkantine. Sie kamen erst kurz vor Ende der Essenszeit an, aber hoffentlich würden sie es noch schaffen und mussten sich nicht mit etwas aus dem Grab-and-Go-Bereich begnügen. Es war nichts gegen das Essen in den To-Go-Boxen einzuwenden, aber Pyro brauchte etwas Herzhafteres als ein Sandwich und Kartoffelchips.

Wie er vermutet hatte, war es in der Kantine ziemlich leer, da es nur noch zehn Minuten dauerte, bis die Essensausgabe geschlossen wurde. Er und seine Freunde gingen schnell durch und füllten ihre Metalltabletts mit warmen Speisen.

»Ich schwöre, dieses Zeug wird von Jahr zu Jahr immer unappetitlicher«, meckerte Chaos, als sie sich an einen runden Tisch an einer Seite des offenen Raumes setzten.

»Das muss auf jeden Fall Kartoffelpulver sein«, stimmte Edge zu.

Pyro schwieg, da er zu sehr mit essen beschäftigt war. Und er hatte als Kind definitiv schon Schlimmeres zu sich genommen. Milchpulver, Eier und Kartoffeln gehörten als Kind zu seiner täglichen Kalorienzufuhr. Die Familien, bei denen er gelebt hatte, waren nicht reich gewesen, aber sie hatten es immer geschafft, Essen auf den Tisch zu bringen. Es waren vielleicht keine Gourmetmahlzeiten gewesen, aber für ein hungriges Kind war Essen eben Essen.

Auch heute noch war er nicht wählerisch. Er aß so ziemlich alles. Es war ihm egal, ob die Kartoffeln aus einer Packung kamen oder aus echtem Gemüse zubereitet waren.

Er ignorierte die Beschwerden seiner Teamkameraden, und nicht zum ersten Mal in den letzten Stunden wanderten Pyros Gedanken zurück zu Penny. Wie lange war sie schon in Afrika? Was machte sie beruflich? War Bowies Vater noch ein Teil ihres Lebens? Er war sich bewusst, dass er davon besessen war, aber er schien nicht aufhören zu können, an das Mutter-Tochter-Gespann zu denken, das während seiner Mission eine beruhigende Präsenz inmitten des Chaos gewesen war.

HILFE FÜR PENNY

»Ich habe gehört, du hast heute ein blindes Mädchen transportiert«, sagte Chaos.

Pyro erstarrte mit der Gabel auf halbem Weg zum Mund und sah seinen Freund an.

»Was? Was ist los?«, fragte Chaos stirnrunzelnd.

»Woher zum Teufel weißt du das?«

»Ich glaube, Casper hat es erwähnt.«

»Du *glaubst*?«

»Okay, er hat es erzählt«, sagte Chaos mit einem Achselzucken und einem Grinsen. »Während unserer Pause vorhin. Ich habe gefragt, warum du dich so komisch verhältst, und er meinte, er glaube, es liege an dem blinden Mädchen. Also habe ich gefragt, welches blinde Mädchen? Und dann hat er mir erzählt, wie sie ganz selbstbewusst über das Dach auf dich zugegangen ist, während alle anderen total ausgeflippt sind. Ich wünschte, ich hätte das gesehen.«

Pyro nickte und entspannte sich. Er schob sich die Gabel mit Roastbeef in den Mund, kaute und schluckte, bevor er antwortete: »Sie heißt Bowie.«

»Interessanter Name.«

Pyro nickte erneut.

»Du wirst zu ihr gehen, oder?«, vermutete Edge.

Als hätte ihm die Frage seines Freundes die Erlaubnis gegeben, das zu tun, worüber er seit Stunden nachdachte, sagte Pyro einfach: »Ja.«

»Es kann nicht einfach sein, in Gabun blind zu sein«, bemerkte Chaos.

»Ist es irgendwo einfach, blind zu sein?«, konterte Pyro.

Sein Freund sah ein wenig verlegen aus. »Stimmt. Das war dumm von mir. Ich wollte nur sagen, dass Gabun nicht gerade behindertenfreundlich ist. In den Staaten gibt es Dinge wie sprechende Fußgängerüberwege, Speisekarten in Brailleschrift ... solche Sachen. Zumindest an manchen Orten.«

Pyro wusste, was sein Freund meinte, und er hatte ein schlechtes Gewissen, ihn wegen seiner Wortwahl zurechtgewiesen zu haben. Aber er hatte in seiner Kindheit zu oft Mitleid erfahren, wenn die Leute herausfanden, dass er ein Pflegekind war, sodass er auch jetzt noch besonders empfindlich darauf reagierte.

»Ich weiß, tut mir leid. Und du hast recht. Aber Bowie hat etwas an sich, das mich glauben lässt, dass sie es schaffen könnte, egal wo sie lebt. Sie ist furchtlos und vertrauensvoll. Und außerdem unglaublich süß.«

»Ich möchte sie kennenlernen«, sagte Edge.

»Ich auch«, stimmte Chaos zu.

Aus irgendeinem Grund wollte Pyro auch, dass seine Freunde sie kennenlernten.

»Ihre Mutter ist mit ihr gekommen, oder? Kommt der Vater mit einem späteren Transport?«

Edges unschuldige Frage sorgte dafür, dass Pyro sich der Magen verkrampfte, und die Mahlzeit, die er gerade gegessen hatte, wollte plötzlich wieder hochkommen. Er hatte angenommen, dass Penny und Bowie auf sich allein gestellt waren, aber vielleicht war das nicht der Fall.

»Ich weiß es nicht«, sagte er nach einem Moment.

»Seid ihr fertig? Ich möchte dieses Mädchen gern kennenlernen, aber ich brauche auch noch ein paar Stunden Schlaf.« Seufzend blickte Edge sich in der weitläufigen Kantine um. »Wenn ich auf diesem Schiff herumlaufe und sehe, wie riesig diese Dinger sind, muss ich an Zita und ihre Situation denken. Ich kann kaum glauben, dass wir sie so schnell finden konnten«, murmelte Edge.

Pyro nickte. Ehrlich gesagt war er auch überrascht.

Obi-Wans Freundin war kürzlich entführt und auf eine verlassene Werft gebracht worden. Dort wurde sie auf einem ausgemusterten Flugzeugträger wie diesem hier versteckt, der ausgehöhlt worden war ... und eine Woche später ins Meer geschleppt und versenkt werden sollte, um ein künstliches Riff zu bilden.

HILFE FÜR PENNY

»Gott sei Dank für Fred«, sagte Chaos, als sie die Kantine verließen, seine Stimme aufrichtig.

Fred war ein Suchhund, der herbeigerufen worden war, um Zita in den Tausenden von Räumen aufzuspüren. Und das hatte er in bemerkenswert kurzer Zeit geschafft.

Pyros Gedanken schweiften ab. Er war Fred und seiner Hundeführerin Jennifer ebenfalls dankbar, aber im Moment konzentrierte er sich ganz auf das Hier und Jetzt.

Sie näherten sich dem Hangar, und der vertraute Geruch von Kerosin empfing sie, als sie eintraten. Normalerweise dachte Pyro nicht weiter darüber nach, aber heute fragte er sich, wie störend oder überwältigend der Geruch für eine Gruppe von Frauen sein könnte, die daran nicht gewöhnt waren. Und sie mussten hier schlafen. Würden sie am Ende Kopfschmerzen bekommen? Würde es ihnen dauerhaften Schaden zufügen?

Natürlich hatte er nie darüber nachgedacht, wie sich der Geruch auf die Männer und Frauen auswirkte, die den ganzen Tag an den Flugzeugen arbeiteten. Er fühlte sich besonders schlecht, weil er nicht darüber nachgedacht hatte, dass *Laryn* hier mit ihren Hubschraubern war, während sie diese für den Transport sicherte oder für den Transport zum Flugdeck vorbereitete. Vor allem jetzt, da sie schwanger war.

Er nahm sich vor, Casper danach zu fragen. Ob diese Umgebung für das Baby sicher war. Laryn würde ihm den Arsch aufreißen, wenn er etwas tat, das sie zwang, vorzeitig aus dem Dienst auszuscheiden, aber Casper war für Pyro wie ein Bruder. Und er würde die Frau und das Kind seines Co-Piloten vor Schaden bewahren, genauso wie er es mit seinem Teamkameraden tat, wenn sie in der Luft waren.

»Da sind die Feldbetten«, sagte Edge und zeigte nach links.

Als Pyro in diese Richtung blickte, sah er mehrere Reihen von Feldbetten, die an der Rückseite des riesigen Raumes aufgestellt waren. Im Vergleich zu den Flugzeugen, die im Hangar geparkt waren, wirkten sie winzig. Um die Feldbetten herum waren Absperrungen aufgestellt, und ausziehbare Gurte hielten alle aus Sicherheitsgründen vom Rest des Hangars fern. Aber es gab keinerlei Privatsphäre.

Die Anordnung erinnerte Pyro an den alten Film *Die Rache der Eierköpfe*. Als die Eierköpfe in die Turnhalle der Universität umgesiedelt wurden, nachdem ihr Haus zerstört worden war.

Ohne zu zögern, ging er in Richtung der Feldbetten. Dort tummelten sich Menschen, andere lagen auf ihren provisorischen Betten, einige telefonierten. Es war laut und chaotisch, und Pyro fühlte sich unwohl, einfach nur dort zu sein. Die Frauen und Kinder taten ihm leid. Diese Situation war zwar besser als die, aus der sie gekommen waren, und sicher, aber gemütlich war es nicht gerade.

Er sah sich um in dem Versuch, Penny und Bowie zu finden. Er war nicht erfreut, als er sie am Ende einer der Feldbettreihen entdeckte. Sie saßen einander im Schneidersitz gegenüber auf einem der schmalen Betten, zwischen ihnen eine Plastiktüte, in der sie gerade herumwühlten.

Zu seiner Überraschung sah Penny auf und schaute ihn direkt an, als er auf sie zuging. Er hatte keine Ahnung, woher sie wusste, dass er da war, aber das einladende Lächeln auf ihrem Gesicht ließ sein Herz seltsam schlagen. Sie beugte sich vor und sagte etwas zu Bowie, die sich ebenfalls in seine Richtung drehte.

Dann stand das kleine Mädchen auf und ging direkt auf ihn zu. Pyro war verwirrt, woher sie wusste, wo er war, und woher sie das Selbstvertrauen nahm, das Feldbett in einer so ungewohnten Umgebung zu verlassen. Er beschleunigte seine Schritte und traf das kleine Mädchen etwa ein Dutzend Schritte von der Stelle entfernt, an der ihre Mutter noch saß.

»Hey, Bowie«, grüßte er sie, als sie näher kam, damit sie wusste, dass er da war.

»Kylo-Pyro! Du bist hier!«

»Natürlich bin ich hier, Knirps. Wir sind mitten im Ozean, wo sollte ich sonst sein?«

HILFE FÜR PENNY

Während er sprach, hockte er sich hin, und zu Pyros Überraschung zögerte sie nicht, direkt auf ihn zuzugehen, ihre Arme um seinen Hals zu legen und ihn begeistert zu umarmen. Dann zog sie sich zurück, ließ aber ihre Hände auf seinen Schultern.

»Das weiß ich doch, Dummkopf. Aber du bist *hier*-hier. Ist das nicht *cool*? Schläfst du auch an so einem tollen Ort? Es riecht nach Benzin, aber nach einem lustigen Benzin. Und ich kann Leute hören, die an *Flugzeugen* arbeiten. Manchmal sagen sie böse Wörter, wenn sie etwas fallen lassen.« Sie kicherte. »Mommy mag es nicht, wenn ich diese Wörter sage, aber ich kann nichts dafür, wenn ich sie höre. Und wir dürfen in einem richtigen Bett schlafen! Ich habe sogar mein eigenes!«

Sie redete wie ein Wasserfall, und es war bezaubernd, auch wenn es Pyro störte, dass sie es cool fand, hier zu sein. Und ihre letzte Bemerkung über das Schlafen in einem »richtigen Bett« entging ihm nicht. Als sei ein Militärbett ein richtiges Bett.

Er merkte, dass er die Stirn runzelte, und ermahnte sich selbst still ... aber eine Sekunde später fiel ihm ein, dass das kleine Mädchen seinen Gesichtsausdruck nicht sehen konnte.

»Wir haben unser eigenes Zimmer in einem der unteren Decks«, sagte Edge hinter ihm. »Es ist definitiv nicht so cool wie der Ort, an dem du schlafen darfst.«

Bowie hob den Kopf und blickte irgendwo über Pyros Schulter hinweg. »Wer bist du?«

»Ich bin Edge. Und ich habe Chaos mitgebracht. Wir sind Freunde von Pyro.«

Bowie kicherte erneut. »Eure Namen sind lustig. Aber meiner ist es wohl auch, also ist das okay. Ich bin Bowie Burns. Ich bin mit meiner Mommy hier.«

»Kommt dein Daddy auch bald?«, fragte Chaos.

Pyro runzelte über seine Schulter hinweg die Stirn ... auch wenn er insgeheim erleichtert war, dass Chaos die Frage gestellt hatte, auf die er selbst so dringend eine Antwort haben wollte.

Zu seiner Überraschung verfinsterte sich die Mine des

sonst so fröhlichen Kindes, als sie heftig den Kopf schüttelte. Sie krallte ihre Finger in seine Schultern, während sie sprach. »*Nein*. Er ist tot. Er hat Mommy und mir wehgetan, und wir sind froh, dass er nicht mehr da ist.«

Wow. Ihre Antwort war heftig. Aber mehr noch als das konnte Pyro die Angst in ihren Worten hören. Sein Körper spannte sich an, und er musste sich zwingen, sich zu entspannen. Bowie sagte, der Mann sei tot, also konnte er das, was auch immer er dem Mädchen angetan hatte, nicht mehr tun.

»Hallo. Ich bin Penny. Ich nehme aufgrund Ihrer Kleidung an, dass Sie Piloten sind wie Pyro? Danke für das, was Sie hier tun. Ohne Ihre Hilfe hätten wir es niemals aus der Stadt geschafft.«

Pyro stand auf und nahm dabei eine von Bowies Händen, damit ihre Verbindung nicht unterbrochen wurde. Sie neigte den Kopf nach hinten und lächelte ihn an, während ihre kleinen Finger sich um seine Hand schlossen. Etwas zu spät wurde ihm klar, dass es wahrscheinlich nicht besonders gut aussah, wenn ein fast Fremder so freundlich zu einem Kind war, das er gerade erst kennengelernt hatte, aber zum Glück schien Penny davon überhaupt nicht beunruhigt zu sein.

»Ma'am«, sagte Edge respektvoll mit einem Nicken.

»Freut mich, Sie kennenzulernen«, fügte Chaos hinzu.

»Was tragen die denn?«, fragte Bowie mit kindlicher Unschuld.

»Unsere Fluganzüge«, erklärte Pyro ihr.

»Was ist ein Fluganzug? Ist das so etwas wie ein Badeanzug?«

Alle vier Erwachsenen lachten leise.

»Nein, Schatz. Nicht einmal annähernd. Es ist wie ein einteiliges Hemd und eine Hose in einem. Sie sind zusammengenäht und haben vorn einen Reißverschluss, um sie zu schließen.«

Es war offensichtlich, dass Penny es gewohnt war, ihrer Tochter Dinge so zu erklären, dass sie sie sich vorstellen konnte, da sie ihr Sehvermögen nicht nutzen konnte, um die Welt um sie herum zu verstehen.

»Oh! Wie mein flauschiger Elsa-Pyjama, den ich früher hatte. Du weißt schon, der mit den Füßchen?«

Pyro grinste. Noch nie hatte jemand seinen Fluganzug mit einem flauschigen Pyjama-Strampler verglichen, aber für ein Mädchen, das nicht selbst sehen konnte, was er und seine Freunde trugen, ergab das Sinn.

»Ja, Schatz, genau so. Aber sie tragen schwere schwarze Stiefel an den Füßen. Ihre Fluganzüge enden an den Knöcheln. Sie haben keine angenähten Füße wie dein Pyjama.«

»Wird euch an den Füßen kalt?«, fragte Bowie, während sie zu den Männern aufblickte. »Das war das Beste an meinem Pyjama. Sie haben verhindert, dass der rote Staub hineingelangt ist, während ich geschlafen habe.«

»Die Stiefel halten unsere Füße warm und den Staub draußen«, erklärte Edge dem kleinen Mädchen.

Sie nickte. »Darf ich mal fühlen?«

Pyro blinzelte überrascht. Was genau wollte sie fühlen? Ihre Stiefel?

Penny sprach, bevor er fragen konnte. »Es ist unhöflich, die Kleidung anderer Leute zu befühlen, während sie sie tragen. Weißt du noch? Wir berühren nichts ohne Erlaubnis. Weder andere Menschen noch ihre Sachen oder Tiere.«

Bowie nickte weise. »Ich weiß. Tut mir leid, Kylo-Pyro.«

»Schon gut. Musstest du deinen Pyjama mit den flauschigen Füßen zurücklassen?«

Zu seiner Überraschung zuckte das gesprächige kleine Mädchen mit den Schultern und senkte den Blick. Sie ließ auch seine Hand los und griff hinter sich nach ihrer Mutter.

Penny nahm ihre Hand, und Bowie kuschelte sich an ihre Seite.

Pyro fragte sich, was er falsch gesagt hatte, und wünschte sich, er hätte den Mund gehalten. Seine Hand fühlte sich leer an, jetzt, da Bowies Finger nicht mehr darin lagen.

»Eigentlich hat sie diesen Pyjama schon lange nicht mehr«, sagte Penny. »Als wir vor ein paar Jahren umgezogen sind, mussten wir ihn zurücklassen.«

Das war schade. Es gab vieles in dieser Erklärung, das Pyro nicht verstand, aber er wusste genau, dass ihm Bowies plötzliche Traurigkeit nicht gefiel. Er wollte das wieder in Ordnung bringen. Er hatte nur keine Ahnung wie.

»Wissen Sie, wie es mit uns weitergeht?«, fragte Penny. »Ich meine, wir hatten zwar eine Besprechung, aber dort wurde uns nur gesagt, dass weitere Evakuierungen geplant seien und dass wir mehr erfahren würden, sobald alle, die aus dem Land gebracht werden können, hier seien.«

»Es tut mir leid, ich weiß es nicht«, sagte Pyro zu ihr.

»Wir sind nicht daran beteiligt, was nach der Abholung derjenigen passiert, die wir evakuieren sollen«, erklärte Edge.

»Stimmt. Das leuchtet ein. Ist schon gut. Uns geht es hier gut, es ist nur ... schwierig, darüber nachzudenken, was als Nächstes kommt.«

»Ich bin sicher, dass man sich um Sie kümmern wird«, sagte Chaos.

»Natürlich.«

Sie sprach das Wort aus, aber Pyro konnte die Besorgnis in ihrer Stimme hören.

»Wir haben eine Tasche voller Sachen!«, sagte Bowie, in deren Stimme wieder Aufregung mitschwang. Es war schön, dass die Trauer, die das Mädchen über den Verlust ihres Schlafanzugs empfunden hatte, offenbar verschwunden war. »Das sind alles *kostenlose* Sachen. Ich habe ein T-Shirt und eine Jogginghose bekommen, und sogar ein Paar Socken! Es gab auch eine Zahnbürste und Zahnpasta, ein Stück Seife und einen Schokoriegel! Aber Mommy lässt mich ihn nicht essen, weil es schon spät ist. Aber morgen nach dem Frühstück darf ich ihn haben, hat sie gesagt. Oh, und wir bekommen hier Frühstück, Mittag- und Abendessen! Heute haben wir eine Schachtel mit einem Sandwich und Kartoffelchips bekommen.

HILFE FÜR PENNY

Das war *super*! Auch wenn ich die Tomaten rausnehmen musste. Tomaten sind eklig. Magst du Tomaten?«

Pyro war sich nicht sicher, ob sie mit ihm oder seinen Freunden sprach, aber er antwortete trotzdem. »Ja, tue ich.«

Bowie rümpfte die Nase, als würde sie überlegen, ob sie ihn als Freund akzeptieren sollte. Aber dann sagte sie: »Das ist okay. Ich kann dir meine Tomaten geben und du kannst mir deine Gurken geben. Aber nur saure Gurken. Keine süßen.«

»So funktioniert das nicht, Schatz«, sagte Penny trocken.

»Das ist in Ordnung. Sie kann alle meine Gurken haben, und ich nehme gern ihre Tomaten. Magst du Spaghetti?«

»Sketti? Ja! Ich liebe sie! Aber wir haben schon ewig keine mehr gegessen.«

Pyro wollte gerade erklären, dass Spaghettisoße aus Tomaten gemacht wurde, aber als hätte sie seine Gedanken gelesen, schüttelte Penny heftig den Kopf. Er grinste und nickte.

»Habt ihr auch eine Tasche mit Gratisartikeln bekommen?«, fragte Bowie.

»Nein. Ich glaube, wir wurden betrogen«, scherzte Chaos.

Plötzlich ließ Bowie die Hand ihrer Mutter los und drehte sich um, um schnell zu ihren Betten zurückzulaufen.

Pyro runzelte die Stirn. Was hatte sie vor? Und sollte ihre Mutter nicht mitkommen, da sie nicht sehen konnte, wohin sie ging?

»Sie kommt klar«, sagte Penny, die wieder seine Gedanken gelesen hatte. »Sie zählt Schritte. Sie hat gezählt, wie viele es waren, um dorthin zu gelangen, wo wir stehen. Sie wird einfach die gleiche Anzahl zurück zu unseren Feldbetten gehen«, erklärte Penny, wobei sie ihre Tochter liebevoll beobachtete.

Tatsächlich blieb Bowie in der Nähe der Stelle stehen, an der sie und ihre Mutter gesessen hatten. Sie streckte die Arme aus und schlurfte vorwärts, bis sie wieder auf das Feldbett stieß. Sie tastete auf der Bettdecke herum und hob die noch ungeöffnete Tasche an. Dann drehte sie sich um und ging zurück zu den vier Erwachsenen. Es war fast schwer zu glauben, dass das Kind blind war.

»Hier, Bowie«, sagte Penny leise, als ihre Tochter ein wenig vom Kurs abkam. Das Mädchen korrigierte sofort ihre Richtung und steuerte geradewegs auf sie zu.

»Das ist wirklich erstaunlich«, sagte Edge. »Wie ihr Gehör ihren Sehverlust ausgleicht.«

»Das ist es wirklich«, stimmte Penny zu.

Bowie erreichte sie und sagte: »Mr. Chaos?«

»Nur Chaos, Bowie«, korrigierte sein Freund sanft.

»Hier«, sagte das kleine Mädchen und hielt die Tasche hoch. »Du kannst meine haben, da du keine bekommen hast. Mommy und ich können uns eine teilen. Sie sagt, es ist gut zu teilen, dass das Geheimnis des Glücks nicht darin liegt, was man bekommt oder erhält, sondern darin, was man mit anderen teilt, die es mehr brauchen als man selbst. Und es ist nicht fair, dass du keine kostenlose Tasche bekommen hast, als du hier eingetroffen bist. Deshalb kannst du diese hier haben.«

Pyro war sprachlos. Seine Freunde sahen genauso schockiert aus.

Alle drei standen mit ungläubigen Gesichtern da und starrten das kleine Mädchen an, das ein breites Lächeln auf den Lippen hatte und eine Tasche mit den wenigen Sachen hochhielt, die sie bekommen hatten, seit sie mit nichts als den Kleidern, die sie am Leib trugen, evakuiert worden waren.

»Es ist okay«, sagte Bowie, als niemand ihr die Tasche abnahm. »Du kannst sie haben.«

Pyro kniete sich vor das Mädchen und legte eine Hand auf ihre, die den Griff der Plastiktüte umfasste. Er senkte ihren Arm. »Es ist *so* nett von dir, dass du mit uns teilst«, sagte er vorsichtig, damit das Mädchen nicht das Gefühl hatte, ihr Geschenk würde abgelehnt. »Aber ich glaube nicht, dass das Hemd oder die Hose einem von uns passen würde. Wie wäre es, wenn wir, anstatt

HILFE FÜR PENNY

dein Geschenk zu nehmen, zu dem Verantwortlichen gehen und ihn bitten, uns unsere eigenen zu geben? Auf diese Weise kannst du deine behalten und wir bekommen auch welche.«

Bowie schien einen Moment darüber nachzudenken, bevor sie sagte: »Okay. Aber wenn ihr keine bekommt, könnt ihr trotzdem meine haben.«

»Du bist so lieb, kleine Bowie. Danke.«

Das Mädchen strahlte.

»Es wird langsam spät, Schatz. Zeit, sich bettfertig zu machen. Geh doch schon mal zu unseren Feldbetten. Ich komme gleich nach und dann können wir uns gemeinsam die Zähne putzen.«

»Okay, Mommy.« Dann beugte sie sich vor und umarmte Pyro noch einmal lange. Ihre kleinen Arme um seinen Hals schnürten Pyro die Kehle zu. Sie war offen und ehrlich, und er hatte sich noch nie so ... geliebt gefühlt.

Wann hatte er das letzte Mal eine Umarmung bekommen? Pyro konnte sich nicht daran erinnern. Als Pflegekind hatte er in seiner Kindheit nicht viel Zuneigung erfahren, und seit er zur Armee gegangen war, gab es Umarmungen definitiv nur noch selten.

Bowie lächelte Edge und Chaos zu, dann wandte sie sich um und ging zurück zu den Feldbetten, die Plastiktüte in ihrer kleinen Faust schwingend an ihrer Seite.

»Sie ist unglaublich«, sagte Pyro leise zu Penny, als sie wieder sicher bei den Feldbetten angekommen war.

»Das ist sie«, sagte Penny.

»Was brauchen Sie noch?«, fragte er, nachdem er aufgestanden war.

Sie sah ihn verwirrt an. »Brauchen?«

»Bowie sagte, in der Tasche seien ein Hemd, eine Hose und Socken. Sonst nicht viel. Was brauchen Sie noch?«

»Nichts.«

Pyro hob eine Augenbraue.

»Ehrlich, uns geht es gut. Wir brauchen nicht viel. Solange sie in Sicherheit ist, bin ich glücklich.«

Pyro wurde klar, dass sie es völlig ernst meinte.

In diesem Moment erkannte er etwas in ihr, das ihm vertraut vorkam. Die Beharrlichkeit, dass es ihr gut ging, dass sie von niemandem etwas brauchte, obwohl es mehr als offensichtlich war, dass sie und ihre Tochter buchstäblich *nichts* hatten. Keine Habseligkeiten. Nur die kostenlosen Zuwendungen der US-Regierung und die Kleidung, die sie trugen.

Wie oft hatte er Sozialarbeitern dasselbe gesagt? Dass es ihm gut ginge. Dass er nichts brauche. Wenn man jemandem etwas wegnahm, wollte dieser normalerweise etwas dafür zurück. Und er mochte es nicht, jemandem etwas schuldig zu sein.

Es war schon lange her, dass er so empfunden hatte, besonders jetzt, da er seine Night-Stalker-Kameraden im Rücken hatte, aber er erinnerte sich nur zu gut an dieses Gefühl.

»Gebt ihr uns einen Moment?«, fragte er Chaos und Edge.

Sie zögerten nicht, seinen nicht gerade subtilen Hinweis zu verstehen, dass er einen Moment mit Penny allein sein wollte.

»Es war schön, Sie und Ihre Tochter kennenzulernen«, sagte Chaos sofort.

»Wir müssen los und uns noch etwas Schlaf gönnen, bevor wir aufbrechen. Sie erziehen eine erstaunliche junge Frau, Penny. Sie können sehr stolz auf sie sein«, ergänzte Edge.

»Das bin ich. Und danke.«

Damit drehten seine Freunde sich um und gingen zu der Tür, die aus dem Hangar führte.

Jetzt, da er mit Penny allein war, war Pyro sprachlos. Er hatte sich vorgenommen, ihr alle möglichen Fragen über ihre Vergangenheit zu stellen, was sie tun würde, wenn sie in die USA zurückkehrte, wie ihr Mann gestorben war ... aber er schien keine einzige Frage stellen zu können.

»Sie fliegen heute Nacht wieder raus? Im Dunkeln?«

HILFE FÜR PENNY

Er lächelte ein wenig. »Wir heißen nicht umsonst Night Stalkers«, witzelte er.

Aber sie lächelte nicht einmal.

»Es wird schon gut gehen. Im Dunkeln ist es sogar sicherer. Es ist schwieriger, etwas zu treffen, das man nicht sehen kann.«

Kaum hatte er diese Worte ausgesprochen, bereute Pyro sie – vor allem weil Penny die Stirn runzelte und noch besorgter aussah als Sekunden zuvor.

»Ich mache mir einfach Sorgen um Sie.«

Pyro blinzelte verblüfft. Er hatte diese Frau gerade erst kennengelernt, und doch machte sie sich Sorgen um ihn?

Er konnte sich nicht daran erinnern, dass sich in der jüngsten Vergangenheit jemand um ihn gesorgt hatte. Verdammt, in seinem ganzen *Leben*. Er war immer ein Einzelgänger gewesen, und es war nicht so, dass sich die Familien, bei denen er gelebt hatte, sonderlich dafür interessiert hätten, was er tat. Solange er respektvoll war, ihre Regeln befolgte und keinen Ärger machte, ließen sie ihn in Ruhe.

Das hieß, sie schenkten ihm nicht wirklich viel Aufmerksamkeit.

Und als er zur Armee ging, gab es niemanden, der sich Gedanken darüber machte, wie es ihm in der Grundausbildung oder während der Ausbildung zum Piloten und dann während der Night-Stalker-Ausbildung erging.

Als er anfing, an Missionen teilzunehmen, gab es zu Hause niemanden, der ihm sagte: »Sei vorsichtig«, oder: »Pass auf dich auf.«

Diese Frau kannte ihn wie lange ... ein paar Stunden? Und sie machte sich Sorgen um ihn, weil er eine Routine-Evakuierung durchführte? Ja, sie waren heute beschossen worden, aber das war nichts Neues.

In diesem Moment fasste Pyro einen Entschluss. Er würde dafür sorgen, dass diese Frau und ihr Kind in Sicherheit waren und sich irgendwo in den Vereinigten Staaten niederlassen konnten. Er würde herausfinden, wie der Plan für die Evakuierten aussah, und er würde Penny und Bowie helfen, dorthin zu gelangen, wo sie hinwollten.

»Pyro?«, sagte sie mit leicht gerunzelter Stirn.

»Danke«, antwortete er verspätet. »Dass Sie sich Sorgen machen. Ich werde Ihnen und Bowie ein paar Sachen schicken.« Er hob die Hand, als sie den Mund öffnete. Er wusste einfach, dass sie protestieren würde. Aber nachdem er gesehen hatte, wie begeistert ihre Tochter von einem kratzigen, billigen T-Shirt und einer verdammten Zahnbürste war, beschloss er, dass er es besser machen konnte. Viel besser. Das Bedürfnis, sich um sie zu kümmern, nagte unerbittlich an ihm. Er würde nicht in der Lage sein, zu ihrer nächsten Rettungsmission aufzubrechen, ohne den Gefühlen nachzugeben, die in ihm brodelten.

»Sie können Bowie sagen, dass es weitere Willkommensgeschenke vom Schiff sind, oder Sie können ihr sagen, dass ich sie geschickt habe. Das ist egal. Ich möchte das einfach für Sie beide tun.«

»Ich ... danke.«

Als er merkte, dass sie sein Hilfsangebot nicht ablehnen würde, entspannten sich seine Muskeln. Er hatte keine Ahnung, was einer Sechsjährigen aus dem Schiffsladen gefallen könnte, aber er hatte auch das Gefühl, dass er ihr einen Stein schenken könnte und sie würde ihn für das tollste Geschenk halten, das sie je bekommen hatte.

Penny senkte für einen Moment den Blick, dann holte sie tief Luft und sah zu ihm auf. »Ich weiß, wir kennen uns überhaupt nicht, aber wenn es nicht zu seltsam ist, darf ich Sie dann zur Dankbarkeit umarmen? Dafür, dass Sie so sanft mit Bowie umgegangen sind? Dafür, dass Sie sie nicht wie eine Behinderte behandelt haben? Und dafür, dass Sie ein großartiger Pilot sind und uns sicher von diesem Dach geholt haben?«

Pyro war wieder einmal sprachlos. Eine Umarmung von Bowie war toll. Aber eine von ihrer Mutter?

HILFE FÜR PENNY

Er hatte das Gefühl, dass sein Leben bald auf den Kopf gestellt werden würde.

Er nickte.

Und in dem Moment, in dem Penny ihre Arme um ihn legte, wusste er mit Sicherheit, dass sein Leben sich verändert hatte.

Seine Haut fühlte sich elektrisiert an. Ihre Hände auf seinem Rücken fühlten sich wie Brandzeichen an. Mit eins siebzig war er kein besonders großer Mann, aber sie war im Vergleich zu ihm immer noch zierlich, und in diesem Moment fühlte er sich wie ein Riese.

Kaum hatte die Umarmung begonnen, trat sie schon wieder zurück. Pyro wollte protestieren, sie zurück in seine Arme ziehen, aber das hätte ihn zu einem Stalker gemacht. Und auf keinen Fall wollte er dieser Frau einen Grund geben, sich von ihm fernzuhalten.

Er lächelte sie an, sein Grinsen ein wenig schief.

»Danke«, sagte sie leise und ein wenig schüchtern.

»Gern geschehen.« Er wollte sie fragen, ob sie und Bowie mit ihm frühstücken würden, aber plötzlich überwältigten ihn seine Gefühle.

Gott, was tat er da? Er hatte diese Frau gerade erst kennengelernt. Er wusste buchstäblich nichts über sie. Und sein Job war nicht gerade förderlich für Beziehungen.

Scheiße, *Beziehungen*? Er kannte diese Frau seit anderthalb Sekunden. Sie dachte bestimmt an nichts anderes, als dafür zu sorgen, dass ihre Tochter in Sicherheit war, und was vor ihnen lag. Sie hatte ihren Job verloren und würde wahrscheinlich in den USA neu anfangen müssen.

Da er nicht wusste, was er sonst sagen sollte, nickte Pyro ihr zu und trat einen Schritt zurück. Sie verstand den Wink, lächelte ihn noch einmal kurz an und wandte sich dann Bowie zu, die geduldig auf einem der beiden ihnen zugewiesenen Feldbetten saß.

Pyro drehte sich um und stapfte zum Ausgang. Er brauchte frische Luft. Er musste seine Gedanken ordnen.

Aber er konnte nicht anders, als an der Tür stehen zu bleiben und sich umzudrehen.

Er erwartete, Penny mit Bowie sprechen zu sehen oder dass sie zu den Toiletten am anderen Ende des Hangars gingen. Stattdessen stand sie nur wenige Meter von der Stelle entfernt, an der er sie zurückgelassen hatte, und starrte *ihn* an.

Das Bedürfnis, zu ihr zurückzugehen, war stark. Aber Pyro nickte ihr nur kurz zu und griff dann nach der Türklinke. Er sollte in den Schlafraum gehen und sich eine Stunde oder so hinlegen, so wie seine Teamkameraden es taten.

Stattdessen fand er sich auf dem Weg zum Vierundzwanzig-Stunden-Laden wieder. Er hatte keine Ahnung, was er für das Mutter-Tochter-Duo kaufen sollte, aber er würde nicht schlafen oder sich konzentrieren können, bevor er wie versprochen *etwas* getan hatte.

Vielleicht würde er ihnen einfach jeweils ein weiteres Hemd oder ein Paar Socken kaufen. Aber er würde es nicht übertreiben.

KAPITEL DREI

Der Mann hatte es völlig übertrieben, und Penny wusste nicht, was sie über seine großzügigen Geschenke denken sollte. Nein, das war gelogen. Sie dachte alle möglichen Dinge ... über die Geschenke *und* über den Mann selbst. Sie war überwältigt und so dankbar für all die Dinge, die er für sie und Bowie besorgt hatte. Noch nie in ihrem Leben hatte sie sich in der Nähe eines Mannes so wohl und sicher gefühlt. Was verrückt war. Sie kannte Pyro nicht. Und sie war nicht so naiv zu glauben, dass er ein guter Mensch war, nur weil er beim Militär war. Sie hatte in ihrem Leben schon genügend Arschlöcher in Uniform kennengelernt.

Aber dieser Mann hatte etwas an sich, das ihre Schutzmauer, die normalerweise dick und hoch war, wie dünne Streichhölzer zusammenbrechen ließ. Das lag vor allem daran, wie er Bowie behandelte. Wie er sie voller Ehrfurcht ansah. Als sei sie etwas Kostbares, das er mit seinem Leben beschützen musste.

Aber es war mehr als das. Es war auch etwas in seinen Augen. Ein Gefühl, nach Hause zu kommen. Sie hatte noch nie zuvor so etwas empfunden, schon gar nicht bei einem Fremden.

Penny konnte kaum glauben, dass sie ihn gefragt hatte, ob sie ihn umarmen dürfe. Aber sie legte großen Wert auf Einverständnis, und er schien ihr etwas empfindlich zu sein. Obwohl er Bowies Zuneigung ohne Weiteres angenommen hatte, und als sie sah, wie er ihre Hand so sanft hielt, wollte sie am liebsten weinen.

Ihre Tochter war lieb und freundlich, obwohl sie in ihrem kurzen Leben viel Diskriminierung erfahren hatte. Sie wurde von Kindern und Erwachsenen gleichermaßen übersehen, weil sie davon ausgingen, dass sie nicht an verschiedenen Veranstaltungen teilnehmen könnte. Picknicks, Spiele, einfache Zusammenkünfte. Ihr wurde sogar ein Platz in der örtlichen Schule verweigert, weil die Lehrer der Meinung waren, dass ihre Ausbildung und die Anpassungen aufgrund ihrer Sehbehinderung zu viel Zeit und Aufmerksamkeit von den anderen Kindern wegnehmen würden.

Also verbrachte Penny ihre gesamte Freizeit damit, Bowie alles beizubringen, was sie konnte. Wenn sie nicht in der Klinik war, um Kurse über Frauengesundheit zu geben und Menschen über die Bedeutung von Verhütung und die Vorbereitungen auf eine Schwangerschaft aufzuklären, war sie bei ihrer Tochter. Bowie war ihr Ein und Alles, und sie würde alles tun, um sie zu beschützen.

Jedes Mal wenn sie Bowie bei ihrer Nachbarin gelassen hatte, die angeboten hatte, tagsüber auf sie aufzupassen – natürlich gegen Bezahlung –, war Penny nervös, bis sie nach Hause kommen und sich selbst davon überzeugen konnte, dass es Bowie gut ging. Es war nicht so, dass ihre ältere Nachbarin gemein oder ein schlechter Mensch war, sie war nur mehr an dem wenigen Geld interessiert, das sie für das Babysitten bekam, als daran, Bowie zu unterhalten oder ihr etwas beizubringen.

HILFE FÜR PENNY

Bowie, Gott segne sie, beschwerte sich nie über die langen Stunden, während Mommy arbeitete, aber die Art, wie sie sich jeden Nachmittag freute, sie zu sehen, sprach Bände darüber, wie langweilig ihr tagsüber war.

Dass Pyro so nett zu Bowie war, bedeutete Penny sehr viel. Er sah in dem kleinen Mädchen dieselbe Großartigkeit wie ihre Mutter, was ihr Herz erwärmte. Und er hatte genau die richtigen Worte gefunden, als Bowie ihm die Tüte mit den kostenlosen Kleidern und das kostbare Stück Schokolade geben wollte.

Man konnte mit Sicherheit sagen, dass Penny viel mehr Interesse an dem Piloten hatte, als sie sollte. Als klug war. Sie hatte buchstäblich keine Ahnung, was das Leben für sie bereithalten würde, wenn sie in die USA zurückkehrten. Sie hatte etwa zwanzig Dollar in der Tasche, die Kleidung, die sie am Leib trugen, und die zwei Hemden, Socken und Jogginghosen, die ihnen zur Verfügung gestellt worden waren. Sie nahm sich vor, eine Frauenunterkunft zu suchen, in der sie unterkommen konnten, bis sie einen Job gefunden hatte und Geld verdiente, um dann in ein Motel oder etwas Ähnliches zu ziehen. Die Ungewissheit begann, sie ein wenig zu belasten.

Aber Penny war es gewohnt, aus Zitronen Limonade zu machen. Sie war ihr ganzes Leben lang auf sich allein gestellt gewesen, sehr zu ihrer Enttäuschung auch als sie verheiratet war, und würde schon eine Lösung finden. Das tat sie immer.

Als vor wenigen Augenblicken ein Matrose den Hangar betrat, schenkte sie ihm daher keine Beachtung. Die Lichter in dem großen Raum waren gedimmt, aber nicht ganz ausgeschaltet. Bowie schlief tief und fest in ihrem Feldbett, trug ihr neues T-Shirt als Nachthemd und schnarchte leise. Aber als der Mann näher kam, setzte Penny sich erwartungsvoll auf.

Dann bemerkte sie, dass er in der einen Hand einen großen Seesack und in der anderen eine kleine Plastiktüte hielt.

»Miss Burns?«, fragte er leise, um die schlafenden Frauen

und Kinder um ihn herum nicht zu wecken. Er blieb in respektvoller Entfernung zu ihr stehen.

»Ja?«, sagte Penny, verwirrt darüber, was er wohl wollte.

»Ich wurde gebeten, Ihnen diese zu bringen«, sagte er, als er die Sachen auf den Boden stellte. Dann nickte er ihr zu, drehte sich um und ging weg.

Penny wollte ihn zurückrufen und fragen, was in den Taschen war und ob sie dafür bezahlen sollte. Denn wenn ja, würde sie ihn bitten, alles wieder mitzunehmen. Sie konnte sich nichts leisten.

Aber er war schon zu weit weg, und Penny wollte weder Aufmerksamkeit auf sich lenken noch Bowie wecken. Also ging sie zu den Taschen hinüber und hob sie an. Der Seesack war schwer, aber nicht so schwer, als dass sie ihn nicht hätte tragen können. Sie stellte ihn neben ihrem Feldbett auf den Boden und warf einen Blick in die kleine Plastiktüte.

Ihre Augen weiteten sich angesichts der Menge und Vielfalt der darin enthaltenen Snacks. Es gab Schokolade, zuckerhaltige Süßigkeiten, Chips, Proteinriegel, Brezeln und Trockenfleisch. Außerdem lag ein zusammengefaltetes Stück Papier darin. Penny legte die Tüte neben sich auf das Feldbett und faltete den Zettel auseinander.

Penny,
bitte nicht böse sein. Als ich einmal angefangen hatte, konnte ich nicht mehr aufhören. Ich habe mich daran erinnert, wie begeistert Bowie von diesem kleinen Stück Schokolade war, und wollte ihr dieses Lächeln im Gesicht bewahren. Ich habe die Größen geschätzt. Falls etwas zu groß oder zu klein ist, können Sie es umtauschen. Lassen Sie einfach die Etiketten an den Kleidungsstücken, bis Sie wissen, dass sie passen, und die Verpflegungsstelle tauscht sie ohne Probleme gegen die Größen aus, die Sie brauchen. Es gab keine Elsa-Strampler, aber ich habe mein Bestes gegeben.

HILFE FÜR PENNY

Pyro

Die Handschrift war unordentlich, aber die Worte trieben Penny die Tränen in die Augen. Sie hatte noch nicht einmal in den Seesack geschaut, aber allein aufgrund des Gewichts wusste sie bereits, dass er viel zu viel gekauft hatte.

Sie legte die Notiz beiseite, öffnete den Reißverschluss der Tasche und begann, die Sachen einzeln herauszunehmen.

Ja, er hatte es völlig übertrieben. Aber Penny hatte noch nie ein schöneres oder willkommeneres Geschenk bekommen. Er hatte nicht nur Bowie mehrere Hemden und Hosen gekauft, sondern auch Dinge für *Penny*. Unterwäsche, Socken, Cargohosen, T-Shirts – sowohl mit langen als auch mit kurzen Ärmeln –, ein Sweatshirt ...

Es war eine wahre Fundgrube für Penny und ihre Tochter.

Wann hatten sie das letzte Mal Kleidung gehabt, an der noch die Etiketten hingen? Brandneue Sachen, die noch niemand getragen und dann weggeworfen hatte? Sie konnte sich nicht daran erinnern.

Sie saß mehrere Minuten lang auf ihrem Feldbett und versuchte, ihre Gefühle unter Kontrolle zu bringen. Pyro hätte ihnen nichts kaufen müssen. Verdammt, er hätte nicht einmal zum Hangar kommen müssen, um nach ihnen zu sehen. Das gehörte nicht zu seinen Aufgaben. Es war ihr nicht entgangen, dass er sich um keine der anderen Frauen und Kinder gekümmert hatte, die er von dem Dach transportiert hatte. Nur um sie und Bowie.

Normalerweise mochte Penny es nicht, herausgegriffen zu werden, das war für sie meist kein gutes Zeichen. Aber in diesem Fall fühlte sie sich innerlich beschwingt. Kribbelig. Besonders.

Von Männern bemerkt zu werden war normalerweise etwas, das sie fürchtete. Aber Pyro und seine Freunde hatten ihr ein Gefühl von Geborgenheit und Entspannung vermittelt. Und die Tatsache, dass Bowie Pyro freiwillig umarmt hatte, war ein weiterer Hinweis darauf, dass er etwas Besonderes an sich hatte, auf eine gute Art und Weise.

Penny seufzte, packte den Seesack wieder und schob beide Taschen unter ihr Bett, damit sie nicht im Weg standen – und um sie vor Diebstahl zu schützen –, und legte sich auf die Seite, damit sie Bowie sehen konnte. Ihre kleine Tochter wurde so schnell groß, und das war gleichzeitig großartig und beängstigend. Ihr dunkles Haar, das ihrem eigenen so ähnlich war, lag zerzaust und verfilzt auf dem Kissen, und beide mussten morgen duschen. Aber im Moment reichte es, dass sie warm und sicher waren und weit weg von den »Freunden« ihres Mannes, die bald kommen würden, um eine weitere Zahlung für den *Kredit* zu verlangen, den sie für John abbezahlte.

Der Gedanke an Colvin Jackson ließ Penny erschaudern. Seit Johns Tod hatte sie ihm bereits Tausende von Dollar gegeben, aber der Betrag, den er von ihr verlangte, änderte sich ständig und wurde immer höher. Und obwohl sie protestiert hatte, kam er immer wieder zurück. Oder besser gesagt, seine Handlanger kamen zurück. Sie hatte das Gefühl, dass Colvin ihr zu diesem Zeitpunkt nur noch nachstellte, um ihr das Leben schwer zu machen. Weil er es konnte. Weil es ihm offenbar Spaß machte, sie und ihre Tochter zu terrorisieren.

Sie hatte Colvin am Tag nach dem Tod ihres Mannes kennengelernt. Er war in ihre Wohnung gekommen und hatte ihr von den Schulden erzählt – und davon, dass er erwartete, dass sie diese in Johns Abwesenheit begleichen würde.

Nur einen Monat später hoffte sie, dass er sie und Bowie an ihrem neuen Wohnort in einem Dorf außerhalb der Stadt nicht finden würde. Aber sie hatte kein Glück. Penny versuchte, sich zu behaupten, und sagte dem Mann, der gekommen war, um die Zahlung einzutreiben, dass sie den Vertrag zwischen John und Colvin sehen wolle, um zu beweisen, dass er sich tatsächlich Geld von dem anderen Mann geliehen hatte. Zumindest ging sie davon aus, dass es einen Vertrag gab, denn wenn es nichts Schriftliches gab, hatte Colvin keine rechtliche Handhabe.

Der Mann ging, und Penny war stolz auf sich, als hätte sie eine riesige Last abgeworfen, die unerwartet auf sie gefallen war. Sie konnte ihr Geld sparen und sich und Bowie zurück in die Staaten bringen.

Als sie am nächsten Tag von der Arbeit nach Hause kam, stellte sie fest, dass ihre winzige Hütte verwüstet worden war. Alle ihre Sachen waren entweder gestohlen oder zerstört worden. Töpfe, Kleidung, Decken ... *alles* war zerstört. Und am nächsten Morgen tauchte Colvin selbst auf, in seinem makellosen und teuer aussehenden blauen Anzug, und verlangte die monatliche Zahlung.

Es war klar, wer die Zerstörung ihres Zuhauses orchestriert hatte. Colvin hatte ein selbstgefälliges Grinsen im Gesicht und einen Ausdruck in den Augen gehabt, der deutlich machte, dass er noch viel Schlimmeres tun würde, falls sie erneut versuchen sollte, ihm in die Quere zu kommen.

Dann warf er Bowie einen Blick zu, der Penny erschreckte.

Also hatte sie getan, was jede kluge Mutter in derselben Situation tun würde. Sie bezahlte.

In den zwei Jahren seitdem hatte sie keine andere Wahl gehabt, als ihm den größten Teil ihres monatlichen Einkommens zu geben.

Penny hatte niemanden, an den sie sich wenden konnte. Die Polizei würde sich nicht einmischen. Sie hatte in der Vergangenheit versucht, sich an sie zu wenden, aber die Beamten hatten ihre Bedenken abgetan und gesagt, sie würden sich nicht in »persönliche Streitigkeiten von Ausländern« einmischen.

Wenn sie an Colvin dachte, wurde ihr immer ein wenig übel. Aber heute Abend, Hunderte von Kilometern von ihm entfernt auf diesem US-Schiff, konnte sie sich endlich entspannen. Colvin konnte sie hier nicht erreichen. Sie hatte vielleicht nur zwanzig Dollar in der Tasche, aber sie war frei von der Angst, die so lange über ihr geschwebt hatte. Frei von Johns Misshandlungen, frei von Colvins Erpressungen, frei, wieder auf die Beine zu kommen und endlich zu versuchen, Bowie das Leben zu bieten, das sie verdiente.

John mit Mitte zwanzig zu heiraten war ein schrecklicher Fehler gewesen. Jetzt wurde ihr klar, dass das, was sie sich als Liebe eingeredet hatte, nichts anderes gewesen war als der Wunsch, geliebt zu werden. Eine Familie zu haben. Der Beginn ihrer Beziehung war nicht gerade schlecht gewesen ... nur war es nicht das Happy End, von dem sie immer geträumt hatte. Sie und John waren ziemlich schnell in eine Routine verfallen, in einen Trott, und er arbeitete viel. Sie blieb allein zu Hause zurück, in einem fremden Land. Schließlich nahm sie einen Teilzeitjob an, nur um einige der leeren Stunden ihres Lebens zu füllen.

Es hatte einige Jahre gedauert, bis sie schwanger wurde, und als es dann so weit war, dachte sie, dass ihre Ehe sich auf magische Weise zum Besseren wenden würde. Dass John genauso begeistert von dem Baby sein würde wie sie. Stattdessen war das Gegenteil der Fall. Er schien es Bowie übel zu nehmen, dass sie ihm zu Hause die Aufmerksamkeit stahl, und was ihre Beziehung anging, ging es schnell bergab. Vor allem als sie feststellten, dass ihr Baby blind war.

Zuerst kam die psychische Gewalt, dann die körperliche.

Jetzt war sie älter und weiser und hatte den Traum aufgegeben, jemanden zu finden, der sie bedingungslos lieben würde. Verdammt, sie wusste nicht einmal, wie sich das anfühlte, da sie es nie erlebt hatte.

Nein, das stimmte nicht. Bowie liebte sie so. Und das war genug. Mehr als genug.

Penny schwor sich erneut, ihrer Tochter das Leben zu geben, das sie selbst nie gehabt hatte. Sie war vielleicht nicht reich, aber es würde kein Tag vergehen, an dem Bowie nicht bis in ihre Seele hinein spüren würde, dass sie geliebt wurde.

HILFE FÜR PENNY

Dass ihre Mutter immer für sie da sein würde, egal was passierte.

Penny schloss die Augen und verspürte eine tiefe Zufriedenheit. Sie konnte es kaum erwarten, Bowie am nächsten Morgen zu zeigen, was Pyro für sie besorgt hatte. Sie würde sich riesig freuen, wenn sie spürte, wie weich die Kleider waren, und wenn sie merkte, dass sie brandneu waren. Die Süßigkeiten würde sie aufteilen müssen, denn Penny war sich sicher, dass Bowie die ganze Tüte auf einmal aufessen würde, wenn sie könnte.

Ja, die Evakuierung war beängstigend, aber das Endergebnis war ein Neuanfang. Ein Neuanfang, den Penny voll und ganz ausnutzen würde. Sie konnte es kaum erwarten, ihr neues Leben mit Bowie in den Vereinigten Staaten zu beginnen.

Zwei Tage später war Penny nicht mehr ganz so zufrieden. Die Zahl der Evakuierten im Hangar war exponentiell gestiegen. Es war ständig laut, und es waren nicht mehr nur Frauen und Kinder, die dort untergebracht waren. Es war großartig zu sehen, wie Familien wieder vereint wurden, wie Frauen ihre Ehemänner begrüßten und Kinder ihre Väter umarmten. Aber schon bald kam es zu Spannungen.

Die Ungewissheit darüber, was mit ihren Kollegen geschah, wohin sie gebracht wurden, wann sie wieder an ihren Arbeitsplatz zurückkehren konnten ... all das belastete die Evakuierten offensichtlich.

Nicht nur das, auch Langeweile machte sich breit, was die Menschen gereizt und mürrisch machte.

Penny hatte begonnen, Bowie so oft wie möglich mit auf das Flugdeck zu nehmen. Sie durften sich nicht auf dem Rollfeld oder in der Nähe der Start- und Landebahnen aufhalten, aber es gab einen kleinen, abgesperrten Beobachtungsbereich, und sie und Bowie verbrachten unzählige Stunden dort oben an der frischen Luft. Penny beschrieb ihrer Tochter alles, was sie sah, und gab ihr Bestes, um die tausendundeine Fragen zu beantworten, die Bowie zu allem hatte, was sie hörte und roch.

Die Stühle waren nicht besonders bequem, da es sich um billige Metallklappstühle handelte, aber die Vorteile, hier draußen zu sein statt mit allen anderen im Hangar, überwogen die Nachteile.

Sie hatte auch auf die harte Tour gelernt, dass es nicht klug war, ihre Sachen auf ihren Feldbetten liegen zu lassen. Am Tag nachdem Pyro die Taschen mit den Geschenken geschickt hatte, waren sie und Bowie losgezogen, um die Bereiche des Schiffes zu erkunden, die sie besuchen durften. Als sie zum Hangar zurückkehrten, hatte jemand ihre Sachen durchwühlt und den größten Teil der Schokolade und einige der Kleidungsstücke, die Pyro gekauft hatte, mitgenommen.

Bowie hatte die Nachricht erstaunlich gelassen aufgenommen und gesagt, dass derjenige, der ihre Sachen genommen hatte, sie wahrscheinlich mehr brauchte als sie. Aber Penny war traurig für ihre Tochter, da sie sich so darauf gefreut hatte, die verschiedenen Schokoriegel zu probieren, die sie noch nie gegessen hatte, und von den brandneuen Kleidern total begeistert war.

Von nun an packte Penny jedes Mal, wenn sie den Hangar verließen, alle ihre Habseligkeiten in den Seesack und nahm ihn mit. Das war zwar lästig, aber besser, als wenn der Rest ihrer Sachen gestohlen würde.

Als sie und Bowie heute Morgen an Deck gekommen waren, war das Schiff in Bewegung. Auf dem Flugdeck war es ruhig, und die Brise war eine willkommene Abwechslung zu dem Geruch von Diesel und Schmierfett, der normalerweise schwer in der Luft lag.

Penny fragte sich unwillkürlich, ob Pyro und seine Freunde noch an Bord waren. Sie wusste nicht, wie das alles funktionierte. Flogen sie zum Schiff, führten ihre Missionen durch und flogen dann wieder nach Hause? Mussten sie beim Schiff

HILFE FÜR PENNY

bleiben? Würde dieses Schiff überhaupt in die Vereinigten Staaten zurückkehren? Sie hatte keine Ahnung. Unter den Evakuierten gab es viele Gerüchte, aber Penny hatte nichts Offizielles gehört.

Einige glaubten, sie würden nach Italien fahren, andere nach Frankreich. Wieder andere sagten, das Schiff sei bereits für die Rückfahrt in die Vereinigten Staaten vorgesehen gewesen, habe die Reise jedoch wegen der Notfall-Evakuierungen in Gabun verschoben und sei nun auf dem Weg nach Hause.

Egoistischerweise hoffte Penny, dass sie in die Vereinigten Staaten zurückkehren würden. Wenn sie in ein anderes Land gebracht würden, würde sie dort festsitzen, denn sie konnte es sich sicherlich nicht leisten, sich und Bowie irgendwohin zu fliegen.

War Pyro in Ordnung? War er bei einer der anderen Evakuierungen verletzt worden? Sie hatte von den anderen im Hangar einige wilde Geschichten darüber gehört, wie schlimm die Lage in der Stadt geworden war, wie gefährlich. Und die Geschichten über ihre Evakuierungen ließen Pennys und Bowies Flucht vom Dach des Hotels fast harmlos erscheinen.

»Mommy, glaubst du, Kylo-Pyro kommt uns heute besuchen?«

Als sie hörte, wie ihre Tochter den Mann nannte, musste Penny lächeln. Es war ein alberner Name, aber sie korrigierte das Mädchen nicht. Wenn sie Pyro wiedersah, würde sie dem Mann unter vier Augen sagen, dass er nur darum bitten müsse, wenn er wollte, dass Bowie ihn anders nannte. Und Penny hätte nicht überrascht sein dürfen, dass ihre Tochter dasselbe dachte wie sie. Pyro hatte bei beiden einen Eindruck hinterlassen. Einen guten.

»Ich weiß nicht, Schatz. Ich bin mir sicher, dass er unglaublich beschäftigt ist.«

»Er ist nett. Und ich möchte mich bei ihm für die Geschenke bedanken.«

Penny wollte das auch.

»Ich habe ihm einen Schokoriegel aufgehoben. Ich möchte ihn sehen, Mommy.«

Bowie wurde langsam etwas quengelig, und Penny musste sie ablenken, sonst müsste sie vielleicht einen Wutanfall ertragen. Bowie hatte nicht mehr so oft Wutanfälle, aber sie war immer noch erst sechs Jahre alt, und man konnte einfach nicht erwarten, dass sie tagelang ruhig, respektvoll und gelangweilt blieb.

Glücklicherweise gab es plötzlich ein lautes Knallen irgendwo auf dem Flugdeck. Beide zuckten zusammen, und Bowie wollte sofort wissen, was das gewesen war und was los war.

Penny war dankbar für die Ablenkung und gab ihr Bestes, um alle Fragen von Bowie zu beantworten, als sich eine Luke öffnete und ein Flugzeug von unter Deck auf das Flugdeck gehoben wurde.

Die nächste Stunde war aufregend, da es offensichtlich war, dass das Flugzeug startbereit gemacht wurde. Männer und Frauen eilten hin und her und bereiteten das Flugzeug vor. Die Piloten waren leicht zu erkennen, als sie das Flugdeck betraten und um das Flugzeug herumgingen, um es zu inspizieren, bevor sie an Bord gingen.

»Ist das Kylo-Pyro?«

»Nein, Schatz. Er fliegt Hubschrauber. Das hier ist ein Flugzeug.« Eigentlich hatte Penny keine Ahnung, ob Pyro *nur* Hubschrauber flog oder auch andere Fluggeräte. Aber die Männer, die um das Flugzeug herumgingen, waren weder Pyro noch die anderen Piloten, die sie neulich getroffen hatten. Zum einen waren sie größer. Penny war allerdings froh, dass Pyro nicht so groß war. Mit ihren eins siebenundfünfzig ragten die Menschen immer über sie hinaus, und das wurde langsam langweilig.

Gedanken an Colvin drangen ungebeten in ihren Kopf. Sie dachte nicht gern an den Mann, der sie seit Johns Tod terrorisiert hatte. Sie hatte ein so schlechtes Gewissen gehabt, weil

HILFE FÜR PENNY

sie erleichtert war, dass John nicht mehr da war, um sie und Bowie zu misshandeln ... bis zum nächsten Tag. Als Colvin gekommen war und Geld verlangt hatte, nutzte er seine Größe und seine kräftige Statur, um sie einzuschüchtern. Es funktionierte. Sie gab ihm, ohne zu zögern, das Geld, das er verlangte, nur damit er ging. Damit er sich von ihrer Tochter fernhielt.

Dass Pyro nur ein paar Zentimeter größer war als sie statt einen ganzen Kopf oder mehr, war daher geradezu perfekt.

»Das Flugzeug hebt gleich ab. Ich schlage vor, Sie beide halten sich die Ohren zu. Es wird laut werden«, sagte ein jung aussehender Matrose neben ihnen in dem kleinen Außenbereich.

»Halt dir die Ohren zu, Schatz«, sagte Penny zu Bowie.

Sie runzelte die Stirn und sagte: »Ich habe ihn gehört. Ich bin blind, nicht taub.«

Ja, ihre Tochter wurde definitiv launisch. Normalerweise hätte Penny Bowies respektlosen Ton nicht toleriert, aber die Triebwerke sprangen an und machten ein Gespräch fast unmöglich. Außerdem hatte ihre Tochter sich in der unsicheren Situation, in der sie sich befanden, außergewöhnlich gut geschlagen. Sie war mehr als bereit, ihr dieses eine Mal nachzusehen.

Sie sah zu, wie das Flugzeug heftig vibrierte, die Motoren waren selbst mit ihren Händen über den Ohren laut zu hören. Dann wurde plötzlich die Bremse gelöst und das Flugzeug schoss mit einem lauten Rauschen vorwärts.

Penny spürte die Vibrationen, als es an ihr vorbeiflog, dann glitt es wie ein Vogel in die Luft. Es war beängstigend, beeindruckend und wunderschön anzusehen, wie es am Himmel verschwand.

»Ich habe es in meiner Brust gespürt!«, rief Bowie, nachdem sie die Hände gesenkt hatte. Dann fragte sie mit flehender Stimme: »Können wir jetzt Kylo-Pyro suchen? Ich möchte ihm die Schokolade geben. Warum ist er nicht gekommen, um mich zu besuchen? Ich dachte, wir seien Freunde. Mommy, können wir gehen? Ich habe Hunger.«

Penny seufzte. Mutter zu sein war manchmal anstrengend. Sie wollte nur die Augen schließen und sich einen Moment ausruhen, aber Entspannung war nichts, was eine Sechsjährige besonders gut beherrschte.

»In Ordnung, Schatz. Wir gehen etwas essen, aber ich habe keine Ahnung, wo Pyro ist, und wahrscheinlich ist er sowieso sehr beschäftigt. Er hat eine wichtige Aufgabe an Bord des Schiffes.«

»Aber er fliegt Hubschrauber. Und das war ein Flugzeug, das gestartet ist. Also sollte er hier sein.«

Das sollte er, aber Penny hatte keine Ahnung, ob die Hubschrauberpiloten bereits abgeflogen waren oder nicht. Anstatt mit ihrer Tochter zu streiten, hob Penny einfach ihren Seesack auf, nahm Bowie bei der Hand und ging zurück ins Innere des Schiffes.

Die Evakuierten erhielten dreimal täglich eine Art Buffet, das in den Hangar gebracht wurde. Das Essen war in Ordnung – zumindest war es warm und bestand nicht immer aus den Sandwiches aus der Schachtel, die sie am Tag ihrer Ankunft bekommen hatten. Zum Glück waren weder Bowie noch Penny besonders wählerisch. Aus der Not heraus aßen sie, was sie bekamen, denn sie konnten es sich buchstäblich nicht leisten, darauf zu verzichten.

Sie wollten gerade den Hangar betreten, als jemand ihren Namen rief.

Penny drehte sich um und errötete. Es war eine unwillkürliche Reaktion, als sie Pyro auf sich zukommen sah, dessen intensiver Blick auf sie gerichtet war.

»Kylo-Pyro!«, rief Bowie aufgeregt. »Du bist gekommen!« Sie streckte die Arme aus, offensichtlich in der Erwartung, hochgehoben zu werden.

Pyro sah von ihr zu Penny und hob eine Augenbraue, als würde er um Erlaubnis bitten.

HILFE FÜR PENNY

Das war unglaublich anziehend. Ein Mann, der sie fragte, bevor er ihre Tochter berührte. Ja, das gefiel ihr. Sehr sogar.

Penny nickte, und Pyro bückte sich sofort, um Bowie hochzuheben.

Das kleine Mädchen schlang ihre Arme und Beine um ihn und umarmte ihn fest.

»Ich dachte schon, du hättest uns vergessen! Warum hast du mich vorher nicht besucht? Ich habe gerade ein Flugzeug starten hören. Es war laut! Selbst mit zugehaltenen Ohren. Mommy hat gesagt, es sei wie ein Vogel in den Himmel gestiegen. Danke für die Schokolade! Ich habe dir etwas aufgehoben. Und ich liebe meine neuen Kleider! Sie hatten sogar noch die Etiketten dran! Die Socken sind wirklich warm, aber fast zu warm, weil ich nachts schwitze, wenn ich sie trage. Eines meiner T-Shirts wurde gestohlen, aber wer es genommen hat, brauchte es wahrscheinlich mehr als ich, also ist es okay. Wo *warst du?* Sind deine Freunde bei dir?«

»Atme, Bowie«, ermahnte Penny sie sanft. Sie war an die ununterbrochenen Fragen ihrer Tochter gewöhnt und daran, dass sie sich in ihrer Aufregung oft nicht bremsen konnte, aber Pyro fiel es wahrscheinlich schwer mitzuhalten.

»Ich habe dich nicht vergessen, Bowie-Bär. Ich war nur damit beschäftigt, anderen zu helfen, hierher zum Schiff zu kommen. Ich habe das Flugzeug auch gehört, und du hast recht, es *war* laut! Ich hoffe, es hat deinen Ohren nicht wehgetan, da du so gut hören kannst. Und die Schokolade ist mehr als gern geschehen. Du hättest mir nichts aufheben müssen. Ich habe sie für dich und deine Mutter gekauft. Ich freue mich, dass dir die Kleidung gefällt. Ich musste die Größen schätzen, und meine Füße werden auch sehr heiß, wenn ich schlafe. Deshalb trage ich im Bett nie Socken. Und ich bin so froh, dass du nach meinen Freunden gefragt hast. Ich bin eigentlich gekommen, um dich und deine Mutter zu fragen, ob ihr mit uns zu Mittag essen wollt.«

Okay, vielleicht fiel es ihm gar nicht so schwer, mit Bowies abrupten Themenwechseln mitzuhalten. Penny fragte sich, ob er Erfahrung mit Kindern hatte. Ob er deshalb so gut mit ihrer Tochter umgehen konnte.

Und es entging ihr nicht, dass er nichts darüber gesagt hatte, dass einige ihrer Sachen gestohlen worden waren.

»Ja! Dürfen wir in die Cafeteria gehen? Wir sind gestern daran vorbeigegangen, aber wir durften nicht hinein.«

»Nun, du darfst rein, wenn du mit mir zusammen bist, Bowie-Bär.«

»Super!« Bowie umarmte Pyro noch einmal und zappelte dann, um herunterzukommen. Er beugte sich sofort vor und stellte ihre Füße auf den Boden. »Ich bin gleich zurück! Ich lege die Schokolade, die ich für dich aufgehoben habe, unter mein Kopfkissen, damit niemand sie findet und stiehlt. Geh nicht weg!«

Dann öffnete sie die Tür zum Hangar und rannte über den weitläufigen Raum zu den Kojen, als hätte sie perfekte Sehkraft.

Penny trat sofort hinter die Tür, um ihre Tochter im Auge zu behalten.

»Jemand hat Ihre Sachen gestohlen?«, fragte Pyro mit verärgerter Stimme.

Penny zuckte bei seinem Tonfall unwillkürlich zusammen. Nicht dass sie dachte, er würde ihr wehtun, aber die Erinnerung daran, wie John genau so geklungen hatte, bevor er ihr eine Ohrfeige gegeben hatte, war noch viel zu frisch in ihrem Gedächtnis, obwohl er schon seit Jahren tot war.

Pyro bemerkte offensichtlich ihre Reaktion, denn er trat einen Schritt zurück, um ihr Platz zu geben, und sagte: »Es tut mir leid, ich bin nur wütend deswegen. Was ist passiert? Tragen Sie deshalb den Seesack?«

»Ja. Es ist passiert, als wir unterwegs waren. Es ist keine große Sache für mich, unsere Habseligkeiten mitzunehmen.«

»Es *ist* eine große Sache. So etwas sollte nicht passieren. Ich werde mal sehen, ob ich mit jemandem darüber reden kann,

HILFE FÜR PENNY

dass wir hier für alle Schließfächer bekommen. So viele Menschen zusammenzubringen, die ihr Leben hinter sich lassen mussten, ohne eine Möglichkeit, das zu schützen, was sie haben, da ist Ärger einfach nur vorprogrammiert. Wie geht es Ihnen sonst?«

»Uns geht es gut.«

Er sah sie einen langen Moment an. Dann sagte er: »Nein, wie *geht* es Ihnen?«

Penny runzelte die Stirn. »Uns geht es gut«, wiederholte sie. »Wir sind in Sicherheit, haben es warm und genug zu essen. Uns geht es gut, Pyro.«

»Sie hatten einen schrecklichen Hubschrauberflug vom Dach eines Gebäudes, während Leute auf Sie geschossen haben, wurden auf dieses Schiff gebracht, haben nichts als ein Feldbett zum Schlafen und sind mit Hunderten anderen Menschen in einem lauten, zugigen Raum zusammengepfercht. Sie wissen wahrscheinlich nicht einmal, wohin man Sie bringt, und jemand hat Ihre Sachen gestohlen ... und Ihnen geht es *gut*?«

Penny glaubte nicht, dass er es verstehen würde. Wie könnte jemand, der nie echte Armut erlebt hatte, das nachvollziehen? Aber sie versuchte trotzdem, es zu erklären.

»In Gabun lebten wir in einer kleinen Hütte mit Lehmboden. Ich arbeitete jeden Tag den ganzen Tag und machte mir jede Minute, in der ich nicht bei ihr war, Sorgen, wie es Bowie ging. Zum Frühstück gab es normalerweise ein Stück einfaches Brot, und zum Abendessen konnte ich, wenn ich Glück hatte, Reste von dem kostenlosen Mittagessen, das ich in der Klinik bekam, mit nach Hause nehmen, damit Bowie etwas zu essen hatte.

Unser Dach war undicht, wir hatten kein Geld für neue Kleidung oder Schuhe. Die Kinder, die in unserer Nachbarschaft lebten, wollten nicht mit Bowie spielen, weil sie sie für dumm hielten, da sie nicht sehen kann. Ich musste an den Abenden in wenigen Stunden einen ganzen Schultag unterbringen, um meiner Tochter beizubringen, was ich konnte, bevor ich mich vor Müdigkeit nicht mehr konzentrieren konnte. Und obendrein musste ich jeden Monat Geld auftreiben, um die Schulden meines verstorbenen Mannes zu bezahlen.

Also ja, Pyro, Bowie und mir *geht* es hier gut. Wie ich schon sagte, wir sind sicher, haben es warm und unsere Bäuche sind voll.«

Pyro öffnete den Mund, um etwas zu sagen, kam aber nicht dazu, bevor Bowie zurückkehrte. Hätte Penny es nicht schon so oft gesehen, wäre sie verblüfft gewesen, wie ihre Tochter sich ohne ihre Hilfe so gut zurechtfinden konnte. Aber das kleine Mädchen war klug und hatte sich verschiedene Methoden ausgedacht, um ihre Sehbehinderung auszugleichen. Sie zählte Schritte, lauschte ihrer Umgebung und prägte sich Wege ein. Es war beeindruckend.

Und sie war mehr als glücklich über die rechtzeitige Ankunft ihrer Tochter, denn dadurch wurden die Fragen abgewendet, die sie hinter Pyros Augen aufkommen sah. Nicht dass Penny sich für die Art und Weise schämte, wie sie und Bowie lebten. Sie hatte ihr Bestes gegeben.

»Hier, Kylo-Pyro! Für dich!«, rief Bowie, als sie den Schokoladen-Karamell-Riegel hochhielt, den er für sie gekauft hatte. Penny wusste, dass es eine ihrer Lieblingssorten war, und doch wollte sie ihn nicht für sich selbst aufheben, sondern mit Pyro teilen. Penny hoffte, dass er ausreichende Dankbarkeit zeigte.

Sie hätte sich keine Sorgen machen müssen. Pyro hockte sich hin, um auf Augenhöhe mit Bowie zu sein, und machte eine große Sache aus ihrer Großzügigkeit. Genug, um Penny ein schlechtes Gewissen zu bereiten, weil sie so unverblümt zu ihm gewesen war. Er wollte nur sichergehen, dass es ihr und Bowie gut ging.

»Ich werde das nach dem Mittagessen genießen, Bowie-Bär«, sagte er aufrichtig.

»Weil man erst etwas essen muss, das gut für einen ist,

bevor man Süßigkeiten isst, die einen von innen heraus verderben«, sagte Bowie und wiederholte damit etwas, das Penny ihr in der Vergangenheit schon oft gesagt hatte.

Pyro lachte. »Genau. Ich weiß aus zuverlässiger Quelle, dass es heute zum Mittagessen Chicken Nuggets und Pommes gibt. Klingt das gut für dich?«

»Ich liebe Chicken Nuggets!«, rief Bowie begeistert.

»Leiser, Bowie«, ermahnte Penny sie.

»Entschuldigung«, entgegnete sie mit leiser Stimme. »Ich *liebe* Chicken Nuggets!«

»Ich auch«, sagte Pyro mit einem Lächeln. Er sah Penny an, während er aufstand. »Kann ich das für Sie tragen?«, fragte er und nickte in Richtung des Seesacks in ihrer Hand.

Sie wollte ablehnen, überlegte es sich dann aber anders. Der Seesack war tatsächlich etwas schwer, und es wäre schön, ihn eine Weile nicht tragen zu müssen. »Danke«, erwiderte sie und reichte ihm die Tasche.

Er hievte sie sich über die Schulter, als würde sie nichts wiegen, und sagte: »Willst du meine Hand halten, Bowie-Bär, damit ich mich auf dem Weg dorthin nicht verirre?«

Sie kicherte und streckte ihm ihre Hand entgegen.

Pyro nahm sie und sah Penny an. »Wollen Sie vorangehen? Wissen Sie, wo die Kantine ist?«

Sie nickte. Sie fand es gut, dass Pyro so nett zu Bowie war, aber sie befürchtete, dass ihre Tochter sich zu sehr an ihn binden könnte. Sobald sie an ihrem Ziel angekommen waren, würde er gehen und wahrscheinlich nie wieder an sie denken. Diesen Kummer wollte sie Bowie nicht zumuten.

Als sie zur Kantine ging, hörte sie, wie Bowie und Pyro sich über die verschiedenen Geräusche auf einem Schiff dieser Größe unterhielten. Penny war immer wieder erstaunt über die Dinge, die Bowie hörte und die sie selbst nicht einmal bemerkte.

Sie blickte einmal zurück und erwartete, dass Pyro auf ihre

Tochter herabschaute ... stattdessen schien sein Blick jedoch auf ihrem Hintern zu haften.

Schnell drehte sie den Kopf wieder und spürte, wie ihre Wangen warm wurden. Aber sie konnte das angenehme Gefühl, das durch ihre Adern strömte, nicht unterdrücken. Sie hatte sich selbst nie für etwas Besonderes gehalten. Sie war zu sehr damit beschäftigt, Bowie großzuziehen und zu überleben, um sich sehr sexuell zu fühlen. In Pyros Nähe schien das Gefühl wieder hochzukommen, das sie ganz am Anfang ihrer Ehe gehabt hatte, als John noch kein so großer Arsch gewesen war.

Sie war sich nicht sicher, was sie mit diesen Gefühlen anfangen sollte.

Sie wollte kein One-Night-Stand sein. Selbst für jemanden, der so sexy war wie Kylo Mullins.

Als sie in der Kantine ankamen, fühlten Pennys Wangen sich immer noch heiß an, aber sie tat ihr Bestes, das zu ignorieren, als sie die Tür öffnete.

»Wenn es Ihnen recht ist, stelle ich den Seesack an unseren Tisch, dann können wir uns anstellen. Meine Freunde sitzen dort drüben auf der rechten Seite.«

Penny schaute in die Richtung, in die Pyro mit dem Kopf deutete, und sah fünf Männer, die um einen runden Tisch saßen. Plötzlich war sie schüchtern und fühlte sich wie eine Außenseiterin. Als würden alle über sie reden und dann abrupt aufhören, als sie den Raum betrat.

Aber das war lächerlich.

Penny holte tief Luft und ging in Richtung des Tisches, auf den er gezeigt hatte.

Als sie dort ankamen, stellte Pyro den Seesack neben einen freien Stuhl und stellte seine Freunde vor.

»Bowie, Penny, Chaos und Edge kennen Sie bereits, und das sind Obi-Wan, Buck und Casper.«

Penny nickte jedem der Männer zu und musste dann grinsen, als Bowie mit einer Hand über die Stühle strich, während sie zu jedem von ihnen ging und ihnen begeistert die Hand schüttelte.

»Ich bin Bowie Burns. Schön, dich kennenzulernen«, sagte sie jedes Mal und wiederholte die Worte, die Penny ihr beigebracht hatte, wenn sie neuen Leuten begegnete.

»Oh mein Gott, sie ist bezaubernd«, murmelte Casper leise. Und wenn *sie* es gehört hatte, dann *definitiv* auch Bowie, denn ihr Gehör war viel besser.

»Danke, ich bin in der Tat bezaubernd«, sagte sie mit einem frechen Grinsen. »Das sagt zumindest meine Mutter.«

»Und überhaupt nicht eingebildet«, fügte Penny trocken hinzu.

Bowie runzelte die Stirn. »Was bedeutet eingebildet?«, fragte sie.

»Ich weiß nicht, wie es dir geht, aber ich bin am Verhungern«, warf Pyro ein. »Wie wäre es, wenn wir uns ein paar Chicken Nuggets holen?«

»Oh ja!«, rief Bowie.

Danke, formte Penny mit den Lippen zu Pyro. Sie war im Moment nicht bereit, sich auf ein Gespräch über Eitelkeit einzulassen.

Sie folgte ihrer Tochter und Pyro zur Essensausgabe und war beeindruckt, wie gut alles aussah. Sie hatte irgendwie angenommen, dass das Essen auf einem so großen Schiff nicht besonders gut sein würde, aber bei all den köstlichen Gerüchen lief ihr das Wasser im Mund zusammen.

»Nehmen Sie sich, was Sie wollen, es gibt keine Begrenzung«, erklärte Pyro ihr.

Penny nickte und nahm sich zwei Tabletts, eines für sich und eines für Bowie. Sie beschrieb ihrer Tochter alles, was es am Buffet gab, und füllte ihr Tablett hauptsächlich mit Chicken Nuggets und Pommes, schaffte es aber, das kleine Mädchen dazu zu bringen, auch ein paar grüne Bohnen und Karotten zu nehmen. Sie schüttelte den Kopf, als Pyro auf die Desserts deutete, erleichtert, dass er sie nicht erwähnte. Ihre Tochter war eine Naschkatze. Das war bisher kein Problem gewesen, da sie wenig Geld hatten, aber jetzt, da die Auswahl unbegrenzt war, wollte sie nicht, dass Bowie sich zu sehr an Junkfood gewöhnte.

»Möchtest du dein Tablett selbst tragen?«, fragte Penny, die sich Bowies Unabhängigkeit bewusst war. Bei jeder Gelegenheit wollte sie beweisen, dass sie alles konnte, was ein Sehender auch konnte.

Zu ihrer Überraschung schüttelte Bowie den Kopf und hielt Pyros Hand fester.

Er lächelte sie an, um ihr zu zeigen, dass alles in Ordnung war, und ging dann zurück zum Tisch.

Penny holte tief Luft. Es würde Bowie definitiv traurig machen, wenn sie an ihrem Ziel ankamen und Pyro und seine Freunde ihnen den Rücken kehrten. Sie wollte nicht daran denken, wie Bowie weinen und zusammenbrechen würde, wenn sie sich verabschieden musste.

Natürlich war ihr klar, dass ihre Tochter nicht die Einzige sein würde, die traurig sein würde, diesen Mann nicht mehr zu sehen. Er hatte ihr das Gefühl gegeben, gesehen zu werden, wie es seit Langem niemand mehr geschafft hatte. Das war eine berauschende Erfahrung. Und es tat auch nicht weh, dass er so großartig mit Bowie war.

Erneut fragte sie sich, ob er zu Hause ein Kind hatte. Denn er war ein Naturtalent. Sicherlich lag es daran, dass er es gewohnt war, mit Kindern umzugehen.

Der Gedanke war ein wenig deprimierend, aber sie verdrängte ihn. Sie hatte keine Affäre mit Pyro. Er war nur nett zu ihr. Das musste sie sich für ihre eigene psychische Gesundheit immer wieder vor Augen halten. Es würde schon schwer genug sein, *noch einmal* von vorn anzufangen, aber es würde noch schwerer werden, wenn sie ständig daran dachte, wie sehr sie einen Mann vermisste, den sie kaum kannte.

Mit einem tiefen Atemzug stellte sie ihre Tabletts auf den Tisch und zog den Stuhl für ihre Tochter zurück. Ein Tag nach dem anderen. Das war ihr Motto. Das Leben würde tun, was es tat, und sie musste sich einfach darauf einlassen. Das hatte sie auf die harte Tour gelernt, und sie fand, dass sie alles in allem ziemlich gut damit zurechtgekommen war. Sie würde damit weitermachen, und zwar wegen Bowie.

Ihre Tochter gab ihr einen Grund, positiv zu bleiben und einen Fuß vor den anderen zu setzen, auch wenn das Leben sie wie einen Käfer zerquetschen wollte.

KAPITEL VIER

Es war ganz anders, ein Kind am Tisch zu haben, während sie aßen. Bowie redete ununterbrochen, als sei sie mit den Erwachsenen um sie herum gut befreundet. Pyro sah einige sehnsüchtige Blicke von anderen Männern und Frauen in der Kantine, als würden sie ihre eigenen Kinder vermissen, wodurch er Bowie und Penny umso mehr schätzte.

Obwohl er und seine Kameraden von den Night Stalkers keine Kinder hatten, war es eine willkommene Abwechslung zu den üblichen Small Talks, die sie beim Essen führten. Es war keine lästige Pflicht oder Belästigung, Bowie dabeizuhaben. Sie war lustig, liebenswert und tatsächlich sehr klug.

Aber es war die Frau zu seiner Linken, die Pyros Aufmerksamkeit am meisten auf sich zog. Er versuchte herauszufinden, was an ihr so anziehend war. Sicherlich ihr ruhiges Auftreten. Egal was passierte, sie verlor nie die Fassung. Angefangen bei Bowie, die ihr Glas Wasser verschüttete, bis hin zur Evakuierung vom Dach eines Hotels ... sie nahm alles gelassen hin.

Pyro hatte eine Theorie, die er bisher nicht vielen Menschen erzählt hatte, weil er dachte, dass sie sie nicht verstehen würden, aber er hatte das Gefühl, dass Penny sie verstehen würde. Wenn Kinder in ihrer Kindheit traumatische Ereignisse erlebt hatten – zum Beispiel den Tod von geliebten Menschen, schwere Krankheiten, Obdachlosigkeit –, konnten sie als Erwachsene besser mit schwierigen Situationen umgehen. Schließlich war ein verschüttetes Glas Wasser keine große Sache im Vergleich zu dem Verlust eines Elternteils, wenn man klein war.

Die Theorie war sicherlich vereinfacht und würde wahrscheinlich von klügeren Menschen widerlegt werden, aber er hatte sie selbst erlebt. Er war ein gutes Beispiel dafür. Er konnte sich einfach nicht über Dinge aufregen, die andere in Panik versetzten, weil er als Kind im Pflegeheimsystem so viel durchgemacht hatte.

Er sah dasselbe ... Wissen? ... über gemeinsames Trauma in Pennys Augen. Ein Kind zu haben, das nicht sehen konnte, musste ein schwerer Schlag gewesen sein, und obwohl er nicht wusste, wie sie damit umgegangen war, als Bowie geboren wurde, schien sie die Blindheit ihrer Tochter jetzt kaum noch wahrzunehmen.

Nein, das stimmte nicht. Die Dutzende kleinen Dinge, die sie tat, um Bowies Leben zu erleichtern, machten deutlich, dass Penny sich der Behinderung ihrer Tochter ständig bewusst war. Sie nahm ihre Tasse von ihren wild gestikulierenden Händen weg, während sie sprach, damit sie nicht noch einmal verschüttet wurde. Sie sagte ihr leise, wo sich Dinge in ihrer Umgebung befanden, und erklärte ihr Dinge, die sie um sie herum sah, ohne darüber nachzudenken.

Aber sie wurde nicht wütend oder gestresst oder hysterisch, wenn etwas schiefging.

Pyro dachte an ihre Reaktion zurück, als Leute einige ihrer und Bowies Sachen gestohlen hatten. Sie forderte keine Gerechtigkeit, schrie nicht und weinte auch nicht deswegen. Sie und ihre Tochter hatten offenbar beschlossen, dass derjenige, der ihre Sachen genommen hatte, sie wahrscheinlich mehr brauchte als sie.

Was ein Witz war. Aus seiner Sicht brauchten Penny und Bowie *alles*. Sie hatte nichts von einer Familie in den Staaten erwähnt, und er hatte keine Ahnung, wie ihre finanzielle Situation aussah, aber aus allem, was sie ihm über ihr Leben in Gabun erzählt hatte, schloss er, dass sie, wenn überhaupt, nur sehr wenig Geld hatten.

Das brachte ihn dazu, über etwas anderes nachzudenken, das sie erwähnt hatte. Als er dummerweise ihre Aussage infrage gestellt hatte, dass es ihnen gut ginge.

Sie hatte gesagt, dass sie die Schulden ihres verstorbenen Mannes abbezahlte.

Er hatte keine Ahnung, was das bedeutete, aber sein Bauchgefühl sagte ihm, dass es nichts Gutes war. Als hätte der Mann nicht nur ein oder zwei Kreditkarten überzogen. Natürlich wäre sie nicht die erste Witwe, die unbezahlte Schulden übernehmen musste ... aber er hatte das Gefühl, dass ihre Situation mehr beinhaltete, als nur einen Scheck an eine Bank zu schicken.

Sie hatte offenbar in bitterer Armut gelebt, eine Schuld beglichen, die nicht ihre eigene war, und dennoch alles in ihrer Macht Stehende getan, um ihrer Tochter ein möglichst sicheres und angenehmes Leben zu ermöglichen.

Die Opfer, die sie gebracht hatte, waren bewundernswert. Etwas, das jede Mutter für ihre Kinder tun sollte. Aber er wusste aufgrund seiner Erfahrungen in so vielen verschiedenen Ländern – und seiner eigenen Kindheit – besser als die meisten anderen, dass das einfach nicht der Realität entsprach.

»Kylo-Pyro, bist du fertig mit essen? Denn ich möchte meine Schokolade mit dir teilen.«

»Es ist unhöflich, jemanden zu drängen, seine Mahlzeit zu beenden, Schatz«, schimpfte Penny leicht.

»Wie soll ich sonst wissen, ob er fertig ist oder nicht?«, fragte Bowie, den Kopf auf niedliche Weise schief gelegt. »Ich kann ihn nicht sehen, also muss ich fragen.«

HILFE FÜR PENNY

Sie hatte recht, und Pyro machte sich nicht die Mühe, sein Grinsen zu verbergen. Seine Freunde am Tisch lachten.

Auch Penny verzog die Lippen zu einem Lächeln. »Gutes Argument, Bowie, aber nur weil du diese Schokolade unbedingt essen willst, heißt das nicht, dass die Person, mit der du sie teilen möchtest, das auch will.«

»Eigentlich bin ich tatsächlich fertig«, sagte Pyro, der Mitleid mit Penny und Bowie hatte. »Ich denke schon die ganze Zeit an diesen Schokoriegel, seit du ihn erwähnt hast.«

Bowie strahlte. »Juhu! Mommy, können wir ihn jetzt haben? Bitte?«

»Danke, dass du so höflich bist, und ja, du *darfst* ihn haben.« Sie öffnete die Umhängetasche, die Pyro seit ihrer ersten Begegnung immer an ihr gesehen hatte, und holte den Schokoriegel heraus. Dann nahm sie Bowies Hand in ihre und legte die Süßigkeit hinein.

Bowie riss die Verpackung eifrig auf, nahm vorsichtig die Hälfte des Twix-Riegels heraus und hielt ihn Pyro hin, der zu ihrer Linken saß.

»Oh Mann, ich liebe Twix! Es ist die perfekte Mischung aus Schokolade, Keks und Karamell«, sagte Chaos.

Sobald sein Freund gesprochen hatte, wusste Pyro, was kommen würde. Er blickte Chaos finster an, noch während Bowie sprach.

»Ach ja? Hier, du kannst meine Hälfte haben. Ich habe gestern schon einen ganzen Riegel ganz allein gegessen.«

Chaos sah schockiert auf das Angebot des kleinen Mädchens. Er machte keine Anstalten, die Süßigkeit zu nehmen, die Bowie ihm über den Tisch hinweg reichte.

Pyro nahm sich vor, in Zukunft nichts mehr zu sagen, was Bowie dazu bringen könnte, etwas aufzugeben, das sie so sehr liebte.

»Ich ... nein, ich wollte damit nicht sagen, dass ich deinen haben will.«

»Ist schon okay«, sagte Bowie mit einem Lächeln.

Chaos sah erschüttert aus. Als hätte ihm jemand einen Schlag versetzt. Er machte immer noch keine Anstalten, die Süßigkeit anzunehmen, sondern sah Penny hilfesuchend an, um Bowies unglaublich selbstloses und großzügiges Angebot abzulehnen. Zumal sich das kleine Mädchen offensichtlich so sehr auf die Leckerei gefreut hatte.

»Er hat nicht angedeutet, dass er möchte, dass du deine Hälfte aufgibst, Schatz«, sagte Penny zu ihrer Tochter. »Er hat nur eine Beobachtung gemacht.«

»Ich weiß. Aber ich konnte an seiner Stimme hören, dass er ihn haben wollte«, beharrte sie.

»Du bist lieb«, sagte Chaos sanft zu ihr, »aber ich werde mich nicht mit nur der Hälfte zufriedengeben, also werde ich, sobald wir von hier weggegangen sind, zur Verpflegungsstelle eilen, um mir meinen eigenen Schokoriegel zu holen. Auf diese Weise kann ich egoistisch sein und ihn ganz allein essen.«

Bowie kicherte.

»Gönn dir den Twix, süßes Mädchen«, sagte Chaos.

Zur Erleichterung aller tat Bowie genau das, nahm einen großen Bissen von der Schokolade und summte vor Vergnügen.

Pyro blickte auf seine eigene Hälfte des Schokoriegels und fühlte sich genauso schrecklich wie Chaos zuvor. Er wollte, dass Bowie ihn bekam. Es war offensichtlich, dass sie solche einfachen Freuden nicht oft erleben durfte.

Er spürte einen Druck auf seinem Knie und sah nach unten, wo Pennys Hand auf ihm lag. Er sah ihr in die Augen, und sie lächelte ihn mit einem Nicken an. »Es ist okay«, sagte sie leise.

»Was ist okay?«, fragte Bowie.

Penny schüttelte den Kopf und verdrehte die Augen. »Nichts, Schatz. Wie schmeckt dir der Twix?«

»Fantastisch! Lecker. Köstlich! Chaos hat recht, es ist die perfekte Mischung aus Keks, Schokolade und Karamell.«

Obwohl er noch immer ein schlechtes Gewissen hatte, nahm Pyro einen Bissen von seiner Hälfte des Schokoriegels.

HILFE FÜR PENNY

Aus irgendeinem Grund schmeckte er besser als jeder Twix, den er jemals gegessen hatte.

»Ich bin froh, dass derjenige, der unsere Kleidung gestohlen hat, diesen Twix nicht unter meinem Kopfkissen gefunden hat«, sagte Bowie, während sie glücklich auf der süßen Leckerei herumkaute.

Die Stimmung am Tisch verdüsterte sich augenblicklich bei ihren Worten.

»*Was*? Jemand hat eure Sachen gestohlen?«, fragte Casper mit leiser, bedächtiger Stimme.

»Ja. Mommy hat alles, was Kylo-Pyro für uns besorgt hat, in diese *riesige* Tasche gepackt und unter ihr Bett gestellt. Als wir von unserer Erkundungstour zurückkamen, waren einige unserer Sachen verschwunden. Aber das ist okay, denn Mommy trägt alles, was *wirklich* wichtig ist, in ihrer Handtasche mit sich. Und wir haben noch andere Hemden, weil Kylo-Pyro uns so viele gekauft hat.«

»Was wurde gestohlen?«, fragte Buck scharf und starrte Penny an.

»Oh ... es ist okay.«

»Es ist *nicht* okay. Es ist egal, wie sehr jemand etwas gebraucht haben mag, das euch gehört, es ist niemals okay zu stehlen. Hast du das gehört, Miss Bowie?«, fragte Obi-Wan.

»Mhm.«

»Gut. Und was wurde nun gestohlen?«, fragte Buck erneut.

»Der größte Teil der Schokolade. Eine Jacke in Bowies Größe, ein Sweatshirt, zwei T-Shirts und eine Jogginghose«, sagte Penny. Dann fügte sie hinzu: »Aber da Pyro so großzügig war, haben wir immer noch genug zum Anziehen.«

»Mein Name ist Tate Davis«, sagte Casper scheinbar aus heiterem Himmel.

Pyro runzelte die Stirn. Er hatte keine Ahnung, warum sein Teamleiter sich Penny erneut vorstellte. Aber er erklärte es nicht, sondern redete einfach weiter.

»Meine Freundin heißt Laryn Hardy. Sie ist gerade

schwanger und auch irgendwo auf diesem Schiff, da sie als Chefmechanikerin dafür sorgt, dass unsere Hubschrauber einwandfrei funktionieren. Buck heißt Nash Chaney und hat ebenfalls eine Frau zu Hause. Amanda Rush, eine Grundschullehrerin. Sie wird zu Beginn des nächsten Schuljahres eine erste Klasse unterrichten. Obi-Wan heißt Obadiah Engle und ist mit Zita Darlington zusammen. Sie ist Rettungssanitäterin und gerade in die Gegend von Norfolk gezogen. Arrow Porter, auch bekannt als Chaos, und Roman Aldrich, der sich Edge nennt, haben keine Freundinnen. Alle diese Männer sind so vertrauenswürdig wie kaum jemand, den ich kenne.«

»Ähm ... *okay* ...«, sagte Penny, als Casper eine Pause machte. »Es freut mich, euch alle kennenzulernen. Noch einmal. Eigentlich können wir wohl auch Du sagen.«

»Ihr habt so coole Namen!«, warf Bowie ein.

»Uns wurde ein Zimmer mit Etagenbetten zugewiesen. Acht Stück. Wir benutzen nur sechs. Es wäre uns eine Ehre, wenn du und Bowie für den Rest der Reise nach Norfolk bei uns übernachten würdet. Es wird wahrscheinlich noch etwa sechs Tage dauern, und es gefällt mir – und allen anderen, die an diesem Tisch sitzen – nicht, dass du eure Sachen in diesem Seesack mit dir herumtragen musst, damit sie nicht gestohlen werden. Mir ist klar, dass das sehr ungewöhnlich ist und ich die Genehmigung dafür einholen muss, aber ich verspreche dir, dass du und Bowie bei uns vollkommen sicher seid. Niemand wird euch etwas antun. Und ganz sicher wird niemand eure Sachen stehlen.«

Pyro hatte es schon immer genossen, mit Casper zusammenzuarbeiten. Er war ein großartiger Anführer, ein fantastischer Pilot und ein sehr guter Freund. Und jetzt zeigte er, dass er darüber hinaus auch noch mitfühlend und einfühlsam war.

»Äh ... wow. Wird deine Freundin es nicht seltsam finden, dass wir mit dir dort sind und sie nicht? Ich meine, ich nehme an, dass sie nicht dabei ist.«

»Laryn hat verrückte Arbeitszeiten, und es ist ihr wichtig,

während der Arbeit bei ihrer Crew zu sein. Deshalb schläft sie lieber bei den anderen. Und sie wird absolut kein Problem damit haben, dass du und Bowie in unserem Zimmer schlaft, vor allem wenn sie hört warum«, sagte Casper und sah Penny in die Augen.

»Es gibt ein Frauenbadezimmer gleich am Ende des Flurs, und ich vermute, dass die Warteschlangen für die Duschen nicht so lang sind wie die, die ihr jetzt benutzt und mit allen Evakuierten teilt«, fügte Buck hinzu.

»Und auch wenn die Kojen nicht luxuriös sind, sind sie bestimmt etwas besser als die Feldbetten«, sagte Obi-Wan.

»Besser?«, hauchte Bowie. Sie hielt ihren halb aufgegessenen Twix-Riegel in einer Hand, hatte geschmolzene Schokolade an den Fingern und richtete die Aufmerksamkeit von einer Person zur nächsten, während sie sprachen. Hätte er es nicht besser gewusst, hätte Pyro denken können, dass sie sie tatsächlich sehen konnte.

»Mommy, hast du das gehört? Die Betten sind *besser*. Ich hätte nicht gedacht, dass das möglich ist, denn mein Feldbett ist superbequem!«

Es tat Pyro im Herzen weh, dass das kleine Mädchen das Feldbett, auf dem sie schlief, für so gemütlich hielt.

»Ich weiß nicht«, sagte Penny. »Ich möchte niemanden in Schwierigkeiten bringen. Ich glaube, wir sollten bleiben, wo wir sind.«

»Es gibt keine Garantie, dass es erlaubt wird, aber ich werde dafür sorgen, dass der Oberst erfährt, dass ihr bestohlen wurdet«, sagte Casper. »Du musst vielleicht persönlich mit ihm sprechen, um ihm zu sagen, dass du umziehen möchtest und dass wir dich nicht dazu gezwungen haben.«

»Bei uns bist du in Sicherheit«, sagte Edge sanft. »Du und deine Tochter. Wir geben dir unser Wort als Night Stalkers.«

»Ich ... danke«, sagte Penny leise.

»Juhu!«, rief Bowie mit einem breiten Lächeln im Gesicht, während sie auf ihrem Sitz herumhüpfte.

Pyro wollte sich den Zusicherungen seiner Freunde anschließen, aber stattdessen stellte er fest, dass er den Atem angehalten hatte, in der Hoffnung, dass sie Ja sagen würde. Warum es ihm so wichtig war, dass Penny und Bowie in ihrem Schlafsaal sicher untergebracht waren, konnte er nicht sagen. Und jetzt, da sie vorläufig zugestimmt hatte, spürte er, wie er hörbar ausatmete.

»Du hast gesagt ... du hast gesagt, wir fahren nach Norfolk? Und wir sollten in etwa einer Woche dort sein?«, fragte Penny.

Casper runzelte die Stirn. »Ja. Wurde dir das nicht gesagt?«

Penny zuckte mit den Schultern. »Es gab eine Besprechung, aber ich konnte nicht gut hören, was gesagt wurde, weil wir zu spät kamen und ich ganz hinten saß. Die Akustik im Hangar ist nicht besonders gut, und viele Leute murmelten, redeten und beschwerten sich.«

»Was ist Akustik?«, fragte Bowie.

»Nicht unterbrechen, Schatz. Wir reden später darüber, okay?«

»Entschuldigung. Okay.«

Penny strich Bowie mit der Hand über ihr zerzaustes dunkles Haar und wandte sich wieder Casper zu. »Ich habe von anderen gehört, dass wir vielleicht in die Staaten fahren, aber ich wusste nicht, wie lange die Fahrt dorthin dauern würde.«

»Ja, dieses Schiff ist seit über sechs Monaten auf See und hat eine Pause eingelegt, damit wir unsere Evakuierungsmission erfüllen konnten. Jetzt ist es auf dem Weg nach Norfolk.«

»Ich bin sicher, dass alle an Bord nach so langer Zeit auf See froh sind, nach Hause zu kommen«, sagte Penny.

»Mommy, Casper sagt immer wieder ein böses Wort«, flüsterte Bowie mit nicht gerade leiser Stimme. »Warum darf er es sagen, aber ich nicht?«

Pyro versuchte sein Bestes, sein Grinsen mit der Hand zu verbergen, aber Penny sah es, verdrehte die Augen und schüttelte den Kopf. »Norfolk ist der Name einer Stadt, Schatz. Es wird N-o-r-f-o-l-k geschrieben. Er sagt kein böses Wort.«

»Doch, tut er«, beharrte Bowie. »Und du hast es auch gesagt.«

Penny schloss die Augen und seufzte.

»Darf ich es dann auch sagen? Norfolk, Norfolk, Norfolk.«

»Das reicht, Bowie«, sagte sie streng.

»Ich sage es immer so, Nor-fock«, erklärte Pyro dem kleinen Mädchen.

»Nor-fock. Das gefällt mir«, erklärte sie. »Wir sollten es alle so sagen und nicht auf die unanständige Art.«

Das kleine Mädchen klang so entschlossen, dass alle am Tisch unwillkürlich grinsen mussten.

»Nor-fock also«, sagte Casper.

»Mommy, kann ich zur Schule gehen, wenn wir in Nor-fock sind? Oder wollen sie mich dort nicht, weil ich zu schwer zu unterrichten bin?«

»Was zum Teufel?«, murmelte Buck.

Natürlich hörte Bowie ihn. »Das ist auch ein böses Wort. Das solltest du nicht sagen«, belehrte sie ihn.

Penny öffnete den Mund, um ihrer Tochter zu antworten, aber Pyro kam ihr zuvor. Er konnte den Gedanken nicht ertragen, dass Bowie sich für nicht gut genug hielt, um zur Schule zu gehen. »Du bist nicht schwer zu unterrichten. Du bist das klügste kleine Mädchen, das ich kenne.« Er würde ihr nicht sagen, dass sie das *einzige* kleine Mädchen war, das er kannte. »Wie viele andere Menschen kennst du, die sich auf diesem Schiff zurechtfinden würden, ohne etwas sehen zu können? Ich könnte das nicht.«

»Ich auch nicht«, warf Obi-Wan ein. Die anderen stimmten ihm zu.

»Warum denkst du, dass die Leute dich nicht in der Schule haben wollen?«, fragte er unwillkürlich.

Seltsamerweise sah Bowie, anstatt offen zu sein, wie sie es bisher in seiner Gegenwart gewesen war, zu ihrer Mutter.

Penny seufzte. »Die Menschen in dem Dorf, in dem wir lebten, fühlten sich in ihrer Gegenwart unwohl, weil sie nicht sehen kann. Die Lehrer waren alle der Meinung, dass es zu schwierig sei, sie zu unterrichten. Dass es zu viel Zeit kosten würde, die den anderen Kindern fehlen würde.«

»Halt dir die Ohren zu, Bowie. Sofort, bitte«, befahl Pyro.

Zu seiner Überraschung gehorchte das kleine Mädchen sofort.

Sobald ihre Ohren bedeckt waren, sagte Pyro mit leiser, wütender Stimme: »Das ist Schwachsinn.«

»Das ist es. Aber ich hatte keine andere Wahl. Ich habe mein Bestes gegeben, wenn ich von der Arbeit nach Hause kam, aber wie du sehen kannst, ist sie sehr kontaktfreudig und vermisst es, mit anderen Kindern zu spielen. Sie fühlt sich in der Gegenwart von Erwachsenen wohl, aber gegenüber Kindern ist sie jetzt vorsichtig, weil die Kinder im Dorf nicht sehr nett zu ihr waren.«

»Ich kann mir nicht vorstellen, dass jemand gemein zu Bowie ist. Sie ist toll«, sagte Chaos.

»Kann ich wieder zuhören?«, fragte Bowie mit zu lauter Stimme.

Daraufhin senkte Penny die Arme ihrer Tochter. »Wir werden die perfekte Schule für dich finden, mein Schatz. Du wirst jeden Tag hingehen und so klug werden, dass du deine Mommy weit hinter dir lassen wirst.«

»Werden die Kinder mich mögen?«, fragte Bowie. »Ich meine, obwohl ich nicht sehen kann?«

»Sie werden dich lieben«, versicherte Casper ihr ernsthaft. »Wie könnten sie auch nicht? Du bist süß und nett und du bist die beste Teilerin, die ich je getroffen habe.«

»Das bin ich. Mommy hat mir beigebracht, dass es besser ist, freundlich zu sein als gemein.«

»Sie ist sehr klug«, stimmte Edge zu.

»Sie ist der klügste Mensch der Welt, und ich möchte später einmal genauso sein wie sie.«

»Hey, Bowie. Möchtest du eine Führung durch das Schiff? Es wäre mir eine Ehre, dich herumzuführen«, sagte Casper.

»Ja!«, antwortete sie, ohne zu zögern.

»Ich würde gern die gestohlenen Sachen ersetzen«, sagte Pyro, der eine Gelegenheit sah, Penny allein zu sprechen, um sie zu beruhigen, falls sie Bedenken hatte, in ihre Koje zu ziehen. »Und vielleicht besorge ich euch beiden auch neue Schuhe. Ich hätte sie schon früher gekauft, aber ich kannte eure Größen nicht.«

»Das musst du nicht tun«, sagte sie leise.

»Ich weiß, dass ich das nicht muss. Aber ich möchte es.«

»Ich werde mich gut um Bowie kümmern«, erklärte Casper.

Sie starrte den anderen Mann lange an, bevor sie ihm leicht zunickte.

»Mommy? Darf ich gehen?«

»Ja. Aber du hältst die ganze Zeit seine Hand fest. Und widersprichst ihm nicht. Und tust alles, was er dir sagt. Er kennt dieses Schiff viel besser als wir, und wenn er etwas für gefährlich hält, solltest du ihm glauben, okay?«

»Okay! Können wir jetzt gehen?«

Casper lachte leise. »Klar. Möchtest du meine Freundin Laryn kennenlernen? Ich bin sicher, sie würde sich sehr freuen, dich zu sehen.«

»Warte mal kurz, Bowie, ich mache dir erst die Hände sauber. Ich bin mir sicher, Casper möchte nicht, dass du dich an ihn klammerst, wenn du überall geschmolzene Schokolade hast.« Penny wischte die Finger ihrer Tochter mit einer Serviette ab. »Okay, fertig.«

Bowie sprang blitzschnell von ihrem Stuhl auf. Aber anstatt um den Tisch herum zu Casper zu gehen, drängte sie sich zwischen Pyro und ihre Mutter und warf sich ihm um den Hals. »Danke, Kylo-Pyro«, sagte sie an seiner Brust.

Pyro umarmte das Kind, ohne zu zögern. »Wofür, Bowie-Bär?«

»Für die Schuhe. Und die Schokolade. Und dafür, dass du meiner Mommy ein Gefühl der Sicherheit gibst. Ihre Stimme klingt jetzt anders als vorher. Ich kann es hören, wenn sie mit dir spricht. Also danke!«

Pyro bekam einen Kloß im Hals. »Gern geschehen.« Er blickte zu Penny auf und sah einen so intensiven Ausdruck der Liebe in ihrem Gesicht, als sie ihre Tochter anstarrte, dass er das Gefühl hatte, einen privaten Moment mitzuerleben, der ihn nichts anging.

»Wo wollen wir uns wieder treffen?«, fragte Penny Casper.

Bowie umarmte ihre Mutter und ging dann um den Tisch herum zu Casper.

»Wie wäre es, wenn wir uns in unserem Schlafsaal treffen?«

»Ich kann eure Sachen gleich dorthin bringen«, sagte Edge. »Dann musst du sie nicht mit dir herumtragen.«

Casper zwinkerte Penny zu. »Und ich nehme Bowie mit, wenn ich mit dem Oberst spreche. Er wird ihr nicht widerstehen können.«

Alle lachten leise darüber.

»Ich weiß nicht, was ich sagen soll«, sagte Penny.

»Sag Danke!«, rief Bowie fröhlich.

Penny lächelte. »Danke«, sagte sie pflichtbewusst.

»Können wir jetzt gehen? Bitte, bitte, bitte?«

»Benimm dich, Bowie«, ermahnte ihre Mutter. »Benimm dich vorbildlich. Ich werde von Casper einen vollständigen Bericht erhalten, wenn du von deiner Tour zurückkommst.«

»Ich werde brav sein, Mommy, versprochen.«

Alle standen auf – und Pyro wurde plötzlich nervös, mit Penny allein zu sein. Ihm wurde klar, dass er nur in ihrer Nähe gewesen war, wenn Bowie auch dabei war. Aber es war eine gute Nervosität. Er hatte Fragen, es gab Dinge, über die er unbedingt mit ihr sprechen wollte, aber nicht, wenn Bowie dabei war, weil er nichts sagen wollte, was kleine Ohren nicht hören sollten. Und Bowies Ohren hörten *alles*.

»Tschüss, Mommy!«

»Tschüss, mein Schatz. Viel Spaß.«

HILFE FÜR PENNY

Bowie hüpfte an Caspers Seite, ihre kleine Hand in seiner, als er sie aus der Kantine führte.

»Ich gehe auch, es sei denn, du brauchst Hilfe?«, fragte Obi-Wan.

»Ich komme klar, danke«, sagte Pyro.

Nachdem sie ihre leeren Tabletts abgegeben hatten, verließen alle die Kantine und gingen ihrer Wege. Und dann war Pyro zum ersten Mal mit Penny allein. Sie standen im Flur und starrten einander einen langen Moment an.

»Es ist seltsam, Bowie nicht an meiner Seite zu haben. Ich meine, sie ist superunabhängig, aber wie du dir vorstellen kannst, waren die letzten beiden Wochen stressig und wir haben keine Zeit getrennt voneinander verbracht«, sagte Penny nach einem Moment.

»Bei Casper ist sie in guten Händen. Das ist eine gute Übung für ihn, wenn sein eigenes Kind oder seine eigenen Kinder geboren werden.«

»Er bekommt mehr als eins?«

»Vielleicht. Er ist ein Zwilling, und das kommt in seiner Familie häufig vor.«

»Oh, das ist ja toll!«

»Und stressig. Er und Laryn versuchen immer noch, die Kinderbetreuung zu organisieren und zu klären, was sie mit ihren Jobs machen sollen, sobald das Baby geboren ist«, gab Pyro zu. Er deutete den Flur hinunter, um weiterzugehen und sich dabei zu unterhalten.

Sie nickte und ging in die von ihm angegebene Richtung, während sie sagte: »Oh ja, das wird schwierig, da sie zur gleichen Zeit wie ihr auf Mission ist.«

»Genau. Wie auch immer, Casper wird Bowie müde machen, sodass sie hoffentlich heute Nacht gut schlafen wird.«

»Zum Glück schläft sie sowieso sehr gut. Das war schon immer so. Aber ja, sie ist seit einer Weile eingesperrt. Und sie mag euch alle sehr. Das merke ich an ihrer Stimme. Und sie würde ihren kostbaren Twix-Riegel nicht einfach irgendjemandem anbieten.«

»Sie ist ein gutes Kind. Du bist offensichtlich eine großartige Mutter, Penny.«

»Danke. Es war nicht immer einfach, und die Hälfte der Zeit habe ich keine Ahnung, was ich tue. Ich weiß nur, dass ich möchte, dass ihre Kindheit das genaue Gegenteil von meiner ist. Manchmal denke ich, dass ich kläglich versage. Aber dann macht sie etwas so Süßes, wie zum Beispiel mit dem Schokoriegel, und ich denke, dass ich wohl *etwas* richtig mache.«

Das war eine gute Gelegenheit, um einige der Fragen zu stellen, die Pyro durch den Kopf gingen, nachdem er einige ihrer Aussagen gehört hatte. »Ich möchte dich etwas fragen, aber ich möchte nicht, dass du es falsch verstehst.«

Sie blieb im Flur stehen und sah zu ihm auf. »Ich bin nicht leicht zu beleidigen, Pyro. Frag ruhig.«

Er wollte sich am liebsten direkt hineinstürzen, entschied aber, dass sie zuerst etwas Hintergrundwissen brauchte. Pyro war sich nicht einmal sicher, warum er das Thema überhaupt anschnitt. Es war nicht so, als würde es im Großen und Ganzen einen Unterschied machen. Er würde sie nicht anders behandeln, aber seine Neugier war schon immer eine seiner größten Schwächen gewesen ... zumindest hatten ihm das all seine Pflegeeltern gesagt.

»Möchtest du dich in die Bibliothek setzen und reden? Dort gibt es einige private Räume, die die Leute für Videotelefonate mit ihren Lieben zu Hause nutzen. Es gibt dort bequeme Sessel, und wir können uns unterhalten. Wenn du möchtest. Aber wenn nicht, ist das auch okay.«

»Das würde ich gern. Einfach nur sitzen und mich einen Moment entspannen. Danke.«

Er hatte eine kurze Atempause, um sich zu überlegen, wie er die Themen, über die er reden wollte, am besten ansprechen konnte, ohne dass Bowie mithörte. Sein Gehirn arbeitete auf Hochtouren, und er verspürte den starken Drang, dieser Frau und ihrem Kind zu helfen ... wenn sie ihn ließ. Er verstand ihren Stolz, aber er hoffte, dass sie seine Hilfe annehmen würde, schon allein um Bowies willen.

Er führte Penny zur Bibliothek und hoffte entgegen aller Hoffnung, dass einer der privaten Bereiche frei sei. Er freute sich darauf, die Frau an seiner Seite ein wenig besser kennenzulernen. Das würde entweder die Verbindung, die er bereits zu ihr spürte, vertiefen und hoffentlich auch bei ihr das Gleiche bewirken. Oder er würde erkennen, dass er sich einfach nur für sie verantwortlich fühlte, weil sie während der Evakuierung in seinem Hubschrauber gewesen war.

Letzteres war zweifelhaft, denn er hatte viele Menschen gerettet, sowohl in Gabun als auch in seiner Vergangenheit. Und er hatte noch nie eine solche sofortige Anziehungskraft gegenüber einem von ihnen empfunden. Er hatte ihnen nie Kleidung und Leckereien aus der Verpflegungsstelle gekauft. Er hatte sie nie seinen Freunden vorstellen wollen.

Er hatte nie verzweifelt gehofft, sie wiederzusehen, sobald sie in den Staaten angekommen waren.

Penny Burns war anders, und er wollte alles über sie wissen. Er konnte nur hoffen, dass sie auch nur ein Zehntel davon empfand.

KAPITEL FÜNF

Penny würde nicht sagen, dass sie nervös war wegen dem, was Pyro sie fragen wollte, aber sie war extrem neugierig. Er schien unruhig zu sein, aber ihr fiel nichts ein, was sie gesagt oder getan hatte, das ihn so fühlen lassen könnte.

Sie und Bowie hatten die Bibliothek während einer ihrer Erkundungstouren auf dem Schiff entdeckt, und es war eine großartige Möglichkeit, sich die Zeit zu vertreiben. Bowie liebte es, wenn man ihr vorlas, und Penny fühlte sich ihrem Kind immer am nächsten, wenn das Mädchen sich an sie kuschelte, den Kopf an ihre Schulter lehnte und einer Geschichte lauschte. Sie waren von Bilderbüchern zu kurzen Textbüchern übergegangen, und Bowie sog jedes Wort in sich auf.

Sie hatte auch die kleinen privaten Räume bemerkt, die mit Glasfenstern ausgestattet waren, sodass man die Insassen sehen, aber nicht hören konnte, obwohl sie keinen Grund hatte, sie zu nutzen. Es gab niemanden, den sie kontaktieren konnte. Außerdem waren sie besetzt gewesen, wenn sie und Bowie dort waren.

Zu ihrer Überraschung war diesmal ein Raum frei, und Pyro trug sich sofort in die Liste ein, um ihn zu nutzen. Die

HILFE FÜR PENNY

Nutzer durften nur zwanzig Minuten im Raum bleiben, um allen, die etwas Privatsphäre wollten, gerecht zu werden. Es gab einen kleinen Tisch mit einem Computer sowie zwei Sessel. Als Pyro die Tür hinter ihnen schloss, war die Stille eine angenehme Abwechslung zu dem ständigen Stimmengewirr und dem Brummen der Schiffsmotoren. Penny dachte sofort an Bowie und daran, wie sehr sie die Ruhe des Raumes wahrscheinlich schätzen würde, da ihr Gehör aufgrund ihrer Behinderung so empfindlich war.

Sie setzte sich auf einen der Sessel, und Pyro ließ sich auf dem anderen neben ihr nieder.

»Ich habe das Gefühl, ich muss mich für etwas entschuldigen, das ich vorhin gesagt habe.«

Penny zerbrach sich den Kopf, um herauszufinden, worauf er sich bezog, aber ihr fiel nichts ein. Glücklicherweise redete er weiter.

»Ich dachte, du seist unaufrichtig, als du sagtest, es ginge euch gut. Ich konnte nicht verstehen, wie jemand, der all das durchgemacht hat, was du durchgemacht hast, sich *gut* fühlen könnte. Ich wollte dich nicht unter Druck setzen.«

Penny rümpfte die Nase. »Ich glaube, *ich* bin diejenige, die sich entschuldigen sollte. Du hast nur nach meinem Befinden gefragt, und ich habe dich irgendwie angegriffen.«

»Nein«, sagte er bestimmt. »Ich habe dich verurteilt und hätte dir glauben sollen. Aber du hast damals und auch kürzlich einige Dinge gesagt, die mich glauben lassen, dass wir mehr gemeinsam haben, als nur zur gleichen Zeit in Gabun zu sein.«

Penny neigte verwirrt den Kopf. Dass sie und dieser fantastische Pilot etwas gemeinsam haben könnten, schien ihr fast lächerlich. Er war ein angesehener Night Stalker mit einem engen Freundeskreis. Seine Kleidung war nicht abgetragen, er war offensichtlich gut ernährt, und allein aufgrund dessen, was er für sie und Bowie gekauft hatte, hatte er definitiv weniger Geldsorgen.

»Ob du es glaubst oder nicht, ich war auch mal in deiner Situation, nur dass ich keine Mutter hatte, die sich so um mich gekümmert hat, wie du es offensichtlich bei Bowie tust.«

Penny starrte ihn einen Moment lang an. Was sollte das bedeuten?

Er ließ sie nicht raten.

»Ich war von meinem dritten bis zu meinem achtzehnten Lebensjahr in Pflegefamilien untergebracht. In diesen fünfzehn Jahren habe ich insgesamt zweiundzwanzig Familien durchlaufen. Einige waren gut, andere schlecht und wieder andere einfach nur schrecklich. Ich hatte Pflegeeltern, denen es nur ums Geld ging, und deshalb gaben sie so wenig Geld wie möglich für mich aus, einschließlich fürs Essen. Bei einigen von ihnen war ich auf kostenlose Schulmahlzeiten angewiesen. Ich habe Hunger gelitten, Penny. Einmal habe ich eine Packung Ramen über das Wochenende rationiert und die Nudeln trocken gegessen, nur um etwas im Magen zu haben, bis ich am Montagmorgen wieder in der Schule frühstücken konnte.

Ich wurde gehänselt, verspottet, als dumm bezeichnet und von den Lehrern ignoriert. Ich hatte selten neue Kleidung, transportierte sie in einer Mülltüte von Haus zu Haus und hatte keine Freunde, weil ich so oft die Schule wechseln musste. Mit vierzehn begann ich, in einem Restaurant zu arbeiten – in der Küche, wo niemand sehen konnte, wie jung ich war.«

»Pyro«, hauchte Penny voller Mitgefühl für den Mann, der neben ihr saß ... und weil sie so schnell Vermutungen über ihre gemeinsamen Schwierigkeiten angestellt hatte. Es fiel ihr schwer, sich mit dem Leben, das er beschrieb, anzufreunden, wenn man es mit dem Dasein eines Menschen verglich, der seinen Lebensunterhalt als Hubschrauberpilot verdiente.

»Aber wie gesagt, ich hatte auch einige gute Pflegefamilien. Dort konnte ich so viel essen, wie ich wollte, hatte mein eigenes Zimmer, saubere Kleidung und fühlte mich wie ein echtes Familienmitglied.«

»Warum haben sie dich weggegeben?«, fragte sie und

schämte sich dann, eine so persönliche Frage gestellt zu haben. Aber Pyro schien weder beleidigt noch verärgert zu sein.

»Aus verschiedenen Gründen. Keiner davon hatte mit mir zu tun, aber das tröstete mich nicht darüber hinweg, dass ich meine Sachen packen und in ein anderes Haus umziehen musste. Einmal bekam der Vater einen Job außerhalb des Bundesstaates, ein anderes Mal kam die Mutter bei einem Autounfall ums Leben und der Vater war mit seinen leiblichen Kindern überfordert und plötzlich alleinerziehend.«

»Das tut mir leid. Aber du hast es geschafft ... du bist unglaublich, Pyro. Du bist ein Night Stalker. Ich weiß vielleicht nicht viel über das Militär, aber selbst ich habe gehört, wie unglaublich du und deine Freunde seid. Wie ihr die Besten der Besten seid.«

»Danke. Das hat viel harte Arbeit, Ausdauer und Leid auf dem Weg dorthin gekostet.«

»Das glaube ich dir.«

»Ich erzähle dir das alles, weil ... ich verstehe, wo du stehst, Penny. Ich sehe deinen Kampf, aber ich bewundere auch, was für eine großartige Mutter du bist. Bowie fehlt es an nichts.«

Penny schnaubte. »Außer sauberen Kleidern, einem festen Dach über dem Kopf, genug zu essen und einer offiziellen Ausbildung.«

»Du hattest vielleicht nicht viel zu essen, aber du konntest ihr genug geben, damit sie nicht hungern musste. Und ihr habt vielleicht in einer Hütte gelebt, aber ihr hattet ein Dach über dem Kopf. Deine Tochter hat das Wichtigste – eine Mutter, die sich um sie kümmert. Die sich verbiegt, um dafür zu sorgen, dass sie an erster Stelle steht, um ihr beizubringen, höflich und freundlich zu sein und Recht von Unrecht zu unterscheiden. Bowie ist großartig, Penny, und ich bewundere dich.«

Penny schluckte schwer. »Ich war auch ein Pflegekind«, platzte sie heraus.

Pyro sah nicht im Geringsten schockiert aus. »Das habe ich mir gedacht.«

Sie nickte. Kinder wie sie konnten andere, die in derselben Situation waren, fast instinktiv erkennen. Kein Wunder, dass sie sich diesem Mann so tief verbunden fühlte.

»Was hast du in Gabun gemacht? Wie bist du am anderen Ende der Welt gelandet?«

Penny war froh, dass er das Thema wechselte, denn sie wollte ihre Kindheit nicht noch einmal durchleben, selbst mit jemandem, der sie mehr als verstehen konnte, und erzählte ihm gern ihre Geschichte.

»Ich habe meinen Mann John kennengelernt, als ich in einer kleinen Klinik in Philadelphia gearbeitet habe. Ich bin keine Krankenschwester oder so, habe keine Hochschulausbildung. Aber ich hatte meine eigene Wohnung und kam gerade so über die Runden.

John war von seiner Firma zu uns geschickt worden. Er war dort, weil er es sein musste, nicht weil ihm die Menschen in der Klinik am Herzen lagen. Aber wir verstanden uns auf Anhieb. Er hat mich umgehauen. Ich war jung und hatte zuvor noch keine ernsthafte Beziehung gehabt ... und ich dachte, all die Geschenke, die er mir machte, die Restaurants, in die er mich ausführte, und die Art, wie er mich zu seinen Arbeitsveranstaltungen mitnahm, bedeuteten, dass er mich liebte.

Er machte mir einen Heiratsantrag, ich sagte Ja, dann sagte er, er würde in eine Niederlassung seiner Firma versetzt, die in Gabun tätig war. Ich musste auf einer Karte nachsehen, wo das Land liegt. Ich war nicht begeistert davon, nach Afrika zu ziehen, aber ich redete mir ein, dass es ein spannendes Abenteuer werden würde. Und das war es auch ... am Anfang. Wir heirateten auf dem Standesamt und flogen in der folgenden Woche nach Gabun.

Am Anfang unserer Ehe lief alles gut. John war nicht besonders liebevoll, aber ich redete mir ein, das lag daran, dass wir uns beide erst an das Leben im Ausland gewöhnen mussten. Es dauerte ein paar Jahre, bis ich schwanger wurde, und als es endlich so weit war, war ich überglücklich. Ich dachte, das würde unsere Beziehung zum Besseren verändern. Uns näher zusammenbringen. Aber mein Mann war nicht so glücklich wie ich darüber, Vater zu werden.

Er war wütend, dass sie blind war. Er gab mir die Schuld, da ihre Augen sich offenbar in meinem Bauch nicht richtig entwickelt hatten. Außerdem gefiel ihm nicht, dass sie meine ganze Aufmerksamkeit bekam, und das auf seine Kosten. Plötzlich hatte er für *nichts* mehr Geduld. Wenn die Wohnung nicht blitzblank war, wenn er nach Hause kam, geriet er in Rage. Wenn sein Abendessen nicht fertig war, schrie er. Wenn Bowie weinte, sagte er mir, ich *solle sie zum Schweigen bringen, sonst* ...

Als sie älter wurde, wurde sein Temperament nur noch schlimmer. Ich arbeitete in Teilzeit in einer Klinik in Libreville, die mich sehr an die Klinik in Philadelphia erinnerte, die ich zurückgelassen hatte. Ich klärte Frauen über Schwangerschaftsvorsorge auf und half jungen Müttern nach der Geburt mit ihren Babys. Ich konnte Bowie mitbringen, was gut war, denn John wollte nicht für eine Betreuung bezahlen, obwohl er genügend Geld hatte.«

Penny hielt inne und holte tief Luft. Diese Jahre waren schwierig gewesen ... aber nicht so schwer wie die Jahre nach seinem Tod. Es war nicht so, dass sie bei einem gewalttätigen Ehepartner bleiben wollte, und sie hätte den neu gefundenen Frieden in ihrem und Bowies kleinem Zuhause gegen nichts eingetauscht ... aber finanziell war es nach seinem Tod nicht besser geworden.

»Das tut mir leid«, sagte Pyro leise und griff nach ihrer Hand. Penny umklammerte sie fest, froh, dass er sie nicht losließ.

Sie nickte. »Nachdem er getötet worden war, waren Bowie und ich auf uns allein gestellt. Sein Gehalt wurde fast sofort eingestellt, und die Lebensversicherung, die er über seine Firma abgeschlossen hatte, ging gemäß seiner Anweisung an seine Mutter, nicht an mich. Von einem Tag auf den anderen war ich also völlig auf mich allein gestellt. Nur dass ich mich diesmal auch noch um Bowie sorgen musste.«

»Was für ein Arschloch«, murmelte Pyro.

Er hatte ja keine Ahnung.

»Jedenfalls konnte ich mir unsere Wohnung mit meinem Teilzeitgehalt nicht leisten. Zum Glück wurde ich an eine andere Klinik außerhalb von Libreville in einer kleinen Gemeinde verwiesen. Ich arbeitete mit werdenden Müttern und half den Frauen im Dorf bei gesundheitlichen Problemen und manchmal auch bei der Betreuung der Kinder, wenn ihre Mütter krank waren.«

»Ich werde mein Glück herausfordern und wahrscheinlich wieder zu weit gehen, aber ich muss einfach fragen ... Du hast vorhin etwas über die Begleichung der Schulden deines Mannes gesagt. Was hat es damit auf sich?«

Penny seufzte. Natürlich erinnerte er sich daran. Aber andererseits war sie jetzt in Sicherheit. Weit weg von Colvin Jackson und den riesigen Männern, die er geschickt hatte, um das einzutreiben, was sie ihm angeblich schuldete.

»Ich wusste nichts von Johns ... außerehelichen Aktivitäten. Glücksspiel, Stripklubs, Sex mit Prostituierten. Ich war die brave Ehefrau, die zu Hause bei seiner behinderten Tochter blieb, während er jeden Abend lange wegblieb und das meiste Geld, das er verdiente – und noch mehr –, für sich selbst und seine Vergnügungen ausgab.

Eines Nachts wurde er auf dem Parkplatz eines Stripklubs ermordet. Die Polizei sagte, es sei ein missglückter Raubüberfall gewesen, aber ich habe mich immer gefragt, ob das wirklich so war. Vor allem weil am nächsten Tag ein Mann in meiner Wohnung auftauchte und mir sagte, er sei gekommen, um das Geld einzutreiben, das John ihm schuldete. Es war viel mehr, als wir auf dem Konto hatten, und ich hatte keine Hoffnung, das jemals zurückzahlen zu können. Das habe ich dem Mann auch gesagt, aber das war ihm egal. Er nahm fast alles, was noch auf unserem Konto war, und sagte, er würde jeden

HILFE FÜR PENNY

Monat wiederkommen, um die Zahlungen einzutreiben, bis die Schulden beglichen seien. Der Betrag, den er verlangte, entsprach fast meinem gesamten Monatsgehalt. Auch das interessierte ihn nicht, als ich ihm das sagte.

Nachdem ich aus Libreville weggezogen war, schickte er normalerweise einen seiner Männer vorbei, der sein Geld pünktlich wie ein Uhrwerk eintrieb. Ich habe keine Ahnung, wie viel ich ihm noch geben muss, damit er verschwindet, da sich der Betrag, den ich ihm angeblich schulde, ständig ändert. Er sagt, das liege an den Zinsen – die sich *ebenfalls* häufig zu ändern scheinen. Er hat auch nie wirklich bewiesen, dass John ihm etwas schuldete, obwohl ich ihn darum gebeten hatte. Er sagte, wenn ich es vorziehe, würde er mir *Bowie abnehmen*. Dass er das, was ihm zusteht, durch ihren Verkauf bekommen würde.

Nachdem ich das gehört hatte, protestierte ich nicht. Ich habe nie wieder nach einem Beweis für die Schulden gefragt. Ich habe das Geld einfach, ohne zu zögern, übergeben. Denn der Gedanke, Bowie zu verlieren ...«

Sie verstummte. Aus irgendeinem Grund schämte sie sich dafür, nicht zu wissen, wie sie mit der Situation umgehen sollte. Sie wurde erpresst und ausgenutzt, und sie hatte keine Ahnung, was sie dagegen tun sollte. Anstatt sich zu wehren, hatte sie nachgegeben.

Ihrer Meinung nach war es entweder das oder das Leben ihrer Tochter zu riskieren.

»Wie heißt er?«

Penny warf einen Blick auf Pyro. Sein Tonfall war ... seltsam. Er klang fast nicht mehr wie der Mann, den sie kennengelernt hatte. Ein Muskel in seinem Kiefer spannte sich an und sein Hals war gerötet. Die Hand, die nicht ihre hielt, war zur Faust geballt, und er sah wütend genug aus, um jemandem ernsthaft wehzutun.

Für den Bruchteil einer Sekunde war Penny wieder in der Wohnung, die sie mit John geteilt hatte, und wartete darauf, dass ihr Mann sie wegen einer imaginären Sache, die sie falsch gemacht hatte, schlug.

Dann blinzelte sie und war wieder mit Pyro in der Schiffsbibliothek. Er war nicht John. Er würde ihr nichts antun. Dessen war sie sich sicher.

»John Burns.«

»Nicht dein Ehemann, sondern der Mann, der gesagt hat, er würde Bowie verkaufen.«

Da wurde Penny klar, dass Pyro nicht wegen Colvins Geldforderungen an sie die Beherrschung verlor ... sondern weil er ihre Tochter bedroht hatte.

Nichts hätte ihn ihr sympathischer machen können. Für manche Menschen wäre es schwer zu verstehen, dass sie nicht verärgert war, dass er sich für Bowie und nicht für sie selbst aufregte. Aber für Penny war es ein Geschenk. Sie war erwachsen. Sie konnte auf sich selbst aufpassen. Doch Bowie war verletzlich. Sie war den Menschen um sie herum ausgeliefert. Und als sie sah, wie aufgebracht Pyro über die Drohung gegen sie war, fühlte Penny sich nicht mehr so allein.

»Colvin Jackson.«

»Arbeitet er für dieselbe Ölgesellschaft wie dein Mann?«

Penny schüttelte den Kopf. »Ich glaube nicht. Ich weiß nicht, *wo* er arbeitet. Ich hatte ihn noch nie gesehen, bevor er in die Wohnung kam und sagte, John schulde ihm Geld.«

»Ist er Gabuner?«

»Nein. Er ist weiß. Ich glaube, er ist vielleicht Brite, wegen seines Akzents.«

»Du wirst dir nie wieder Sorgen um ihn machen müssen. Du wirst ihm keinen Cent mehr geben müssen. Du und Bowie könnt euer Leben frei von seinen Drohungen führen. Es tut mir leid, dass du mit einem Mann zusammenleben musstest, der deinen Wert nicht erkannt hat, Penny. Und es tut mir noch mehr leid, dass du in seine Scheiße verwickelt wurdest. Aber jetzt bist du auch von ihm befreit. Du *und* Bowie.«

Seine Worte bedeuteten ihr alles. Und jetzt verstand sie, dass er nicht nur wegen Bowie verärgert war.

Sie hatte kein Problem damit, dass er sich für ihre Tochter einsetzen wollte, denn Gott wusste, dass Bowie mehr Fürsprecher gebrauchen konnte. Aber zu erkennen, dass sie zu seinem Schutzkreis gehörte, fühlte sich verdammt gut an.

Allerdings ... war sie auch Realistin. Es war nicht so, als könnte Colvin sie nicht wiederfinden. Er hatte ihr mehr als einmal gesagt, dass er sie finden würde, falls sie versuchen sollte unterzutauchen, um sich ihrer vermeintlichen Verpflichtung, die *Schulden ihrer Familie* zu begleichen, zu entziehen. Dass es keinen Ort gäbe, an den sie gehen könnte, ohne dass er ihr nachkommen würde. Und dass sie es bereuen würde, wenn er sich die Mühe machen müsste, sie zu finden. Penny glaubte ihm.

»Nur weil ich nicht in Gabun bin, heißt das nicht, dass er aufhören wird, sein Geld zu verlangen«, sagte sie zu Pyro.

»Pech gehabt. Seine Tage, in denen er unschuldige Frauen und Kinder quält, sind vorbei. Soll er doch versuchen, in die USA zu kommen und dich zu erpressen. Ich bin nicht mehr das einsame Pflegekind von früher. Ich habe Freunde. Mächtige Verbündete, die ihn auf die Beobachtungsliste setzen können, sodass er nicht einmal ins Land kommt. Und wenn er irgendwelche Arschlöcher schickt, um seine Drecksarbeit zu erledigen, werden sie es bereuen. Ich bin für dich da, Penny. Für dich und Bowie-Bär.«

Sein Spitzname für ihre Tochter war bezaubernd, und Penny wollte am liebsten weinen. »Warum?«, flüsterte sie. »Du kennst mich doch gar nicht.«

»Menschen wie wir? Ehemalige Pflegekinder? Wir halten zusammen. Und weil du ein guter Mensch bist, der in seiner Ehe mit einem Arsch wie John Burns den Kürzeren gezogen hat. Und weil ich keine Tyrannen mag. Ich überschreite wahrscheinlich wieder meine Grenzen, aber im Moment ist mir das egal. Hast du eine Unterkunft, wenn wir in Virginia ankommen?«

Penny biss sich auf die Lippe und senkte den Blick. »Ich bin sicher, ich werde etwas finden.«

Sie spürte Pyros Finger unter ihrem Kinn, und er hob sanft ihren Blick zu seinem. »Das habe ich nicht gefragt«, sagte er leise.

»Nein«, gab Penny zu. »Ich wollte mich nach einem Frauenhaus umsehen, in dem ich unterkommen kann, bis ich Arbeit gefunden und etwas Geld verdient habe. Ich habe meinen Reisepass und meinen Ausweis dabei. Auch Bowies Reisepass und unsere Geburtsurkunden. Ich habe alle Unterlagen, die ich brauche, um einen Job zu finden. Es ist mir egal, ob es in einem Fast-Food-Restaurant ist, ich mache alles, solange es genügend Geld einbringt, um einen sicheren Ort für Bowie und mich zu finden.«

»Ich habe eine Idee. Du weißt, dass Laryn schwanger ist und dass sie und Casper sich Gedanken über die Kinderbetreuung machen, sobald ihr Baby geboren ist. Würdest du in Betracht ziehen, als Kindermädchen für sie zu arbeiten? Du kannst die beiden besser kennenlernen, während Laryn noch schwanger ist, und bis das Kind geboren ist, seid ihr sicher die besten Freunde geworden. Du könntest dich um das Baby kümmern, wenn wir auf Mission sind.«

Penny starrte Pyro geschockt an. »Wissen die beiden, dass du mir das vorschlägst?«

»Nein.«

Penny seufzte. »Dann ist meine Antwort auch nein. Ich werde mich nie wieder jemandem aufdrängen lassen.«

»So ist es nicht«, sagte Pyro. Dann seufzte er seinerseits. »Aber ich kann verstehen, was du meinst. Gut. Wie wäre es damit ... Ich sage Casper, was ich vorhabe. Lass ihn und Laryn dich in den nächsten Monaten kennenlernen. Wenn sie dich einstellen wollen, ist das ihre Entscheidung.

In der Zwischenzeit können meine Freunde und ich dir

HILFE FÜR PENNY

helfen, eine sichere Wohnung für dich und Bowie zu finden. Über die Details bin ich mir noch nicht im Klaren, aber das können wir besprechen, wenn wir wieder in den Staaten sind.« Penny konnte die Aufregung in ihr nicht unterdrücken. Sie war nicht zu stolz, um eine Spende anzunehmen. Bowie war das Wichtigste für sie, und sie brauchte einen sicheren Ort zum Leben, an dem sie sich um nichts anderes kümmern musste, als ein Kind zu sein. Und Pyro hielt ihr das wie eine riesige Karotte vor die Nase. Sie wollte so gern zugreifen, aber sie wollte sich nicht als Belastung für andere fühlen.

»Obi-Wans Freundin Zita ist auch gerade erst nach Norfolk gezogen. Vielleicht könntet ihr zusammenziehen. Soweit er weiß, denkt sie darüber nach, in eine Wohnung in einem Gebäude mit guter Sicherheitsausstattung zu ziehen. Ich bin mir sicher, dass sie kein Problem damit haben wird, mit euch zusammenzuwohnen, wenn sie euch erst einmal kennengelernt hat.«

»Ich bezweifle, dass sie daran gedacht hat, mit einer Fremden und einem sechsjährigen blinden Kind zusammenzuleben«, erwiderte Penny.

»Ich vermute, dass sie sowieso die meiste Zeit bei Obi-Wan verbringen wird.«

»Warum sollte sie dann eine eigene Wohnung wollen?«, fragte Penny verwirrt.

»Sie erinnert mich tatsächlich sehr an dich«, sagte Pyro. »Sie ist sehr unabhängig und wollte nicht ohne ein Sicherheitsnetz für einen Mann, den sie seit weniger als zwei Monaten kennt, quer durchs Land ziehen. Sie wird dieses Netz nie brauchen, denn Obi-Wan ist völlig vernarrt in sie und würde niemals etwas tun, was seine Beziehung zu Zita gefährden könnte. Deshalb hat er kein Problem damit, ihr das zu geben, was sie braucht, damit sie sich wohl und sicher fühlt, um zu ihm zu ziehen. Deshalb bekommt Zita ihre eigene Wohnung. Aber da sie total verliebt sind, prophezeie ich viele Übernachtungen«, schloss er mit einem Grinsen.

Das war eine gute Antwort. Eine großartige Antwort sogar. Penny bewunderte und respektierte Zita dafür umso mehr, auch wenn sie die Frau noch nie getroffen hatte. Und auch Obi-Wan stieg in ihrer Achtung.

»Ich habe allerdings kein Geld, um für eine Wohnung zu bezahlen. Zumindest nicht sofort.« Penny fühlte sich verpflichtet, darauf hinzuweisen.

»Ich glaube, das wird Zita nichts ausmachen. Ihr könntet einen Zahlungsplan oder so etwas ausarbeiten, sobald du ein Einkommen hast. Wenn es dir zu unangenehm ist, bei einer Fremden zu wohnen, kann ich mir noch andere Optionen überlegen. Ich kann es einfach nicht ertragen, dass du und Bowie in einem Obdachlosenheim lebt«, sagte Pyro stirnrunzelnd. »Lasst mich euch zumindest in einem Hotel unterbringen, bis wir etwas anderes gefunden haben. Bis ihr Zita treffen könnt. Oh, ich weiß! Ich kann eine Weile bei Chaos oder Edge wohnen, und ihr könnt meine Wohnung haben, bis wir eine dauerhaftere Unterkunft für euch gefunden haben.«

»Du würdest deine Wohnung für uns aufgeben?«, fragte Penny, zutiefst schockiert von diesem Angebot.

»Ich habe das Gefühl, ich würde noch viel mehr aufgeben«, sagte Pyro mit völlig ernstem Gesicht.

»Ich kann dir das zurückzahlen«, erwiderte Penny. »Sobald ich einen Job gefunden habe.«

»Das kommt nicht infrage. Ich brauche und will dein Geld nicht, Pen, ich will nur, dass du und deine Tochter in Sicherheit seid.«

Sie wollte das Angebot annehmen, aber es schien zu gut, um wahr zu sein. Und ihrer Erfahrung nach war etwas, das so perfekt schien, meist mit Bedingungen verbunden. »Kann ich darüber nachdenken?«

»Natürlich. Ich werde mit Casper, Laryn, Obi-Wan und Zita über meinen Vorschlag sprechen, damit sie auch darüber nachdenken können. Es dauert noch etwa eine Woche, bis wir in Norfolk eintreffen, also haben wir noch etwas Zeit, um uns andere Optionen zu überlegen. Aber eins solltest du wissen, Penny: Mein Angebot ist nicht mit Hintergedanken verbunden.«

Es war, als könnte er ihre Gedanken lesen. Aber andererseits hatte er eine ähnliche Vorgeschichte wie sie. Es war keine Überraschung, dass sie ähnlich dachten.

»Ich möchte nur um eine Sache bitten.«

Da war es. Die Bedingungen. Penny wartete auf die Hiobsbotschaft.

»Ich würde gern Zeit mit dir und Bowie verbringen. Ich mag euch beide. Sehr sogar. Ich bewundere euch. Bowie ist lustig und erinnert mich daran, warum ich tue, was ich tue.«

Penny wartete auf mehr. Aber Pyro blieb stumm und sah ihr direkt in die Augen.

»Das ist alles?«, fragte sie stirnrunzelnd.

»Ja.«

»Du verwirrst mich«, gab sie zu. »Du bist ganz anders als alle Männer, die ich bisher kennengelernt habe. *Alle* wollen etwas von mir. Nichts im Leben ist umsonst.«

»Du hast in beiden Punkten recht. Du hast auch recht damit, dass ich nicht wie die Arschlöcher aus deiner Vergangenheit bin, Pen. Ich werde dir beweisen, dass es noch gute Männer auf der Welt gibt. Ich werde diesen Mistkerl Colvin finden und ihm klarmachen, dass du und Bowie tabu seid. Ich werde dir helfen, wieder auf die Beine zu kommen, damit du Bowie das Leben bieten kannst, das du dir für sie erträumt hast. Aber ich finde, du hast mit dem wenigen, was du hattest, verdammt gute Arbeit geleistet. Wie du mir vorhin gesagt hast, seid ihr sicher, habt es warm, habt etwas zu essen und habt einander. Das sind die wichtigsten Dinge auf der Welt.«

Er hatte recht. »Das würde mir gefallen. Mehr Zeit mit dir zu verbringen. Solange du mir Bescheid gibst, wenn du eine Pause brauchst. Bowie kann ... anstrengend sein.«

»Ich werde keine Pause brauchen, aber abgemacht«, sagte

Pyro mit einem Lächeln. Es veränderte sein Gesicht. Es ließ ihn jünger erscheinen, als er war. Irgendwie leichter.

Penny konnte nicht anders, als zum ersten Mal seit der Nachricht, dass sie in Libreville evakuiert werden sollten, hoffnungsvoll in die Zukunft zu blicken.

Pyro hatte ihr einige solide Lösungen für ihre Lebenssituation angeboten, sobald sie in Norfolk angekommen waren. Es wäre dumm von ihr, sein Angebot abzulehnen und Bowie und sich selbst unnötig leiden zu lassen. Sie wollte nur etwas mehr Zeit, um sicherzugehen, dass sie keinen großen Fehler machte. Auch wenn sie tief in ihrem Inneren nicht glaubte, dass sie diese Zeit brauchte.

Sie wollte am liebsten sofort zusagen. Aber sie war schon so lange vorsichtig, und sie musste sich nicht nur um sich selbst sorgen.

Wenn Pyro ihr wirklich in der Sache mit Colvin helfen und den Mann und seine Schläger loswerden könnte, würde ihr Leben so viel einfacher werden. Es würde viel weniger Stress geben. Sie wusste nie, wann sie auftauchen würden, und Gott bewahre, dass sie nicht das Geld hatte, das Colvin verlangte. Es wäre eine große Erleichterung, wenn sie diese Last nicht mehr hätte.

Und ehrlich gesagt klang der Gedanke, Kindermädchen für das Baby von Casper und Laryn zu sein, wie der Himmel auf Erden. Sie liebte Babys, und wenn sie dem Mann helfen könnte, der sie und Bowie buchstäblich von diesem Dach gerettet hatte – und davor bewahrt hatte, von einer verdammten *Rakete* getroffen zu werden –, wäre das eine großartige Möglichkeit, sich bei ihm zu revanchieren.

»Du siehst ... glücklich aus.«

»Ich fühle mich, als sei mir eine riesige Last von den Schultern genommen worden.«

»Gut. Unsere Zeit in diesem Raum ist fast um. Wie wäre es, wenn wir zur Verpflegungsstelle gehen und dir und Bowie Schuhe kaufen?«

»Wir kommen mit dem, was wir haben, gut zurecht«, fühlte sie sich verpflichtet zu sagen.

»Ich weiß. Aber ich möchte das für euch tun. Bitte.«

Wie konnte sie dazu Nein sagen?

Sie konnte es nicht. »Okay«, sagte sie schüchtern.

Zu ihrer Überraschung hob Pyro ihre Hand, die er während des gesamten Gesprächs gehalten hatte, an seine Lippen und küsste ihren Handrücken. »Danke.«

Penny wusste, dass sie rot wurde, aber sie konnte nichts dagegen tun. Dieser Mann ... er war ...

Er war buchstäblich alles, was sie sich je von einem Partner erträumt hatte, wenn sie ihre Schutzmauer lange genug fallen ließ, um über solche Dinge nachzudenken. Das war schon ewig her, da sie so damit beschäftigt gewesen war, einen Tag nach dem anderen zu überstehen.

Die Evakuierung aus Libreville per Hubschrauber war erschreckend gewesen, aber auf seltsame Weise war es das Beste, was ihr je passiert war. Sie und Bowie hatten Pyro kennengelernt, und zum ersten Mal seit Jahren freute sie sich auf die Zukunft.

Zu ihrer Überraschung ließ Pyro ihre Hand nicht los, als er sie durch die Bibliothek zum Ausgang führte. Es war verrückt, wie *richtig* ihre Hand sich in seiner anfühlte.

Penny konnte sich ein Lächeln nicht verkneifen, als sie neben Pyro durch die Gänge des großen Schiffes ging. Der heutige Tag fühlte sich wie ein Neuanfang an ... und das alles wegen des Mannes an ihrer Seite.

KAPITEL SECHS

Die Schuhe, die Pyro für Penny und Bowie gekauft hatte, waren ein großer Hit bei dem kleinen Mädchen. Sie waren nichts Besonderes, nicht einmal besonders teuer. Aber Bowie liebte sie so sehr, dass sie sich weigerte, sie am ersten Abend auszuziehen, als sie ins Bett ging.

Das war vor fünf Tagen gewesen. Penny hatte ihn gewarnt, dass Bowie anstrengend sein konnte, aber in Wirklichkeit war sie ein sehr wohlerzogenes Kind. Sie war eigentlich eher ruhig, außer wenn sie über etwas sprach, das sie interessierte. Dann konnte sie hundert Fragen stellen und war immer noch nicht zufrieden.

Pyro hatte nicht erwartet, dass jemand anderes helfen würde, Penny oder Bowie zu unterhalten, aber seine Kameraden von den Night Stalkers hatten sich wirklich ins Zeug gelegt. Chaos hatte mit ein paar Laken eine Art Festung um Bowies Koje gebaut, damit sie etwas Privatsphäre hatte und die Geräusche im Raum gedämpft wurden, da sie früher als die anderen ins Bett ging. Buck hatte sie ein paarmal in die Bibliothek mitgenommen, um ihr vorzulesen, damit Penny sich kurz erholen konnte.

HILFE FÜR PENNY

Obi-Wan saß einen ganzen Nachmittag lang bei ihr, während sie beide sich mit Brailleschrift beschäftigten. Erstaunlicherweise hatte der für die Bibliothek zuständige Matrose ein einziges Buch in Brailleschrift gefunden. Bowie hatte nie die Gelegenheit gehabt, diese Schrift zu lernen, und Obi-Wan genoss die Herausforderung. Er hatte das Braille-Alphabet ausgedruckt, und die beiden hatten einen Nachmittag damit verbracht, das Buch in Brailleschrift aus der Bibliothek zu übersetzen.

Auch die anderen hatten ihren Teil zum Babysitten beigetragen. Sie nahmen das kleine Mädchen mit auf eine weitere Tour durch das Schiff, spielten Brettspiele oder saßen einfach mit ihr in ihrer Koje, um Penny mehr Freizeit zu verschaffen.

Zu sehen, wie das kleine Mädchen unter der positiven Aufmerksamkeit der Erwachsenen aufblühte, war herzerwärmend ... aber Pyro konnte nicht anders, als sich darüber zu freuen, dass sie immer neben ihm sitzen wollte, wenn sie in der Kantine aßen. Dass sie *seine* Hand hielt, wenn sie von einem Teil des Schiffes zum anderen gingen. Und als sie *ihn* bat, ihr das Buch *Unsere kleine Farm* vorzulesen, das er auf sein Tablet heruntergeladen hatte, nachdem Penny ihm erzählt hatte, dass Bowie gern Textbücher las.

Er war hin und weg. Wie hätte er es auch nicht sein können? Bowie war ein unglaubliches kleines Mädchen. Schlau wie ein Fuchs und fasziniert von allem um sie herum. Es war kaum zu glauben, dass sie nie eine richtige Schulbildung genossen hatte. Dass alles, was sie wusste, das war, was ihre Mutter ihr beigebracht hatte.

So sehr Pyro es auch liebte, mit Bowie zusammen zu sein, ihre Mutter zog seine Aufmerksamkeit noch mehr auf sich. Penny war nicht nur eine großartige Mutter, sie war auch freundlich und intelligent ... und wenn sie mit ihm und seinen Freunden zusammen war, schenkte sie Pyro ihre ganze Aufmerksamkeit. Das war ein berauschendes Gefühl, besonders für einen Mann, der weitgehend ignoriert aufgewachsen war und noch nie jemanden gehabt hatte, der sich ganz auf ihn konzentrierte.

Die Zeit an Bord war manchmal langweilig, besonders nach einer Mission, wenn sie bereits ihre Nachbesprechung gemacht hatten und keine weiteren Aufgaben mehr anstanden. Sie hatten im Grunde genommen keine Arbeit auf dem Schiff und mussten sich Möglichkeiten suchen, um sich die Zeit zu vertreiben. Die Aufnahme von Penny und Bowie in ihre kleine Gruppe war mehr als genug, um die Langeweile zu vertreiben, was eine Erleichterung war.

Morgen würden sie endlich in Norfolk ankommen ... und Pyro wollte noch einmal mit Penny darüber sprechen, wie es für sie weitergehen sollte. Er hatte ihr einige Optionen angeboten und würde alles tun, um zu verhindern, dass sie in ein Heim musste.

Casper und Laryn brachten Bowie nach dem Mittagessen zum Hangar, wo sie allen evakuierten Kindern einen Hubschrauberrundflug anbieten und ihnen das Innere eines Kampfjets zeigen würden. Der Kommandant der Trägerluftflotte hatte seine Zustimmung zu der Tour gegeben, und Bowie konnte den ganzen Vormittag über nichts anderes reden.

Pyro hätte gern die Reaktion des kleinen Mädchens auf die Besichtigung des Flugzeugs gesehen, aber Casper versprach, viele Fotos zu machen und sie ihm später zu zeigen. Er und Penny nahmen nicht an der Tour teil, weil er ihr erzählen musste, was er über Colvin Jackson herausgefunden hatte. Er würde diese Zeit auch nutzen, um sie zu fragen, wie sie sich bezüglich ihrer Wohnsituation entschieden hatte, wenn sie am nächsten Tag in Virginia ankamen.

Um ehrlich zu sein, war Pyro nervös. Er war nervös wegen ihrer Reaktion auf die Informationen, die er über den Mann gesammelt hatte, der ihr Leben in Gabun erschwert hatte, *und* wegen ihrer Zukunftspläne.

Casper hatte für sie ein Gespräch in einem kleinen Konferenzraum arrangiert, den sie manchmal zur Vorbereitung von

HILFE FÜR PENNY

Flügen nutzten. Er war mit einem runden Tisch und Bürostühlen ausgestattet, die nicht besonders bequem waren, aber Privatsphäre war schwer zu finden, wenn das Schiff voll besetzt war, also wollte Pyro nicht wählerisch sein.

Nachdem er Bowie in den fähigen Händen von Casper und Laryn im Hangar zurückgelassen hatte, führte Pyro Penny in den Konferenzraum. Er setzte sich neben sie an den Tisch und drehte seinen Stuhl leicht, damit er ihr Gesicht sehen konnte, während sie redeten.

»Diese Woche war so toll«, sagte Penny mit einem kleinen Lächeln. »Bowie hat noch nie so viel Aufmerksamkeit bekommen. Sie wird verwöhnt sein.«

»Sie hat es verdient. Ich habe es schon einmal gesagt und ich sage es noch einmal. Du hast großartige Arbeit mit ihr geleistet. Sie ist entzückend.«

»Danke. Das liegt aber mehr an ihrer guten Veranlagung als an irgendetwas, was ich getan habe.«

»Das stimmt nicht. Du weißt genauso gut wie ich, dass das Umfeld einen großen Einfluss auf die Entwicklung eines Menschen hat. Es spielt keine Rolle, dass sie keine achtzig Paar Schuhe oder vierhundertdrei Outfits in ihrem Kleiderschrank hat, wichtig ist, dass sie bedingungslos geliebt wird.«

»Ich habe keine Ahnung, wie ich es geschafft habe, ohne mehr Ballast aus dem System herauszukommen«, sinnierte Penny.

Pyro nickte. »Nicht wahr? Als ich zur Armee ging, war ich ein totales Arschloch. Ich dachte, die Welt sei mir mehr schuldig, um meinen beschissenen Start ins Leben wiedergutzumachen. Aber ich habe ziemlich schnell gelernt, dass es der Armee egal ist, ob man nur einen Dollar oder Millionen hat – man muss sich beweisen, um Respekt zu verdienen. Das war eigentlich ein guter Neuanfang für mich. Zu wissen, dass ich es wirklich weit bringen konnte, wenn ich hart arbeitete.«

»Und das hast du«, sagte Penny leise.

»Ja. Also ... wir müssen über ein paar Dinge sprechen«, sagte er, da er nicht um den heißen Brei herumreden wollte.

Sie leckte sich die Lippen und nickte.

»Als Erstes ... Colvin Jackson.« Er ignorierte ihr leichtes Zusammenzucken, das sie nicht unterdrücken konnte, und fuhr fort: »Meine Freunde und ich haben einen Kontakt. Er ist ein Computerexperte. Sein Name ist Tex Keegan. Er ist wirklich gut darin, schmutzige Geschäfte aufzudecken und generell Menschen aufzuspüren. Ich kann dir gar nicht sagen, wie viele Vermisste er im Laufe der Jahre gefunden hat, sowohl Militärangehörige als auch Zivilisten. Ich habe ihm die wenigen Details gegeben, die ich über diesen Colvin hatte, und er hat sich ziemlich schnell bei mir gemeldet. Wusstest du, dass er Millionär ist?«

Penny blinzelte. »Was?«

Pyro nickte grimmig. »Ja. Anscheinend ist er in der Ölindustrie tätig, wahrscheinlich hat dein Mann ihn darüber kennengelernt. Er hat Häuser in den USA, Großbritannien, der Schweiz, Spanien und auf den Bahamas. Er ist verheiratet, hat keine Kinder, und er und seine Frau verbringen nur sehr wenig Zeit miteinander. Sie gibt sein Geld aus, wie sie es für richtig hält, während er um die Welt reist, mit wem auch immer er will schläft und im Allgemeinen wie ein fünfundzwanzigjähriger Junggeselle lebt anstatt wie der einundfünfzigjähre Geschäftsmann, der er eigentlich ist.«

Penny machte große Augen, als er sprach. »Wow, das hast du alles in einer Woche herausgefunden?«

»Das war nur am ersten Tag«, sagte Pyro mit einem humorlosen Lachen. »Tex ist gut in dem, was er tut.«

»Wenn er reich ist, warum nimmt er dann seit zwei Jahren Geld von mir? Die zweihundert Dollar oder was auch immer das in der Landeswährung ist, sind doch *nichts* im Vergleich zu Millionen.«

»Weil er ein Arschloch ist? Weil er es kann? Weil es ihm Spaß macht, sich anderen gegenüber mächtig zu fühlen? Es könnte hundert verschiedene Gründe geben, die eigentlich nichts mit Geld zu tun haben.«

»Hatte John ihm überhaupt Geld geschuldet?«

»Leider scheint dieser Teil wahr zu sein ... obwohl Tex bisher noch nicht herausgefunden hat, wie viel es ist. Aber Colvin scheint wirklich gut darin zu sein, Menschen dazu zu bringen, ihm zu vertrauen, ihnen das Gefühl zu geben, dass es in Ordnung ist, sich Geld zu leihen, und dann, wenn sie am Boden sind, ihre Schulden einzufordern und ihre finanziellen Probleme auszunutzen. Öl ist nicht die einzige Quelle seines Einkommens.«

»Das ist widerlich«, sagte Penny stirnrunzelnd.

»Das ist es.«

»Aber jetzt, da er uns nichts mehr anhaben kann, sind wir doch sicher, oder?«

Pyro runzelte die Stirn. Er hasste es, ihr schlechte Nachrichten zu überbringen, aber er weigerte sich, sie im Unklaren zu lassen.

»Ich werde dafür sorgen, dass es dir und Bowie gut geht, aber da dieser Mann Millionen von Dollar hat, verfügt er über enorme Macht. Und mit Macht kommen viele Menschen, die bereit sind wegzuschauen, wenn Gesetze gebrochen werden. Die bereit sind, sich an Dingen zu beteiligen, von denen sie wissen, dass sie falsch, unmoralisch oder einfach nur unmenschlich sind.«

»Wir sind immer noch in Gefahr, oder?«, flüsterte Penny.

»Tex glaubt das, ja. Er hat alles getan, um Colvin aus dem Land fernzuhalten, einschließlich seiner Aufnahme in eine Beobachtungsliste. Aber Menschen lassen sich bestechen. Und er könnte mit einem Privatflugzeug in die Staaten fliegen und auf einem abgelegenen Flughafen oder einer privaten Landebahn landen. Aber das ist nicht Tex' größte Sorge.«

»Ich traue mich fast nicht zu fragen, was es ist«, sagte Penny.

Pyro seufzte. »Erstens hat der Mann viele Decknamen. Es wäre für ihn kein Problem, sich einen neuen zuzulegen und auf diese Weise in die USA einzureisen. Zweitens mangelt es ihm auch nicht an Leuten, die bereit sind, für den richtigen Preis seine Drecksarbeit zu erledigen.«

»Ja. Ich habe ihn nicht oft gesehen, aber die Leute, die jeden Monat kamen, um die Zahlung einzufordern, machten deutlich, dass sie für ihn arbeiteten und alles tun würden, was er verlangte. Sie schienen fast ... ängstlich zu sein, ohne das Geld, das sie eintreiben sollten, zu ihm zurückzukehren. Das ist allerdings nicht ganz das richtige Wort. Vielleicht eher verzweifelt?«

»Es ist möglich, dass sie auch bedroht wurden«, sagte Pyro. »Aber mit einem so umfangreichen Netzwerk wie seinem hat er wahrscheinlich bereits Leute in den USA, die in seinem Auftrag handeln. Die die verschiedenen Schulden eintreiben, die ihm seiner Meinung nach zustehen.«

Pennys Unterlippe zitterte, aber sie weinte nicht. Stattdessen holte sie tief Luft und sagte: »Was soll ich tun? Wie kann ich Bowie beschützen? Er hat gedroht, sie zu *verkaufen*. Ich weiß nicht, wofür oder an wen, aber ich würde lieber sterben, als zuzulassen, dass jemand Hand an sie legt. Sie hat genug für die Taten ihres Vaters bezahlt. Ich darf sie nicht verlieren, Pyro. *Das werde ich nicht zulassen.*«

»Natürlich wirst du das nicht. Ich werde dafür sorgen, dass ihr beide in Sicherheit seid.«

»Warum?«

»Weil ... in der Woche, in der ich dich und deine Tochter kennengelernt habe, seid ihr mir ans Herz gewachsen. Ich habe noch nie so empfunden, Penny. Und ehrlich gesagt macht mir das verdammt viel Angst. Ich würde lieber einem Dutzend Aufständischen mit Panzerfäusten gegenüberstehen, als etwas Falsches zu Bowie zu sagen und sie zu verärgern.«

Pennys Blick wurde weicher und sie streckte die Hand aus, um Pyros zu drücken. Er hielt sie fest und genoss die Wärme ihrer Haut an seiner zu sehr, um sie loszulassen. Er war nie ein

HILFE FÜR PENNY

besonders körperbetonter Mensch gewesen, aber er konnte nicht genug von Pennys Berührungen bekommen.

»Mir geht es genauso«, gab sie zu. »Ich habe zwar keine Raketen zu befürchten, aber ich genieße es, Zeit mit dir zu verbringen. Doch das ist nicht der Grund, warum ich nach dem Warum gefragt habe.«

»Wirklich nicht?«

»Nein. Warum sollte Colvin mich für ein paar mickrige Dollar bis in ein anderes Land verfolgen? Mickrig für ihn, nicht für mich. Ein Tropfen auf den heißen Stein für einen Millionär. Würde er wirklich so extreme Maßnahmen ergreifen, um an sein Geld zu kommen?«

»Ich weiß es nicht, aber ich bin nicht bereit, deine oder Bowies Sicherheit zu riskieren, indem ich es nicht zumindest in Betracht ziehe. Tex hat mir mitgeteilt, dass er Gabun ebenfalls verlassen hat. Die meisten Ausländer haben das Land verlassen, weil es derzeit ziemlich instabil ist. Er hatte ein Ticket für die Rückreise nach Großbritannien, ist aber nicht in das Flugzeug gestiegen. Er ist untergetaucht, und das gibt uns beiden kein gutes Gefühl. Er könnte mit einem seiner Decknamen oder einem neuen, uns unbekannten Namen fast überall hingereist sein. Tex versucht, ihn zu finden, aber er hat uns gewarnt, dass es eine Weile dauern könnte, besonders wenn er einen neuen Namen benutzt. Ganz zu schweigen davon, dass er jederzeit einen seiner Handlanger schicken könnte, um das Geld abzuholen, wie ich schon sagte.«

»Verflixt«, murmelte Penny leise.

Pyro musste über dieses harmlose Schimpfwort lächeln. Dann wurde er wieder ernst. »Ich werde alles tun, um dich und Bowie zu beschützen. Meine Freunde und ich mögen keine Tyrannen, das ist einer der Gründe, warum wir tun, was wir tun. Wir werden alles tun, um euch zu beschützen, aber ihr müsst auch euren Teil dazu beitragen. Seid klug. Wenn jemand an eure Tür kommt, öffnet sie nicht. Wenn jemand euch auf der Straße oder im Supermarkt erwischt, gebt ihm das Geld, das er verlangt. Wir werden Colvin hinter den Kulissen bekämpfen, aber das könnte eine Weile dauern, vor allem wenn er nicht auffindbar ist.«

»Der letzte Betrag, den er mir genannt hat, lag bei etwa vierzigtausend Dollar. So viel habe ich natürlich nicht. Und wenn ich ihm zweihundert Dollar im Monat gebe, werde ich ewig brauchen, um meine Schulden abzubezahlen. Und das ohne Zinsen!«

Sie klang ein wenig hysterisch, was Pyro sowohl wütend machte als ihn auch dazu veranlasste, alles zu tun, um sie zu beruhigen. Er beugte sich vor, legte eine Hand an ihren Nacken, zog sie an sich und legte seine Stirn an ihre.

»Atme, Penny. Ich bin bei dir.«

Sie schloss die Augen, und er spürte, wie sie versuchte, ihre Gefühle zu zügeln. Sie zog sich allerdings nicht von ihm zurück. Stattdessen umfasste sie seine andere Hand fester und legte ihre freie auf seinen Oberarm, wobei sie ihre Fingernägel leicht in sein Fleisch grub.

»Wir werden das schon hinbekommen«, versicherte er ihr erneut. »Das verspreche ich dir.«

Sie seufzte, löste sich dann von ihm und nickte.

Pyro ließ seine Hand von ihrem Nacken gleiten. Ihr Haar fühlte sich wie Seide an, und er musste sich sehr zurückhalten, nicht mit den Fingern hindurchzufahren. Das wäre sicher unheimlich gewesen. Und auf keinen Fall wollte er etwas tun, was diese Frau ihm gegenüber misstrauisch machen könnte.

»Können wir jetzt über deine Wohnsituation sprechen, sobald wir in Virginia sind?«, fragte er. »Hast du dich entschieden, was für dich und Bowie das Beste ist?«

»Ich weiß dein Angebot, für ein Hotel zu bezahlen oder deine Wohnung für Bowie und mich aufzugeben, mehr zu schätzen, als du ahnen kannst. Aber ich möchte dir keine Umstände bereiten, und ich halte es nicht für klug, noch mehr Schulden zu machen.«

»Mein Angebot, ein Hotel zu bezahlen, wäre ein Geschenk.

HILFE FÜR PENNY

Du musst es nicht zurückzahlen. Ich wäre sogar beleidigt, wenn du es versuchen würdest«, sagte er streng.

»Das habe ich mir gedacht. Aber es wäre wirklich schwer für mich, ein solches Geschenk anzunehmen. Deshalb denke ich, wenn es in Ordnung ist und sie zustimmt, würde ich gern bei Zita einziehen. Obi-Wan sagte, er habe ihr eine E-Mail geschickt, in der er ihr die Situation erklärt hat, und die Bestätigung erhalten, dass sie in das Gebäude mit Sicherheitsdienst einziehen würde. Und dass sie sich sogar darauf freue, jemanden bei sich zu haben. Aber ich möchte sichergehen. Bowie ist ein braves Mädchen, doch sie ist eben erst sechs. Und ich bin mir sicher, dass Zita nicht damit gerechnet hat, ein Kind als Mitbewohnerin zu bekommen.«

»Zita ist ein guter Mensch. Wenn Obi-Wan sagt, sie freut sich darauf, dass du und Bowie einzieht, dann ist das auch so. Ich meine, sie kommt aus Hollywood, wo es vielen Menschen nur um Äußerlichkeiten geht und sie ihren Lebensunterhalt mit Lügen verdienen. Aber sie ist ganz und gar nicht so.«

»Ja, aber nachdem wir beide uns gerade unterhalten haben, bekomme ich doch Zweifel. Was ist, wenn Colvin hinter mir oder Bowie her ist? Was ist, wenn er dabei Zita verletzt?«

»Das Gebäude hat Sicherheitsvorkehrungen«, beruhigte Pyro sie, obwohl er dachte, dass er und Obi-Wan sich vielleicht zusammentun und Kameras in der Wohnung und zusätzliche Schlösser an der Tür anbringen sollten, nur für den Fall.

»Das ist aufregend und nervenaufreibend zugleich«, gab Penny zu.

»Konzentriere dich auf die aufregenden Dinge, während ich mich um die beängstigenden Teile kümmere«, befahl Pyro. »Nicht weit von dem Wohngebäude entfernt gibt es eine Grundschule, in der du Bowie anmelden kannst.«

»Das ist großartig. Ich muss auch einen Job finden, was angesichts meiner mangelnden Erfahrung schwierig sein könnte.«

»Du wirst etwas finden, da bin ich mir sicher. Und du hast

jetzt einige gute Kontakte. Wir alle kennen viele Leute. Letztendlich kommt es mehr darauf an, *wen* man kennt, als *was* man weiß. Wir stehen hinter dir, Penny.«

»Das ist alles so schwer zu glauben. Ich meine, innerhalb einer einzigen Woche hat sich mein Leben komplett verändert.«

»Zum Besseren«, sagte Pyro.

»Absolut. Und das alles nur deinetwegen. Ich weiß gar nicht, wie ich dir danken soll.«

»Das liegt nicht an mir. Das liegt an *dir*. Du bist ein guter Mensch mit einem großen Herzen, und du hast eine Pause verdient.«

»Es gibt viele gute Menschen da draußen, Pyro. Ich weiß nicht, warum gerade ich ausgewählt wurde, aber ich bin nicht so dumm, diese Hilfe abzulehnen. Wenn schon nicht für mich, dann wenigstens für Bowie.«

Pyro wollte sie küssen. Unbedingt. Aber er hielt sich zurück. Dies war weder der richtige Zeitpunkt noch der richtige Ort. Penny war noch dabei, wieder auf die Beine zu kommen. Er wollte, dass sie sich für ihn entschied, dass sie ihn küsste, weil sie es wollte, nicht weil sie sich verpflichtet fühlte oder dankbar für das war, was er für sie tat.

Er konnte geduldig sein. Gute Dinge kamen zu denen, die warteten ... oder hart arbeiteten. Und er konnte beides. Er würde Penny und ihrer Tochter zeigen, dass er ein Mann war, auf den sie sich verlassen konnten. Jemand, der ihnen den Rücken stärkte, egal was passierte.

Denn wenn diese Woche eines bewiesen hatte, dann, dass er diese Frau und ihre Tochter für sich haben wollte. Er wollte sie für sich beanspruchen, sie verwöhnen, ihnen zeigen, wie ein guter Mann aussah. Bis jetzt war er sich nicht sicher gewesen, ob er das Zeug dazu hatte, ein guter Partner oder Vater zu sein. Aber je mehr Zeit er mit Bowie und Penny verbrachte, desto sicherer wurde er sich.

HILFE FÜR PENNY

Er würde sie nicht im Stich lassen. Nicht, solange er noch atmen konnte.

KAPITEL SIEBEN

Penny war nervös. Nach ihrem Gespräch mit Pyro waren sie zum Hangar gegangen, um sich dort mit Bowie, Casper und Laryn zu treffen. Ihre Tochter hatte ununterbrochen geredet und ausführlich alles erklärt, was sie über den Kampfjet und den Hubschrauber gelernt hatte. Sie hatte darauf bestanden, dass Casper ihrer Mutter das Foto zeigte, das er von ihr im Cockpit und hinter den Steuerknüppeln des Hubschraubers gemacht hatte. Penny hatte das Gefühl, dass sie alle in den nächsten vierundzwanzig Stunden noch oft von diesem Erlebnis hören würden, bis sie in Norfolk eintrafen und das Mädchen neue Themen zum Reden hatte.

Pyro hatte sich bereit erklärt, Bowie mitzunehmen, um in einem der rund um die Uhr geöffneten Läden an Bord Eis zu kaufen, und Penny brachte es nicht übers Herz, Nein zu sagen, nachdem sie den bewundernden Blick ihrer Tochter gesehen hatte, als diese zu dem Mann an ihrer Seite aufschaute.

Es beunruhigte sie ein wenig, wie schnell Bowie sich an Pyro geklammert hatte, aber sie wusste instinktiv, dass er ein guter Mann war. Dass er ganz anders war als ihr Ehemann. Er würde Bowie kein Haar krümmen, dessen war sie sich sicher.

HILFE FÜR PENNY

Er würde sie vielleicht verwöhnen, aber Penny fand, dass ein bisschen Verwöhnung nichts Schlimmes war, da sie in ihrem kurzen Leben bisher so wenig davon gehabt hatte. Aber sie musste ihm klarmachen, dass er ihr nicht weiterhin alles geben konnte, was sie wollte. Penny würde kein versnobtes und arrogantes Kind großziehen. Auf keinen Fall.

Während sie überlegte, was sie mit der zusätzlichen Freizeit anfangen sollte – die sie seit ihrer Ankunft auf diesem Schiff und seit sie Pyro und seine tollen Freunde kennengelernt hatte, zum ersten Mal seit Jahren hatte –, kam Laryn auf sie zu und fragte, ob sie reden könnten.

Penny wurde sofort nervös. Die Frau war einschüchternd. Nicht wegen irgendetwas, was sie während der letzten Woche gesagt oder getan hatte, sondern weil sie Selbstvertrauen ausstrahlte. Sie war für die Mechaniker verantwortlich, die unter ihr arbeiteten, und hatte kein Problem damit, ihre Meinung zu sagen. Penny mochte sie. Sehr sogar. Aber sie war trotzdem ein wenig eingeschüchtert von ihr.

»Klar, gern«, sagte sie, wobei sie sich alle Mühe gab, so zu klingen, als würde sie nicht zittern wie Espenlaub.

»Oh Mann, bin ich so Furcht einflößend?«, fragte Laryn mit einem Lachen.

Verdammt. Sie hatte ihre Nervosität wohl doch nicht so gut verbergen können wie erhofft. »Nein, überhaupt nicht. Ich würde mich freuen, dich besser kennenzulernen.«

»Super. Komm, wir können in mein Büro gehen.« Laryn verabschiedete sich von Casper, hakte sich dann bei Penny unter und führte sie zur Tür des Hangars.

»Du hast ein Büro?«, fragte Penny.

»Nun, nicht im wahrsten Sinne des Wortes. Eigentlich ist es ein Vorratsraum. Aber ich habe einen Stuhl und einen winzigen Schreibtisch hineingestellt, damit ich mich von den anderen Mechanikern zurückziehen kann, wenn ich einen Moment für mich brauche. Die können manchmal wie ein Haufen kleiner Kinder sein. Nichts für ungut.«

Penny lächelte. »Ich bin nicht beleidigt. Ich brauche auch manchmal eine Pause von Bowie, und sie *ist* ein kleines Kind.«

Sie hatte keine Ahnung, was sie erwarten würde, als Laryn sie eine Etage höher zu einem weiteren großen Raum voller Flugzeuge führte und dann zu einer Tür an der Wand. Sie schloss sie auf, schaltete das Licht an und bedeutete Penny vorzugehen.

Der Raum war eigentlich ein Schrank. Aber auf jeder verfügbaren Fläche lagen Laryns Arbeitsgeräte. Auf Regalen entlang der Wände, an den Wänden selbst, in Kisten auf dem Boden, sogar von der Decke hängend. Alles war gut gesichert, damit bei den Bewegungen des Schiffes nichts herunterfallen konnte. Und tatsächlich stand zwischen zwei Regalen ein kleiner Tisch, vor dem ein Metallstuhl stand.

Laryn zog den Stuhl heraus und schob ihn vom Tisch weg, dann hievte sie sich auf die flache Oberfläche selbst, ohne sich darum zu kümmern, dass sie auf ein paar Aktenordnern saß.

»Setz dich. Lass uns reden«, sagte sie fröhlich.

Mit dem Gefühl, gleich einem Verhör unterzogen zu werden, setzte sie sich.

Aber Laryn übernahm in den ersten zehn Minuten den größten Teil des Gesprächs und beruhigte Penny damit. Sie erzählte, wie lange sie und Casper sich schon kannten, wie sie sich für Motoren interessiert hatte – indem sie mit ihrem Vater an Autos bastelte, als sie jünger war –, und sie gab sogar zu, dass sie ein kleines Schraubenschlüssel-Tattoo hatte. Sie war witzig und sympathisch, und Penny mochte sie noch mehr als zuvor.

Dann wurde sie ernst ... und erzählte Penny die Geschichte, wie sie entführt worden war, wie dumm sie gewesen war, in Caspers Hubschrauber zu steigen, und wie Pyro und Casper den Hubschrauber zerstören mussten, an dem sie so viele Stunden gearbeitet hatte, um zu verhindern, dass er in die Hände der falschen Regierung fiel.

Es war eine beängstigende Geschichte, aber offensichtlich

eine mit einem Happy End, da Laryn nun vor Penny saß und ihr die Geschichte erzählte.

»Also ... hier sind wir nun. Überglücklich, und ich bin schwanger.«

Penny lachte.

»Das bringt mich zu einem der Gründe, warum ich mit dir reden wollte. Nicht weil ich endlos über mich selbst plaudern und dir keine Gelegenheit geben wollte, mir von dir zu erzählen – denn ich möchte dich wirklich kennenlernen. Ich möchte alles über Bowie erfahren, wie du gemerkt hast, dass sie blind ist, und wie du es geschafft hast, ein so unabhängiges und mutiges kleines Mädchen großzuziehen, denn ich schwöre, sie hat keine Spur von Schüchternheit in sich. Das ist großartig und genau das, was ich mir für meine eigenen Töchter wünsche.«

Penny wurde von Stolz erfüllt. Bowie war tatsächlich mutig. Sie ließ sich von ihrer Sehbehinderung nicht zurückhalten. Sie würde eine Naturgewalt sein, wenn sie älter wurde, und Penny betete, dass dieses innere Feuer und ihre Liebe zum Wissen niemals von anderen unterdrückt würden, die meinten, sie solle zu Hause sitzen bleiben und etwas »Sicheres« tun, nur weil sie blind war.

»Tate hat mit Pyro gesprochen, der gesagt hat, dass du daran interessiert bist, möglicherweise für uns zu babysitten. Oder ich sollte wohl eher sagen, als Kindermädchen zu arbeiten, nachdem unser kleiner Schatz – oder unsere kleinen Schätze, je nachdem – geboren wurden und wir auf Mission sind.«

Penny konnte Laryn nicht einschätzen. Gefiel ihr die Idee? Oder hielt sie sie für verrückt, da sie sich gerade erst kennengelernt hatten? »Ich bin mir ehrlich gesagt nicht sicher. Ich weiß nicht, welche Art von Job ich in der Zwischenzeit finden werde, und ich brauche etwas, mit dem ich genügend Geld verdiene, um Miete zu zahlen, ein Fahrzeug zu kaufen und all die Dinge zu tun, die Erwachsene tun sollten. Und natürlich ist es nicht billig, ein Kind großzuziehen.«

»Ja, das merke ich auch bei all den Babysachen, die wir uns anschaffen wollen. Warum ist Babykleidung so viel teurer als die Sachen, die ich für mich selbst in den großen Kaufhäusern kaufe? Das macht keinen Sinn. Es wird viel weniger Material verbraucht, und nur weil die Hersteller eine Ente auf die Vorderseite drucken, ist es plötzlich doppelt so teuer wie ein T-Shirt für mich. Das ist doch blöd!«

Penny kicherte. »Ich bin die Letzte, die man fragen sollte, da ich seit Jahren nichts Neues mehr gekauft habe. Und die Sachen in Gabun sind sicher supergünstig im Vergleich zu dem, was in den USA verkauft wird.«

»Ja, okay, stimmt. Aber, Mädchen, du wirst beim ersten Einkauf einen ziemlichen Preisschock erleben. Ich verstehe zwar vollkommen, dass du einen gut bezahlten Job brauchst. Um es klar zu sagen: Ich verlange nicht, dass du Vollzeit für Tate und mich arbeitest. Ich möchte eine sehr engagierte Mutter sein. Es ist nur so, dass ich meinen Job liebe. Ich liebe es, mit Tate und seinen Freunden auf Schiffen zu reisen. Ich will nicht eingebildet klingen, aber ich kenne ihre Hubschrauber wie meine Westentasche. Ich weiß, wie sie klingen sollten, und ich habe jede Schraube und Mutter an diesen verdammten Dingern angefasst. Ich möchte weiterhin mit ihnen auf Mission gehen. Nicht auf die eigentlichen *Missionen*, sondern mit ihnen reisen ... Du weißt, was ich meine. Aber ich muss wissen, dass mein Baby in guten Händen ist, wenn ich nicht bei ihm oder ihr bin. Oder bei ihnen. Verdammt, ich kann es kaum erwarten herauszufinden, wie viele Babys ich hier in mir trage«, sagte Laryn und legte eine Hand auf ihren Bauch.

»Wie auch immer, ich möchte wissen, ob du bereit wärst, als Kindermädchen bei meinem Baby zu wohnen, wenn ich weg bin. Das mag seltsam sein, da wir uns gerade erst kennengelernt haben, aber ich habe gesehen, wie du mit Bowie umgehst, und ich habe keinen Zweifel, dass du auch mit jedem anderen Baby, das du betreust, großartig umgehen würdest.

HILFE FÜR PENNY

Mir ist auch klar, dass sich bis dahin noch viel ändern kann, also übe ich keinen Druck aus. Ich nehme an, du wirst auch noch einen anderen Job brauchen, da der Einsatzplan unvorhersehbar ist. Aber zu wissen, dass du es zumindest in Betracht ziehst, würde uns eine große Last von den Schultern nehmen.«

Penny fühlte sich geehrt, dass Laryn und Casper ihr ihr Kind anvertrauten. Oder ihre Kinder. Die noch nicht einmal geboren waren.

»Oh, und bevor du Ja oder Nein sagst, muss ich dir etwas gestehen. Ich habe Tate ordentlich die Hölle heißgemacht, als er mir davon erzählt hat, und ihm klargemacht, wie uncool das war ... aber er hat Tex gefragt – du weißt doch von Tex, oder? Diese Art Computer-Gott, der alles über jeden herausfinden kann?«

Penny nickte. »Pyro sagte, er habe mit ihm über einen Mann gesprochen, der mich zwingt, die Schulden meines verstorbenen Ehemannes zu bezahlen.«

»Ja, tut mir leid. Davon habe ich auch gehört. Eine Sache, die man über die Night Stalkers wissen muss, ist, dass sie eine klatschsüchtige Truppe sind. Sie können nichts dafür. Sie meinen es gut, aber ja, nichts bleibt lange geheim in der Gruppe. Jedenfalls, nachdem Tate und ich lange darüber diskutiert hatten, dich möglicherweise einzustellen, bat er Tex, eine Hintergrundüberprüfung durchzuführen. Das hätte er nicht tun sollen, aber er hat es getan ... und jetzt ist es zu spät, also tut es mir leid.«

Penny war sich nicht sicher, wie sie sich fühlen sollte, dass jemand ihre Vergangenheit durchleuchtete. Nicht dass sie etwas zu verbergen gehabt hätte, aber wie Laryn sagte, war es nicht gerade cool. Andererseits wusste Tex wahrscheinlich schon das meiste über sie, was es zu wissen gab, da er sich mit Colvin beschäftigt hatte. Dabei musste er sich vermutlich auch mit ihrer und Johns Vergangenheit befassen. Und da sie nichts zu verbergen hatte, nicht vor dem Gesetz auf der Flucht war und nicht einmal einen Strafzettel wegen Geschwindigkeitsüberschreitung hatte, war es ihr eigentlich egal.

»Ist schon okay«, sagte sie etwas verspätet.

»Puh. Okay. Tate hat mir nicht erzählt, was Tex ihm gesagt hat, was seltsam ist, wenn man bedenkt, dass sie wie kleine Mädchen über alles andere tratschen, aber er sagte, du seist gut. Was in Tates Sprache ein großes Lob ist.« Sie lehnte sich auf ihre Hände zurück und seufzte. »Ehrlich gesagt bin ich mir wegen dieses Babys nicht sicher. Natürlich möchte ich Kinder mit Tate. Ich liebe ihn so sehr. Aber ich liebe auch meinen Job und möchte ihn nicht aufgeben. Und Tate wird offensichtlich nicht aufhören zu fliegen, also sind wir in einer schwierigen Lage.«

»Ich verstehe. Und es ist toll, dass du deinen Job so sehr liebst. Ich glaube, es ist selten, dass Menschen einen Beruf finden, für den sie sich wirklich begeistern können. Und ich denke, ich *möchte*, dass du diesen Job machst, denn das bedeutet, dass Pyro sicherer ist.«

»Vor allem weil er mit Tate fliegt«, sagte Laryn mit einem Grinsen.

»Genau.«

»Großartig. Okay, wir werden sehen, wie sich die Dinge in den nächsten Monaten entwickeln. Du kannst dich einleben. Schau, welche Art von Job du findest. Vielleicht landest du irgendwo, wo es keine Flexibilität gibt und du dir nicht die Zeit nehmen kannst, um mit meinem Kind etwas zu unternehmen. Willst du in der Gesundheitsbranche bleiben?«

»Ich bin mir nicht sicher. Es hat mir wirklich Spaß gemacht, Frauen über Schwangerschaftsvorsorge aufzuklären, aber ich bin mir sicher, dass die Dinge in den USA ganz anders sind als dort, wo ich war. Ich vermute, dass die Amerikaner viel mehr über Frauengesundheit und Schwangerschaftsvorsorge wissen.«

»Vielleicht, vielleicht auch nicht. Ich bin mir sicher, dass du etwas finden wirst, was dir gefällt. Vor allem weil wir alle tun, was wir können, um dir zu helfen.«

Penny verspürte eine Welle der Wärme. Sie hatte keine Ahnung, wie sie an eine so großzügige Gruppe von Menschen geraten war. Aber sie war mehr als dankbar dafür.

»Wie wäre es, wenn wir losziehen und Pyro und Bowie suchen? Ich habe das Gefühl, dass er ihr wahrscheinlich das größte Eis gekauft hat, das er finden konnte, und deine Tochter wird wahrscheinlich total aufgekratzt sein von all dem Zucker.«

Penny zuckte zusammen.

Laryn kicherte. »Wir finden schon etwas, um sie müde zu machen. Vielleicht kann Casper sie im Flur Übungen machen lassen, bis sie umfällt.«

Penny sah die andere Frau an, unsicher, ob sie scherzte oder nicht.

»War nur ein Witz!«, sagte sie lachend.

»Das ist gar keine so schlechte Idee«, antwortete sie und kicherte ebenfalls. »Und Bowie würde es wahrscheinlich gefallen.«

»Ich mag dich, Penny«, sagte Laryn, als sie von dem kleinen Tisch sprang. »Du hattest es eindeutig nicht leicht, sowohl kürzlich mit der Evakuierung als auch generell, als du versucht hast, Bowie großzuziehen und gleichzeitig mit Arschlöchern fertigzuwerden, die dich um Geld erpresst haben. Aber du hast alles erstaunlich gut gemeistert.«

»Ich hatte keine Wahl. Wenn ich nicht will, dass mein Kind leidet, muss ich mich zusammenreißen und weitermachen, egal wie schwer das Leben auch ist.«

»Das ist eine großartige Einstellung. Komm, vielleicht können wir uns auch ein Eis gönnen.«

Bei diesem Gedanken lief Penny das Wasser im Mund zusammen. Es war schon sehr lange her, dass sie sich etwas so Unnötiges gegönnt hatte. Auch wenn sie im Moment jeden Tag mehr Kalorien zu sich nahm als seit Jahren und dachte, dass sie vorsichtig sein sollte, sonst würde sie am Ende eine Menge Gewicht zulegen, klang Eiscreme im Moment einfach perfekt.

Das Leben war in den letzten Jahren sicherlich hart gewesen, aber jetzt sah es wieder besser aus. Allerdings konnte sich das Blatt jederzeit wenden, also musste sie auf alles vorbereitet sein, was die Zukunft für sie bereithalten mochte.

Pyros Warnung bezüglich Colvin ging ihr nicht aus dem Kopf. Und obwohl er gesagt hatte, dass sie und Bowie in Zitas Wohngebäude sicher seien, konnten sie nicht rund um die Uhr hinter verschlossenen Türen bleiben. Penny wollte glauben, dass sie Colvin Jackson endgültig hinter sich gelassen hatte ... aber sie hatte das ungute Gefühl, dass er noch nicht mit ihr fertig war.

Penny schüttelte das Gefühl der Angst ab, das sie allein bei dem Gedanken an ihren Peiniger überkam, und zwang sich, sich auf das Hier und Jetzt zu konzentrieren. Und auf ihre neue Freundin Laryn, die ihr mehr über Mandy und Zita erzählte, die beiden Frauen, die sie treffen würde, sobald sie in Norfolk eintrafen. Penny hatte noch nie enge Freundinnen gehabt und hoffte aufrichtig, dass sie mit den anderen Frauen genauso gut zurechtkommen würde wie mit Laryn und Pyros Freunden.

KAPITEL ACHT

Penny beobachtete, wie Bowie Mandy und Zita schon in dem Moment, in dem sie sie zum ersten Mal mit einem Lächeln begrüßte, um den kleinen Finger wickelte. Die beiden Frauen hatten auf ihre Freunde gewartet, als das Schiff im Hafen von Norfolk anlegte. Anscheinend konnten sie sie normalerweise nicht begrüßen, wenn sie von einer Mission zurückkehrten, aber da sie mit dem Flugzeugträger in die USA zurückgekehrt waren, konnten sie sich den Tausenden anderen Familien anschließen, die gekommen waren, um ihre Seeleute nach dem langen Einsatz willkommen zu heißen.

Penny und Pyro standen abseits und lächelten, als die Paare wieder vereint waren. Aber natürlich wollte Bowie wissen, was los war, und bat ihre Mutter, ihr alles zu beschreiben, was sie sah.

Pyro hob das kleine Mädchen hoch, als hätte er das schon sein ganzes Leben lang getan, und begann, ihr die Wiedervereinigungen zu beschreiben, die um sie herum stattfanden. Mandy und Zita schienen beide überrascht zu sein, ihn mit einem kleinen Mädchen auf der Hüfte zu sehen, und eilten sofort herbei, um vorgestellt zu werden.

Bowie gewann sie wie immer einfach dadurch für sich, dass sie ganz sie selbst war. Vor allem indem sie davon erzählte, wie sehr sie Buck und Obi-Wan liebte und wie sehr sie es mochte, wenn Obi-Wan sie mit seiner »Darth Vader«-Stimme unterhielt.

»Du musst Penny sein. Buck hat mir in einer E-Mail von dir erzählt. Ich bin so froh, dass es dir gut geht. Ich bin Mandy.«

»Danke«, sagte Penny schüchtern. »Es freut mich sehr, dich kennenzulernen. Ich habe so viel Gutes über dich gehört.«

»Wahrscheinlich alles übertrieben«, sagte Mandy lachend.

»Und ich bin Zita. Ich freue mich so, dass du und Bowie bei mir einziehen werdet! Ich bin noch dabei, alles einzurichten, da ich selbst gerade erst eingezogen bin, während die Jungs weg waren, aber mir graute davor, eine Mitbewohnerin suchen zu müssen, also ist das perfekt!«

Penny war ein wenig überrascht, dass sie so aufrichtig wirkte. Überrascht, aber erleichtert. »Bowie benimmt sich gut. Ich verspreche dir, dass wir dir keine Umstände bereiten werden.«

»Natürlich werdet ihr das nicht! Wir werden viel Spaß haben. Meine Arbeitszeiten beim Rettungsdienst können etwas ungewöhnlich sein, aber wir werden das schon hinbekommen.«

Penny nickte. »Ich habe noch keinen Job, aber ich werde mir so schnell wie möglich einen suchen. Ich werde meinen Anteil der Miete pünktlich bezahlen, das verspreche ich.«

Zita winkte ab. »Mach dir darüber jetzt keine Gedanken. Du hast eine schwere Zeit hinter dir. Lass uns erst einmal dafür sorgen, dass du wieder auf die Beine kommst, bevor wir uns darüber streiten, wer was bezahlt. Ich bin einfach dankbar, dass du bei mir wohnst.«

Penny kamen unerwartet die Tränen, als sie sah, wie nett diese Frau zu einer Fremden war. Sie hatte keine Ahnung, wie viel ihr ihre Worte bedeuteten. Wie ihr eine Last von den Schultern fiel.

HILFE FÜR PENNY

»Ich weiß nicht, wie es euch geht, aber ich hätte jetzt wirklich Lust auf einen Burger aus dem *Anchor Point*. Und frittierte saure Gurken. Es ist zwar ein Klischee, dass Schwangere Heißhunger auf saure Gurken haben, aber egal. Wer ist dabei?«, fragte Laryn. Casper hatte seinen Arm um ihre Schultern gelegt, und sie kuschelte sich an seine Seite.

Alle stimmten begeistert zu, und Penny stand nur unbeholfen da, sagte nichts und fragte sich, wie es für sie und Bowie weitergehen sollte.

Bevor sie jemanden fragen konnte, sah sie aus dem Augenwinkel eine Gruppe von Männern auf sie zukommen. Sie waren alle älter, wahrscheinlich um die sechzig. Sie sahen überhaupt nicht wie Soldaten aus. Nicht einmal annähernd. Die meisten hatten Bierbäuche und trugen Baseballmützen und entweder Jeans und T-Shirts oder Overalls. Einer hielt sogar eine Leine mit einem älter aussehenden Beagle am Ende in der Hand.

Gerade als sie zu Pyro schaute, um zu sehen, ob er die Männer kannte, stieß Laryn einen überraschten Quietscher aus, der sich schnell in einen Schrei verwandelte.

Penny spannte sich an und sah sich um, um herauszufinden, was die andere Frau erschreckt hatte. Sie war überrascht, als diese sich aus Caspers Griff befreite und auf die Gruppe von Männern zulief. Da niemand sonst alarmiert zu sein schien, entspannte Penny sich ein wenig.

»Henry! Muhammad! Charlie! Was zum Teufel macht ihr hier?«, schrie sie und warf sich auf den größten der Männer.

Er fing sie mit einem breiten Lächeln auf und drehte sie im Kreis herum. Sofort wurde sie von den beiden anderen umringt, und sie standen zu viert mitten auf dem riesigen Parkplatz, der geräumt worden war, damit alle Familien sich versammeln und ihre heimkehrenden Soldaten begrüßen konnten.

Laryn weinte und lachte gleichzeitig, als sie die älteren Männer freudig begrüßte. Dann packte sie zwei der Männer an den Händen und zog sie zurück zu den anderen, die dort warteten.

»Oh mein Gott, Leute! Das sind einige der ältesten und liebsten Freunde meines Vaters! Sie haben mir alles beigebracht, was ich über Autos weiß. Ich habe sie ständig genervt, mir Dinge zu zeigen, und war ihnen immer im Weg, da mein Vater ständig mit ihnen zusammen war. Entschuldigt, das sind Henry Freeman, Muhammad Bari und Charlie McCrea. Oh, ich bin so aufgeregt. Das ist so eine Überraschung! Ich habe euch seit Jahren nicht gesehen. Wie geht es euch? Moment mal – was macht ihr denn hier? Woher wusstet ihr, dass ich hier sein würde?«

Henry ruckte mit dem Kopf, um Laryn zu signalisieren, dass sie sich umdrehen sollte.

Penny schnappte hörbar nach Luft – zusammen mit allen anderen –, als sie sahen, wie Casper mitten auf dem Parkplatz auf ein Knie ging. Sie hörte vage, wie Pyro Bowie mit leiser Stimme alles erklärte, was gerade geschah. Penny selbst war zu sehr wie gebannt und konzentrierte sich auf das, was gleich passieren würde.

»Laryn. Ich liebe dich. Mehr, als ich jemals für möglich gehalten hätte. Ich bin untröstlich, dass ich den Mann nie kennengelernt habe, der dir beigebracht hat, die beste Mechanikerin zu werden, die die Armee je hatte. Ich wünschte, er könnte hier sein, um zu sehen, was für eine erstaunliche Frau du geworden bist. Ich hatte keine Gelegenheit, ihn um seinen Segen für unsere Ehe zu bitten, also habe ich das Nächstbeste getan. Ich habe seine engsten Freunde gefragt.«

Laryn hielt sich überrascht und schockiert die Hand vor den Mund, sah von Casper zu den drei älteren Männern und dann wieder zu ihrem Mann.

»Nur damit das klar ist: Sie haben mich auf Herz und Nieren geprüft, aber schließlich ihren Segen gegeben. Du bist mein Halt, Laryn. Ich werde mich ewig dafür ohrfeigen, dass ich so lange nicht gesehen habe, was direkt vor meiner Nase lag, aber jetzt, da ich es sehe, möchte ich keinen einzigen Tag mehr ohne dich an meiner Seite verbringen. Du bist der erste Mensch, an den ich denke, wenn ich aufwache, und mein letzter Gedanke, bevor ich einschlafe. Ich verspreche dir, dass ich den Rest meines Lebens alles in meiner Macht Stehende tun werde, um dich glücklich zu machen und dich so zu behandeln, wie dein Vater es für seine kleine Tochter gewollt hätte. Willst du mich heiraten, Laryn?«

»Ja! Oh mein Gott, *ja*!«

Laryn warf sich auf Casper, sodass dieser auf den Hintern fiel, aber er ließ seine brandneue Verlobte nicht los. Er hatte ein breites Lächeln im Gesicht, während Laryn noch halb weinte, halb lachte.

Sie setzte sich rittlings auf Casper und schlug ihm auf die Schulter. »Ich hasse es zu weinen!«, teilte sie ihm mit.

»Ich weiß. Aber du siehst so bezaubernd aus.«

»Wie auch immer.«

»Ich habe noch eine Überraschung«, fügte er hinzu.

»Ich glaube nicht, dass ich noch mehr verkraften kann«, sagte Laryn mit einem Schniefen.

»Doch, das kannst du. Du bist die stärkste Frau, die ich kenne.« Casper half ihr auf die Beine, nahm ihre Hand und führte sie zurück zu den Freunden ihres Vaters, die von einem Ohr zum anderen grinsten.

Casper nickte den Männern zu und schüttelte ihnen die Hände. Dann deutete er auf den Beagle, der zu Henrys Füßen saß und hechelte, was wie ein Lächeln aussah.

»Das ist Waffles«, sagte Casper zu Laryn.

Ihre Augen wurden groß. »Oh! So würde ich meinen Beagle nennen, sollte ich jemals einen haben.«

»Ich weiß.«

Es dauerte einen Moment, bis seine Worte zu ihr durchdrangen. Laryn sah ihn an, dann den Hund, der sie nun anstarrte. Er wedelte mit dem Schwanz und schleuderte die kleinen Kieselsteine auf dem Asphalt in alle Richtungen.

»Im Ernst?«

Casper nickte. »Ich dachte, wir könnten mit einem Hund üben, Eltern zu sein, bevor unsere kleinen Teufelsbraten kommen.«

»Ich habe alle Tierheime in der Stadt abgeklappert, bis ich ihn gefunden habe«, sagte Mandy hinter Laryn. Sie waren ihr und Casper alle gefolgt. »Er war ein Streuner, deshalb ist er momentan etwas mager. Aber er ist gesund. So gesund, wie ein Hund sein kann, der auf der Straße gelebt hat. Ich habe ihn zum Hundefriseur und zum Tierarzt gebracht, und all seine neuen Sachen – wie eine Hundebox, Futter und Leckerlis – sind in eurer Wohnung.«

Laryn brach sofort wieder in Tränen aus, als sie vor dem Hund auf die Knie fiel. Waffles stand sofort auf und leckte ihr begeistert das Gesicht, während sie ihre Arme um ihn schlang.

Penny war selbst ziemlich emotional. Es gab so viele streunende Hunde in Gabun, und ihr tat jedes einzelne Tier wahnsinnig leid. Sie konnte kaum für sich selbst und Bowie sorgen, einen Hund hätte sie nicht aufnehmen können ... aber oh, wie sehr hätte sie das gewollt. Waffles würde ein verwöhnter Hund werden, daran hatte sie keinen Zweifel.

»Was ist das? Oh!«, keuchte Laryn, als sie auf sein Halsband starrte.

Casper hockte sich neben sie, löste den Ring, der an Waffles' Halsband befestigt war, und hielt ihn Laryn hin. »Du hast doch nicht gedacht, dass ich dir ohne Ring einen Antrag machen würde, oder?«, fragte er grinsend.

Laryn streckte ihre Hand aus, und Casper schob den Ring auf ihren Finger.

»Er ist perfekt. Woher wusstest du, dass ich keinen traditionellen Ring mit einem aufgesetzten Diamanten wollte?«

»Weil ich dich kenne. Und weil ich aufmerksam bin. Ich habe gehört, wie du dich über die Frau beschwert hast, die an einem Fahrzeug gearbeitet hat, als wir *Overhaulin'* gesehen haben. Darüber, wie der riesige Ring, den sie trug, sie bei der

Arbeit behindern würde, und wie dumm sie war, ihn in der Nähe von Motorenteilen zu tragen. Ich dachte mir, dass ein Ring mit eingelegten Diamanten passender wäre.«

»Du musst aufhören, mich zum Weinen zu bringen«, forderte Laryn.

»Ich werde niemals aufhören, dich zu Tränen der Freude zu rühren. Was andere Tränen angeht, werde ich alles tun, um das Problem zu beheben und sie zu verhindern.«

»Tate, ich liebe dich so sehr.«

»Ich liebe dich auch.«

»Und ich muss dir sagen, du hast das gut gemacht, Mister«, sagte sie, nachdem sie sich mit ihrer Schulter das Gesicht abgewischt hatte. »Ich werde unseren Kindern, Enkeln und Urenkeln erzählen können, wie romantisch du warst und wie du mich total überrascht hast.«

»Gut. Das war das Ziel. Wie wäre es, wenn wir alle ins *Anchor Point* fahren und nicht nur unsere Rückkehr mit leckeren Cheeseburgern feiern, sondern auch einen Neuanfang?«

»Wir können Waffles nicht zurücklassen«, sagte Laryn stirnrunzelnd, während sie mit ihrem neuen Hund im Arm dastand.

»Ich habe schon gefragt, und wir können ihn mitnehmen. Nur dieses eine Mal, da es ein besonderer Anlass ist.«

»Juhu!«, rief Laryn mit einem breiten Lächeln im Gesicht.

»Mommy«, sagte Bowie und lehnte sich weit aus Pyros Armen in Richtung Penny. Zum Glück hielt er sie fest, sodass sie nicht auf dem Asphalt landete.

Bowie wurde langsam zu groß, um getragen zu werden, zumindest von Penny. Pyro schien keine Probleme damit zu haben, sie zu halten. Aber Penny war sich bewusst, dass die Zeit kommen würde, in der ihre Tochter nichts mehr mit ihrer Mutter zu tun haben wollte. Sie würde ein Teenager voller Angst und Drama sein, und Penny würde nur noch schöne Erinnerungen daran haben, wie sie sie herumgetragen hatte.

Aus diesem Grund nahm sie Pyro seine kleine Last ab und nahm ihre Tochter in die Arme.

»Das war süß!«, sagte Bowie.

»Das war es.«

»Ich möchte Waffles streicheln.«

»Das kannst du später sicher machen. Lass Laryn und Waffles sich erst einmal kennenlernen. Ich bin mir sicher, dass es für ihn ziemlich hektisch war.«

»Okay. Mommy?«

»Ja, Schatz?«

Laryn und Casper gingen mit den drei älteren Männern los, und alle anderen folgten ihnen. Pyro und Penny bildeten die Nachhut, als sie sich auf den Weg zu dem Bereich machten, wo das Team seine Fahrzeuge zurückgelassen hatte.

»Wo schlafen wir heute Nacht? Bleiben wir bei Kylo-Pyro?«

Penny konnte nicht anders, als zu dem Mann neben ihr aufzublicken. Er trug zwei Seesäcke in einer Hand – einen für sich selbst und einen, in dem sich alles befand, was Penny und Bowie besaßen. Bowie hatte in der Vergangenheit nie nach ihrer Wohnsituation gefragt. Sie hatte einfach darauf vertraut, dass ihre Mutter ihnen ein Dach über dem Kopf und Essen auf dem Tisch bieten würde. Sie wusste nicht genau, warum sie jetzt Fragen stellte, außer dass sie älter wurde. Sie nahm ihre Umgebung bewusster wahr.

»Wir werden bei Zita wohnen. Du hast sie doch gerade kennengelernt, weißt du noch?«

»Mh-hm. Wird Kylo-Pyro auch da sein?«

»Nein, Schatz. Er hat seine eigene Wohnung. Es werden nur du, ich und Zita sein.«

»Ich will bei Kylo-Pyro bleiben!«, jammerte sie.

»Du bekommst dein eigenes Zimmer, Schatz, und es wird keinen roten Sand auf dem Boden geben«, beschwichtigte Penny ihre Tochter.

»Ich wette, bei Kylo-Pyro gibt es auch keinen roten Sand. Ich will bei *ihm* bleiben!« Ihre Stimme wurde jetzt lauter, sie war kurz davor, einen Wutanfall zu bekommen. So etwas hatte sie schon lange nicht mehr gehabt.

Es war selbst unter den besten Umständen schwierig, mit einer Sechsjährigen zu diskutieren. Aber Bowie hatte in der Nacht zuvor kaum geschlafen, weil sie so aufgeregt war, dass das Schiff endlich anlegte, und die Ausschiffung hatte lange gedauert und war mühsam gewesen. Und dann noch die Aufregung wegen Laryns Antrag ... Kein Wunder, dass sie so launisch war.

»Wir besuchen Pyros Wohnung, und er besucht unsere. Aber wir können nicht mit ihm zusammenleben.«

»Warum nicht?«

»Weil es nicht unser neues Zuhause ist.«

»Warum?«

»Weil wir bei Zita wohnen. Wir werden alle unser eigenes Zimmer haben. Das hattest du noch nie zuvor.«

»Ich *will* kein eigenes Zimmer, Mommy«, schmollte Bowie. »Ich will mit Kylo-Pyro schlafen.«

Penny zuckte zusammen und sah sich um, um sich davon zu überzeugen, dass keine Fremden ihre Tochter belauschten.

Sie ignorierte auch die kleine Stimme in ihrem Kopf, die dieses Gefühl widerspiegelte. Dass sie mit dem Mann neben ihr schlafen wollte.

Anstatt sich über ihre Tochter zu ärgern, versuchte Penny herauszufinden, was sie beunruhigte. »Warum willst du bei Pyro bleiben, Schatz?«

Bowie starrte vor sich hin und biss sich auf die Lippe. Dieser starre Blick hatte John früher ein unbehagliches Gefühl beschert, aber Penny war daran gewöhnt.

»Er wird uns beschützen.«

»Wovor?«

»Vor dem bösen Mann.«

»Welcher böse Mann?«, fragte Penny nun noch besorgter. Sie hatten angehalten, weil Penny Bowie ihre volle Aufmerksamkeit schenken wollte. Sie war sich bewusst, dass auch Pyro stehen geblieben war und ihrer Unterhaltung aufmerksam lauschte. Aber das machte ihr nichts aus. Sie mochte es, dass er da war. Sie mochte seine stille Unterstützung.

»Wenn der böse Mann wegen des Geldes kommt, kann Pyro ihn vertreiben, und du kannst dein Geld behalten und dann auch etwas zu essen haben, anstatt alles mir zu geben«, sagte Bowie leise.

Penny wäre fast in die Knie gegangen. Sie war am Boden zerstört, als ihr klar wurde, dass Bowie verstanden hatte, worum es bei den Besuchen von Colvins Schlägern ging. Aber noch mehr, dass sie herausgefunden hatte, dass Penny hungerte, damit Bowie essen konnte.

Sie hatte geglaubt, sie hätte das alles viel besser vor ihrer Tochter verbergen können.

Sie spürte Wärme an ihrer Seite, einen Sekundenbruchteil bevor Pyro sprach. »Deine Mutter wird nie wieder hungern müssen, Bowie-Bär. Ihr werdet beide so viel zu essen haben, wie ihr wollt. Und ich werde alles in meiner Macht Stehende tun, um dafür zu sorgen, dass der böse Mann dich und deine Mutter nicht mehr belästigt.«

Penny wusste es zu schätzen, dass er nicht direkt gesagt hatte, Colvin würde nie wieder auftauchen, denn das konnte er nicht kontrollieren. Aber sie hasste es, dass Bowie alt genug war, um zu verstehen, dass Penny Angst vor den Männern hatte, die an ihre Tür kamen, oder dass sie manchmal nicht genügend Geld hatten, um beide zu ernähren. Das war echt ätzend.

»Und nur weil du in deiner eigenen Wohnung mit deinem eigenen Zimmer sein wirst, heißt das nicht, dass du mich nicht wiedersehen wirst. Wir sind jetzt Freunde, oder?«

»Mh-hm.«

»Und Freunde machen Dinge zusammen. Zum Beispiel in den Park gehen. Essen gehen. Spiele spielen. Zusammen lesen. Ich werde all das weiterhin mit dir machen.«

»Versprochen?«

HILFE FÜR PENNY

»Indianerehrenwort.«

»Was ist das?«, fragte Bowie und neigte dabei entzückend den Kopf.

»Das ist ein sehr wichtiges Gelübde. Ein Superversprechen. Eines, das nicht gebrochen werden darf.«

»Ooooh, das gefällt mir.«

»Mir auch. Heb deine Hand«, sagte Pyro.

Sie tat es. Dann verband er seinen kleinen Finger mit ihrem und bewegte ihre Hände in einer kleinen Handbewegung auf und ab. »So. Jetzt ist es ein Indianerehrenwort.«

Bowie strahlte. Dann runzelte sie ein wenig die Stirn. »Ich möchte trotzdem mit dir zusammenleben, Kylo-Pyro.«

»Deine Mutter wäre einsam, wenn du bei mir leben würdest und sie nicht.«

»Sie kann auch mitkommen«, sagte Bowie großmütig, was Penny ein wenig zum Lächeln brachte.

»Wie wäre es, wenn ich vorbeikomme und dir dabei helfe, dein Zimmer genau so einzurichten, wie du es möchtest?«, fragte Pyro.

»Wie wäre es, wenn du mir in *deiner* Wohnung ein Zimmer genau so einrichtest, wie ich es möchte?«, entgegnete Bowie.

Penny konnte sich ihr Lächeln nicht mehr verkneifen. Ihre Tochter war zu schlau für ihr eigenes Wohl. Sie war blind, aber nicht dumm, wie einige der Kinder in Gabun sie verspottet hatten.

Pyro warf Penny einen hilflosen Blick zu. Sie wusste es mehr zu schätzen, als sie sagen konnte, dass er versuchte, Bowie zu besänftigen.

»Wir ziehen nicht in Pyros Wohnung, Bowie. Und damit basta. Aber er hat dir bereits versprochen, dein Freund zu sein und viel mit dir zu unternehmen. Er hat sein eigenes Leben, in dem wir keinen Platz haben. Außerdem haben wir ihn gerade erst kennengelernt. Du kannst dich nicht einfach selbst bei Leuten einladen, die du gerade erst kennengelernt hast.«

»Aber ich mag ihn! Und du auch. Ich höre es an deiner Stimme. Und er mag dich auch.«

Für einen Moment schien die Zeit stillzustehen, als Penny und Pyro einander anstarrten. Sie spürte, wie ihr Herz in ihrer Brust pochte. Es hätte ihr peinlich sein müssen, dass ihre sechsjährige Tochter erkennen konnte, dass sie Pyro mochte ... mehr als jemand, der ihn erst vor einer Woche kennengelernt hatte. Aber es tat gut zu hören, dass Bowie glaubte, er mochte *sie* genauso.

»Das reicht, Bowie«, sagte sie streng, wobei sie ihre »Mutterstimme« benutzte.

Bowie presste die Lippen zusammen und zappelte, um heruntergelassen zu werden. Penny setzte sie auf dem Boden ab und ließ ihr etwas Freiraum.

»Du wirst das *Anchor Point* lieben, Bowie«, sagte Pyro, während er Penny weiterhin ansah. »Dort treffen wir uns alle gern, wann immer wir Zeit haben. Das Essen ist auch super.«

»Gibt es dort Chicken Nuggets?«, fragte Bowie mürrisch und schaute in Pyros Richtung.

»Klar gibt es die. Willst du meine Hand halten, damit ich auf dem Weg zu meinem Wagen nicht stolpere?«, fragte er.

Bowie nickte, und Pyro nahm ihre Hand. Sie gingen wieder nebeneinander her, während Penny ihnen folgte.

Sie konnte gut aussehende, erfolgreiche Männer leicht ablehnen, wenn sie dachten, dass es unter ihrer Würde sei, mit einem Kind zu sprechen. Oder wenn sie Bowie respektlos behandelten oder so taten, als sei sie wegen ihrer Sehbehinderung irgendwie minderwertig. Pyro hingegen hatte mit der Art, wie er ihre Tochter behandelte, schnell sowohl ihren Respekt als auch ihre Zuneigung gewonnen.

Zuneigung. Was für ein Witz.

Penny war in den Mann verknallt. Und zwar nicht so wie damals, als sie Anfang zwanzig war und es noch nicht besser wusste. Als John ihr Blumen oder Süßigkeiten mitgebracht hatte, dachte sie, das würde bedeuten, dass er sie wahnsinnig liebte und der perfekte Partner für sie wäre. Jetzt war sie älter und weiser, und materielle Dinge bedeuteten ihr nichts mehr.

Pyro hatte ihr buchstäblich eine Lösung für ihre Wohnsituation und Sicherheit vor einer Bedrohung angeboten, die seit zwei Jahren über ihr schwebte. Nicht nur das, er hatte sich auch mit Bowie angefreundet, als sei es völlig normal für einen erwachsenen Mann, stundenlang *Unsere kleine Farm* zu lesen oder jeden Abend nach dem Essen einen Schokoriegel zu teilen, als sei er das beste Dessert der Welt.

Es war wahrscheinlich gut, dass sie etwas Abstand zwischen sich und Pyro bringen konnte. Bowie hing offensichtlich schon zu sehr an ihm, und Penny war auch schnell auf dem besten Weg dahin. Eine Auszeit würde beiden guttun, und auch Pyro. Er hatte wahrscheinlich genug vom Babysitten.

Aber er schien von Bowie noch lange nicht die Nase voll zu haben. Selbst jetzt sah es so aus, als würde er ihr aufmerksam zuhören, während sie über die Geräusche plapperte, die sie beim Verlassen des riesigen Schiffes gehört hatte.

Penny hatte keine Ahnung, was die Zukunft für sie und Bowie bereithielt, aber eines war klar: Sie hatte verdammt viel Glück gehabt, dass Pyro und Casper sie vom Dach des Hotels gerettet hatten. Sie und Bowie waren unter Pyros Fittiche genommen, von seinen Freunden willkommen geheißen und wie Mitglieder ihrer Night-Stalker-Familie behandelt worden. Es war ein seltsames Gefühl, aber ein beruhigendes.

Dank Pyro waren sie in Sicherheit. Sie mussten nicht auf der Straße oder in einem Obdachlosenheim schlafen. Aber Dankbarkeit war nicht wirklich das, was Penny für den Mann empfand. Zumindest nicht ganz. Sie fühlte sich aus anderen Gründen zu ihm hingezogen. Sie hatten viel gemeinsam, und jedes Mal, wenn ihre Finger sich berührten oder er seine Hand auf ihren Arm legte, spürte sie es tief in ihrem Innersten.

Sich zu verlieben stand nicht auf ihrer Agenda. Aber wie sie im Laufe der Jahre gelernt hatte, konnte selbst die sorgfältigste Agenda jeden Moment in Stücke gerissen werden.

Penny erkannte, dass es sinnlos war, die Zukunft vorhersagen zu wollen, und wusste, dass sie so weiterleben musste, wie sie es schon seit Jahren tat – einen Tag nach dem anderen. Was auch immer passierte, würde passieren. Sie würde sich mit dem Leben auseinandersetzen, wie es kam ... und in der Zwischenzeit die beste Mutter, Freundin und Angestellte sein, die sie sein konnte.

KAPITEL NEUN

Pyro war schon seit Tagen unruhig. Er war immer ein Einzelgänger gewesen. Ja, er verbrachte gern Zeit mit seinen Freunden, aber er war auch vollkommen glücklich, wenn er allein in seiner Wohnung war. Lesen, fernsehen, schlafen, essen ... wie auch immer er seine Zeit verbrachte, er war zufrieden damit, es allein zu tun.

Aber jetzt? Nachdem er Bowie und Penny kennengelernt hatte? Er dachte nur noch an sie. Was machten sie gerade? Waren sie glücklich? Wie lief Pennys Jobsuche? Schlief Bowie schon durch?

Eine Woche war vergangen, seit Bowie unmissverständlich erklärt hatte, dass sie mit Pyro zusammenleben wolle. Ihre Worte hatten in ihm Sehnsüchte geweckt, die er nie zuvor verspürt hatte.

Er wollte auch, dass Bowie in seiner Wohnung lebte. Er hatte genügend Platz. Er konnte sich nichts Schöneres vorstellen, als morgens mit dem Klang ihres Lachens aufzuwachen. Ihr beizubringen, wie man Rührei oder Waffeln machte, ihr vorzulesen, während sie in der Ecke seines Sofas saßen, eingekuschelt in Decken. Sie zur Schule zu bringen, um ihre neue Lehrerin kennenzulernen.

Aber es war nicht nur Bowie, mit der er sich ein Zusammenleben vorstellen konnte. Auch Penny ging ihm ständig durch den Kopf.

Er fühlte sich wie ein anderer Mensch als vor seiner Mission in Gabun.

Ehrlich gesagt fiel es ihm schwer zu begreifen, wie sehr er sich in so kurzer Zeit verändert hatte. Vor seinem Einsatz hatte er nicht einmal Interesse an einer ernsthaften Beziehung gehabt. Und an Kinder hatte er überhaupt nicht gedacht.

Nein, das stimmte nicht. Er hatte darüber nachgedacht, dass er keine wollte.

Viele Pflegekinder sehnten sich nach eigenen Kindern, um ihnen die Liebe zu geben, die sie selbst in ihrer Kindheit nie erfahren hatten. Nicht so Pyro. Er wollte einfach nichts mit Kindern zu tun haben.

Bis Bowie kam.

Jede Minute, die er mit ihr verbrachte, war faszinierend. Wie ihr Gehirn funktionierte, wie sie ihre Blindheit kompensierte. Sie war witzig und klug, sogar ein bisschen frech. Sie hatte keine Angst davor, sich schmutzig zu machen, und war unersättlich nach Wissen. Über alles.

Pyro sah auch ein bisschen von sich selbst in ihr. Jedes Mal wenn sie etwas geschenkt bekam, egal wie klein es auch war, war sie unglaublich dankbar, genau wie er als Kind.

Ein Kindermenü aus einem Fast-Food-Restaurant, in dem ein kleines Spielzeug enthalten war? Sie tat so, als hätte man ihr den Mond geschenkt. Als er ein T-Shirt vom Stützpunkt mit nach Hause brachte, auf dem ARMEE stand, erklärte sie es zu ihrem »Lieblingskleidungsstück aller Zeiten« – und Penny sagte, sie habe in dieser Nacht darin geschlafen und dann geweint, als sie es nicht zwei Tage hintereinander tragen durfte.

Gestern Abend hatte Bowie angerufen und gefragt, ob er sie am nächsten Morgen zu ihrer neuen Schule begleiten könne.

Es dauerte einen Moment, bis ihm klar wurde, dass sie ihn ganz allein angerufen hatte, ohne dass Penny etwas davon mitbekommen hatte. Ihre Mutter würde sie zur Schule bringen, um sie anzumelden, und es war mehr als offensichtlich, dass Bowie nervös war.

Natürlich hatte er zugestimmt ... solange es für ihre Mutter in Ordnung war. Dann bat er Bowie, Penny das Telefon zu bringen, damit er mit ihr sprechen konnte.

Penny war ebenso überrascht, dass Bowie ihn ohne ihr Wissen angerufen hatte, aber überhaupt nicht überrascht, dass das Mädchen sich seine Nummer gemerkt hatte. Sie hatte ein gutes Gedächtnis, und Penny erzählte ihm während des Gesprächs, dass sie Bowie auch ihre neue Adresse und Telefonnummer beigebracht hatte.

Pyro war erleichtert, als Penny das Telefon angenommen hatte, das er ihr besorgt hatte. Er hatte ohne Probleme eine zusätzliche Telefonnummer zu seinem aktuellen Tarif hinzufügen können; dadurch war seine Rechnung sogar *niedriger* geworden, was keinen Sinn ergab, aber er wollte sich nicht beschweren.

Er war gerade auf dem Weg zu Pennys Wohnung, um mit Mutter und Tochter zu Bowies neuer Schule zu gehen. Er war heute Morgen mehr als dreißig Minuten vor dem Klingeln seines Weckers aufgewacht, was für ihn völlig ungewöhnlich war. Aber ... er war unruhig. Die Vorfreude, an diesem bedeutsamen Ereignis für Bowie teilzunehmen, war vergleichbar mit dem Gefühl, das er einige Male vor Weihnachten und seinem Geburtstag gehabt hatte, als er in Pflegefamilien lebte, wo er wie ein Familienmitglied behandelt wurde. Er war nicht immer in die Feiertage einbezogen worden, und das Wissen, dass es Geschenke mit seinem Namen darauf gab, die ausgepackt werden konnten, war bei diesen seltenen Gelegenheiten eine große Sache gewesen.

Das Training hatte sich hingezogen, und es war ihm sogar egal, dass Casper heute Morgen beschlossen hatte, dass es ein guter Zeitpunkt für Windsprints im Sand war, das Training, das Pyro am wenigsten mochte.

Er hatte besonders viel Wert auf sein Aussehen gelegt und sogar das parfümierte Duschgel verwendet, das er irgendwo aufgetrieben hatte, anstatt die unparfümierte Ivory-Seife, die er normalerweise bevorzugte. Außerdem hatte er seinen Bart sorgfältig getrimmt, damit kein einziges Haar fehl am Platz war.

Er war nervös. Und Pyro wurde nie nervös. Er hatte einige wirklich beängstigende Missionen geflogen und sich noch nie so gefühlt wie jetzt. Er war immer von seinen Fähigkeiten überzeugt gewesen. Aber eine kleine sechsjährige Tochter und ihre Mutter lösten Gefühle in ihm aus, die er noch nie zuvor empfunden hatte.

Er wusste nicht genau, *warum* er sich so fühlte. Er begleitete Penny und Bowie doch nur zu ihrer neuen Schule, um Himmels willen. Aber Bowie hatte ihn bereits um den kleinen Finger gewickelt, und alles, was sie wollte, würde er ihr geben, auch wenn er sich dafür verbiegen musste.

Er parkte seinen Chevy Malibu und lief zur Tür ihres Gebäudes. Er wurde sofort hereingelassen, vom Wachmann am Pult freigegeben, und da er zu ungeduldig war, um auf den Aufzug zu warten, nahm er zwei Stufen auf einmal bis zum zweiten Stock. Penny öffnete die Tür, bevor er klopfen musste.

»Wir sind spät dran«, sagte sie atemlos. »Es tut mir so leid. Ich kann nicht glauben, dass wir an ihrem ersten Tag zu spät kommen.«

Pyro betrat die Wohnung. »Was ist los? Ich war mir sicher, dass Bowie schon Stunden vor der Abfahrt aufstehen und bereit sein würde.«

»Sie behauptet, nichts, was sie anziehen kann, sei gut genug. Sie möchte einen guten Eindruck machen, mag aber keines ihrer Kleider.«

»Das klingt gar nicht nach Bowie.«

»Ich weiß. Sie hat sich noch nie für Kleidung interessiert. Aber vielleicht liegt das daran, dass sie es nie wirklich musste.

HILFE FÜR PENNY

Sie verbrachte in Gabun die meiste Zeit mit der Frau, die nebenan wohnte. Sie hatte keinen Kontakt zu anderen Kindern. Und es war nicht so, als hätte sie eine große Auswahl an Kleidung gehabt. Jetzt, da sie ein Dutzend Sachen zur Auswahl hat, bringt sie das durcheinander.«

Zwölf Outfits erschienen Pyro nicht besonders viel, aber er war kein Experte für die Kleidung von Sechsjährigen. »Soll ich mit ihr reden?«

»Ja«, sagte Penny, ohne zu zögern. »Ich muss ihr Mittagessen fertig machen. Sie mochte keinen meiner Vorschläge und war kurz davor zu weinen, als du gekommen bist.«

Plötzlich bereute Pyro es irgendwie, seine Hilfe angeboten zu haben, denn was wusste er schon darüber, jemanden in Bowies Alter zu trösten oder zu beruhigen? Aber jetzt konnte er es nicht mehr zurücknehmen, und selbst wenn er es gekonnt hätte, hätte er es nicht getan, denn die Erleichterung in Pennys Gesicht, dass er ihre Tochter vielleicht dazu bringen könnte, sich zu bewegen, gab ihm das Gefühl, drei Meter groß zu sein.

Er ging den Flur entlang und klopfte an Bowies Tür, bevor er sie öffnete.

Bowie saß auf dem Boden, auf der Matratze, die Obi-Wan für sie gekauft hatte – das von Pyro bestellte Bettgestell war noch nicht geliefert worden –, umgeben von verschiedenen Kleidungsstücken.

»Hey, Bowie-Bär, ich habe gehört, du hast Probleme, dich zu entscheiden, was du an deinem ersten Schultag anziehen sollst.«

Sie blickte zu ihm auf, und Pyro brach fast das Herz, als er die Tränen in ihren Augen sah. Sie sah ihrer Mutter so ähnlich. Glattes, langes schwarzes Haar, eine kleine Stupsnase und volle Lippen, die gerade zitterten, als sie vergeblich versuchte, ihre Tränen zurückzuhalten. Sie würde eine zierliche Frau werden, wenn sie groß war, wie Penny. Im Moment sah sie einfach nur winzig aus.

Ohne nachzudenken, ging Pyro zur Matratze und ließ sich

neben ihr nieder. Er legte seinen Arm um sie, woraufhin sie sofort auf die Knie ging, sich an ihn lehnte und ihren Kopf auf seine Schulter legte.

»Ich glaube, ich möchte nicht zur Schule gehen«, sagte sie mit einem Schniefen.

»Was? Gestern Abend, als du angerufen hast, warst du doch so aufgeregt. Du wirst so viele Freunde finden und alles Mögliche Neues lernen.«

»Was, wenn mich niemand mag?«, flüsterte sie. »Ich bin blind. Seltsam. Nicht wie die anderen Kinder. Ich kann nicht sehen, ob sie über mich lachen oder auf mich zeigen. Ich kann nicht sehen, ob sie Grimassen schneiden.«

»Nicht wie du? Bowie, du bist das sympathischste Kind der Welt.«

Sie rümpfte die Nase und schnaubte. »Wie viele Kinder kennst du denn?«

Stimmt, da hatte sie recht. Pyro musste schnell überlegen. »Okay, nicht viele. Aber ich war auch einmal ein Kind. Und glaub mir, ich hätte dich, ohne zu zögern, als meine beste Freundin ausgewählt.«

»Warum?«

»Zum einen, weil du eine Fliege im Raum furzen hören kannst. Was hätte ich dafür gegeben zu wissen, worüber meine Lehrer flüsterten, wenn sie sich unterhielten. Vor allem während der Elternsprechtage. Nicht dass ich Eltern gehabt hätte, da ich ein Pflegekind war. Keiner von ihnen machte sich die Mühe zu erscheinen, weil es ihnen egal war.«

Bowie sah ihn überrascht an. »Du hattest auch keine Mommy und keinen Daddy? So wie Mommy?«

»Ja.«

Bowie zeigte, was für ein außergewöhnliches Kind sie war und wie tief ihr Einfühlungsvermögen war, indem sie ihre Hand auf Pyros Knie legte und es tätschelte. »Mommy ist traurig, dass ich keine Oma oder keinen Opa habe, aber das ist okay, ich habe ja sie.«

HILFE FÜR PENNY

»Das stimmt. Und du hast mich und Casper und Buck und ...«

»Und Edge, Chaos, Obi-Wan, Zita, Fred, Jen, Mandy, Laryn, Rain und jetzt auch Waffles!«

Pyro lachte. »Genau. Und du bist so schlau, dass du dir so viele Namen merken kannst.«

»Ich kenne auch ihre Nummern. Na ja, nicht alle. Mommy hat mich gezwungen, mir die von Zita und Casper zu merken.«

»Sie ist eine kluge Mutter.«

»Ja.«

»Und kluge Mütter haben kluge Kinder. Bowie-Bär, du wirst die erste Klasse rocken. Du brauchst dir keine Sorgen zu machen.«

Bowie biss sich auf die Lippe. »Ich habe Angst«, flüsterte sie.

»Das ist ganz normal. Ein Schiff im Hafen ist sicher, aber dafür wurden Schiffe nicht gebaut. Und du, meine Freundin, bist zu Großem bestimmt. Aber wenn du diesen ersten Schritt nicht wagst, wenn du nicht aus dem Hafen ausläufst, wirst du es vielleicht nie erreichen. Und das wäre unglaublich traurig.«

»Glaubst du das wirklich?«, fragte Bowie.

»Ich weiß es.«

»Hilfst du mir bei der Entscheidung, was ich anziehen soll?«

»Natürlich. Komm, steh auf«, sagte Pyro. Dann streckte er die Hand aus und wischte ihr sanft die Tränen von den Wangen. »Mal sehen, was wir zur Verfügung haben.«

Es dauerte nicht lange, bis Bowie sich für ein süßes rosa Hemd mit einem Pikachu-Pokémon entschieden hatte, das Mandy ihr gekauft hatte, und eine beige Cargohose mit etwa siebenundvierzig Taschen, die sie von Laryn bekommen hatte. Die Frau liebte Taschen in jedem Kleidungsstück, das sie besaß.

»Du kannst dich umziehen und wir treffen uns in der Küche. Deine Mutter macht dir dein Mittagessen und ich bin mir sicher, dass sie dir etwas mitgibt, das du auf dem Weg zur Schule essen kannst, da wir schon so spät dran sind, okay?«

»Okay, Kylo-Pyro. Ich hab dich lieb.«

Bei diesen Worten schmolz ihm fast das Herz dahin und er spürte, wie seine Kehle sich zuschnürte. Aber er räusperte sich und sagte: »Ich hab dich auch lieb, Bowie-Bär. Nicht trödeln. Du musst Freunde finden und Dinge lernen.«

Er verließ das kleine Schlafzimmer – und wäre fast mit Penny zusammengestoßen, die direkt vor dem Zimmer stand. Sie hatte Tränen in den Augen, und wieder einmal war die Ähnlichkeit zwischen Mutter und Tochter offensichtlich.

Sie packte seine Hand und zog ihn den Flur entlang in die Küche – dann warf sie sich in seine Arme und umarmte ihn. Fest. »Danke«, flüsterte sie, »dass du so wunderbar mit ihr umgehst.«

Pennys Wärme in seinen Armen war wie nach Hause zu kommen. Pyro genoss das Gefühl, sie an sich zu spüren. Er verspürte eine Ruhe, die er noch nie zuvor empfunden hatte. Ihre Umarmung war magisch, und Pyro wurde plötzlich gierig. Er wollte dieses Gefühl ständig haben. Er wollte das Recht, dies jeden Morgen zu tun ... Bowie dabei zu helfen zu entscheiden, was sie zur Schule anziehen sollte, und in der Küche zu stehen und Penny zu umarmen.

Dafür war es noch zu früh. Aber er konnte ruhig nach ihnen sehen oder da sein, wann immer sie ihn brauchten. Colvin Jackson war immer noch da draußen, und Tex hatte ihn noch nicht finden können. Wahrscheinlich benutzte er einen neuen Decknamen, den Tex noch nicht herausgefunden hatte. Und das machte Pyro nervös. Zu viel war Mandy, Laryn und Zita widerfahren, als dass er seine Wachsamkeit hätte aufgeben können. Nichts und niemand würde Penny ein Haar krümmen, wenn er es verhindern konnte.

Und wenn Colvin wegen Bowie kam? Dann war alles möglich. Pyro war kein gewalttätiger Mann, aber der Gedanke, dass jemand dem kleinen Mädchen im anderen Zimmer etwas antun könnte, machte ihn mörderisch. Er würde sie notfalls mit seinem Leben beschützen.

»Ich bin bereit, Mommy!«, verkündete Bowie, als sie das Wohnzimmer betrat. Zita und Penny hatten die Möbel so umgestellt, dass das kleine Mädchen sich leicht zurechtfinden konnte, ohne sich zu verletzen. Bowie erzählte ihm, dass sie ein paar Tage gebraucht hatte, um sich sozusagen mit der »Lage der Dinge« vertraut zu machen, aber jetzt, da sie das geschafft hatte, war es offensichtlich, dass sie sich so sicher war, wo sich die Dinge befanden, dass sie sich so leicht fortbewegen konnte, sodass man nicht gemerkt hätte, dass sie blind war, wenn man es nicht schon vorher wusste.

Das brachte Pyro dazu, über seine eigene Wohnung nachzudenken und darüber, wie er sie für Sehbehinderte freundlicher gestalten könnte. Bowie und Penny hatten ihn noch nicht besucht. Aber irgendwann würden sie vorbeikommen – hoffte er – und er wollte, dass Bowie sich dort genauso wohlfühlte wie hier.

»Du siehst toll aus. Bist du bereit zu gehen?«, fragte Penny und löste sich aus seiner Umarmung. Pyro wollte sie nicht gehen lassen, aber er wollte auch nicht, dass es zwischen ihnen unangenehm wurde. Außerdem wollte er nicht in die Freundschaftszone geraten ... obwohl er sich ziemlich sicher war, dass das Erröten in ihrem Gesicht, wenn sie ihn ansah, und die Art, wie sie ihn ständig berührte, Anzeichen dafür waren, dass sie sich genauso zu ihm hingezogen fühlte wie er zu ihr.

Er war bereit, langsam vorzugehen. Schließlich befand sich ihr Leben in einer großen Umbruchphase, und Bowie stand an erster Stelle. Damit war er vollkommen einverstanden.

Bowie knabberte an einem knusprigen Proteinriegel mit Erdnussbutter und Schokolade, während sie zur Grundschule gingen. Es war nicht die beste Option für ein Frühstück, aber besser als nichts. Penny hatte auch einen Apfel dabei, den sie ihr geben wollte, sobald sie den Proteinriegel aufgegessen hatte.

Der Weg zur Schule dauerte nur zehn Minuten, aber Pyro konnte sehen, dass Bowie wieder nervös wurde, als sie sich näherten.

»Du kommst mit mir in mein Klassenzimmer, oder, Mommy?«

»Natürlich, mein Schatz.«

Bowie sah zu Pyro auf. »Du auch, Kylo-Pyro?«

»Nichts könnte mich davon abhalten«, antwortete er. Er liebte den Spitznamen, den sie ihm gegeben hatte. Jedes Mal wenn er ihn hörte, musste er lächeln.

In der Schule angekommen, gingen sie zum Sekretariat und ließen sich den Weg zu Bowies Klassenzimmer zeigen. Sie würde in einer Regelklasse unterrichtet werden, in der es einen Assistenten gab, der nicht nur Bowie, sondern auch zwei anderen Kindern half, die zusätzliche Unterstützung brauchten.

Pyro spürte, wie Bowies Hand in seiner zitterte, als sie den Flur entlanggingen.

»Schiffe im Hafen sind sicher, aber dafür sind sie nicht gebaut«, flüsterte Bowie, und Pyros Herz füllte sich mit Stolz über ihren Mut ... aber es wurde ihm auch schwer bei der Erkenntnis, dass er sie verlassen musste, obwohl sie solche Angst hatte.

Natürlich würde es ihr gut gehen. Aber das machte es nicht einfacher.

Als er zu Penny hinüberschaute, traf er ihren Blick und sah, dass sie ähnlich hin- und hergerissen war.

Als sie an der Tür ankamen, kniete Penny sich vor Bowie hin. »Du schaffst das, Schatz. Wie oft haben wir schon beängstigende und schwierige Zeiten durchgemacht, aber wir haben es doch immer gut überstanden, und in vielen Fällen waren wir danach sogar besser dran als zuvor.«

Bowie dachte einen Moment darüber nach und sagte dann: »Wie an dem Tag, an dem wir auf dem Dach waren und Angst vor den bösen Männern hatten, die auf alle schossen, und dann

HILFE FÜR PENNY

Kylo-Pyro auftauchte? Und dann sind wir auf das große Boot gegangen, haben neue Kleidung und Sachen bekommen und all seine Freunde kennengelernt?«

»Genau«, sagte Penny. »Geh einfach rein und sei du selbst. Denn du bist großartig, Bowie. Und das sage ich nicht nur, weil ich deine Mutter bin.«

Bowie nickte. »Okay.«

»Okay. Ich bin nach der Schule hier, um dich nach Hause zu begleiten.«

»Du auch?«, fragte Bowie und sah zu Pyro auf.

Er runzelte die Stirn. Mist. Er wollte hier sein. Aber er hatte sich heute Morgen schon freigenommen, und sein Team hatte eine Besprechung über eine gefährliche Situation, die sich in Nordafrika zusammenbraute.

»Ich wünschte, ich könnte, aber ich muss arbeiten, Bowie-Bär«, sagte er und hasste jedes Wort, das aus seinem Mund kam.

Sie runzelte die Stirn, und Pyro sprach schnell, damit die Tränen, die er in ihren Augen glitzern sah, nicht über ihre Wangen rollten. Es war ein unglaubliches Gefühl, dass sie sich so sehr wünschte, dass er da sein würde, aber es tat ihm körperlich weh, dass er nicht kommen konnte.

»Wie wäre es, wenn ich heute Abend vorbeikomme und Pizza zum Abendessen mitbringe? Dann kannst du mir alles über deinen ersten Tag erzählen, von deinen neuen Freunden und wie toll deine Lehrerin ist.«

»Hamburger- und Speckpizza?«, fragte Bowie, die ein wenig munterer wurde.

»Wenn du das möchtest.«

»Ja!«

»Dann ist das abgemacht.«

»Juhu!«

Eine Frau erschien in der Tür des Klassenzimmers. Sie war etwa so groß wie Pyro, wahrscheinlich Ende zwanzig, und ihr braunes Haar war zu einem Zopf geflochten, der ihr bis zur

Mitte des Rückens reichte. »Du musst Bowie Burns sein! Ich bin Miss Blake, deine Lehrerin. Ich freue mich sehr, dass du zu uns kommst«, sagte sie mit leiser, sanfter Stimme.

Bowie lehnte sich schüchtern an Pyros Bein und nickte.

Obwohl sie wissen musste, dass das kleine Mädchen blind war, zögerte Miss Blake nicht, *mit* ihr zu sprechen, anstatt *zu* ihr, und hockte sich hin, um sich auf Bowies Höhe zu begeben. Was Pyro von ganzem Herzen guthieß.

»Dein erster Tag ist mit Sicherheit ein wenig beängstigend. Aber in meiner Klasse haben wir Buddys. Jeden Tag bekommst du einen neuen Buddy, damit du alle kennenlernen kannst. Heute wird Abigail Bixler dein Buddy sein. Sie ist auch relativ neu, daher denke ich, dass ihr viel gemeinsam haben werdet. Sie wird dir helfen, deinen Platz zu finden, dich in die Pause begleiten, neben dir sitzen, wenn wir zu Mittag essen, und generell für dich da sein, falls du Fragen hast. Ist das in Ordnung?«

Bowie richtete sich auf und nickte.

»Großartig! Das wird Spaß machen, das verspreche ich dir«, sagte Miss Blake. Dann wandte sie sich an die Klasse hinter ihr und sagte: »Abigail? Komm und lerne Bowie kennen.«

Ein Mädchen mit langen dunklen Haaren erschien an der Seite der Lehrerin. Sie war asiatischer Abstammung, zierlich wie Bowie und zuckersüß. »Hallo, ich bin Abigail und ich darf heute dein Buddy sein. Alle wollten dein erster Buddy sein, aber Miss Blake hat mich ausgewählt! Ich bin nicht blind, aber ich habe nur drei Finger an meiner linken Hand, weil ich so geboren wurde. In meiner letzten Schule wurde ich dafür gehänselt, aber hier darf niemand jemanden hänseln, deshalb gefällt es mir hier sehr gut. Ich kann es kaum erwarten, dir zu helfen, Dinge zu sehen! Komm, dein Tisch steht direkt neben meinem.«

Abigail nahm Bowies Hand und die beiden Mädchen gingen ins Klassenzimmer, während sie sich bereits angeregt unterhielten.

»Wow, erst hatte sie Angst, und jetzt lässt sie uns einfach so stehen, ohne sich zu verabschieden«, sinnierte Penny mit einem ironischen Lächeln.

»Ich hoffe, es ist okay, aber ich habe die Klasse auf Bowie vorbereitet. Darauf, dass sie blind ist. Sie hatten eine Menge Fragen an mich, und sie wird im Laufe des Tages wahrscheinlich noch mehr beantworten müssen. Aber ich werde ein Auge auf sie haben und dafür sorgen, dass sie nicht überfordert ist. Sie ist in guten Händen, Mrs. Burns.«

»Danke. Wenn Sie mich brauchen, rufen Sie mich einfach an.«

»Natürlich.« Die Lehrerin lächelte, drehte sich um und ging zurück in ihr Klassenzimmer.

Penny und Pyro standen an der Tür und beobachteten Bowie ein oder zwei Minuten lang, bevor Penny seufzte. »Sie wird das schaffen.«

»Natürlich wird sie das. Sie ist stark, genau wie ihre Mutter.«

Penny lächelte Pyro an, dann drehten sie sich um und gingen den Flur entlang zurück.

»Danke, dass du heute Morgen vorbeigekommen bist. Ich weiß, dass du wahrscheinlich Wichtigeres auf dem Stützpunkt zu tun hast.«

»Wichtiger als dafür zu sorgen, dass ein kleines Mädchen sich in der Schule sicher fühlt, wo sie die nächsten zwölf Jahre oder so die meiste Zeit verbringen wird? Nicht einmal annähernd«, antwortete Pyro ehrlich.

Als sie zum Wohngebäude gingen, sagte Penny: »Das war schwieriger, als ich gedacht hatte. Aber ich habe keinen Zweifel daran, dass Bowie in einem formellen Unterrichtsumfeld gut zurechtkommen wird. Sie ist unglaublich intelligent und wird ihre Mitschüler wahrscheinlich in kürzester Zeit überholen. Aber ich möchte nicht, dass sie Klassen überspringt oder so etwas. Sie braucht den sozialen Austausch mit Mädchen und Jungen in ihrem Alter. Menschen, die sich nicht über sie lustig machen oder sie meiden, weil sie anders ist.«

»War es in Gabun so schlimm?«

»Ich bin wahrscheinlich nicht ganz fair. Aber dort, wo wir waren, kämpften die Menschen täglich um fast alles. Kinder gingen nur bis zur fünften Klasse zur Schule, bevor sie für die Familie arbeiten mussten, um alle zu ernähren. Jede Behinderung machte das Leben nicht nur für das Kind, sondern auch für die Familie extrem schwer. Deshalb nehme ich es ihnen nicht übel, dass sie Abstand zu Bowie halten wollten.«

»Ich schon. Das ist beschissen«, murmelte Pyro.

»Ich weiß, ich habe es schon einmal gesagt, aber ich habe das Gefühl, ich muss es noch einmal sagen. Danke, Pyro. Für alles, was du für uns getan hast. Ich weiß nicht, wo wir ohne deine Hilfe heute wären.«

»Du hast auch viel für mich getan, weißt du«, sagte er zu ihr.

Sie lachte schnaubend. »Oh ja, klar. Ich habe dein Leben total durcheinandergebracht.«

»Ich glaube, ich brauchte diese Umwälzung«, erwiderte Pyro ernst. »Du und Bowie habt mir klargemacht, dass ich noch viel Wut aus meiner Kindheit in mir hatte. Aber dieser Teil meines Lebens ist vorbei und abgeschlossen. Ich muss aufhören, in der Vergangenheit zu leben. Und du und Bowie helft mir dabei. Zu sehen, was für eine großartige Mutter du bist, obwohl du denselben Hintergrund hast wie ich, macht mich beschämt, dass ich so verbittert war und mich gegen Beziehungen und Familien gewehrt habe.«

»Ich habe auch meine schlechten Tage«, sagte Penny. »Tage, an denen ich mir sicher bin, dass ich Bowie für ihr Leben ruinieren werde. Aber ich habe mir geschworen, dass sie immer an erster Stelle stehen wird, egal was passiert. Ich würde niemals zulassen, dass sie sich ungeliebt oder unerwünscht fühlt, egal wie schwer es war, einen gewalttätigen Ehemann zu haben, kein Geld für Essen zu haben oder zu versuchen, ein blindes Kind ohne Hilfe großzuziehen.«

»Und du hast sechs Jahre lang Unglaubliches geleistet.«

»Danke.«

»Es ist okay, dass ich heute Abend mit Pizza vorbeikomme, oder? Ich habe dich nicht gefragt, bevor ich es versprochen habe.«

»Natürlich. Bowie freut sich immer, dich zu sehen.«

»Was ist mit ihrer Mutter?« Die Frage kam Pyro über die Lippen, bevor er noch einmal darüber nachdenken konnte.

»Ich freue mich auch, dich zu sehen«, sagte sie leise. Ihre Wangen waren gerötet, und sie biss sich auf die Lippe, genau wie Bowie, wenn sie unsicher oder nervös war.

Sie hatten die Eingangstüren des Wohngebäudes erreicht, und so sehr Pyro sie auch nach oben begleiten wollte, er war spät dran und musste zum Stützpunkt. Casper und das Team warteten schon auf ihn, um mit ihm Informationen auszutauschen.

Er warf alle Vorsicht über Bord, berührte leicht ihren Oberarm und wartete darauf, dass Penny ihn ansah. »Ich würde dich gern küssen«, sagte er unverblümt.

Als Antwort leckte Penny sich die Lippen, was Pyro als Vorfreude deutete ... dann nickte sie.

Er beugte sich langsam vor und genoss den Moment. Es war ihr erster Kuss, aber hoffentlich nicht ihr letzter. Er berührte sanft ihre Lippen mit seinen und spürte sofort, wie ein Funke direkt in seinen Schwanz schoss.

Als sie an seinen Lippen seufzte und er ihre Hand auf seiner Brust spürte, verstärkte er den Druck.

Ihre Lippen öffneten sich, und er leckte ihre Unterlippe, bevor er langsam seine Zunge in ihren Mund schob. Sie öffnete sich weiter und neigte den Kopf – und plötzlich geriet der leichte, unbeschwerte Kuss, den er geplant hatte, außer Kontrolle.

Er ließ die Hand zu ihrem Nacken gleiten, um sie festzuhalten, während er ihren Kuss auf eine neue Ebene hob. Und Penny bot ihm Paroli, ihre Zunge liebkoste seine, drang in seinen Mund ein, um ihn zu erkunden, und gab dann nach, als er dasselbe tat.

In dem Wissen, dass er sich zurückziehen musste, bevor er etwas tat, was er später bereuen würde – wie zum Beispiel sie auf dem Gehweg vor den Eingangstüren des Gebäudes unangemessen zu berühren –, hob Pyro den Kopf.

Er konnte nicht anders, als sich über die Lippen zu lecken, um jeden Geschmack dieser Frau in sich aufzunehmen, den er nur konnte. Sie starrte ihn mit glasigen Augen an, bevor sie langsam wieder klar sehen konnte.

Dann, zu seiner Erleichterung, lächelte sie.

»Wow«, flüsterte sie.

»Ja ... wow«, wiederholte er und fuhr mit den Fingerknöcheln über ihre Wange. »Schick mir später doch einfach eine SMS und lass mich wissen, wie es heute für Bowie gelaufen ist. Ich glaube, ich werde mich heute Nachmittag nicht konzentrieren können, wenn ich nicht weiß, ob es ihr gut geht.«

»Das werde ich.«

»Ist es okay, wenn ich um achtzehn Uhr vorbeikomme? Ich habe um fünf Feierabend, muss aber noch nach Hause, duschen, die Bestellung aufgeben, sie abholen und dann hierherfahren.«

»Das passt perfekt. Ich gebe Bowie einen Snack, damit sie bis zum Abendessen durchhält.«

Pyro wollte sich nur ungern von der Stelle bewegen. Er mochte es, in Pennys Nähe zu sein. Er mochte das Gefühl ihrer Haare auf seinem Handrücken. Er mochte es, die offensichtlichen Anzeichen dafür zu sehen, wie sehr sie ihren Kuss genossen hatte.

»Nur damit das klar ist ... Ich möchte mit dir ausgehen, Penny Burns. Ich möchte mit dir und Bowie etwas unternehmen. Essen gehen, ins Kino, vielleicht bowlen – aber ich warne dich, ich bin furchtbar darin. Ich weiß, dass du und deine Tochter ein Paket seid, und das ist für mich völlig in Ordnung.«

»Ich ... das würde mir gefallen.«

Pyro verspürte eine Welle der Freude. »Super.«

»Ja.«

Seufzend zwang er sich, seine Hand unter ihrem Haar hervorzuziehen. Dann trat er einen Schritt zurück. »Schreib mir oder ruf mich an, wenn du etwas brauchst. Ich kann auf dem Weg zu dir im Laden vorbeifahren.«

»Wir haben alles, danke.«

»In Ordnung. Aber falls etwas passiert ... falls jemand, den du nicht kennst, versucht, dich zu kontaktieren, lass es mich bitte sofort wissen, damit ich die Information an Tex weitergeben kann.«

»Natürlich. Aber ich glaube, wir sind sicher. Seit wir hier sind, haben wir nichts gehört. Ich weiß nicht einmal, wie Colvin herausfinden könnte, wo wir uns aufhalten.«

»Unterschätze diesen Mann nicht, Penny«, warnte er sie. »Er hat Geld. Viel Geld. Und Geld kann viele Türen öffnen und ihm Zugang zu vielen Informationen verschaffen. Bleib wachsam.«

»Das werde ich.«

Die Wahrheit war, dass Pyro nicht wusste, wie groß die Bedrohung durch Colvin Jackson wirklich war. Bis er wieder auftauchte, tappten er, Penny und Tex im Dunkeln. Aber sobald er erfuhr, dass sie oder Bowie in Gefahr waren, würde Pyro sich an ihre Seite stellen. Er könnte nicht mit sich selbst leben, wenn ihnen etwas zustieße und er etwas hätte tun können, um das zu verhindern.

»Bis später.«

»Ja.«

Pyro hätte ihr noch so viel mehr sagen wollen, und er sehnte sich danach, ihre Lippen wieder an seinen zu spüren, aber stattdessen zwang er sich, sich umzudrehen und zu seinem Wagen zu gehen. In etwa neun Stunden würde er sie wiedersehen.

Plötzlich kam ihm das viel zu lang vor.

Mit einem tiefen Atemzug beschloss Pyro, mit Obi-Wan oder Buck über seine Besessenheit von Penny zu sprechen. Hatten sie das auch bei Zita und Mandy empfunden? Er wollte nichts tun, was Penny dazu bringen könnte, ihre Entscheidung, mit ihm auszugehen, zu hinterfragen. Er hatte das Gefühl, dass ihm das alles über den Kopf wuchs, und auf keinen Fall wollte er klammern. Oder übermäßig besitzergreifend sein. Oder zu beschützend.

Als er losfuhr, schaute Pyro in den Rückspiegel. Penny stand immer noch vor der Eingangstür und starrte auf seinen Wagen. Er lächelte ein wenig, überhaupt nicht verärgert darüber, dass sie genauso ungern sah, wie er ging, wie er es tat. Er hatte kein Problem damit, dass *sie* klammernd, besitzergreifend oder beschützend war ... solange es ihm gegenüber war.

Pyro hatte keine Gelegenheit, mit seinen Freunden über ihre Beziehungen zu sprechen, da er von dem Moment an, in dem er den Stützpunkt betrat, beschäftigt war. Es gab eine Überraschungsinspektion der Hubschrauber, bei der die Männer zu einem Kontrollflug aufsteigen mussten. Infolgedessen begannen sie zu spät mit ihrer Besprechung zur Informationsweitergabe und verpassten das Mittagessen komplett.

Einer der Höhepunkte seines Tages war die SMS, die er von Penny erhielt. Sie hatte einen Anruf von Miss Blake bekommen, die ihr versicherte, dass Bowie sich gut eingelebt hatte und es ihr gut ging. Das war eine große Erleichterung, wenn man bedachte, wie besorgt das Mädchen gewesen war.

Als er endlich den Stützpunkt verlassen konnte, war es bereits siebzehn Uhr fünfzehn. Er würde zu spät zum Pizzaessen mit Penny und Bowie kommen, und das ärgerte Pyro mehr, als er sagen konnte.

Er liebte seinen Job. Er war stolz auf seine Arbeit, mit der er zur Sicherheit seines Landes beitrug, aber plötzlich gab es etwas Wichtigeres in seinem Leben. Das war schwer zu verkraften.

Er eilte nach Hause, bestellte das Abendessen, duschte so schnell wie möglich und saß eine Viertelstunde später mit noch nassen Haaren wieder in seinem Wagen, um zum Restaurant zu fahren. Er holte die Pizza ab und versuchte, seinen knurrenden Magen zu ignorieren, während der köstliche Geruch des Essens das Fahrzeug erfüllte.

Bowie öffnete die Tür und begann sofort, wie ein Wasserfall zu reden.

»Hallo, Kylo-Pyro! Die Pizza riecht fantastisch! Ich hatte einen tollen Tag in der Schule! Abigail ist meine neue beste Freundin, sie ist so nett. Sie hat mir den ganzen Tag geholfen und mir alles beschrieben, was ich nicht sehen konnte, genau wie Mommy. Wir haben Mathe gemacht und ich habe alle Aufgaben richtig gelöst! Dann, während alle anderen gelesen haben, durfte ich mit Mr. Samuels persönlich Braille lernen. Ist es nicht toll, dass sie ein Braille-Arbeitsbuch für mich haben? In der Pause sind Abigail und ich herumgerannt und haben mit ein paar anderen Kindern Fangen gespielt. Ich bin hingefallen, aber mir geht es gut. Und bevor du mich fragst: Ja, Abigail hat meine Hand gehalten, während wir gerannt sind, damit ich nirgendwo gegenlaufe. Der Musikunterricht hat mir nicht gefallen. Es war sehr laut, weil alle auf Trommeln geschlagen haben. Dann saß ich beim Mittagessen mit Abigail, Marie, Leigh und Bobby zusammen und wir haben viel gelacht. Am Nachmittag haben wir ein wissenschaftliches Experiment gemacht. Und Miss Blakes Lachen ist so schön! Den ganzen Tag hat sich niemand über mich lustig gemacht, und ich habe gehört, wie Marie und Bobby sich gestritten haben, wer morgen mein Buddy sein darf! Ich liebe die Schule! *Es macht so viel Spaß!*«

Pyro war in die Wohnung gekommen, während Bowie sprach, und hatte die Pizzen auf die Küchentheke gestellt. Penny hatte ein breites Lächeln im Gesicht, als sie ihrer Tochter zuhörte, die begeistert von den Aktivitäten des Tages berichtete. Sie hatte sicherlich schon alles darüber gehört, aber es machte ihr offensichtlich nichts aus, noch einmal alles zu hören.

»Wow, das klingt, als hättest du einen tollen Tag gehabt«, sagte Pyro zu ihr.

»Ja, das hatte ich! Ich kann es nicht erwarten, morgen wieder hinzugehen!«

Pyro konnte kaum glauben, wie zufrieden er war, als er Bowie während des Abendessens zuhörte. Es war eine große Erleichterung, dass ihr erster Tag so gut verlaufen war. Er war nicht so naiv zu glauben, dass jeder Schultag so toll sein würde, aber er war mehr als froh, dass ihre erste Erfahrung so positiv war. Gott sei Dank gab es Abigail. Und er war erleichtert, dass das andere kleine Mädchen so freundlich und offen war. Bowies Tag hätte eine Katastrophe werden können, wenn sie mit jemandem zusammen gewesen wäre, der kein Interesse daran hatte, der Neuen zu helfen, sich einzugewöhnen.

Zita kam nach dem Essen nach Hause und hörte sich von Bowie denselben begeisterten Bericht über ihren Tag an. Und obwohl sie müde aussah, schenkte Zita dem kleinen Mädchen ihre volle Aufmerksamkeit. Sie stellte viele Fragen und schien genauso erleichtert und glücklich zu sein, dass Bowie einen so tollen ersten Schultag hatte.

Als Bowie sich bettfertig machte, fragte Zita: »Wie lief die Jobsuche heute, Penny?«

»Gut. Ich glaube, ich habe gute Chancen, den Job zu bekommen, für den ich mich neulich beworben habe. Du weißt schon, als virtuelle Gesundheitsassistentin. Aber ich habe in ein paar Tagen ein zweites Vorstellungsgespräch.«

»Super«, erwiderte Zita mit einem breiten Lächeln.

»Glückwunsch, Pen«, sagte Pyro zu ihr.

»Ich habe den Job noch nicht«, entgegnete sie mit einem Lachen. »Aber ja, ich bin aufgeregt. Ich war darauf vorbereitet, mich auf Dutzende von Stellen zu bewerben, bevor ich irgendwo eingestellt werde, und auch die Arbeit in einem Fast-Food-Restaurant kam für mich infrage. Aber wenn das klappt, passt es perfekt zu Bowies Zeitplan. Wie geht es Obi-Wan?«

Pyro bemerkte, wie Zita rot wurde, und versuchte, sein Lächeln zu verbergen.

»Ihm geht es gut. Er wollte vorbeikommen und mir beim Auspacken helfen. Wie du weißt, stehen die meisten meiner Sachen aus L. A. noch in Kartons in meinem Zimmer. Aber ich habe ihm gesagt, dass er sich keine Mühe machen soll. Dass ich nur nach Hause kommen und schlafen werde. Ich habe morgen eine Vierundzwanzigstundenschicht, von sechs Uhr morgens bis sechs Uhr morgens, also werde ich jetzt so viel wie möglich schlafen. Das Auspacken kann warten. Alles in Ordnung? Brauchst du etwas?«

»Mir geht es gut«, sagte Penny. »Und Pyro hat genug Pizza mitgebracht, um uns alle die nächsten drei Tage zu versorgen.«

»Pizzareste sind toll«, erwiderte Zita. »Stört es dich, wenn ich mir ein oder zwei Stücke zum Frühstück nehme?«

»Natürlich nicht! Bedien dich.«

»Super. Ich werde dich morgen früh wahrscheinlich nicht sehen, da ich gehen muss, bevor du und Bowie aufsteht. Ich werde ihr jetzt noch Gute Nacht sagen. Schön, dich zu sehen, Pyro. Bis dann.«

Damit ging sie den Flur entlang in Richtung Schlafzimmer.

»Das mit dem Job ist wirklich toll«, sagte Pyro, als sie gegangen war.

»Ja, das ist eine große Erleichterung. Ich kann früher als gedacht damit anfangen, bei der Miete zu helfen, was mir wichtig ist. Zita war mehr als großzügig, indem sie Bowie und mich hier wohnen lässt, aber ich möchte meinen Beitrag leisten.«

Pyro verstand das. Er nahm an, dass sie einfach so war, aber auch, weil sie als Pflegekinder während des größten Teils ihrer Kindheit für ihre Grundbedürfnisse auf andere angewiesen waren. Oft wurde ihnen das Gefühl gegeben, dass jeder Cent, der für sie ausgegeben wurde, eine Belastung war.

Er schaute den Flur hinunter und hörte Bowie im Badezimmer singen, sodass er wusste, dass sie noch ein paar Minuten beschäftigt sein würde. Er streckte Penny den Arm entgegen. »Komm her«, sagte er leise.

Ohne zu zögern, ging sie auf ihn zu und schlang ihre Arme um ihn.

Pyro erwiderte die Umarmung und sagte: »Heute war ein guter Tag.«

»Das war er wirklich. Zu wissen, dass Bowie glücklich ist, ist eine große Erleichterung.«

»Das glaube ich dir.«

Sie sah zu ihm auf. »Wie war *dein* Tag?«, fragte sie leise.

Pyro zuckte mit den Schultern. »Gut. Wir hatten heute Morgen einen Flugcheck, der gut gelaufen ist. Dann den ganzen Tag lang Besprechungen. Wir haben das Mittagessen ausgelassen, weil wir alle zu sehr mit der Analyse der Informationen beschäftigt waren.«

»Kein Wunder, dass du fast eine ganze Pizza allein gegessen hast«, sagte sie mit einem Grinsen.

»Casper wird mir morgen früh beim Training helfen, die Kalorien wieder abzutrainieren«, sagte er. Er hob eine Hand und strich ihr eine Haarsträhne hinters Ohr. »Dein Haar ist so weich. Es ist wie Seide.«

»Danke«, flüsterte sie. »Pyro?«

»Ja?«

»Wirst du mich wieder küssen?«

Er seufzte fast vor Erleichterung, dass sie offenbar dieselbe

Verbindung zwischen ihnen spürte wie er. »Ich wollte nicht zu weit gehen«, sagte er ehrlich.

»Das tust du nicht. Du überschreitest keine Grenzen«, entgegnete sie. Dann kuschelte sie sich näher an ihn und hob ihr Kinn.

Pyro zögerte nicht, kam ihr entgegen und zog sie fester an sich, während sie dasselbe tat. Der Kuss war genauso kraftvoll und intensiv wie am Morgen. Sie fühlten sich jetzt wohler miteinander, lernten, was der andere mochte, und der Kuss wechselte innerhalb von Sekunden von süß zu leidenschaftlich.

Pyro fühlte sich wie ein veränderter Mensch. Sein Leben drehte sich nicht mehr nur um seinen Job und das Fliegen, sondern um die Frau in seinen Armen und ein kleines Mädchen, das sein Herz erobert hatte. Er hatte sich den ganzen Tag um die beiden gesorgt und während seiner Pausen ständig auf sein Handy geschaut. Es war seltsam, dass jemand anderes so viel Platz in seinen Gedanken einnahm, aber es war auf gute Weise seltsam.

Bowies Gesang verstummte, und Pyro zog sich zurück. Instinktiv wusste er, dass es zu früh war, ihre wachsenden Gefühle füreinander mit Pennys Tochter zu teilen. Es war eine Erinnerung daran, dass Bowie Kollateralschaden nehmen würde, falls es zwischen ihnen nicht funktionieren sollte. Und auf keinen Fall wollte er ihr wehtun.

»Mommy!«, rief Bowie aus dem Flur. »Ich brauche Hilfe bei der Auswahl eines Buches für heute Abend!«

Penny lächelte Pyro an. »Ich muss gehen. Ich lese ihr immer vor, bevor sie schlafen geht.«

Pyro nickte. »Okay. Wir sprechen uns morgen. Möchtet du und Bowie zum Abendessen zu mir kommen? Ich kann euch nach der Arbeit abholen.«

»Das würden wir gern. Danke.«

Als er in den Flur schaute und Bowie nicht sah, beugte Pyro

sich vor und küsste Penny noch einmal. Es war ein kurzer Kuss, aber nicht weniger innig.

Widerwillig trat er zurück und lächelte sie an.

»Mommy!«, rief Bowie.

»Ich komme«, sagte Penny mit einem Augenrollen.

Pyro lachte leise. »Schlaf gut. Wie immer, sag mir Bescheid, falls du etwas brauchst.«

»Ich weiß nicht, was ich brauchen könnte, aber ich werde es tun.«

»Gut. Bis morgen Abend. Sag Bowie, sie soll morgen einen schönen Tag in der Schule haben.«

Penny nickte.

Pyro zwang sich, sich umzudrehen und zur Tür zu gehen. »Vergiss nicht, hinter mir abzuschließen.«

»Werde ich nicht. Ich wünsche dir einen schönen Arbeitstag.«

Er nickte ihr zu und ging zur Tür hinaus. Nachdem sie sich hinter ihm geschlossen hatte, stand er wie ein Stalker da und lauschte auf das Geräusch der Verriegelung. Erst als er es hörte, ging er den Flur entlang zur Treppe.

Bowie und Penny zurückzulassen fühlte sich ... falsch an. Er wollte das Recht haben, sich mit Bowie ins Bett zu kuscheln und ihr eine Geschichte vorzulesen. Mit Penny fernzusehen und über ihren Tag zu sprechen, nachdem Bowie eingeschlafen war.

Ihre Wohnung schien ihm mehr wie ein Zuhause zu sein als die, in der er seit Jahren lebte ... einfach weil sie darin waren.

Pyro hätte angesichts des immer größer werdenden Einflusses, den diese Frau und ihr Kind auf ihn zu haben schienen, besonders in so kurzer Zeit, ausflippen müssen. Stattdessen beschloss er, diese Erfahrung anzunehmen. Nachdem seine Freunde sich verliebt hatten und sich in so wunderbaren Beziehungen wiederfanden, wusste er, dass es möglich war. Es war nicht einfach, mit einem Soldaten zusammen zu sein, aber er würde alles tun, um dafür zu sorgen, dass Penny es nie bereuen würde, wenn sie sich für eine langfristige Beziehung mit ihm entschied.

Er würde Bowie niemals aus Wut schlagen und genau wie Penny dafür sorgen, dass kein Tag verging, an dem das kleine Mädchen nicht bis ins Mark spürte, dass es geliebt, geschätzt und gewollt war. Und Penny? Sie verdiente die gleiche Gewissheit, und Pyro war mehr als bereit, sie ihr zu geben. Er musste nur kleine Schritte machen. Beide hatten Ballast, den sie aufarbeiten mussten. Vertrauensprobleme, wenn es um Liebe und Familie ging.

Aber Pyro war entschlossener denn je, Penny zu zeigen, dass er ein Mann war, auf den sie sich verlassen konnte. Jemand, der sie an erste Stelle setzen und ihre Entscheidungen über ihr Leben respektieren würde.

Er wollte sie mit Geld überschütten – er hatte mehr als genug –, damit sie sich alles kaufen konnte, was ihr Herz begehrte. Aber sie war eine stolze Frau und würde genauso wenig Almosen annehmen wie er, als er aus dem Pflegeheimsystem herausgewachsen war.

Den Job zu bekommen, für den sie sich beworben hatte, wäre der erste Schritt in ihre Unabhängigkeit. Er würde sie anfeuern und für sie und Bowie da sein, wann und wie immer sie ihn brauchten. Er würde ihre Beziehung so langsam angehen lassen, wie es nötig war, damit sie wirklich glauben konnte, dass er jemand war, dem sie ihr Herz öffnen konnte.

Denn er hatte das Gefühl, dass es eines der wichtigsten und lohnenswertesten Dinge in seinem Leben war, Penny und Bowie für sich zu gewinnen. Und Pyro war entschlossen, ihr so viel Zeit und Raum zu geben, wie sie brauchte, um dasselbe zu empfinden. Und um tief in ihrem Innersten zu wissen, dass sie und ihre Tochter bei ihm sicher waren.

Und das waren sie auch. Er würde alles tun, um sie beide zu

beschützen. Vor jedem, der es wagte, ihnen zu schaden, sie auszunutzen oder sie auf irgendeine andere Weise mit etwas anderem als Respekt zu behandeln.

Ja, er war zu *diesem* Typen geworden. Zu dem, der überfürsorglich war und sich ständig um die Frauen in seinem Leben sorgte. Und das war für ihn hundertprozentig in Ordnung.

KAPITEL ZEHN

Bowie ging nun seit einer Woche zur Schule und glücklicherweise liebte sie es immer noch, mit Kindern in ihrem Alter zusammen zu sein. Außerdem lernte sie unglaublich schnell Braille. Penny sprach mit dem Assistenten, der mit ihr arbeitete, und er behauptete, sie sei eines der klügsten Kinder, die er je unterrichtet hatte.

Penny war stolz, aber für sie war es wichtiger, dass Bowie ihr neues Sozialleben genoss. Sie hatte nie mit Kindern in ihrem Alter spielen können, sondern war immer mit ihrer Mutter oder anderen Erwachsenen zusammen gewesen. Wenn sie nun hörte, wie ihre Tochter begeistert von all den lustigen Dingen erzählte, die sie und ihre Klassenkameraden tagsüber unternommen hatten, wollte Penny fast weinen.

Ja, Bildung war wichtig, aber genauso wichtig war es, Freunde finden zu können.

Das versuchte Penny auch zu tun. Sie war so lange auf sich allein gestellt gewesen, dass es ihr überraschend schwerfiel, sich zu öffnen und Dinge zu tun, die ihr unangenehm waren.

Zum Beispiel mit Zita zum Mittagessen ins *Anchor Point* zu fahren, um zu feiern, dass sie den Job als virtuelle Gesundheitsassistentin bekommen hatte. Oder Mandy, Jen und Laryn zuzustimmen, mit ihnen in den Hundepark zu gehen, als sie anriefen, um zu fragen, ob sie und Bowie mitkommen wollten. Es war eine neue Erfahrung für sie, Freundinnen zu haben, und Penny war einerseits traurig, dass sie fünfunddreißig Jahre gebraucht hatte, um echte Freunde zu finden, und andererseits aufgeregt, dass sie jetzt offenbar eine Clique hatte.

Als Zita vorschlug, einen Mädchenabend mit den anderen zu veranstalten, war Penny nervös, stimmte aber begeistert zu. Bowie aß bei Pyro zu Abend, dann wollten sie Kekse backen, Zeichentrickfilme anschauen und vielleicht ein oder zwei Bücher lesen.

Bowie liebte Pyro so sehr, dass sie ständig von ihm sprach, und sie schien keine Bedenken zu haben, den Abend mit ihm zu verbringen, ohne dass ihre Mutter dabei war, was eine Erleichterung war. Penny hatte befürchtet, dass die gewalttätigen Tendenzen ihres Vaters das kleine Mädchen traumatisiert haben könnten, aber auf dem Flugzeugträger hatte sie festgestellt, dass dies offenbar nicht der Fall war, nachdem Bowie so viel Zeit mit den Night Stalkers verbracht hatte.

Heute Abend würde also die Wohnung von ihr und Zita voll sein. Laryn, Mandy und Jen würden vorbeikommen und auch ihre Hunde mitbringen. Waffles, Rain und Fred verstanden sich gut, was eine Erleichterung war. Alle drei waren ziemlich ausgeglichen und nachdem sie sich begrüßt hatten, suchten sie sich normalerweise einfach ihren eigenen Platz, um sich niederzulassen und ein Nickerchen zu machen.

Es gab Bier, Wein, Tee, Kaffee und Wasser, und Zita hatte die Zutaten für verschiedene Cocktails dabei, darunter Lemon Drop Martinis, die ihren Gästen offenbar schmeckten.

Zita hatte auch jede Menge flauschige Decken – im Ernst, die Frau war regelrecht besessen davon, und Penny hatte gelacht, als sie eine Woche zuvor vier Kartons voller Decken ausgepackt hatte. Bowie hatte bereits ein paar Deckenburgen

HILFE FÜR PENNY

damit gebaut, und beide kicherten, als Zita neulich eine neue aus dem Laden mit nach Hause brachte.

Derzeit lagen mehrere gefaltete Decken im Wohnbereich verstreut, die die Frauen benutzen konnten. Es gab auch Kissen, und Zita hatte einen großen Blumenstrauß aus dem Supermarkt gekauft. Penny konnte es kaum erwarten, bis sie ihren ersten Lohn bekam, damit sie sich an den kleinen Aufmerksamkeiten beteiligen konnte, wie Zita es getan hatte.

Sobald die anderen Frauen eintrafen, vergaß Penny ihre Nervosität. Sie verstand sich mit den anderen, als würde sie sie schon ewig kennen, und fühlte sich nicht fehl am Platz. So sehr sie ihre Tochter auch liebte, war es doch schön, heute Abend keine Mutter sein zu müssen. Sie hatte eine SMS von Pyro erhalten, in der stand, dass es ihnen gut ginge. Bowie hatte eine Million und eins Chicken Nuggets gegessen und bisher siebenundzwanzig Bücher gelesen. Er war urkomisch, und jede SMS von ihm brachte sie zum Lächeln. Aber zu wissen, dass ihr Kind in guten Händen war, war das Beste an diesem Abend. Sie konnte sich entspannen und Spaß haben, ohne sich um Bowie sorgen zu müssen.

Auch die Hunde wurden nicht von den Feierlichkeiten des Abends ausgeschlossen. Jeder bekam seinen eigenen Kong, den Penny tagsüber im Gefrierschrank aufbewahrt hatte. Sie hatte in den sozialen Medien einige Beiträge darüber gesehen, wie man sie mit Erdnussbutter, Trockenfutter und Leckerlis füllte, dann einfror und so die Hunde für eine ganze Weile beschäftigte. Sie hatte Laryn, Mandy und Jen kontaktiert, um zu fragen, welches Trockenfutter und welche Hundeknochen sie ihren Hunden normalerweise gaben, damit nichts, was sie hineinfüllte, ihren Mägen schaden würde, und hatte daraufhin die besonderen Leckerlis für die vierbeinigen Fellbabys zubereitet.

Penny hatte noch nie so viel gelacht wie bei der Zubereitung der Getränke für alle zusammen mit Zita. Wie ihre Mitbewohnerin vorausgesagt hatte, machten sie Lemon Drops, und obwohl diese einfach zuzubereiten schienen, gab es viel zu messen. Ganz zu schweigen von den Zuckerrändern für die Gläser.

Laryn war die Einzige, die nichts trank, da sie schwanger war, aber die anderen vier Frauen hatten jeweils einen Lemon Drop in der Hand, als sie sich an verschiedenen Stellen im Wohnzimmer niederließen.

Laryn saß an einem Ende der Couch, Waffles zu ihren Füßen, während der Beagle begeistert an seinem Kong leckte, während Mandy auf dem Boden saß, mit Rain an ihrer Seite. Er hatte eine Pfote über seinem Kong, schnarchte aber so laut, dass alle lachen mussten. Zita saß in dem Sitzsack, den sie aus L. A. mitgebracht hatte, und Jen saß am anderen Ende der Couch. Fred lag zwischen dem Wohnzimmer und der Tür und genoss sein eigenes gefrorenes Kong-Spielzeug.

Penny machte es sich auf dem Boden neben Mandy und Rain bequem, umgeben von Decken und Kissen.

Als alle Platz genommen hatten, hob Mandy ihr Glas und sagte: »Ich möchte einen Toast ausbringen!«

Alle hoben ihre Gläser.

»Auf Freundinnen. Auf freie Abende. Auf Männer, die sich nicht bedroht fühlen, wenn ihre Frauen ohne sie zusammenkommen wollen, um zu lachen, zu entspannen und zu tratschen!«

»Hört, hört!«

»Darauf trinke ich!«

»Stimmt!«

»Wenn ihr einen solchen Mann für *mich* findet, sagt mir Bescheid!«

Der letzte Satz kam von Jen, und alle lachten, während sie an ihren Drinks nippten.

»Ich meine ... Chaos und Edge sind beide Single«, neckte Laryn sie.

»Als würde einer von beiden mich auch nur eines Blickes würdigen«, spottete Jen. »Oder auch nur *irgendein* Mann.«

»Was ist los mit dir?«, fragte Zita.

Jen nahm noch einen großen Schluck von ihrem Drink und stellte ihn dann ab. Sie zählte an ihren Fingern auf, was sie als ihre Schwächen ansah. »Erstens bin ich meinem Job sehr verbunden. Zweitens habe ich einen Hund, was eigentlich keine Rolle spielen sollte, aber ich habe mit vier Männern online gesprochen, die sagten, dass sie überhaupt kein Interesse an Haustieren hätten. Drittens bin ich noch Jungfrau. Viertens habe ich kein Leben und gehe im Grunde genommen nur zur Arbeit, zum Supermarkt und nach Hause. Wo sollte ich überhaupt einen Mann treffen, geschweige denn einen wie den, auf die wir gerade angestoßen haben? Und fünftens – und das ist der größte Nachteil und der Grund für einige der anderen Dinge, die ich gerade erwähnt habe –, ich habe Alopezie. Ich habe auf die harte Tour herausgefunden, dass das für Männer ein riesiger Abtörner ist.«

»Alopezie?« Zita runzelte die Stirn.

»Ja. Das ist eine Autoimmunerkrankung, die Haarausfall verursacht. Und es ist nicht so, als würde ich das offen zur Schau stellen. Das hier ist eine Perücke«, sagte Jen und zeigte auf ihren Kopf. »Ich habe zwar noch ein paar Haare, aber sie sind sehr lückenhaft und sehen furchtbar aus. Ich rasiere sie meistens ab für den Fall, dass meine Perücke verrutscht. Ich habe vor langer Zeit gelernt, dass eine Glatze weniger schockierend zu sein scheint als ein halber Kopf voller Haare.«

»Ich bin neu hier, aber ... ich habe gesehen, wie Edge dich ansieht, Jen. Und er scheint *definitiv* interessiert zu sein«, sagte Penny leise.

»Was? Das ist nicht wahr.«

»Doch, tut er«, stimmte Laryn zu. »Er hat sogar Obi-Wan gefragt, ob Zita dir im Haus schon oft begegnet ist.«

Es war faszinierend zu sehen, wie sich eine Röte auf Jens Wangen ausbreitete.

»Und Edge scheint mir nicht der Typ Mann zu sein, der sich daran stört, dass du eine Perücke trägst«, fügte Zita hinzu.

»Es ist nicht nur mein Kopf. Es sind alle meine Körperhaare. Wimpern, Augenbrauen, sogar Nasenhaare. Ich habe gelernt, sehr geschickt mit Make-up umzugehen, um das zu verbergen, aber es sieht trotzdem nicht natürlich aus.«

»Wie auch immer«, sagte Mandy. »Ein Mann, der etwas taugt, wird sich für so etwas nicht interessieren.«

»Stimmt«, pflichtete Zita bei. »Und manche Männer würden es wahrscheinlich vorziehen, wenn ihre Frauen keine Haare hätten ... wenn du weißt, was ich meine.«

Alle lachten, aber Jen sah nicht überzeugt aus. »Der einzige Mann, von dem ich dachte, dass er mich so akzeptiert, wie ich bin, und mit dem ich fast meine Jungfräulichkeit verloren hätte, war so angewidert von meiner kahlen Kopfhaut – und den Stellen, die ich kurz davor nicht rasiert hatte –, dass er dir nicht zustimmen würde.«

»Scheiß auf ihn«, zischte Laryn. »Lass dich nicht von einem Arschloch davon abhalten, die Guten zu finden.«

»Wie Edge«, sagte Mandy mit einem Nicken.

»Freut euch nicht zu früh darauf, mich mit ihm zu verkuppeln, Leute. Nur weil ihr alle total in eure Piloten verliebt seid, heißt das nicht, dass er eine Beziehung sucht. Vor allem nicht mit jemandem, dessen Zeitplan genauso unvorhersehbar ist wie seiner. Fred und ich werden zu jeder Tages- und Nachtzeit gerufen. Wenn jemand vermisst wird, hat Zeit keine Bedeutung mehr. Wir könnten zwölf Stunden am Stück arbeiten oder die Person innerhalb einer Stunde finden.«

»Na und?«, fragte Zita herausfordernd. »Ich arbeite in Zweiundzwanzig- oder Vierundzwanzigstundenschichten. Und wenn ich einen Job am Filmset annehme, bin ich vielleicht einen Monat oder sogar länger weg. Wenn man jemanden liebt, wenn man sich versteht, findet man eine Lösung. Beziehungen sind nicht linear. Sie sind voller Höhen und Tiefen. Sie sind schwer. Aber sie sind auch die Schwierigkeiten wert, die von Zeit zu Zeit auftreten, denn die guten Zeiten überwiegen die schlechten um das Zehnfache.«

»Das stimmt«, warf Laryn ein.

»Ja«, sagte Mandy mit einem Nicken. »Nash war jeden Tag, den ich im Krankenhaus war, jede Minute an meiner Seite. Er war ständig erschöpft, aber er weigerte sich, nach Hause zu fahren, um zu schlafen. *Das* ist Liebe. Keine Blumen. Keine extravaganten Gesten. Ich lerne Edge gerade erst kennen, aber ich habe keinen Zweifel daran, dass es ihm egal wäre, dass du Alopezie hast. Eigentlich stimmt das nicht – es würde ihn interessieren, aber nur, wenn es dir Schmerzen bereitet. Ich vermute, er ist auch die Art von Mann, die sich intensiv mit der Krankheit auseinandersetzen würde, nur um sie zu verstehen und damit auch *dich* zu verstehen.«

Jen seufzte und sah in die Ferne. »Wisst ihr, was ich an ihm am meisten mag? An Edge?«

Penny beugte sich vor, weil sie es toll fand, Teil dieses Gesprächs zu sein. Sie liebte es, dass Jen ihnen genug vertraute, um sich zu öffnen. Sie hätte nie gedacht, dass sie etwas wie Alopezie hatte, obwohl ihr die falschen Augenbrauen und die Perücke der Frau aufgefallen waren. Sie hatte eigentlich angenommen, dass es sich um etwas wie Krebs handeln könnte, und es war eine große Erleichterung zu wissen, dass ihre neue Freundin keine so schreckliche Krankheit hatte.

»Dass wir gleich groß sind«, fuhr Jen grinsend fort. »Wir sind beide etwa eins achtundsechzig groß. Ich weiß, dass viele Frauen kein Interesse daran haben, mit einem Mann auszugehen, der kleiner ist. Der nicht über eins achtzig ist. Aber ich mag es, ihm beim Reden in die Augen schauen zu können. Ich mag es, dass er sich seiner Männlichkeit sicher ist, genau so wie er ist, und dass es ihm nichts auszumachen scheint, dass er für einen Mann klein ist.«

»Die besten Piloten, die ich kenne, sind kleiner«, stimmte Laryn zu. »Für sie ist es einfacher, ins Cockpit ein- und auszusteigen, und sie haben mehr Beinfreiheit, um das Flugzeug zu steuern. Die Night Stalkers sind da keine Ausnahme. Es ist kein Zufall, dass keiner von ihnen größer als eins achtzig ist.«

»Willst du, dass einer von uns mit Edge spricht? Um herauszufinden, ob er interessiert ist?«, fragte Mandy.

»Nein!«, rief Jen mit großen Augen und Entsetzen in der Stimme. »Das wäre mir so peinlich. Und wenn er schockiert oder entsetzt wäre, wäre das furchtbar, und ich könnte nicht mehr mit euch rumhängen.«

»Das wird nicht passieren«, sagte Zita entschlossen. »Du gehörst jetzt zu uns. Und du kannst uns nicht entkommen.«

Alle lachten, aber Jen sah immer noch unruhig aus.

»Ich werde nichts sagen«, versicherte Mandy ihr. »Keiner von uns wird etwas sagen, oder?«

»Richtig.«

»Natürlich nicht.«

»Nein.«

»Danke, Leute. Ich meine, ich mag Edge ... soweit ich ihn kenne ... aber wir haben nicht gerade viel Kontakt. Es ist okay. Ich mag mein Leben. Der einzige Mann, den ich brauche, ist Fred.«

Als er seinen Namen hörte, hob der Labrador den Kopf und spitzte die Ohren. Dann nahm er seinen Kong und trottete zu Mandy hinüber, wo er sich mit einem zufriedenen Schnaufen neben Rain niederließ.

»Penny, wie geht es dir? Zita hat gesagt, du hast den Job bekommen, den du wolltest«, erkundigte sich Laryn.

»Mir geht es gut. Und ja, es ist als virtuelle Gesundheitsassistentin. Wenn Frauen Fragen zu ihrer Schwangerschaft haben, was sie essen sollten und solche Dinge, rufen sie die Hotline an und ich helfe ihnen. Das entlastet ihre Ärzte und Krankenschwestern, die sich dann nicht mehr um Fragen kümmern müssen, die nicht rein medizinischer Natur sind. Ich werde auch Patientinnen anrufen und sie an ihre Termine erinnern. Es ist eigentlich ganz ähnlich wie das, was ich in Afrika gemacht habe, deshalb freue ich mich darauf.«

»Und du kannst von zu Hause arbeiten, oder?«, fragte Mandy.

HILFE FÜR PENNY

»Ja. Die Bezahlung ist nicht besonders hoch, aber besser, als ich für meinen ersten Job hier in den Staaten erwartet hatte. Außerdem kann ich Bowie zur Schule bringen und abholen. Und bei Bedarf sogar ab und zu als Freiwillige in ihrer Klasse aushelfen.«

»Oh, das ist ideal«, sagte Jen.

»Ja, das ist es.« Penny deutete auf Laryn. »Und es wird super funktionieren, falls Laryn mich nach der Geburt ihres Babys noch als Kindermädchen braucht oder haben möchte, wenn sie mit den Jungs auf Mission ist. Selbst wenn ich Vollzeit arbeite, werde ich zu Hause sein, also ist das absolut machbar.«

»Oh, Laryn braucht und möchte, dass du dich um ihr Baby kümmerst, wenn es geboren ist«, sagte Laryn bestimmt. »Tate und ich haben noch einmal darüber gesprochen, und wenn du bereit bist, möchten wir auf jeden Fall, dass du während unserer Abwesenheit unser Kindermädchen bist. Es wäre zu schwer, jemandem zu vertrauen, den wir nicht kennen, selbst wenn du ihn empfohlen hast, Zita. Nimm es mir nicht übel.«

»Kein Problem. Ich finde, das ist eine großartige Lösung«, sagte Zita.

»Penny und Bowie könnten während unserer Abwesenheit in unsere Wohnung ziehen, da alle Babysachen dort sind, und so hättest du keine Unannehmlichkeiten.«

»Als würde dein Baby jemals Unannehmlichkeiten bereiten«, sagte Zita, die fast beleidigt klang. »Ich werde dieses Kind so oft wie möglich entführen, um ein bisschen mit dem Baby zu kuscheln.«

»Genau«, stimmte Mandy zu.

»Ich liebe Babys«, seufzte Jen.

»Toll, jetzt werde ich nicht einmal Zeit mit meinem eigenen Kind verbringen können«, sagte Laryn mit einem Augenrollen. Alle lachten.

»Du ziehst also bei Tate ein?«, fragte Mandy.

»Ja klar, es wäre doch seltsam, wenn wir getrennt leben würden, obwohl wir verheiratet sind«, sagte Laryn sarkastisch.

»Dein Heiratsantrag war so toll«, sagte Penny.

»Das war er, nicht wahr?«, erwiderte Laryn mit einem weit entfernten Blick. »Tate sagte, er würde superromantisch sein und einen Antrag machen, für den ich mich nicht schämen müsste, wenn ich unseren Kindern und Enkeln davon erzähle, und er hatte recht.«

»Absolut«, stimmte Penny zu.

»Danke, dass du das für mich aufgenommen hast, Mandy«, sagte Zita zu ihrer Freundin.

»Gern geschehen.«

»Und Waffles hat sich gut eingelebt?«, fragte Zita.

»Ja. Nur ...« Laryn verstummte.

»Nur was?«, fragte Jen. »Er wird etwas Zeit brauchen, um sich an sein neues Zuhause zu gewöhnen. Manchmal können sie zerstörerisch sein oder vergessen, wie man stubenrein ist, wenn sie es jemals waren. Du brauchst Geduld, aber ich verspreche dir, dass es sich am Ende lohnen wird.«

»Das weiß ich alles.« Laryn nickte. »Und Waffles hat sich schon äußerst gut eingelebt. Er kam in die Wohnung, sah sich um und ging schnurstracks zu der Decke, die Tate für ihn hingelegt hatte. Es ist nur ... ist es möglich, dass er sich *zu* wohlfühlt?«

»Nein.«

»Ich glaube nicht.«

»Es ist toll, dass er sich schon wie zu Hause fühlt.«

Laryn nickte erneut. »Da stimme ich zu. Wir haben festgestellt, dass er es liebt, sich unter die Decke zu verkriechen. Vor allem wenn wir auch im Bett sind. Er zieht unser Bett dem großen, flauschigen Bett vor, das wir für ihn gekauft haben.«

»Ohhhh«, sagte Jen.

»Ja, es ist bezaubernd. Außer wenn wir Lust auf etwas sexy Zeit haben«, sagte Laryn mit einem kleinen Lächeln. »Dann müssen wir seinen süßen Hintern aus dem Bett werfen, was mir ein schlechtes Gewissen bereitet, und er jammert immer erbärmlich, obwohl er selbst ein perfektes, bequemes Bett hat. Aber es ist schwer, wenn wir ihn im Nebenzimmer winseln hören. Also haben wir gestern Abend sein Bett in unser Zimmer gestellt in der Hoffnung, dass das vielleicht helfen würde. Nun, wir waren gerade mitten dabei ... *ihr wisst schon* ... und völlig in den Moment vertieft, als Waffles, der auf das Bett gesprungen war, ohne dass wir es bemerkt hatten, weil wir anderweitig beschäftigt waren, Tate den Hintern geleckt hat!«

Es herrschte schockierte Stille im Raum – bevor alle in hysterisches Gelächter ausbrachen.

Laryn grinste von einem Ohr zum anderen, als sie fortfuhr: »Er schrie: ›Was zum Teufel?‹ Und ich dachte, er würde mit *mir* reden, weil ich keine Ahnung hatte, dass Waffles auf dem Bett war oder ihn geleckt hatte. Ich stöhnte extralaut und sagte: ›Was zum Teufel, in der Tat‹, weil ich einfach mit dem mitging, was er sagte. Dann hörte er ganz auf, sich zu bewegen, und schaute hinter sich. Waffles stand da mit etwas, das ich nur als Lächeln auf seinem Hundegesicht beschreiben kann.«

Jetzt kicherte sie, und Penny konnte nicht aufhören zu lachen. Genauso wenig wie alle anderen.

»Ich muss wohl nicht erwähnen, dass das die Stimmung ziemlich ruinierte. Aber Waffles war sehr zufrieden mit sich selbst, da wir ihn wieder unter die Decke kriechen ließen, wo er die ganze Nacht überglücklich schnarchte. Oh ... und der Hund furzt. *Schlimm.* So schlimm, dass man den Raum verlassen muss. Wir trauen uns nicht, die Decke hochzuziehen, während er darunter begraben ist. Wir müssen uns etwas einfallen lassen. Sein Futter umstellen oder so, denn es ist *furchtbar.*«

»Oh mein Gott, hör bitte auf, mir tut der Bauch weh«, sagte Mandy, die immer noch heftig lachte.

»Dann läuft es also gut«, sagte Zita mit ausdruckslosem Gesicht, während sie versuchte, ihr Kichern zu unterdrücken.

»Ehrlich? Ja. Selbst mit dem *Arschbacken-Leck-Vorfall*, wie wir ihn hiermit nennen, und dem Furzen ist Waffles ein unglaublich süßer Hund. Wir haben keine Ahnung, woher er kommt, aber er scheint so dankbar zu sein, bei uns zu sein, Futter und ein warmes Bett zu haben. Ich dachte, ich hätte Tate schon vorher geliebt, aber er hat sich mit der Anschaffung von Waffles für mich mächtig ins Zeug gelegt.«

»Das freut mich für dich und Tate. *Und* für Waffles«, sagte Mandy mit einem breiten Grinsen.

»Mich auch«, stimmte Laryn zu.

Penny konnte sich nicht daran erinnern, jemals so viel Spaß gehabt zu haben wie heute Abend. Wahrscheinlich hatte sie in der Highschool mit ihren Klassenkameradinnen gelacht, aber die Mädchen, die sie damals kannte, waren keine echten Freundinnen gewesen. Sobald sie ihren Abschluss gemacht hatten, hatte sie nie wieder mit ihnen gesprochen.

Aber sie hatte das Gefühl, dass *diese* Frauen für immer Teil ihres Lebens sein würden. Sie kannte sie noch nicht lange, aber sie hatten sie aufgenommen, als seien sie schon seit der Grundschule befreundet.

»Also ... du und Pyro versteht euch gut, was?«, neckte Laryn Penny plötzlich.

Sie errötete, nickte aber. Sie würde nicht so tun, als seien sie und Pyro nicht zusammen, zumal ihr das sowieso niemand glauben würde. »Er ist das genaue Gegenteil meines Ex-Mannes. In seinem Temperament, in der Art, wie er Bowie und mich behandelt, und wie offen er mit seinen Wünschen und Gedanken umgeht.«

»Unsere Jungs neigen dazu, so zu sein«, stimmte Zita zu. »Ich bin mir nicht sicher, ob das eine Nebenwirkung ihres Jobs ist und daran liegt, dass sie während des Fluges ständig kommunizieren, oder ob sie einfach so sind. Aber es ist toll, oder?«

»Ja«, sagte Penny mit einem Nicken. »Ich finde es vor allem für Bowie toll. Sie hatte nie ein gutes männliches Vorbild. Ich möchte, dass sie selbst erlebt, wie eine gute Beziehung aussehen sollte, damit sie später nicht wie ich ist und sich in den ersten Mann verliebt, der ihr auch nur die geringste Aufmerksamkeit schenkt.«

»Das scheint mir ein guter Zeitpunkt zu sein, um etwas anzusprechen«, sagte Zita fast schon düster.

Penny machte sich bereit.

»Wir sind uns einig, dass unsere Männer gut kommunizieren können, was bedeutet, dass sie so ziemlich alle wissen, was im Leben des anderen vor sich geht. Ich bin mehr als glücklich, dass du meine Mitbewohnerin bist, und ich glaube wirklich, dass dies der beste Ort für dich und Bowie ist und dass ihr dazu *bestimmt* seid, hier zu sein. Aber ... können wir über Colvin Jackson sprechen?«

Als Penny überrascht schaute, fuhr Zita schnell fort.

»Sage hat mir ein wenig über ihn erzählt, dass Pyro glaubt, er könne in den Staaten auftauchen, um das Geld zu holen, das du ihm seiner Meinung nach schuldest. Und deshalb wurde das zusätzliche Schloss an der Tür angebracht, deshalb haben wir jetzt Kameras an der Eingangstür. Sag uns ehrlich ... seid ihr, du und deine Tochter, in Gefahr?«

Penny brauchte einen Moment, um zu antworten. Sie nahm es Zita nicht übel, dass sie sich Sorgen machte. Sie hatte jedes Recht, Fragen zu stellen, um herauszufinden, ob sie allein dadurch, dass sie mit Penny zusammenlebte, ebenfalls in Gefahr war.

»Ich glaube nicht. Pyro hat mit einem Freund gesprochen, der versucht, Colvin zu finden. Anscheinend ist er superreich – Colvin, meine ich –, was ich nicht wusste, und er hat eine Menge Decknamen. Er hat Gabun zur gleichen Zeit wie ich verlassen, aber bisher ist er untergetaucht. Niemand kann ihn finden. Ich habe allerdings keine Ahnung, warum er hinter mir her sein sollte.«

»Warte, warte, warte. Noch mal von vorn«, befahl Mandy.

»Ich wusste auch von diesem Typen, weil Buck mir davon erzählt hat. Aber warum kann er nicht gefunden werden? Ich nehme an, dass der berüchtigte Tex ihn sucht, da er unglaublich ist und anscheinend ein bestimmtes Sandkorn am Strand finden kann. Aber wenn *er* keine Ahnung hat, wo Colvin sein könnte ... das ist beunruhigend.«

»Und wenn er einen Haufen Geld hat, warum will er dann deins?«, fragte Laryn, die offensichtlich auch über Pennys Probleme mit Colvin Bescheid wusste.

»Ich habe keine Ahnung, wovon ihr redet, aber ich kann mir nicht vorstellen, dass jemand Penny etwas antun will. Oder Bowie. Ihr seid die nettesten Menschen, die ich kenne«, fügte Jen hinzu.

Penny war überwältigt von ihrer Unterstützung. Leider hatte sie keine Antworten für sie. Sie wandte sich an Jen, um ihr die Situation zu erklären.

»Mein Mann hat sich Geld von diesem Colvin geliehen. Und als John starb, hat Colvin die Schulden nicht erlassen. Er hat *mich* dafür zur Rechenschaft gezogen. Ich konnte nicht viel bezahlen, also nahm er mir den größten Teil meines Monatsgehalts weg, sodass Bowie und ich in den letzten Jahren zusehen mussten, wie wir über die Runden kamen. Die Schulden waren noch lange nicht beglichen, als wir evakuiert wurden, und Pyro glaubt, dass er mich möglicherweise suchen wird, um den Rest zu bekommen.«

»Das ist doch blöd.«

»Was für ein Arschloch!«

»Noch einmal: Warum braucht er *dein* Geld, wenn er doch sein eigenes hat?«

Penny schätzte ihre Unterstützung mehr, als sie in Worte fassen konnte.

»Moment mal, um wie viel Geld geht es hier? Um Hunderttausende?«, fragte Jen verwirrt.

»Auf keinen Fall. Eher vierzigtausend. Jedenfalls laut

HILFE FÜR PENNY

Colvin. Die ich natürlich nicht habe. Ich versuche nicht, mich aus den Schulden meines Mannes herauszuwinden, aber Colvin war es egal, dass er Bowie und mich in Gabun fast völlig mittellos zurückließ, als er mir Geld abnahm«, sagte Penny.

»Wie gesagt, was für ein Arschloch. Also ... was können wir tun, um zu helfen?«, fragte Laryn.

»Ja, wir brauchen einen Plan, falls er jemals auftaucht«, stimmte Mandy zu.

»Wir brauchen ein Codewort. Oder einen Satz. Etwas, das Penny sagen kann, wenn sie uns anruft, damit wir wissen, dass sie in Gefahr ist«, sagte Zita.

»Aber warum sollte dieser Colvin ihr die Möglichkeit geben, jemanden anzurufen?«, fragte Laryn.

»Ich weiß es nicht. Sie könnte sagen, dass sie ihre Bank anrufen muss, um eine Abhebung vorab zu genehmigen oder so etwas«, entgegnete Zita etwas defensiv.

Bevor sich ein Streit entspinnen konnte, sagte Penny: »Ich schätze euch mehr, als ihr ahnt. Zita und ich wissen bereits, dass wir niemanden in das Gebäude lassen dürfen, der an der Wohnungstür klingeln könnte, und Bowie weiß, dass sie die Tür nicht öffnen und niemanden hereinlassen darf. Ich werde Pyro anrufen, wenn jemand kommt, den ich nicht kenne und der nach mir fragt. Er hat versprochen, seinen Freund zu bitten, die Überwachungskameras des Gebäudes zu überprüfen und zu sehen, ob es Colvin war oder nicht.«

»Bowie, Penny und ich haben bereits geübt, wie wir im Notfall über die Notausgänge aus der Wohnung kommen. Hauptsächlich wegen eines möglichen Brandes, und da Bowie nicht sehen kann, muss sie wissen, wohin sie im Notfall gehen muss. Aber auch für den Fall, dass es jemand schafft, die Sicherheitskontrolle unten zu passieren, und versucht, in unsere Wohnung zu gelangen.«

»Aber was ist, wenn er dich findet, wenn du nicht hier bist?«, fragte Laryn. »Ich meine, ja, du arbeitest von zu Hause und kannst dich hier verstecken, aber du bringst Bowie zur Schule und holst sie wieder ab, also besteht die Möglichkeit, dass jemand dich dabei konfrontiert«, warf Mandy ein.

»Dann gebe ich ihm das Geld, das er haben will, und Pyro wird mir helfen zu entscheiden, was ich als Nächstes tun soll. Ich werde ihn nicht provozieren. Ich werde nicht konfrontativ sein. Ich werde ihm sagen, dass ich nicht die Absicht habe, mich vor meinen Schulden zu drücken«, antwortete Penny.

»Wird das funktionieren?«, fragte Laryn etwas zweifelnd.

»Ich hoffe es. Er hat einmal gedroht, mir Bowie wegzunehmen, wenn ich nicht zahle. Solange ich ihm Geld gab, schien er nichts mit mir zu tun haben zu wollen. Wenn er also auftaucht, werde ich ihm geben, was immer er verlangt. Ich würde eine verdammte Bank ausrauben, wenn es nötig wäre, um meine Tochter zu schützen.«

»Arschloch«, murmelte Laryn.

Die anderen stimmten ihr zu – aber Jen war diejenige, die aufstand und zu der Stelle ging, wo sie ihre Handtasche bei ihrer Ankunft auf dem Tresen abgestellt hatte. Fred hob den Kopf, um zu sehen, wohin sie ging, aber als sie mit ihrer Geldbörse ins Wohnzimmer zurückkam, senkte er ihn und schloss wieder die Augen.

»Es ist nicht viel, aber ich habe hier achtzig Dollar. Morgen kann ich dir mehr besorgen. Du brauchst einen Notvorrat, damit du das Geld diesem Idioten geben kannst, falls er dich jemals findet. So kannst du Zeit gewinnen, um Bowie in Sicherheit zu bringen, und deinem Mann und seinem Freund die Möglichkeit geben, einen Plan zu entwickeln, wie sie ihn unschädlich machen können«, sagte Jen, während sie ihr das Bargeld entgegenstreckte.

»Oh! Das ist eine großartige Idee!«, rief Mandy aus, sprang ebenfalls auf und ging zu ihrer Handtasche.

»Nein, nein, nein, ich will euer Geld nicht nehmen«, sagte Penny, die sich irgendwie schämte, dass ihre neuen Freundinnen ihr Bargeld gaben.

»Pech gehabt«, sagte Laryn. Sie stand nicht auf, sondern lehnte sich auf eine Pobacke und zog eine schmale Geldbörse aus einer der Taschen ihrer Cargohose. Sie hielt Penny einige Scheine hin, während Mandy mit mehr Geld zurückkam.

»Ich ... weiß nicht, was ich sagen soll«, sagte Penny und starrte mit tränenverschleierten Augen auf das Geld.

Mandy nahm das Geld von Laryn und packte es zu ihrem eigenen, dann nahm sie Pennys Hand und legte ihr die Scheine hinein.

»Sag Danke«, befahl sie etwas streng. »Und wenn Tex und Pyro diesen Arsch finden, kannst du es zurückgeben. Oder wir gehen alle ins *Anchor Point* und feiern ein Festmahl.«

Zita stand auf und ging in die Küche. Sie kramte einen Moment lang in einem Schrank herum, bevor sie ins Wohnzimmer zurückkehrte. In ihrer Hand hielt sie einen dieser Stanley-Becher, die vor ein paar Jahren so beliebt gewesen waren.

Penny wusste aus erster Hand, dass sich etwa ein Dutzend solcher Becher in einem der Schränke in der Küche befanden. Sie hatte Zita vor nicht allzu langer Zeit an einem Abend dabei geholfen, den Karton auszupacken, in dem sie alle verstaut waren. Zita hatte gesagt, sie könne es nicht über sich bringen, auch nur einen davon wegzuwerfen, obwohl sie sicherlich keine zwölf brauchte.

»Mein Vater hat mir einmal gesagt, ich solle für alle Fälle immer einen Notgroschen zur Seite legen. Ich wollte ihn irgendwo verstecken, wo ich ihn nicht jeden Tag sehen und in Versuchung geraten würde, ihn für dumme Sachen auszugeben ...«

»Wie einen weiteren Trinkbecher, den du nicht länger als eine Woche benutzen wirst?«, fragte Laryn grinsend.

»Halt die Klappe«, sagte Zita und grinste zurück. Dann wandte sie sich an Penny, nahm den Deckel ab, kippte den Becher nach vorn und zeigte ihrer Mitbewohnerin, was darin war. »Und da ich wusste, dass ich keinen meiner Becher wegwerfen und niemand auf die Idee kommen würde, hier nach Bargeld zu suchen, hielt ich dies für einen guten Ort, um es aufzubewahren. Ich habe hier etwa fünfhundert Dollar gespart, und das sollte zusammen mit den Beiträgen der anderen hoffentlich ausreichen, um dir etwas Zeit zu verschaffen, falls dieser Arsch *doch* auftaucht. Wir gehen zur Bank und tauschen es in große Scheine um, die du immer bei dir haben kannst. Du kannst es übergeben, dann schnell hierher zurückkommen und Pyro anrufen.«

Penny weinte jetzt wirklich. Sie hatte keine Ahnung, womit sie so gute Freundinnen verdient hatte. All die Memes und Videos, die sie online über beste Freundinnen gesehen hatte, waren ihr bisher ein Rätsel gewesen. Aber jetzt nicht mehr. Sie würde offiziell *alles* für diese Frauen tun.

»Ich weiß nicht, was ich sagen soll«, flüsterte sie.

»Sag Danke«, wiederholte Mandy lächelnd.

»Danke«, plapperte Penny nach. »Vielen Dank. Ich schwöre, wenn meine Schulden beglichen sind, werde ich euch alles zurückzahlen.«

»Ich vermute, dass es wahrscheinlich gar keine Schulden gibt«, sagte Laryn mit angewidertem Tonfall. »Männer wie Colvin nähren sich von Angst. Und warum sollte er vierzigtausend Dollar brauchen, wenn er bereits Millionen hat? Er ist einer von denen, die nie genug Geld haben können. Er wird immer mehr wollen, und er wird auch nichts Gutes damit anfangen. Er wird es einfach horten, es dazu benutzen, Hass zu verbreiten und böse Dinge zu tun, anstatt es zu verwenden, um die Hungrigen zu ernähren oder das Leben der Menschen zu verbessern, die es wirklich brauchen. Merkt euch meine Worte, er steckt bis zum Hals in etwas Kriminellem. Etwas, das über einfache Gelderpressung hinausgeht. Ich spüre es in meinen Knochen.«

Sie hatte wahrscheinlich recht. Jedes Mal wenn sie den Mann gesehen hatte, fühlte Penny sich danach schmutzig. Sie stimmte Laryn in allem, was sie sagte, von ganzem Herzen zu. Aber sie wollte keine Energie darauf verschwenden, darüber nachzudenken, worin Colvin sonst noch verwickelt sein könnte. Sie wollte nur Bowie zu einem guten Menschen erziehen und sie beschützen. Sie wollte dafür sorgen, dass ihre kleine Tochter wusste, dass sie geliebt und gewollt war.

»Sagst du uns Bescheid, wenn Pyro etwas herausfindet? Zum Beispiel, ob dieser Colvin in die USA gekommen ist oder unter welchem Namen er sich hier aufhält?«, fragte Jen. »Wir können dir helfen, nach ihm Ausschau zu halten, falls es nötig ist.«

»Das werde ich«, stimmte Penny zu, die sich überwältigt fühlte.

Zita hockte sich hin, um sie zu umarmen. Dann wurde ihr offenbar klar, dass es Zeit war, das Thema zu wechseln, und sie wandte sich an Laryn, als sie aufstand. »Wann wirst du herausfinden, ob du ein oder zwei Menschen in deinem Bauch hast? Nur damit das klar ist: Ich stimme für zwei. Dann müssen wir uns nicht alle um ein Baby streiten.«

»Klar, damit ihr euch um zwei streiten könnt?«, fragte Laryn trocken.

Alle lachten.

»Bald«, fuhr sie fort. »Wir haben in zwei Wochen einen Termin bei meinem Frauenarzt. Dann sollten wir es erfahren.«

»Möchtest du Zwillinge?«, fragte Jen.

Laryn zuckte mit den Schultern. »Ich möchte das, was die meisten Mütter wollen. Ein gesundes Baby. Aber um ehrlich zu sein, würde ich mich irgendwie über Zwillinge freuen. Tate ist einer, wie ihr alle wisst, und wenn ich ihm zuhöre, wie er über die Beziehung zu seinem Bruder spricht, wünsche ich mir das auch für mein eigenes Kind.«

»Sein Bruder ist bei den Navy SEALs, oder?«, fragte Penny. Sie hatte eines Abends von Pyro von Nate gehört, als er ihr von dem verrückten Flug erzählte, den er und Casper hinter sich gebracht hatten – und der anschließenden Wanderung durch den Dschungel –, um seinen Bruder und eine Zivilistin, die jetzt seine Frau war, zu retten, nachdem sie aus einem iranischen Gefängnis geflohen waren.

»Ja. Aber mein Mann ist der Gutaussehende«, sagte Laryn mit einem Grinsen.

Das brachte alle wieder zum Lachen.

»Aber ich möchte sagen, dass ich es vorziehen würde, wenn meine Kinder Lehrer, Ingenieure oder Bibliothekare würden ... etwas viel weniger Gefährliches.«

»Aber ohne Menschen wie Nate und Tate und allen, die Uniform tragen, Menschen mit besonderen Fähigkeiten, wären andere wie wir jetzt vielleicht nicht hier«, sagte Zita leise.

»Da stimme ich zu. Und ich befinde mich in der Position, das besser zu wissen als die meisten anderen«, sagte Laryn.

»Richtig, also ... zwei Babys, verstanden. Geschlecht?«

»Auf jeden Fall Jungen«, sagte Laryn entschlossen. »Was weiß ich schon über Mädchen? Nichts.«

»Wie wäre es mit einem von jedem?«, fragte Mandy.

Laryn zögerte. »Oh, das wäre auch schön.«

»Wenn du Mädchen bekommst, helfen wir dir alle«, sagte Penny.

»Natürlich werden wir das!«

»Wir werden sie nach Strich und Faden verwöhnen.«

»Maniküre und Pediküre für alle!«

Laryn verdrehte die Augen, aber dann lächelte sie alle an. »Ihr seid die Besten. Ich glaube, wenn ich euch nicht hätte, würde ich bei dem Gedanken, dieses Kind zu bekommen, viel mehr ausflippen, als ich es jetzt tue.«

»Du wirst das toll machen. Und Casper wird ein fantastischer Vater sein«, sagte Mandy.

»Ja, das wird er.«

»Möchte noch jemand Nachschub?«, fragte Zita, als sie mit ihrem leeren Glas zurück in die Küche ging.

Die nächsten Stunden waren voller Gelächter und gutmütiger Neckereien, und Penny konnte sich nicht erinnern, wann sie das letzte Mal so viel Spaß gehabt hatte. Gegen Mitternacht fuhr Laryn Mandy auf dem Heimweg zu Buck, und Jen machte sich auf den Weg zu ihrer eigenen Wohnung im Gebäude.

Penny hatte schon viel früher eine SMS von Pyro erhalten, in der stand, dass Bowie eingeschlafen war, und er versprach, sie am nächsten Morgen nach Hause zu bringen. Es sagte viel, wie sehr Penny diesen Mann mochte und wie sehr sie ihm das Wichtigste in ihrem Leben – ihre Tochter – anvertraute, dass sie zugestimmt hatte.

Nachdem sie Zita Gute Nacht gesagt und sich bettfertig gemacht hatte, legte Penny sich hin und nahm ihr Handy, um sich noch einmal nach Bowie zu erkundigen.

Sie schickte Pyro eine SMS, um ihn nicht zu wecken, falls er schon schlief.

Penny: Alle sind auf dem Weg nach Hause. Ist bei dir alles in Ordnung?

Sie erhielt fast sofort eine Antwort.

Pyro: Ich hoffe, du hattest Spaß. Bowie geht es gut. Sie schläft seit etwa halb zehn. Ich habe ihr eines meiner Hemden angezogen, und sie sagte, sie finde es toll und hoffe, ich wolle es nicht zurückhaben, weil es jetzt ihr gehöre. lol

Penny kicherte. Sie konnte sich gut vorstellen, wie ihre Tochter Pyros Hemd für sich beanspruchte. Aber das war nicht besonders nett ... einfach jemandes Kleidung zu nehmen, weil sie ihr gefiel. Sie würde mit Bowie reden müssen, sobald sie nach Hause kam.

. . .

Penny: Danke, dass du dich heute Abend um sie gekümmert hast.
Pyro: Das war keine Mühe, Pen. Ich liebe sie. Sie ist unglaublich.

Seine Worte ließen Penny innerlich dahinschmelzen. Und sie wusste, dass es nicht nur der Wodka war, der sie emotional machte.

Pyro: Ich bringe sie gegen acht Uhr morgens nach Hause. Ist das zu früh? Ich dachte, wir könnten unterwegs etwas zu essen holen und alle zusammen frühstücken.
Penny: Sie wird wahrscheinlich schon früher wach sein.
Pyro: Das ist okay. Ich bin Frühaufsteher. Wirst du schon wach sein? Oder soll ich sie länger bei mir behalten? Hast du zu viel getrunken?
Penny: Ich werde schon auf sein. Und nein. Ich fühle mich angenehm beschwingt, nicht betrunken, und ich habe ein großes Glas Wasser getrunken, bevor ich ins Bett gegangen bin.
Pyro: Gut. Ich wette, die *angenehm beschwingte* Penny ist bezaubernd. Schlaf gut, Pen. Ich passe gut auf Bowie auf.
Penny: Danke. Ich weiß, dass sie in guten Händen ist.
Pyro: Ich würde mir lieber einen Löffel ins Auge stechen, als zuzulassen, dass jemand oder etwas deiner Tochter wehtut. Bei mir ist sie immer sicher, das verspreche ich dir.

Aus irgendeinem Grund trieb seine Nachricht Penny die Tränen in die Augen. Sie nahm an, es lag daran, dass dies die erste Nacht war, die sie jemals ohne Bowie verbrachte ... und okay, vielleicht auch teilweise wegen des Alkohols, den sie getrunken hatte.

. . .

dass ihre Tochter in Sicherheit war, und falls Penny Hilfe brauchte, war diese nur einen Anruf entfernt. Pyro würde alles stehen und liegen lassen, um zu ihr zu kommen, daran hatte sie keinen Zweifel. Das war ein angenehmes Gefühl. Als würde man sich an einem kalten Wintertag in eine warme Decke aus dem Trockner kuscheln.

HILFE FÜR PENNY

Penny: Ich weiß. Deshalb bin ich auch nicht ausgeflippt, als d gefragt hast, ob sie über Nacht bleiben kann.

Pyro: Irgendwann werde ich dich um eine Wiederholung bitten, aber vielleicht kommt dann auch ihre Mutter mit. Gute Nacht, Penny. Wir sehen uns morgen früh. Sag mir Bescheid, falls du etwas brauchst.

Penny: Gute Nacht, Kylo.

Sie beendete die Unterhaltung, lag im Bett und starrte noch sehr lange an die Decke. Es entging ihr nicht, dass er im Grunde gesagt hatte, er wolle, dass sie auch die Nacht dort verbrachte. Und obwohl ihre Bekanntschaft noch relativ neu war und sie gerade erst angefangen hatten, sich zu treffen ... wollte sie das. Mehr, als sie sich eingestehen wollte.

Sie hatte sich Hals über Kopf in John verliebt, und das war ein großer Fehler gewesen.

Aber Pyro war ganz anders als John. Das wusste Penny ganz genau.

Manche Leute würden sie vielleicht dumm nennen, weil sie sich so schnell nach dem Umbruch in ihrem Leben in eine neue Beziehung stürzte, aber Penny war noch nie so glücklich gewesen. Nie hatte sie sich sicherer gefühlt als in der Gegenwart von Pyro. Er würde sie nicht schlagen. Er würde sie nicht anschreien, wenn sein Abendessen noch nicht fertig war, sobald er von der Arbeit nach Hause kam. Und er würde *niemals* Hand an ihre Tochter legen.

Die Zeit würde zeigen, ob eine Beziehung zwischen ihnen funktionieren würde, aber Penny wollte optimistisch bleiben. Sie würde den Mann nicht morgen heiraten, aber wohin auch immer die Dinge zwischen ihnen führen würden, sie würde gern mitgehen.

Kylo Mullins war ein guter Mann. Einer der besten.

Penny schlief mit ihrem Handy in der Hand ein und schlief tief und fest, ohne Träume oder Albträume. Sie war sich sicher,

KAPITEL ELF

Pyro war frustriert, aber er merkte während seines letzten Gesprächs mit dem Mann, dass Tex noch frustrierter war.

Vor etwas mehr als einer Woche hatte Tex endlich Colvin Jackson ausfindig gemacht – aber dieser war erneut spurlos verschwunden. Nachdem er Gabun verlassen hatte, war Colvin über Spanien zurück nach Großbritannien gereist – warum er zuerst dorthin gegangen war, war unklar, wahrscheinlich um jemand anderen zu erpressen –, hatte hunderttausend Pfund von einem seiner Bankkonten abgehoben und war in ein Flugzeug in die USA gestiegen. Er war in New York City gelandet, und dort verlor sich seine Spur. Höchstwahrscheinlich weil er begonnen hatte, einen anderen Decknamen zu verwenden.

Weder Tex noch Pyro war glücklich darüber, dass der Mann sich auf US-amerikanischem Boden befand, vor allem weil sie keine Ahnung hatten warum. Es gab viele Gründe, warum er hier sein könnte, und keiner davon hatte unbedingt etwas mit Penny zu tun. Was Tex beunruhigte, war das Bargeld. Jemand mit Colvins Vermögen bezahlte Reisekosten normalerweise mit einer Kreditkarte. Es gab nur wenige gute Gründe für einen

Mann wie ihn, hunderttausend Dollar in bar von seinem Konto abzuheben – es sei denn, es gab Einkäufe oder Aktivitäten, die nicht zurückverfolgt werden sollten.

Es war möglich, dass er hier in den Staaten Wichtigeres zu tun hatte. Männer und Frauen, die ihm noch mehr Geld »schuldeten« als lächerliche vierzig Riesen. Aber Pyro wurde das nagende Gefühl nicht los, dass Penny in Colvins Fadenkreuz stand.

Das ergab keinen Sinn. Aber alle hatten aus Mandys Erfahrung gelernt, *niemanden* zu unterschätzen, nachdem sie von der Person angegriffen worden war, von der man es am wenigsten erwartet hätte.

Seit er mit seinen Freunden darüber gesprochen hatte, waren alle in höchster Alarmbereitschaft. Penny ging nirgendwo allein hin. Wenn er konnte, begleitete Pyro Penny, um Bowie zur Schule zu bringen und von dort abzuholen. Und wenn er wegen der Arbeit nicht konnte, organisierte er jemanden, der mit ihr ging. Einmal waren es Jen und Fred. Ein Mechaniker, der mit Laryn zusammenarbeitete, und ein Mann, mit dem Pyro auf dem Stützpunkt zu tun hatte, hatten sie ebenfalls abwechselnd begleitet.

Glücklicherweise beschwerte Penny sich nie und protestierte auch nicht. Und das sagte Pyro alles, was er über ihre Gefühle in dieser Situation wissen musste. Sie hatte Angst. Sie war nervös, wenn sie allein irgendwohin gehen musste.

Das musste aufhören – aber Pyro konnte nichts dagegen tun.

Er hatte überlegt, Tex zu bitten, den Mann zu kontaktieren, sobald er ihn wieder ausfindig gemacht hatte, damit Pyro selbst den Rest von Pennys angeblicher Schuld begleichen konnte. Aber es gab keine Garantie, dass der Mann Penny dann nicht mehr belästigen würde. Und sein Bauchgefühl sagte ihm, dass es zu diesem Zeitpunkt nicht das Richtige war, Colvin auszuzahlen. Es war eine Option für später, falls der Mann seine

Karten offen auf den Tisch legte, aber im Moment konnten sie nur abwarten, bis sie den Mann gefunden hatten.

Einer der positiven Aspekte ihrer aktuellen Situation war Bowie. Das Mädchen blühte auf. Sie und Abigail aus ihrer Klasse waren jetzt offenbar beste Freundinnen, und eine Freundin in ihrem Alter zu haben war unglaublich gut für sie. Die Mädchen hatten sich kürzlich zu einem Spieltreffen auf einem örtlichen Spielplatz verabredet, und es war so rührend zu sehen, wie Abigail Bowie bei ihrer Ankunft herumführte, ihr zeigte, wo alles war, und mit ihr die Schritte zählte, damit sie nicht irgendwo gegenlief. Sie war beschützend, aber sie behandelte Bowie nicht wie eine Behinderte. Es war schön, das zu sehen.

Abigails Mutter war genauso liebenswert wie ihre Tochter. Sie hatte Abigail als alleinerziehende Mutter aus China adoptiert und gab sich alle Mühe, ihr alles zu geben, was sie in ihrem Heimatland nicht gehabt hätte. Die beiden standen sich genauso nahe wie Bowie und Penny, und Pyro war froh, dass die beiden Mütter sich auch so gut verstanden.

Auch zwischen Pyro und Penny lief es besser, als er es sich hätte träumen lassen. Sie verstanden sich, als seien sie schon seit Jahren zusammen und nicht erst seit ein paar Wochen. Entweder fuhr er nach der Arbeit zu ihr nach Hause, um den Abend mit ihr und Bowie zu verbringen, oder er holte sie ab und brachte sie zu sich nach Hause.

Obwohl er bereit war, ihre Beziehung auf die nächste Stufe zu heben – eine körperlichere –, war Pyro zufrieden damit, Penny das Tempo bestimmen zu lassen. Sie hatten noch keine Nacht miteinander verbracht, aber jedes Mal, wenn Pyro die beiden nach Hause fuhr oder ihre Wohnung verließ, wünschte er sich, er könnte bleiben.

Nach dem Mädelsabend, als Bowie bei ihm übernachtet hatte, ging er los und kaufte ein Einzelbett für sein zweites Schlafzimmer. Bowie schien vollkommen zufrieden damit zu sein, auf seiner Couch zu schlafen, aber es kam ihm falsch vor, dass sie kein richtiges Bett in seiner Wohnung hatte.

Als Penny zum ersten Mal sah, was er getan hatte, weinte sie, offenbar überwältigt von seiner Großzügigkeit. Bowie wollte in dieser Nacht in ihrem neuen Bett schlafen, aber Penny lehnte ab, da sie am nächsten Morgen zur Schule musste und sie zurück in ihre Wohnung mussten, um Snacks für den Unterricht vorzubereiten, die Penny am nächsten Tag mitbringen wollte.

Außerdem wollte Pyro, dass seine Mädchen die Nacht bei ihm verbrachten – und ja, er sah sie definitiv als *seine* Mädchen –, weil er schlecht schlief, da er sich Sorgen um sie machte, wenn sie nicht zusammen waren. Sie waren nicht immer allein in der Wohnung, da Zita manchmal da war und die Wohnanlage sehr gut gesichert war. Aber Zita arbeitete zu ungewöhnlichen Zeiten und übernachtete oft bei Obi-Wan, und trotz der Sicherheitsvorkehrungen konnte Pyro nicht anders, als sich Sorgen zu machen. Sein Schlaf wurde von Albträumen geplagt, in denen jemand einbrach und ihnen etwas antat. In denen der gesichtslose Colvin Jackson auftauchte und Penny entführte.

Wenn sie in seiner Wohnung wären, würde er besser schlafen, weil er wusste, dass er da war, um sie zu beschützen.

Als er an diesem Morgen mit Penny und Bowie zur Schule ging, war es nicht schwer zu erkennen, dass auch Penny nervös war. Sie sah erschöpft aus und hatte Bowie sogar angefahren, sie solle sich beeilen, als sie zu spät dran waren, was überhaupt nicht zu ihr passte.

Sie alle brauchten eine Pause. Und Pyro war bereit, ihnen diese zu verschaffen. Er wollte Zeit mit seinen Mädchen verbringen, fernab vom Alltagsstress, der ihn und Penny plagte.

Als sie später am Nachmittag von Bowies Schule zu Fuß nach Hause gingen und in ihrer Wohnung ankamen, sprach er mit Penny über die Pläne für den nächsten Tag. Zita war über Nacht bei Obi-Wan und sie hatten die Wohnung für sich allein.

HILFE FÜR PENNY

Morgen war Samstag, es sollte sonnig werden und er wollte ihr unbedingt einen stressfreien Tag bescheren.

»Ich habe mir überlegt«, sagte er, als Bowie in ihr Zimmer ging, um sich ihre Schulkleidung auszuziehen, »ich möchte dich und Bowie-Bär morgen mit an den Strand nehmen. Ich kenne einen kleinen Strand, der nicht so touristisch ist. Dort gibt es normalerweise keine großen Wellen, sodass Bowie sicher im Wasser spielen kann. Wir könnten ein paar Sandwiches mitnehmen und den Tag dort verbringen.«

»Ich dachte, du magst den Strand nicht«, sagte Penny.

Sie lehnte die Idee nicht sofort ab, was Pyro als gutes Zeichen wertete.

»Das tue ich auch nicht. Nicht, wenn ich dort trainiere, mich im Sand wälze und im November im eiskalten Wasser schwimmen muss. Aber mit dir und Bowie dort zu sein? Unter einem Sonnenschirm in einem Stuhl zu entspannen? Nichts klingt perfekter.«

Sie lächelte ihn an. »Das würde ich gern. Vor allem weil Bowie noch nie am Strand war. Aber sie kann nicht schwimmen. Was ist, wenn sie ins Meer hinausgespült wird?«

Pyro musste unwillkürlich lachen. »Die Wellen an diesem Ort sind nicht besonders hoch. Nicht einmal annähernd. Und ich kann nicht glauben, dass sie noch nie am Strand war. Das müssen wir sofort ändern. Ich kann ihr dort ein paar Grundkenntnisse beibringen. Außerdem gibt es keinen besseren Ort, um das Schwimmen zu lernen, als das Meer, da das Salzwasser den Auftrieb erhöht.«

Penny biss sich auf die Lippe. »Wir haben keine Badeanzüge.«

»Wir können auf dem Weg dorthin bei dem großen Kaufhaus vorbeifahren. Ich weiß, dass es nicht ideal ist, da du wahrscheinlich etwas Modischeres willst, als es dort gibt. Aber als ich neulich dort vorbeigekommen bin, habe ich gesehen, dass die Sommerware rausgestellt war, darunter ganze Kleiderständer voller Badeanzüge.«

»Du weißt, dass mir solche Dinge egal sind. Marken und so weiter. Aber bist du sicher, dass du einen deiner freien Tage damit verschwenden willst, an einem Ort zu sein, an dem du ohnehin schon viel zu viel Zeit verbringen musst?«

Pyro nahm ihr Gesicht in seine Hände und küsste sie sanft. »Jede Zeit, die ich mit dir und Bowie verbringen kann, ist keine Verschwendung. In keiner Weise.«

Er mochte es, wie Penny zu ihm aufblickte. Wie sie sich in seinen Armen anfühlte.

»Komm her. Ich brauche eine Umarmung«, sagte Pyro und zog sie ganz in seine Arme.

»Ich will auch eine Umarmung!«

Bowies aufgeregte Stimme unterbrach, was Penny gerade sagen wollte. Sie hatten darauf geachtet, in Bowies Gegenwart nicht zu vertraut miteinander zu sein, aber es wurde immer offensichtlicher, dass das kleine Mädchen überhaupt kein Problem damit hatte, dass ihre Mutter und Pyro sich näherkamen.

Penny kicherte und trat zurück, und sofort vermisste er ihre Wärme. Aber Glück durchströmte ihn, als Bowie sich nach vorn warf und ihre Arme um ihn schlang. Pyro hob das kleine Mädchen hoch und drehte sich mit ihr im Kreis, woraufhin Bowie vor Lachen quietschte.

Als er sie wieder absetzte, sah er Penny an, hob eine Augenbraue und deutete mit dem Kopf auf Bowie. Erstaunlicherweise schien sie zu verstehen, was er wollte, und nickte ihm kurz zu.

Es war großartig, wie er und Penny ohne Worte kommunizieren konnten. Mit seinen Kameraden von den Night Stalkers war ihm das auch möglich, aber eine so enge Beziehung zu einer Frau war eine neue Erfahrung für ihn, die ihm sehr gefiel.

Er hockte sich hin, damit er auf Augenhöhe mit Bowie war. »Möchtest du morgen mit zum Strand kommen, Bowie-Bär?«

»Mit dir?«

»Nein, mit Bigfoot. Natürlich mit mir! Mit mir und deiner Mutter. Wir können einen schönen Tag daraus machen. Dort zu Mittag essen, im Sand und im Wasser spielen, Zeit zu dritt verbringen.«

Anstatt begeistert zuzustimmen, biss Bowie sich auf die Lippe, schaute in Richtung ihrer Mutter und wandte dann ihr Gesicht wieder Pyro zu. »Ich kann nicht schwimmen«, sagte sie mit leiser Stimme, wobei sie verlegen klang.

Er hasste es, dass sie sich für etwas schämte, das nicht ihre Schuld war.

»Ich habe erst mit zehn Jahren schwimmen gelernt«, erzählte er ihr.

»Wirklich?«, fragte sie skeptisch.

»Wirklich. Ich war damals in einer der guten Pflegefamilien und wurde zu einer Geburtstagsparty am Schwimmbecken eingeladen. Ich sagte meiner Pflegemutter, dass ich nicht hingehen wolle, und sie drängte mich, ihr den Grund zu nennen. Ich musste zugeben, dass ich Angst hatte. Dass ich nicht schwimmen konnte. Am nächsten Tag brachte sie mich zum Schwimmbecken und verbrachte einen ganzen Monat damit, mir beizubringen, wie man sich über Wasser hält und sich im Wasser fortbewegt. Es war nicht schön, und ich brauchte noch viele Jahre Übung, um wirklich gut zu werden, aber ich habe es geschafft. Es ist nie zu spät, etwas zu lernen, hübsches Mädchen. Und Schwimmen wird für dich ein Kinderspiel sein. Da bin ich mir sicher.«

»Warum?«

»Weil du in allem, was du tust, gut bist.«

»Ich bin nicht gut im Malen«, protestierte sie. »Oder bei Malbüchern.«

Dieses Mädchen. Sie war urkomisch. »Okay, stimmt. Aber weißt du was? Zum Schwimmen muss man nicht sehen können.«

Bowie rümpfte die Nase. »Doch, das muss ich.«

»Nein. Du musst nur deine Arme und Beine im Wasser bewegen. Du bist wirklich gut darin, Schritte zu zählen, um zu wissen, wohin du gehst, und beim Schwimmen ist es genauso.

Du kannst deine Schwimmzüge zählen, um zu wissen, wie weit es noch bis zur Wand ist.«

Pyro merkte, dass sie wirklich über seine Worte nachdachte. Dann sagte sie: »Ich möchte schwimmen lernen.«

»Braves Mädchen. Willst du morgen an den Strand gehen?«

»Ja!«

»Super. Wir halten unterwegs beim Laden, um dir einen hübschen Badeanzug zu kaufen. Für dich und deine Mutter.«

Bowie wurde bei diesen Worten munter. Sie war nicht materialistisch, aber sie ging gern einkaufen, wie viele andere Mädchen und Frauen auch. »Cool! Willst du Mommy und mir beim Kochen helfen? Es gibt Chicken Nuggets!«

Dieses Mädchen und ihre Chicken Nuggets. »Du wirst dich noch in einen Chicken Nugget verwandeln, wenn du nichts anderes isst.«

Bowie rümpfte die Nase. »Ich mag Chicken Nuggets.«

»Ich weiß, dass du sie magst, Bowie-Bär. Und ja, ich helfe dir und deiner Mommy gern beim Kochen.«

Damit warf Bowie sich erneut in seine Arme, sodass Pyro fast rückwärts auf den Hintern gefallen wäre, was nur durch Pennys Hand auf seinem Rücken verhindert wurde. Sie hatte sich hinter ihn geschlichen, während er mit ihrer Tochter sprach. Er hatte gespürt, dass sie da war, als er Bowie erzählte, wie er schwimmen gelernt hatte.

Sie ahnte nicht, dass er Penny *immer* wahrnahm, egal wo sie war. Er war mit ihr mehr im Einklang als jemals zuvor mit einem anderen Menschen.

Bowie riss sich aus seinen Armen los und lief zum Kühlschrank. Es war einer von denen mit dem Gefrierfach unten, sodass sie die Schublade leicht öffnen und die Tüte mit den Chicken Nuggets herausnehmen konnte.

»*Wir* essen Bacon-Ranch-Hähnchen«, sagte Penny lächelnd. »Es hat den ganzen Tag im Kühlschrank mariniert. Ich muss es nur noch in den Ofen schieben.«

HILFE FÜR PENNY

»Ich mag Chicken Nuggets«, sagte Pyro zu ihr. »Aber Bacon-Ranch-Hähnchen klingt noch besser.«

Penny lächelte ihn an, und Pyro beschloss in diesem Moment, dass das Lächeln dieser Frau selbst den schlimmsten Tag ein wenig heller machen konnte.

An diesem Abend, nach dem Essen, nachdem er mit Bowie Braille geübt hatte, nachdem er ihr zwei Kapitel aus *Unsere kleine Farm* vorgelesen hatte und nachdem er auf der Couch gesessen und mit Penny geknutscht hatte, während sie so taten, als würden sie fernsehen, ging Pyro widerwillig mit ihr zur Wohnungstür.

Die Küsse, die sie sich dort gaben, während sie zögerten, sich zu verabschieden, waren noch intensiver als das Knutschen zuvor.

Pyro wollte nicht gehen. Er hatte noch nie zuvor so empfunden, noch nie hatte er sich so verzweifelt nach jeder Minute gesehnt, die er mit einer Frau verbringen konnte. Normalerweise war er derjenige, der so schnell wie möglich aus dem Hotel oder der Wohnung verschwand, um einer Frau keine falschen Hoffnungen zu machen. Aber jetzt? Jetzt wollte er bleiben. Er wollte das Recht und das Privileg, neben Penny zu schlafen. Mitten in der Nacht nach Bowie zu sehen. Er wollte morgens, wenn er zum Training aufstand, die Kaffeemaschine anschalten, damit der Kaffee fertig war, sobald Penny aufwachte.

Mit diesen Gedanken im Kopf ging er ein Risiko ein und sagte: »Ich würde mich freuen, wenn du und Bowie morgen nach dem Strandtag bei mir übernachten würdet. Sie hat am nächsten Tag keine Schule. Ich kann auf der Couch schlafen und du kannst mein Bett haben. Ich hasse es einfach, mich an deiner Tür von dir zu verabschieden.«

Er holte Luft, um sie weiter zu beruhigen und zu überzeugen, aber zu seiner Überraschung und Freude sagte sie einfach: »Ja.«

»Ja?«, fragte er, um sicherzugehen, dass er sie richtig verstanden hatte.

Sie lächelte ihn leicht an. »Ja. Ich werde auf jeden Fall Übernachtungstaschen für uns beide packen.«

»Du könntest immer ein paar Sachen in meiner Wohnung lassen. Du weißt schon, um es einfacher zu machen.« Er ging ein Risiko ein, konnte sich aber nicht zurückhalten. Er würde nehmen, was er kriegen konnte.

»Mal sehen«, antwortete sie ausweichend.

Er zuckte innerlich mit den Schultern, zu aufgeregt über die Aussicht, dass sie und Bowie morgen über Nacht bleiben würden, um enttäuscht zu sein, dass sie nicht sofort zugestimmt hatte. Es war ja nicht so, als würde er sie bitten, bei ihm einzuziehen ... oder doch?

Bevor er diesen Gedankengang weiterverfolgen konnte, küsste sie ihn erneut, und Pyro verlor sich wieder in den überwältigenden Gefühlen, die diese Frau in ihm hervorrief, wenn er in ihrer Nähe war. Er wollte ein besserer Mensch sein. Er wollte für Bowie das Vorbild sein, das er selbst nie gehabt hatte. Er wollte ein Mann sein, auf den Penny sich verlassen und dem sie vertrauen konnte.

Nach ein paar weiteren Minuten des Küssens zwang Pyro sich, einen Schritt zurückzutreten und die Wohnungstür zu öffnen. Er musste jetzt gehen, bevor er etwas tat, was er später bereuen würde. Das würde das Vertrauen ruinieren, das er zu Penny aufgebaut hatte.

»Fahr vorsichtig«, sagte sie leise.

»Immer. Ich lasse euch beide morgen ausschlafen. Ist es okay, wenn ich um zehn Uhr vorbeikomme und euch abhole?«

Er wollte am liebsten sagen, dass er um sechs Uhr da sein würde, aber er wollte nicht *völlig* verrückt wirken. Und es war schon spät. Penny würde ausschlafen wollen.

»Das klingt perfekt. Dann habe ich genügend Zeit, die Strandtaschen und Übernachtungstaschen zu packen. Und heute wurde mein erster Gehaltsscheck gutgeschrieben. Es ist nicht viel, da ich erst seit einer Woche arbeite, aber es reicht mehr als aus, um Badeanzüge für uns zu kaufen.«

»Sie würde nicht für die Badeanzüge bezahlen. Vor allem weil es nicht ihre Idee war, an den Strand zu fahren. Aber diesen Kampf würde er morgen führen. »Das ist toll, Schatz. Ich bin stolz auf dich.«

»Danke. Ich bin auch stolz auf mich.« Penny lächelte.

Es kostete ihn alle Selbstbeherrschung, sie nicht wieder in die Arme zu nehmen, sie in die Wohnung zu führen und ins Schlafzimmer zu tragen. Aber Pyro schaffte es, einen Schritt zurückzutreten. Dann noch einen. »Bis morgen früh.«

»Okay. Bitte schreib mir eine SMS, wenn du zu Hause bist.«

»Das werde ich.«

Die Worte lagen ihm auf der Zunge. Er wollte sie fast verzweifelt aussprechen. Aber Pyro schluckte sie hinunter. Er würde nichts tun oder sagen, was Penny an ihrer Verbindung zweifeln lassen könnte. Aber er konnte sich nicht davon abhalten, wieder auf sie zuzugehen, ihr Gesicht in die Hände zu nehmen und sie sanft auf die Stirn zu küssen.

Dann ließ er sie los, drehte sich um und ging den Flur entlang. An der Treppe drehte er sich um und blickte zurück. Penny stand immer noch in der Tür und sah ihm nach. Er lächelte ihr zu und sie warf ihm einen Luftkuss zu. Dann schloss sie die Tür.

Pyro schloss für einen Moment die Augen und zitterte fast aufgrund des Bedürfnisses zurückzugehen. Wache zu stehen. Sie noch einmal zu sehen. Stattdessen öffnete er die Augen und betrat das Treppenhaus. Morgen würde er Penny und Bowie vierundzwanzig Stunden ganz für sich allein haben. Er konnte es kaum erwarten.

Am nächsten Tag gegen sechzehn Uhr war Pyro angenehm erschöpft. Der Tag am Strand war ein voller Erfolg gewesen.

Bowie war anfangs ungewöhnlich anhänglich gewesen. Sie wollte entweder seine oder Pennys Hand halten. Er nahm an, dass es an der Neuheit der ganzen Strandkulisse lag. Das Gefühl des Sandes unter ihren Füßen, das Rauschen des Wassers, das an den Strand schwappte, die Möwen, die über ihnen kreischten und nach jemandem Ausschau hielten, der nicht aufpasste, damit sie herabstoßen und demjenigen Essen aus den Händen oder von den Decken stehlen konnten, und die spielerischen Schreie anderer Menschen, wenn sie eine hübsche Muschel fanden oder einen geworfenen Ball verfehlten.

Aber glücklicherweise begann sie mit Zeit und Geduld nach und nach, sich zu entspannen. Pyro konnte sich nicht vorstellen, wie es für sie sein musste. Ganz neue Erfahrungen zu machen, ohne den Vorteil des Sehens zu haben. Die Geräusche waren wahrscheinlich verwirrend und überwältigend, besonders für eine Sechsjährige.

Penny verstand das natürlich und nahm sich Zeit, ihrer Tochter alles zu erklären. Sie ließ sie den Sand in ihren Händen spüren, legte ihr eine Muschel in die Handfläche und beschrieb sie so anschaulich, dass Pyro sich ein Bild davon machen konnte, ohne sie selbst zu sehen. Als er und Bowie zum ersten Mal gemeinsam zum Wasser gingen, hielten sie sich an den Händen, während die sanften Wellen an ihren Füßen plätscherten.

Bowie sah in ihrem rosa-schwarzen Badeanzug bezaubernd aus. Er hatte Schleifen an den Schultern, war aber ansonsten ohne Verzierungen. Penny band ihr die Haare zurück, damit sie ihr nicht ins Gesicht fielen, und cremte ihre Arme und Beine großzügig mit Sonnencreme ein. Die Sonne schien und es war warm, aber nicht heiß, was für einen perfekten Strandtag sorgte.

Sie hatten drei Stühle aufgestellt, die Pyro an diesem Morgen im Laden gekauft hatte, und einen großen Sonnenschirm. Sie hatten Eimer und Schaufeln dabei, eine Kühlbox

HILFE FÜR PENNY

mit Essen und Getränken und jede Menge Handtücher. Es fühlte sich an, als hätten sie für zwölf Personen gepackt statt für drei, aber Pyro wollte, dass ihr erster Strandbesuch perfekt wurde.

Er hätte sich fast die Zunge abgebissen, als Penny endlich ihren Überwurf auszog, um Bowie ins Wasser zu bringen. Er musste eine Weile in seinem Strandstuhl sitzen bleiben, denn wenn er mit seinem steifen Schwanz aufgestanden wäre, hätte das sicherlich zu einer Anzeige wegen Exhibitionismus geführt.

Der Badeanzug war schwarz und schlicht, aber er schmiegte sich an jede von Pennys Kurven. Sie war schlank, aber nicht dünn. Ihre Brüste waren vermutlich ein C-Körbchen, und als er ihren Hintern in dem Badeanzug sah, juckte es Pyro in den Händen, ihn zu kneten. Ihre Oberschenkel waren für ihren zierlichen Körperbau dick, und er konnte nicht anders, als sich vorzustellen, wie sie sich um ihn schlingen würden, wenn er zum ersten Mal in ihren Körper eindrang.

Ja, er hatte mindestens dreißig Minuten gebraucht, um sich zu beruhigen, während er Bowie und Penny beim Spielen im Wasser zusah. Zu sehen, wie viel Spaß sie hatten, brachte ihn zum Lächeln. Er nahm an, dass sie wahrscheinlich nicht oft die Gelegenheit hatten, sich so gehen zu lassen wie jetzt. Sie lachten und spritzten sich gegenseitig nass, als hätten sie keine Sorgen auf der Welt.

Als er wieder aufstehen konnte, ohne dass sein Schwanz ihm den Weg wies, schloss er sich Bowie an, um ihre Mutter nass zu spritzen. Dann drängte er Penny, eine Pause zu machen, während er mit Bowies Schwimmunterricht begann.

Und er hatte recht gehabt. Das Mädchen nahm das Wasser an, als sei sie halb Fisch. Das Vertrauen, das sie ihm entgegenbrachte, als er sie auf den Rücken legte, eine Hand zwischen ihre Schulterblätter legte und ihr sagte, sie solle sich entspannen, war beeindruckend. Sie mochte den Geschmack des Salzwassers nicht, aber das überraschte ihn nicht. Er mochte ihn auch nicht, obwohl er sich im Laufe der Jahre daran gewöhnt hatte.

Als sie aus dem Meer kamen, konnte Bowie schon wie eine Weltmeisterin treiben. Sie war noch nicht besonders gut darin, sich selbst durch das Wasser zu bewegen, aber das würde mit der Zeit kommen. Der erste Schritt war das Treibenlassen, und er achtete darauf, sie ständig zu loben.

Der Nachmittag war lang, gemächlich und wunderbar gewesen. Als er sah, dass Bowie und Penny Mühe hatten, die Augen offen zu halten, während sie auf ihren Stühlen saßen, beschloss er, dass es Zeit war, Feierabend zu machen. Sie packten alles zusammen und gingen zu seinem Wagen. Auf dem Weg zu seiner Wohnung hielten sie an, um etwas zu essen zu besorgen – für Bowie natürlich Chicken Nuggets –, und nahmen die frühe Mahlzeit im Wagen ein.

Als sie in seiner Wohnung eintrafen, brachte Penny Bowie ins Badezimmer, um zu duschen und sich umzuziehen. Beide kamen mit sonnengebräunten Wangen und nassen Haaren wieder heraus. Es war bezaubernd, wie ähnlich sie sich in diesem Moment sahen. Pyro bat sie, es sich bequem zu machen, während er selbst duschte. Er trödelte jedoch nicht, da er jeden Moment mit seinen Mädchen verbringen wollte.

Sie spielten stundenlang *Vier gewinnt* und *Uno* – Spiele, die Pyro letzte Woche gekauft hatte und die für Blinde angepasst worden waren. Er hatte Popcorn zum Knabbern gemacht, und zum ersten Mal überhaupt war seine Wohnung von Gelächter erfüllt.

Danach setzte Bowie sich zwischen ihn und Penny auf die Couch, und sie lasen ihr abwechselnd vor. Gegen acht Uhr fielen dem kleinen Mädchen die Augen zu, und es war offensichtlich, dass sie gegen den Schlaf ankämpfte.

»Zeit fürs Bett«, sagte Penny leise.

»Ich bin nicht müde«, beharrte Bowie, bevor sie gähnte.

»Sicher. Ab ins Bett, meine Liebe.«

»Ich will nichts verpassen«, jammerte sie.

»Es wird nichts Interessantes passieren«, beruhigte Pyro sie. »Wir schauen uns die langweiligen Nachrichten an und gehen dann ins Bett. Morgen früh machen wir Pfannkuchen oder Waffeln und spielen noch einmal *Vier gewinnt*. Ich bin immer noch der Meinung, dass du irgendwie geschummelt hast, denn es ist unmöglich, dass ich sechs Spiele hintereinander verloren habe!«

Bowie kicherte. Dann streckte sie Pyro die Arme entgegen. »Trägst du mich?«

Unfassbar gerührt sah Pyro Penny an, um ihre Erlaubnis einzuholen. Sie lächelte ihn an und nickte. Er hob Bowie hoch, als sei sie aus Glas, und nichts hatte sich jemals richtiger angefühlt, als sie ihren Kopf an seine Schulter lehnte, während er sie in ihr Zimmer trug.

Er legte sie auf das Bett und deckte sie zu. »So, jetzt bist du schön warm eingepackt«, sagte er zu ihr.

»Kylo-Pyro?«

»Ja, Bowie-Bär?«

»Heute war der beste Tag aller Zeiten. Danke, dass du mir das Schwimmen beigebracht hast. Und dass du Mommy und mich mit an den Strand genommen hast. Und für unsere Badeanzüge. Und für mein Bett. Und dafür, dass du mir vorgelesen und mir das *Uno*-Spiel mit Brailleschrift besorgt hast, damit ich spielen kann, ohne dass mir jemand sagen muss, was auf meinen Karten steht. Und dafür, dass du mich alle Runden *Vier gewinnt* hast gewinnen lassen.«

Pyro war nicht sonderlich überrascht, dass sie gemerkt hatte, dass er absichtlich die Spiele verloren hatte, damit sie gewinnen konnte. Sie war zu schlau für seine Tricks. »Danke, dass du mir vertraut hast, dir mit dem Schwimmen zu helfen. Und dafür, dass du das beste kleine Mädchen der Welt bist.«

»Ich hab dich lieb.«

»Ich hab dich auch lieb, mein süßes Mädchen. Jetzt schlaf ein bisschen. Der Tag war lang und anstrengend.«

»Ja«, stimmte Bowie zu, bevor sie sich auf die Seite drehte und die Augen schloss.

Pyro beobachtete sie ein paar Minuten lang beim Schlafen, bevor er ihr Zimmer verließ und die Tür hinter sich schloss.

Er ging zurück ins Wohnzimmer und sah, dass Penny die benutzten Gläser in die Küche gebracht, die Spiele weggeräumt und die Decken, die sie benutzt hatten, zusammengefaltet hatte.

Jetzt stand sie neben der Couch und sah ... unsicher aus.

»Was ist los?«, fragte Pyro und sah sich sofort nach einer Bedrohung um. Nach dem, was dafür sorgte, dass sie von entspannt und schläfrig zu nervös und unruhig gewechselt hatte.

»Nichts«, antwortete sie. Dann straffte sie die Schultern und ging mit entschlossenem Blick auf ihn zu.

Bevor er herausfinden konnte, was los war, trat sie in seinen persönlichen Raum, legte ihre Arme um seine Schultern und küsste ihn.

Pyro reagierte instinktiv, zog sie mit einem Arm um ihre Taille an sich und neigte den Kopf, um den Kuss zu vertiefen. Als sie schließlich Luft holten, atmeten sie beide schwer und schnell.

»Penny?«

»Du, Pyro, bist tödlich, im besten Sinne des Wortes. Ich war nicht darauf vorbereitet, wie heiß du in einer Badehose aussehen würdest. Ich wollte mich direkt am Strand auf dich stürzen, aber ich wollte auch nicht verhaftet werden. Danke, dass du so toll zu meiner Tochter bist. Zu uns beiden. Ich will dich. Aber ich verstehe, wenn du noch nicht bereit für mehr bist, vor allem da Bowie und ich ein Gesamtpaket sind.«

Als Reaktion darauf legte Pyro seine Hände auf Pennys Hintern und hob sie hoch. Sie stieß einen leisen, überraschten Schrei aus und schlang dann schnell ihre Beine um ihn.

Er drehte sich um und ging in sein Schlafzimmer, wo er sanft die Tür hinter sich zuschlug.

HILFE FÜR PENNY

Er kniete sich auf das Bett und legte Penny auf den Rücken in die Mitte. »Ich schlafe trotzdem auf der Couch, wenn du das willst«, zwang er sich zu sagen. Es würde ihn vielleicht umbringen wegzugehen, aber er würde es tun. Ohne ein Wort der Beschwerde.

Sie legte eine Hand an seinen Nacken und streichelte mit den Fingern die empfindliche Haut dort. »Nein. Hast du den Teil verpasst, in dem ich gesagt habe, dass ich dich will?«, fragte sie und klang dabei ein wenig schüchtern, obwohl ihre Beine um ihn gewickelt waren, ihre Hände ihm Gänsehaut bereiteten und ihre Augen ihm signalisierten, dass sie Sex wollte.

»Nein, das habe ich nicht.« Er drückte seine Hüften nach unten und ließ sie seinen steinharten Schwanz an ihrem Bauch spüren. »Aber ich möchte, dass du dir sicher bist. Denn wenn wir das einmal tun, wenn wir uns lieben, gibt es kein Zurück mehr. Ich werde dich wenn möglich jede verdammte Nacht in meinem oder auch in deinem Bett haben wollen.«

Sie leckte sich die Lippen und nickte.

»Sag es, Penny. Sei dir sicher.«

»Ich bin mir mehr als sicher. Du bist nicht John, und ich bin nicht mehr Anfang zwanzig. Du würdest niemals etwas tun, was Bowie oder mich verletzen oder gefährden könnte. Das weiß ich tief in meinem Innersten.«

»Verdammt richtig.«

»Mach Liebe mit mir, Kylo.«

»Mit Vergnügen.« Pyros Haut bebte vor Vorfreude. Sein Schwanz tropfte bereits vor Lust. Aber er würde nichts überstürzen. Nicht bei ihrem ersten Mal. Später würde es noch Quickies geben, dessen war er sich sicher. Aber er wollte, dass Penny genauso überwältigt von Gefühlen war wie er.

Als er ein Night Stalker geworden war, hatte er zum ersten Mal in seinem Leben das Gefühl gehabt, irgendwo dazuzugehören. Und jetzt hatte er dieses Gefühl wieder. Aber es war anders.

Er hatte endlich eine Familie.

Seine Teamkameraden waren auch Familie, aber nicht wie Penny und Bowie. Sie gehörten zu ihm, genauso wie er zu ihnen gehörte. Für ein Pflegekind, das nie etwas Besonderes gehabt hatte, das ihm und nur ihm gehörte, war das eine berauschende Erkenntnis.

»Nun? Willst du dich bewegen oder nur da hocken und mich anstarren?«, fragte Penny kühn. Aber er konnte immer noch die Nervosität in ihrer Stimme hören. Das war inakzeptabel. Wenn sie mit ihm zusammen war, sollte sie nichts als Freude und Zufriedenheit empfinden und niemals Unsicherheit darüber, ob er sie wollte oder nicht.

»Ich genieße den Moment«, sagte er leise. »Ich kann kaum glauben, dass du hier bist. Dass alles, was ich mir jemals gewünscht habe, wahr wird.«

»Pyro«, flüsterte sie.

»Du wirst es nicht bereuen. Das werde ich nicht zulassen. Ich werde der Mann sein, den du und deine Tochter braucht. Ich werde für dich kämpfen, dich beschützen und dich so behandeln, wie du immer hättest behandelt werden sollen. Von deinen Eltern, deinen Pflegeeltern, deinem Mann und allen, die du nach seinem Tod kennengelernt hast. Du bist nicht mehr allein, Penny. Du hast mich, mein Team, unsere Freunde.«

Tränen traten ihr in die Augen, und obwohl er wusste, dass es Tränen der Freude waren, hasste er es dennoch, sie zu sehen.

Pyro senkte den Kopf und küsste sie. Es begann liebevoll und zärtlich, wurde aber schnell leidenschaftlich. Er brauchte sie. *Jetzt.*

KAPITEL ZWÖLF

Penny konnte nicht glauben, dass sie so mutig gewesen war. Aber so viel Spaß der Tag auch gemacht hatte, er war auch eine Qual gewesen. In dem Moment, in dem Pyro sein T-Shirt und seine Hose auszog und nur mit einer Badehose bekleidet vor ihr stand, hätte sie schwören können, dass sie einen kleinen Orgasmus hatte. Der Mann war *umwerfend*.
U. M. W. E. R. F. E. N. D.
Und erstaunlicherweise schien er keine Ahnung zu haben, wie schön er war. Er war bescheiden und witzig und verbrachte den größten Teil des Tages am Strand damit, Bowie zu unterhalten und auf sie aufzupassen. Ihn mit ihr im Wasser zu sehen, wie er äußerst geduldig war und ihr beibrachte, wie man sich auf dem Wasser treiben ließ, war wie ein Traum. Welche alleinerziehende Mutter würde sich *nicht* wünschen, dass ihr Freund so nett zu ihrem Kind war?

Und als er aus dem Meer kam, tropfnass und wie ein verdammtes Model?

Ja, ihre Eierstöcke wären fast explodiert.

Aber Pyro war mehr als nur sein Aussehen. Er war intelligent, intuitiv und äußerst beschützend gegenüber ihr und

Bowie. Er gab sich alle Mühe, ihrer Tochter zu beschreiben, was er sah, und zwar auf eine Weise, die die Welt für das Mädchen lebendig werden ließ.

Und als er wegen einer Möwe, die Bowie verfolgte, fast ausrastete, konnte Penny nur lachen.

Sie und ihre Tochter hatten Glück, diesen Mann in ihrem Leben zu haben. Sie war sich immer noch nicht sicher, wie es dazu gekommen war. Warum er beschlossen hatte, *ihnen* zu helfen, obwohl es so viele Menschen gab, die nach der Evakuierung alles verloren hatten.

Ja, es war unglaublich freundlich von ihm gewesen, sie im Teamraum auf dem Schiff unterbringen zu lassen. Genauso wie dafür zu sorgen, dass sie genug zu essen hatten und zusätzliche Kleidung bekamen. Aber was Penny am meisten schätzte, waren die Menschen, die er ihr vorgestellt hatte, die neuen Freunde, die sie dank Pyro gewonnen hatte. Es war eine neue Erfahrung für sie, so akzeptiert zu werden, wie sie war, und Penny hatte immer noch Schwierigkeiten zu begreifen, wie sehr sich ihr Leben und das von Bowie so schnell verändert hatten.

Sie war den ganzen Tag über voller Erregung gewesen. Und als Pyro die Braille-Uno-Karten herausgeholt hatte? *Erledigt.* Sie wäre fast in ihrem Stuhl zerflossen. Sie konnte nur noch so tun, als sei alles in Ordnung, als würde sie sich nicht während des gesamten Spiels winden und verzweifelt nach Erleichterung suchen.

Das war ungewöhnlich für sie, denn sie war nie besonders sexuell gewesen. Mit John zusammen zu sein war manchmal okay, aber nie weltbewegend. Und da er sich selten um ihr Vergnügen kümmerte, hatte sie einfach angenommen, dass es so war ... dass Sex hauptsächlich für Männer war. Natürlich hatte sie viel masturbiert. Aber die Zeit mit Pyro half ihr zu verstehen, dass sexuelle Lust für beide Seiten möglich war. Und sie hatte noch nicht einmal mit ihm geschlafen.

Das war etwas, das sie unbedingt ändern wollte.

HILFE FÜR PENNY

Zum Glück war Bowie von ihrem Tag erschöpft. Vom Spielen im Sand, vom Schwimmenlernen, vom Herumrennen, vom Sonnenbaden und vom Aufbleiben und Spielen von Spielen, die ihr Gehirn trainierten. Sie war völlig erschöpft, und ihre Tochter schlief tief und fest.

Also hatte sie trotz ihrer Nervosität, sobald Pyro wieder ins Wohnzimmer gekommen war, ihren Zug gemacht. Sie war sich ziemlich sicher, dass er ihr Angebot, ihre Beziehung auf die nächste Stufe zu heben, nicht ablehnen würde. Er war ein körperlicher Mann, der sie ständig berührte – eine Hand an ihrem Rücken, er strich ihr das Haar hinters Ohr, hielt sie fest, wenn sie sich küssten –, und sie konnte es kaum erwarten, seine ungeteilte Aufmerksamkeit im Bett zu haben. Sie wusste einfach, dass er ihre bisherigen Erfahrungen in den Schatten stellen würde.

Und er war sofort auf derselben Wellenlänge. Sie hätte schwören können, dass sie einen kleinen Orgasmus hatte, als er sie hochhob, als würde sie fast nichts wiegen, und sie in sein Schlafzimmer trug. Es entging ihr nicht, dass er Bowie immer noch beschützte, als er die Tür fest schloss, damit sie sie nicht hören würde.

Sie wollte ihm ohne Worte zeigen, was sie für ihn empfand. Denn Worte machten ihr Angst. Sobald sie ausgesprochen waren, konnten sie nicht mehr zurückgenommen werden. Sie hatte Pflegeeltern gehabt, die ihr gesagt hatten, dass sie sie liebten – und sie dann im nächsten Monat aus dem einen oder anderen Grund wieder an den Staat zurückgaben. Deshalb war Penny immer skeptisch gegenüber dem Wort »Liebe« gewesen, bis sie Bowie bekam. Dann verstand sie, was es wirklich bedeutete.

Sie dachte, sie hätte John geliebt, aber ihre guten Gefühle für ihn begannen zu verblassen, je gleichgültiger er gegenüber ihrer Ehe wurde ... und verschwanden vollständig, als er ihr und ihrer Tochter gegenüber gewalttätig wurde.

Aber wenn sie jemals wieder einen Mann lieben könnte,

dann wäre es dieser. Pyro hatte immer wieder bewiesen, dass er ein guter Mann war. Und sie sehnte sich verzweifelt nach ihm. Sie wollte sich ihm so nahe wie möglich fühlen.

Und als er ihr in die Augen sah und sagte: »Du wirst es nicht bereuen. Das werde ich nicht zulassen. Ich werde der Mann sein, den du und deine Tochter braucht. Ich werde für dich kämpfen, dich beschützen und dich so behandeln, wie du immer hättest behandelt werden sollen. Von deinen Eltern, deinen Pflegeeltern, deinem Ehemann und allen, die du nach seinem Tod kennengelernt hast. Du bist nicht mehr allein, Penny. Du hast mich, mein Team, unsere Freunde«, war sie verloren.

Dieser Mann hielt ihr Herz in seinen Händen, und sie hatte es ihm gern übergeben. Als Pflegekind hatte sie nie wirklich wahre Freude erlebt. Aber jetzt? Sie dachte, sie würde vor Glück platzen.

Er senkte den Kopf und küsste sie, und Penny hielt sich nicht zurück. Sie legte all ihre Liebe für diesen Mann in ihren Kuss, und die Dinge eskalierten schnell.

Pyro ließ seine Hände zum Saum ihres T-Shirts wandern, und sie half ihm, es auszuziehen, indem sie ihren Oberkörper anhob. Er griff unter sie, um ihren BH zu öffnen, und ehe sie sichs versah, lag sie mit nacktem Oberkörper unter ihm.

Er zögerte nicht, sein eigenes Hemd auszuziehen, gab ihr jedoch keine Zeit, seine muskulöse und leicht behaarte Brust zu bewundern, bevor er sich vorbeugte und ohne Vorwarnung eine ihrer Brustwarzen in den Mund nahm.

Penny stieß einen überraschten Laut aus und krümmte sich ihm entgegen. Ein elektrischer Schock schoss von ihrer Brustwarze direkt zwischen ihre Beine, und sie bewegte sich unruhig. Als Reaktion darauf legte Pyro mehr Gewicht auf sie und hielt sie fest, während er ihre Brüste genoss. Zuerst die eine Brustwarze, dann die andere, wobei er mit seinen Fingern mit der spielte, die gerade nicht in seinem Mund war.

Sie war nie besonders beeindruckt von ihren Brüsten gewesen. Sie waren okay, nicht zu groß und nicht zu klein. Ein durchschnittliches C-Körbchen. Aber Pyro gab ihr mit seiner intensiven Konzentration, mit der er jeden Zentimeter ihrer Brust erkundete, das Gefühl, ein Supermodel zu sein. Mit diesem Mann dachte sie keine Sekunde lang an ihre Dehnungsstreifen. Oder an ihren Bauch, den sie einfach nicht loswerden konnte. Oder daran, dass eine Brust etwas kleiner war als die andere.

Sie konnte nur unter ihm liegen und ... fühlen.

Sein Schwanz war hart gegen sie gedrückt, und plötzlich reichte ihr sein Mund an ihren Brustwarzen nicht mehr. Sie wollte mehr. Sie wollte ihn sehen. Ihn ganz. Sehen, was er den ganzen Tag unter seiner Badehose versteckt hatte. Sie wollte ihn berühren, ihm das gleiche Gefühl des Kontrollverlusts geben, das sie gerade empfand.

»Pyro«, sagte sie mit heiserer Stimme. Sie räusperte sich und versuchte es erneut. »Pyro, mehr. Ich will mehr.«

Er hob den Kopf, leckte sich die Lippen, während er sie anstarrte, und nickte dann, als hätte er eine Entscheidung getroffen. Er kniete sich hin und griff nach dem Knopf ihrer Jeans. Penny hob ihren Hintern, um ihm zu helfen, und er zog ihr die Jeans über die Beine und warf sie neben das Bett. Jetzt trug sie nur noch die schlichte weiße Unterwäsche, die sie nach dem Duschen angezogen hatte.

Sie wünschte sich, sie hätte etwas Heißeres als die schlichten Baumwollunterhosen, die sie in einem Großmarkt gekauft hatte. Aber der Ausdruck auf Pyros Gesicht ließ sie vermuten, dass es ihm egal war, was sie trug, dass er sich mehr dafür interessierte, was sich unter dem Stück Stoff befand.

»Die ist so sexy«, sagte er mit tiefer, rauer Stimme. »Weiße Unterwäsche auf deiner Haut, und ich kann einen feuchten Fleck sehen. Verdammt, du hast ja keine Ahnung, was das mit mir macht.«

»Ich habe eine gewisse Vorstellung«, sagte Penny mit einem Lächeln, griff nach unten und versuchte, ihm die Hose auszuziehen. Sie konnte seine Erektion hinter dem Stoff sehen. »Einer von uns trägt zu viel Kleidung.«

Aber anstatt sich auszuziehen, beugte Pyro sich vor, streckte seinen Hintern in die Höhe und leckte zwischen ihren Beinen über den Stoff ihrer Unterhose.

Penny zuckte zusammen. Seine Zunge fühlte sich unglaublich an, aber sie wollte – nein, sie *brauchte* es, dass er sie ohne jede Barriere zwischen ihnen berührte.

Er gab ihr, was sie wollte, aber nicht so, wie sie es sich vorgestellt hatte. Anstatt ihr die Unterhose auszuziehen, zog er einfach den Zwickel zur Seite und starrte sie einen langen Moment an.

»Pyro?«, fragte sie, als sie sich auf ihre Ellbogen stützte, um auf ihn herabzuschauen.

Sein Blick war auf ihren Schritt geheftet. Er sagte nichts, sodass Penny sich fragte, ob sie an diesem Morgen beim Duschen mit dem Rasierer vielleicht etwas rücksichtsloser hätte sein sollen. Dann sah er zu ihr auf, während er den Kopf senkte. Er leckte sie, seine Zunge glitt zwischen ihren Schamlippen hinauf, sodass sie sofort die Beine spreizte und ihn dazu drängte weiterzumachen.

John mochte Oralsex nie, weder geben noch empfangen, und meistens hatten sie Sex in der Missionarsstellung und waren nach wenigen Minuten fertig gewesen, sobald er gekommen war. Das hier war also ein seltenes und wunderbares Vergnügen.

Alle Gedanken an ihren ehemaligen Ehemann verschwanden augenblicklich, als Pyro die Augen schloss und stöhnte. Dann ließ er sich abrupt auf den Bauch fallen und drückte ihre Beine noch weiter auseinander. Mit einer Hand hielt er den Zwickel ihres Slips zur Seite und mit der anderen spreizte er ihre Schamlippen. Dann begann er, sie zu lecken, als hätte er seit Tagen nichts gegessen und sie sei seine einzige Rettung.

Penny sank auf die Matratze und versuchte zu atmen,

während Pyro sich an ihr gütlich tat. Er leckte jeden Tropfen ihrer Lust auf ihn auf, und er benutzte seine Lippen zum Saugen und seine Zähne zum sanften Knabbern. Alle von Pennys Sinnen waren in höchster Alarmbereitschaft, und ihr gesamter Schritt fühlte sich empfindlich an.

Sie war so erregt, so bereit, nachdem sie ihn den ganzen Tag beobachtet hatte, dass sie explodierte, als er zum ersten Mal seine Lippen um ihre Klitoris schloss und daran saugte.

Ihre Hüften schossen nach oben und sie stieß einen peinlichen kleinen Schrei aus, als die Lust fast alle ihre Gehirnzellen kurzschloss. Ihre Muschi triefte mit ihren Säften, während sie ihre Hüften bewegte, mehr wollte und brauchte.

Sie spürte, wie Pyro sich über sie beugte und ihr praktisch ihre Unterhose von den Beinen riss. Sie hing an einem Knöchel, als er seine Hose aufknöpfte. Sie zitterte noch ein wenig von ihrem Orgasmus, als sie die Spitze seines Schwanzes zwischen ihren Schenkeln spürte.

Sie blinzelte, sah nach unten und bemerkte, dass Pyro irgendwann ein Kondom übergezogen hatte. Er sah fast wütend aus, als er auf die Stelle starrte, an der ihre Körper beinahe miteinander verschmolzen waren.

Aber Penny glaubte nicht, dass er wütend war, sondern nur intensiv und fast überwältigend erregt. Denn so fühlte sie sich auch. Sie war mehr als bereit, von ihm ausgefüllt zu werden. So bereit.

»Ja«, flüsterte sie und hob ihre Hüften in dem Versuch, ihn in sich aufzunehmen.

Pyros Blick traf ihren. Er atmete schwer, eine Röte zog sich über seine Brust und ein Muskel in seinem Kiefer spannte sich an, während er um Geduld rang.

Sie liebte es, dass sie ihn dazu bringen konnte, die Kontrolle zu verlieren, die er immer zu haben schien. Auf die er so stolz war. Die er brauchte, um ein Elite-Hubschrauberpilot zu sein.

»Lass los, Kylo. Ich habe dich«, sagte sie.

Das war alles, was nötig war. Mit einem Stoß versank er in ihr.

Beide stöhnten – und Penny kam sofort wieder zum Orgasmus. Er füllte sie vollständig aus. Sie konnte nicht sagen, wo er aufhörte und sie anfing.

Aber selbst ein zweiter Orgasmus war nicht genug. Sie brauchte mehr. Ihre Hüften bewegten sich, als sie versuchte, ihn dazu zu bringen, sich zu bewegen, doch Pyro rührte sich nicht. Er war wie erstarrt, seine Augen fest geschlossen, und er fühlte sich wie ein Stück Granit über ihr an.

Pennys Herz schlug heftig in ihrer Brust, und sie konnte Pyros Puls an seinem Hals sehen. Anstatt ihn zu bitten, sich zu bewegen, oder zu fragen, ob es ihm gut ging, drehte sie den Kopf und küsste seinen Unterarm, der neben ihrem Kopf lag.

Bei dieser Berührung öffnete er plötzlich die Augen und starrte sie an, als sähe er sie zum ersten Mal. Als sei er weit weg gewesen und ihr Kuss hätte ihn zurückgebracht.

Er leckte sich die Lippen, sagte aber nichts. Er bewegte sich nicht. Er musterte sie nur mit einem Blick, den sie nicht deuten konnte.

Pyro konnte sich nicht bewegen. Er konnte nichts tun, außer zu *fühlen*. Seine Hose hing ihm kaum noch über dem Hintern und das Gummiband seiner Unterhose schnitt ihm in die Hüften, da er keine Zeit gehabt hatte, sie ganz auszuziehen, bevor er in diese Frau eindringen musste.

Als sie beim ersten Saugen an ihrer Klitoris zum Orgasmus gekommen war und sich gegen ihn drückte, um mehr zu bekommen, waren alle Gedanken daran, es langsam anzugehen, aus seinem Kopf verschwunden. Sein einziger Gedanke war, ihr zu geben, was sie brauchte. Zum Glück hatte er an das Kondom gedacht, denn er hätte sich lieber ein Messer ins Herz gestoßen, als Penny in Gefahr zu bringen. Er hatte keine Geschlechtskrankheiten und war sich ziemlich sicher, dass sie seit langer Zeit mit niemandem mehr zusammen gewesen war, aber er hatte keine Ahnung, ob sie verhütete, und er wollte auf keinen Fall riskieren, sie zu schwängern, bevor sie sich ausführlich über ihre Zukunft und Kinder unterhalten hatten.

Dann hatte sie ihm gesagt, er solle loslassen – und er hatte jede Kontrolle verloren, die er vorgab noch zu besitzen.

Er drang, ohne nachzudenken, in sie ein, und sein Gehirn schaltete sofort ab. Ihr Körper umschloss ihn so fest, dass ihm schwindelig wurde. Es war offensichtlich, dass sie wieder einen Orgasmus hatte, sobald er in sie eindrang, und er hatte noch nie so etwas empfunden.

Ihr Körper war wie für ihn geschaffen, genauso wie seiner für sie.

Er schloss die Augen, prägte sich das Gefühl ihrer Muschi ein, die sich um seinen Schwanz zusammenzog, und gab sein Bestes, um nicht vorzeitig zu kommen. Er wollte, dass es anhielt. Er wollte Penny das Gefühl geben, etwas Besonderes zu sein. Und wenn er in ihr kam, sobald er in sie eindrang, würde das nicht funktionieren. Nicht im Geringsten.

Erst als er eine flüsterleise Liebkosung auf seinem Arm spürte, öffnete er wieder die Augen. Sie hatte ihn geküsst. Sanft. Zärtlich. Liebevoll. Er hatte sie genommen, ohne auch nur seine Hose auszuziehen, und sie sah ihn an, als hätte er die Sterne zum Funkeln gebracht.

Er wollte ihr sagen, dass er sie liebte. Dass er noch nie so empfunden hatte wie in diesem Moment. Dass es ihm leidtat, dass ihr erstes Mal nicht länger anhielt. Aber er brachte kein Wort heraus, weil seine Kehle zugeschnürt war.

Pyro leckte sich die Lippen und schmeckte ihre Essenz darauf, und das ließ seinen Schwanz tief in ihrem Körper zucken.

Er starrte Penny in die Augen und begann, sich zu bewegen. Er zog sich fast ganz zurück, sodass nur noch die Spitze seines

Schwanzes in ihrem Körper steckte, und glitt dann wieder hinein.

Sie stöhnte, und als er es das nächste Mal tat, hob sie ihre Hüften, um ihm entgegenzukommen.

»Ich bin nicht aus Glas, Pyro«, sagte sie mit einem Grinsen.

Nein. Sie war eine Frau aus Fleisch und Blut. *Seine* Frau. Und was auch immer sie wollte und brauchte, er würde sich verbiegen, um es ihr zu geben.

Sie wollte es härter und schneller? Das würde sie bekommen.

Pyro stieß in ihren Körper, und jedes Mal, wenn er ganz in ihr war, keuchte sie vor Lust. Sie war klatschnass, sodass er mühelos in sie gleiten konnte. Als Pyro nach unten sah, bemerkte er, dass ihre Brustwarzen hart waren und ihre Brüste bei jedem seiner Stöße wippten. Ihre Hände hatten sich zu seinen Seiten bewegt, und er konnte spüren, wie sich ihre Fingernägel in seine Haut gruben.

Alle seine Sinne waren voll und ganz auf diese Frau konzentriert. Er konnte ihre Erregung riechen, das Rosa in ihren Wangen sehen und die Art, wie sie sich auf die Lippe biss, während sie zu ihm aufblickte, ihre Fingernägel in seinem Fleisch spüren, die Lust in dem entzückenden kleinen Stöhnen hören, das sie von sich gab. Und natürlich schmeckte er sie auf seinen Lippen.

Dies war mehr als Sex. Es war eine lebensverändernde Erfahrung. Er würde nie mehr derselbe sein. Er wollte nicht mehr zu dem Menschen zurückkehren, der er gewesen war, bevor Penny und Bowie in sein Leben getreten waren.

Seine Hoden verkrampften sich, und er wäre fast sofort gekommen. Aber er wollte nicht, dass es endete. Er wollte diese Frau ficken, bis sie beide zu erschöpft waren, um weiterzumachen. Als er das nächste Mal herausglitt, packte er den Ansatz seines Schwanzes und drückte fest zu. So verhinderte er gerade noch rechtzeitig, dass er kam.

»Pyro?«, fragte Penny verwirrt darüber, was er da tat.

Und genau in diesem Moment fand er seine Stimme wieder. Er wusste, dass er seiner Frau Sicherheit geben musste.

»Ich möchte, dass es länger dauert«, erklärte er.

»Oh. Oh!«, sagte sie und ihre Augen wurden groß.

»Ich möchte spüren, wie du wieder an meinem Schwanz kommst. Dann möchte ich jeden Tropfen zwischen deinen Beinen ablecken. Dann möchte ich, dass du mich reitest und mich nimmst, wie es sich für dich gut anfühlt. Und wenn du noch einmal zum Orgasmus kommst, werde ich mir meine Befriedigung holen.«

»Kylo«, flüsterte sie.

Pyro liebte es, dass sie seinen richtigen Namen nur dann aussprach, wenn sie von Emotionen überwältigt war. Er liebte den Klang aus ihrem Mund, sanft und liebevoll.

Er drang so tief wie möglich in sie ein und setzte sich dann auf seine Fersen. Dabei zog er ihren Unterkörper auf seine Oberschenkel, bis sie mit geöffneten Beinen um ihn herum auf ihrem oberen Rücken lag. Er hatte einen klaren Blick auf seinen Schwanz in ihr und ihre Schamhaare waren miteinander verschmolzen.

Sofort hob er seine Hand und begann, ihre Klitoris zu massieren.

»Pyro!«, rief sie aus und zuckte in seinem Griff. Aber er ließ nicht los. Er würde alles tun, was er ihr versprochen hatte. Er musste spüren, wie sie wieder um ihn herum kam. Es war ein Zwang.

Er war unerbittlich und liebte jede Welle ihrer inneren Muskeln um seinen Schwanz herum. Er konnte jedes Zucken, jedes Zusammenziehen ihres Hinterns spüren, als ihr Orgasmus erneut anstieg.

»Genau so«, murmelte er, legte seine freie Hand auf eine ihrer Brustwarzen und drückte sie fest.

Der leichte Schmerz, zusammen mit der Stimulation ihrer Klitoris, brachte sie erneut zum Höhepunkt. Und es war genauso herrlich wie die ersten beiden Male. Pyro hatte das

Gefühl, als würde sein Schwanz in ihrem Körper massiert werden.

Während sie noch zitterte, zog Pyro sich aus ihr zurück, was viel schwieriger war, als er gedacht hatte, und rutschte zurück, bevor er seinen Mund über ihre Muschi legte. Sie schmeckte moschusartig und würzig, und er konnte nicht genug davon bekommen. Er ließ seine Zunge durch ihre Schamlippen gleiten und drang mit ihr in ihren Körper ein. Penny keuchte und lag fast schlaff auf dem Bett. Pyro legte seine Hände unter ihren Hintern und hob sie hoch, während er sie leckte. Er leckte und schlürfte fast obszön und gab sein Bestes, um jeden Tropfen Flüssigkeit zu bekommen, den er konnte.

Als sie jedes Mal zu zucken begann, wenn seine Zunge ihre Klitoris berührte, lächelte er. Seine Frau war multiorgastisch, und er liebte es verdammt noch mal. Er richtete sich auf die Knie auf, leckte sich die Lippen und genoss es, dass ihre Säfte überall auf seinem Bart waren und er noch eine ganze Weile nach ihr riechen würde. Er schob seine Hose und Unterhose über seine Beine, verlagerte sein Gewicht auf eine Hüfte, um sie auszuziehen, und nahm sich dann die Zeit, Pennys Höschen von ihrem Knöchel zu entfernen.

Sobald sie beide völlig nackt waren, legte er sich auf die Seite und rollte sie dann herum, bis sie auf ihm lag und er auf dem Rücken.

Sein Schwanz war immer noch steinhart und pochte. Pyro hätte alles dafür gegeben, das Kondom runterzureißen, aber das würde er nicht tun. Nicht heute Abend. »Du bist dran, Pen. Du hast das Sagen.«

Sie schnaubte. »Ja, klar. Ich glaube nicht, dass ich hier jemals das Sagen hatte.«

Sie hatte nicht unrecht, aber Pyro gab sich alle Mühe, sein Lächeln zu verbergen.

Offenbar ohne Erfolg.

»Findest du das lustig?«, fragte sie, als sie sich aufsetzte, ihre Knie rechts und links von seinen Hüften.

Wenn sie rittlings auf ihm saß, war sie noch schöner. Ihre Brüste waren rosig, und Pyro konnte einen kleinen Knutschfleck neben einer der harten Brustwarzen sehen. Das hatte er gemacht. Er hatte sie markiert. Anstatt deswegen ein schlechtes Gewissen zu bekommen, pochte sein Schwanz noch stärker. Diese Frau war eine Göttin, und sie gehörte ganz ihm.

Penny richtete sich auf und nahm seinen Schwanz in die Hand. Das Gefühl ihrer warmen Handfläche um ihn herum brachte Pyro fast sofort zum Höhepunkt. Aber mit all der Selbstbeherrschung, die er im Laufe der Jahre gelernt hatte, gelang es ihm, den Orgasmus zurückzuhalten. Jedes Mal wenn er das tat, wurde sein Verlangen nach ihr noch intensiver, und er hatte das Gefühl, dass er, wenn er sich schließlich gehen ließ, den stärksten und befriedigendsten Orgasmus seines Lebens haben würde.

Sie führte die Spitze seines Schwanzes zwischen ihre Beine und ließ sich langsam auf ihn sinken. Das Gefühl, in ihr zu sein, war wie nach Hause zu kommen. Und für einen Mann, der nie wirklich ein Zuhause gehabt hatte, war das alles. Er konnte jetzt überall leben, solange diese Frau an seiner Seite war.

Sein Bauch verkrampfte sich, und er stieß einen langen Atemzug aus, als sie sich immer wieder sinken ließ. Zu sehen, wie sein Schwanz in ihrem Körper verschwand und wieder auftauchte, war so sinnlich. Sexy. Ihre Feuchtigkeit benetzte seinen Schwanz, während sie ihn ritt. Pyros Herzschlag war himmelhoch. Er war nervös, als würde er jeden Moment explodieren.

Gerade als er dachte, er könne das langsame Tempo nicht mehr aushalten, wurde Penny schneller. Ihre Haut klatschte aufeinander, als sie sich immer wieder hart auf ihn senkte, was unglaublich erotisch klang.

Aber schon bald überkam sie die Erschöpfung. Ihr Tempo ließ nach und ein Ausdruck der Frustration zeigte sich auf ihrem Gesicht.

Pyro zögerte nicht. Er nahm seine Hände, die er an seinen Seiten geballt hatte, entschlossen, ihr ihren Willen zu lassen, und legte sie auf ihre Hüften. Er hielt sie über sich fest, während er seine Bauchmuskeln einsetzte, um in einem viel schnelleren Tempo in sie zu stoßen, als sie es geschafft hatte.

»Ja, Pyro! Oh mein Gott, *ja*. Genau so. Härter!«

Pyro wollte ihre Klitoris streicheln – aber das musste er gar nicht. Zu ihrer beider Überraschung begann sie zu zittern und kam erneut zum Höhepunkt.

Es war ein schwächerer Orgasmus als zuvor, aber Pyro fühlte sich wie auf dem Gipfel der Welt, weil er wusste, dass er sie erneut zum Höhepunkt gebracht hatte.

Er hatte jedoch keine Zeit, das Gefühl zu genießen, wie sich ihr Körper um ihn zusammenzog, denn ihr Orgasmus löste auch seinen eigenen aus. Diesmal versuchte Pyro nicht, ihn zu unterdrücken. Er zog sie fest zu sich herunter, sodass er so tief wie möglich in sie eindringen konnte, und kam.

Es fühlte sich an, als hielte sein Orgasmus eine ganze Minute lang an.

Als er das Gefühl hatte, wieder atmen zu können, öffnete Pyro die Augen ... und das Erste, was er sah, war Pennys Lächeln. Sie sah mit einem Ausdruck auf ihn herab, den er, wenn er es wagen durfte, als Liebe bezeichnen würde. Wärme erfüllte sein Herz, und er verstand zum ersten Mal, was seine Teamkameraden empfanden, wenn sie mit ihren Frauen zusammen waren.

Für Penny würde er die Welt in Schutt und Asche legen. Wenn es jemand wagte, sie anzurühren. Ihr wehzutun. Sie zum Weinen zu bringen. Er würde alles tun, um ihre Sicherheit zu gewährleisten. Nur um noch einmal einen Blick wie den zu sehen, den sie ihm gerade zuwarf.

»Das war ...«, begann sie, doch ihre Stimme verstummte.

»Lebensverändernd«, beendete Pyro den Satz für sie.

»Ja.«

Er wollte sich nicht aus ihrem Körper zurückziehen. Er

wollte für den Rest seines Lebens dort bleiben. Er könnte als glücklicher Mann sterben, mit seinem Schwanz in Pennys Körper. Aber ... leider konnte er das nicht. Er musste sich um sie kümmern. Ihr fielen bereits die Augen zu. Sie hatte einen geschäftigen Tag hinter sich, viel Sonne und Anstrengungen, die sie normalerweise nicht gewohnt war. Ganz zu schweigen von den vier Orgasmen, die er ihrem Körper entlockt hatte und die sie völlig erschöpft hatten.

Pyro schob Penny zur Seite, und beide stöhnten leise, als er aus ihrem Körper glitt. Ihre Muschi sah rot und ein wenig geschwollen aus, und obwohl sein Schwanz bei diesem Anblick vor Interesse zuckte, ignorierte Pyro es. Seine Pen war für heute Abend fertig. Erfüllt. Zufrieden.

Er hatte es geschafft. Nun, sie hatten es beide geschafft. Und er war selbst auch erschöpft. Aber bevor er sich schlafen legen konnte, hatte er noch etwas zu tun.

Er entfernte das überquellende Kondom und warf es in den Müll. Dann holte er einen warmen Waschlappen und kehrte zu Penny zurück. Er reinigte sanft ihren Intimbereich und ignorierte ihr verlegenes Gemurmel, dass sie das selbst machen könne. Es war ihm eine Ehre. Es war sein Privileg, sich so um sie zu kümmern.

Pyro glättete die Bettdecke und zog sie über sie. Penny drehte sich sofort auf die Seite und atmete tief durch. Dann suchte er ihre Kleidung und legte sie in seinen Wäschekorb. Allein der Anblick ihrer Unterwäsche neben seiner versetzte ihn in einen angenehmen Schockzustand. Er hatte noch nie zuvor seine schmutzige Wäsche mit der von jemand anderem vermischt gesehen. Anstatt seltsam zu wirken, fühlte es sich richtig an.

Dann zog er sich eine Jogginghose an und verließ das Schlafzimmer, um nach Bowie zu sehen. Er öffnete langsam die Tür und sah, dass das kleine Mädchen tief und fest schlief. Sie lag auf dem Rücken, einen Arm über den Kopf geworfen. Sie atmete tief und schien vollkommen zufrieden zu sein.

Pyro überprüfte noch einmal das Schloss an der Tür, sah sich in der Wohnung um, um sich davon zu überzeugen, dass alles an seinem Platz war – nichts, worüber Bowie stolpern könnte, falls sie morgens vor ihnen aufwachte –, und ging dann zurück in sein Schlafzimmer. Diesmal schloss er die Tür nicht ganz, damit er und Penny Bowie hören konnten, falls sie sie in der Nacht brauchen sollte. Er zog seine Jogginghose aus und obwohl er am liebsten nackt ins Bett gekrochen wäre, zog er vorsichtshalber saubere Boxershorts an. Falls er mitten in der Nacht aufstehen musste, wollte er keine Zeit damit verlieren, sich anzuziehen.

Dann zog er endlich die Decke zurück und kroch zu Penny ins Bett. Er schmiegte sich an ihren weichen Körper und lächelte zufrieden, als sie ihren Hintern an seinen Schritt drückte und vor Vergnügen seufzte.

Pyro war sicherlich keine Jungfrau gewesen. Er hatte schon zuvor mit Frauen geschlafen. Aber das hier war eine Premiere. In seinen zweiunddreißig Jahren hatte er noch nie mit einer Frau geschlafen. *Geschlafen*-geschlafen. Die ganze Nacht damit verbracht, sie zu halten. Er hätte nicht gedacht, dass es so angenehm sein würde. Er war ein Mann, der seinen Freiraum mochte. Er mochte es nie wirklich, berührt zu werden, da er einfach nicht daran gewöhnt war. Aber mit Penny war er wie ein Drogenabhängiger, der seinen Fix brauchte. Er konnte nicht genug davon bekommen, ihre Haut an seiner zu spüren.

Er hoffte wirklich, dass sie nicht zu den Frauen gehörte, die keinen Hautkontakt mit ihrem Mann mochten und versuchten, sich nachts aus seiner Umarmung zu befreien. Denn er mochte das. Sehr sogar.

Pyro schlief fast sofort ein, müde von dem Tag und dem Abend, aber zufriedener als je zuvor in seinem Leben. Er hatte eine Frau, die er liebte, ein Kind, für das er sein Leben geben würde, und das Leben, das er endlich als sein Schicksal empfand. Nichts und niemand würde ihm das nehmen. Nicht wenn er es verhindern konnte.

KAPITEL DREIZEHN

»Wir müssen reden.«

Drei Worte, die niemand hören wollte. Oft waren es Frauen, die sie zu Männern sagten. Aber in diesem Fall hatte Pyro sie angerufen, diese unheilvollen Worte ausgesprochen und war gerade auf dem Weg zu ihr.

Eineinhalb Wochen waren vergangen, seit sie zum ersten Mal mit ihm geschlafen hatte, und seitdem hatten sie keine Nacht mehr getrennt voneinander verbracht.

Penny hatte noch nie zuvor so für einen Mann empfunden. Sie hatte sich noch nie so sehr danach gesehnt, ihn zu sehen, wenn er nicht bei ihr war. Sie dachte den ganzen Tag an ihn, während sie arbeitete und er auf dem Stützpunkt war. Und ihre Welt schien sich zu erhellen, wenn er am Ende des Tages zur Tür hereinkam.

Der Sex war unglaublich. Penny hatte vor Pyro nicht die geringste Ahnung gehabt, dass Sex so erfüllend sein konnte. Er hatte offenbar beschlossen, dass es sein Lebensziel war, sie beim Liebesspiel so oft wie möglich zum Orgasmus zu bringen. Es war berauschend. Der Mann war besessen davon, sie kommen zu lassen, während er tief in ihrem Körper steckte, aber sie beschwerte sich nicht. Ganz und gar nicht.

Sie hatten über Verhütung gesprochen, und sie hatte ihm erzählt, dass sie ein Implantat hatte. John hatte keine weiteren Kinder gewollt, also hatte er sie zu dieser semipermanenten Verhütungsmethode überredet. Seitdem hatte sie das Implantat alle drei Jahre routinemäßig ersetzen lassen. Das Ende der nächsten drei Jahre rückte näher, und sie und Pyro hatten vereinbart, zu diesem Zeitpunkt über Kinder zu sprechen.

Die Tatsache, dass er nichts gegen Kinder hatte, verstärkte Pennys Liebe für ihn nur. Sie war sich nicht sicher, ob sie noch ein Kind wollte, aber zu wissen, dass es nicht ausgeschlossen war, reichte ihr fürs Erste.

Und wenn sie schon Sex mit Pyro mit Kondom gut fand, dann war Sex *ohne* Kondom einfach unglaublich. Aus irgendeinem Grund liebte er es zu sehen, wie sein Sperma aus ihrem Körper floss. Sie nahm an, dass das eine Männersache war. Einmal war er sogar auf ihrer Brust gekommen, und das hatte sie beide so sehr erregt, dass sie es fast sofort danach noch einmal getan hatten. Sie waren beide klebrig und das Bettzeug war das reinste Chaos, aber Penny liebte es einfach, weil Pyro fast schon wild wurde, wenn er sein Sperma auf ihrem Körper sah.

Sie waren vielleicht seltsam, aber Penny war das egal. Denn wenn sie mit Pyro zusammen war, schien nichts tabu oder falsch zu sein. Sie lachten, liebten sich und lebten, als würden sie sich schon seit Jahren kennen. Penny fühlte sich wohl mit ihm, und was genauso wichtig war, ihre Tochter auch.

Sie war bis über beide Ohren in ihn verliebt, und Bowie war genauso hingerissen.

Kylo-Pyro konnte in den Augen ihrer Tochter nichts falsch machen, und wenn er nicht da war, sprach sie ununterbrochen über ihn. Vor allem weil er so aufmerksam war. Er sprach *mit* ihr, statt *über* sie zu reden. Er bezog sie in jedes Gespräch mit ein und schloss sie nicht aus, weil sie ein Kind oder weil sie blind war. Tatsächlich kam ihre Sehbehinderung kaum jemals zur Sprache. Pyro tat alles Notwendige, um ihre Aktivitäten so anzupassen, dass sie einbezogen wurde, ohne daraus eine große Sache zu machen.

Er beschrieb *alles*, damit Bowie es selbst »sehen« konnte. Er redete, während er Auto fuhr, wenn sie zu Fuß zur Schule und zurück gingen, wenn er ihr bei den Hausaufgaben half. Ihre Lehrerin gab den Erstklässlern nicht viele Hausaufgaben auf, aber Pyro war geduldig und erklärte ihr alle Lektionen mit klaren und prägnanten Anweisungen.

Und wenn Bowie einen schlechten Tag hatte, wenn sie schlecht gelaunt war, wenn sie einen Wutanfall hatte, schien er nie genervt oder frustriert oder verärgert zu sein. Er untergrub auch nicht Pennys Erziehung, was sie mehr schätzte, als sie in Worte fassen konnte. Er unterstützte sie einfach und weigerte sich, Bowie sie einander ausspielen zu lassen.

Kurz gesagt, dieser Mann war perfekt für sie.

War er generell perfekt? Nein. Aber Penny auch nicht. Es hatte ein paar kleine Missverständnisse gegeben und ihre Gefühle waren verletzt worden, aber sie hatten wie Erwachsene darüber gesprochen und reinen Tisch gemacht.

Aber als sie ihn jetzt am Telefon ernst sagen hörte, dass sie reden müssten, wurde Penny unruhig. Hatte er beschlossen, dass sie und Bowie ... zu viel waren? Dass er doch keine Beziehung wollte? Sie glaubte das nicht, denn gerade an diesem Morgen, als sein Wecker für das Training klingelte, hatte er sich zu ihr umgedreht und sie zu einem schnellen und intensiven Orgasmus gebracht, bevor er sie auf alle viere gedreht und von hinten genommen hatte. Dann hatte er sie wieder ins Bett gesteckt, sie zugedeckt und sie lange und innig geküsst, bevor er sich auf den Weg zu seinem Team machte, um einen »lockeren« Sechzehnkilometerlauf am Strand zu machen.

Der Mann hatte mehr Energie als jeder andere, den sie

jemals kennengelernt hatte, und Penny war ständig von ihm beeindruckt.

Sie liebte ihn. Ganz einfach. Und sie war sich ziemlich sicher, dass er sie auch liebte. Was auch immer er ihr zu sagen hatte, es konnte also nicht sein, dass er mit ihr Schluss machen wollte. Dessen war sie sich ziemlich sicher.

Aber was dann? Was würde ihn dazu bringen, mitten am Tag nach Hause zu kommen und so ... bedrückt zu klingen?

Es gab nur eine Sache. Oder besser gesagt *eine Person*, die ihr einfiel, die ihn so besorgt klingen lassen könnte.

Colvin Jackson.

Sie hatte gehofft, dass dieser Mann endgültig aus ihrem Leben verschwunden war. Dass er, wo auch immer er war und was auch immer er tat, sie vergessen hatte. Jetzt hatte sie das Gefühl, dass das nicht der Fall war, und was auch immer Pyro mit ihr besprechen wollte, würde ihr Leben erneut verändern.

Als er eintraf, war Penny ein nervliches Wrack. So sehr, dass er, sobald er sie sah, nachdem sie ihm geöffnet hatte, die Stirn runzelte und sie in seine Arme zog.

Sie schmolz in seinen Armen dahin, erleichtert, dass diese drei dummen Worte zumindest nicht bedeuteten, dass er mit ihr Schluss machen wollte. Sie nahm sich vor, Pyro in Zukunft nie wieder zu sagen, dass sie »reden müssen«, und ihn dann im Ungewissen zu lassen, worüber sie eigentlich reden wollte.

Pyro schob sie in die Wohnung und schloss die Tür. Dann nahm er ihr Gesicht in seine Hände und fragte: »Was ist los?«

Penny runzelte die Stirn und sah zu ihm auf. »Ich weiß es nicht. Sag du es mir. Du warst derjenige, der gesagt hat, wir müssten reden.«

Jetzt war Pyro an der Reihe, verwirrt zu schauen. »Und du hast dich seit unserem Telefonat darüber gestresst?«

»Na klar«, entgegnete Penny. »Du hättest sagen können, dass du deine Meinung geändert hast und keine Beziehung mit mir willst. Oder dass du auf Mission gehen musst. Oder dass Laryn ihr Baby verloren hat. Oder dass Colvin gefunden wurde

HILFE FÜR PENNY

und er ein ganzes Manifest über mich geschrieben hat und vorhatte, mich mit einer Maske wie in dem Film *Scream* zu verfolgen, und dass alle, die ich liebe, in Gefahr sind!« Ihre Stimme wurde immer lauter, während sie weiterredete, sodass sie am Ende ziemlich hysterisch klang.

»Atme tief durch, Pen. Es tut mir leid, ich wollte dich nicht in Panik versetzen«, sagte er beruhigend.

»Ich bin nicht in Panik!«, schrie sie fast.

Pyro hob eine Augenbraue.

»Scheiße. Ich drehe total durch«, sagte sie. Dann holte sie tief Luft. »Es tut mir leid. Ich will mich nicht wie eine Verrückte aufführen. Ich bin nur ... Ich habe nicht erkannt, wie viel Macht diese Worte haben.«

»Und mir tut es leid, dass ich dir nicht wenigstens vorher gesagt habe, worüber ich mit dir reden wollte. Laryn geht es gut, ich will mich definitiv *nicht* von dir trennen, und es gibt kein Manifest und keine *Scream*-Maske. Okay?«

Penny nickte. »Jetzt geht es mir gut. Möchtest du einen Kaffee oder etwas anderes?«

»Nein. Komm, setzen wir uns.«

Pyro nahm ihre Hand und führte sie zur Couch. Er setzte sich und zog sie neben sich nach unten. Ihre Oberschenkel berührten sich, und er ließ ihre Hand nicht los, was Penny sehr zu schätzen wusste. Er beugte sich vor, küsste sie kurz und sagte: »Ich bin für dich da, Pen. Du bist in Sicherheit und wirst es auch weiterhin sein. Ich stehe hinter dir und werde immer hinter dir stehen.«

Penny wurde ganz flau im Magen.

»Tex hat herausgefunden, welchen Namen Colvin Jackson derzeit benutzt und wo er sich aufhält.«

Da war er also. Er war hier. In Virginia. Wo er jeden Moment an ihre Tür klopfen und erneut die Rückzahlung des Geldes verlangen würde, das ihr Mann ihm angeblich schuldete. Was sollte sie tun? Sie hatte keine vierzigtausend Dollar. Verdammt, sie hatte kaum *vierhundert* Dollar.

»Miles Walker. Und er ist in Seattle.«

Penny starrte Pyro verwirrt an. »Was?«

»Er nennt sich Miles Walker und ist in Seattle, Washington. Er hat eine Wohnung gemietet und scheint mit einem großen Fisch aus der Bitcoin-Branche in Verhandlungen zu stehen.«

Penny atmete hörbar aus. »Er ist nicht hier? In Virginia?«

»Nein. Tex hat mir versichert, dass er definitiv nicht hier ist. Und er ist noch weiter gegangen. Er hat den Mann kontaktiert.«

»Er hat mit ihm *gesprochen*?«, fragte sie erstaunt.

»Nun, nein, nicht persönlich. Er kennt jemanden, der in Hawaii lebt und mehr als bereit war, mit seiner Frau nach Seattle zu fliegen. Sie haben Touristenattraktionen besucht, waren auf der Space Needle, auf dem Fischmarkt und haben eine Führung durch die Buchabteilung von Amazon gemacht, weil seine Frau gern liest. Und eines Nachmittags, während sie ein Nickerchen machte, besuchte er Colvin oder Miles oder wie auch immer er heißt. Er fragte ihn unverblümt, ob er vorhabe, dich weiterhin wegen des Geldes zu belästigen, das du ihm angeblich schuldest. Anscheinend hat Tex' Mann Eindruck gemacht, und Colvin sagte, er habe nicht die Absicht, den Rest des Geldes von dir einzufordern.«

Es dauerte einen Moment, bis sie begriff, was Pyro sagte. Sie war frei von Colvins Schikanen? Das war kaum zu glauben, denn er hatte ihr selbst gesagt, dass er ihr die Schuld niemals erlassen würde. Dass er sein Geld auf die eine oder andere Weise bekommen würde.

Die Erleichterung, die in ihr aufstieg, war überwältigend. Penny brach in Tränen aus.

Pyro hob sie hoch, legte sie über seinen Schoß und wiegte sie, als sei sie in Bowies Alter und hätte einen Nervenzusammenbruch. Sie nahm an, dass es stimmte ... zumindest die Sache mit dem Nervenzusammenbruch.

»Ist es wirklich vorbei?«, fragte sie, als sie sich einigermaßen unter Kontrolle hatte.

HILFE FÜR PENNY

»Tex würde das gern glauben, aber andererseits ist Colvin ein Berufsverbrecher. Er hofft, dass der Mann erkennt, dass du nicht mehr allein bist, dass du einige ziemlich einschüchternde Leute hinter dir hast. Aber er wird den Mann weiterhin beobachten, um sicherzugehen, dass er Baker – dem Mann, der mit ihm gesprochen hat – nicht einfach nur Sand in die Augen gestreut hat.

Er versichert mir auch, dass Baker sehr ... *überzeugend* sein kann. Er kennt Leute. Viele Leute. Leute, denen du und ich niemals begegnen würden und denen wir auch nicht begegnen wollen. Ich bin mir sicher, dass er Colvin beiläufig zu verstehen gegeben hat, dass er von der Bildfläche verschwinden wird, ohne eine Spur zu hinterlassen, wenn er dir irgendetwas antut.«

»Ähm ... wow«, sagte Penny, ein wenig schockiert über den giftigen Unterton in Pyros Stimme.

»Ich stehe hinter dir, und du bist in Sicherheit«, wiederholte er.

Penny hatte sich noch nie in ihrem Leben so besonders gefühlt. Sie war immer das Mädchen gewesen, das übersehen wurde. Das niemand wollte. Das sich in ihrer Kindheit und Jugend selbst überlassen war. Selbst als Frau in ihren Zwanzigern war sie weitgehend auf sich allein gestellt gewesen, da John sich nicht wirklich dafür interessierte, was sie tat oder wer ihr Ärger bereiten könnte, wenn sie sich außerhalb ihres Hauses in Gabun aufhielt.

Es war kaum zu glauben, wie weit Pyro und seine Freunde gegangen waren, um sie vor Colvin zu schützen. »Musst du zurück zur Arbeit?«, fragte sie.

Er schüttelte den Kopf. »Nein. Ich habe Casper erzählt, was Tex gesagt hat, und er hat mir gesagt, ich solle hierherkommen, um es dir persönlich zu sagen. Also bin ich hier. Ich muss nicht zurück.«

»Wir haben noch etwa eine Stunde, bevor Bowie aus der Schule kommt«, sagte Penny. Sie fingerte an dem Reißverschluss seines Fluganzugs herum und zog ihn dann ein paar Zentimeter herunter.

Pyro war kein dummer Mann. Er verstand sofort. »Ach ja?«, fragte er, schob eine Hand unter ihr Hemd und streichelte ihren Rücken, Haut an Haut.

»Mh-hm.«

»Hast du heute alle deine Arbeitsstunden abgeleistet?«

Penny rümpfte die Nase. »Nein. Ich brauche noch ein paar mehr.«

»Ich hole Bowie heute ab und du kannst hierbleiben. Ich gehe mit ihr im Park spielen, bevor wir nach Hause fahren. Das sollte dir Zeit geben, deine Stunden zu absolvieren, und dann kannst du vor ihrer Schlafenszeit mit Bowie und mir Zeit verbringen.«

Dieser Mann. Wie konnte sie nur so viel Glück haben? »Das klingt großartig, danke.«

»Du musst mir nicht danken«, sagte er. »Arme hoch.«

Überrascht tat Penny, was er ihr befahl – und es *war* ein Befehl. In Windeseile hatte er ihr das Hemd über den Kopf gezogen.

»Aber bevor du dich wieder einloggst und da wir eine Stunde Zeit haben, sollten wir deine Freiheit von Erpressung und Arschlöchern feiern.«

Sie lächelte Pyro an und zog daraufhin den Reißverschluss seines Fluganzugs nach unten.

Was folgte, war ein Wirbelwind aus herumfliegenden Kleidern, Küssen und dem verzweifelten Verlangen beider, sich näher zu kommen. Pyro nahm sie direkt dort auf dem Boden des Wohnzimmers. Und es war herrlich. Penny hatte sich noch nie so begehrt gefühlt. So gebraucht. So geliebt.

Selbst inmitten ihrer Lust sorgte Pyro dafür, dass sie es bequem hatte, mit einem Kissen unter ihrem Kopf und einer Decke unter ihrem Hintern, damit sie sich bei seinen Stößen keine Schürfwunden zuzog. Wie immer sorgte er dafür, dass sie mindestens zweimal kam, bevor er losließ, was nicht schwer war, da sie in dem Moment, in dem er sie berührte, bereit war zu explodieren.

Penny liebte die kleinen Lustgeräusche, die ihm über die Lippen kamen, wenn er tief in ihrem Körper kam. Sie drückte ihn mit ihren inneren Muskeln und wurde mit einem weiteren kleinen Grunzen der Befriedigung von ihm belohnt.

Noch immer innig mit ihr verbunden, hob Pyro den Kopf und strich ihr das Haar aus dem Gesicht. »Es tut mir leid, dass ich dich vorhin erschreckt habe. Indem ich dir gesagt habe, wir müssten reden, ohne dir zu verraten, worum es geht. Ich werde das nicht wieder tun.«

»Danke. Und jetzt, da ich die wahre Wirkung dieser Worte kenne, werde ich es dir auch nicht antun.«

»Ich liebe dich.«

Penny blinzelte.

Pyro sah verlegen aus. »Es ist wahrscheinlich nicht der beste Zeitpunkt, aber ich wollte, dass du es weißt. Hätte ich als Teenager gewusst, dass du da draußen auf mich wartest, wäre ich wahrscheinlich nicht so zynisch aufgewachsen. Hätte ich gewusst, dass ich eines Tages eine Frau finden würde, bei der ich mich endlich zu Hause fühle, hätte ich alles, was ich durchgemacht habe, viel leichter ertragen können.«

»Kylo«, flüsterte Penny überwältigt.

»Versteh mich nicht falsch, ich weiß, was ich habe. Ich war ein Kind und dann ein Erwachsener, der nichts und niemanden hatte. Ja, jetzt habe ich tolle Freunde, die wie eine Familie für mich sind, aber das ist nicht dasselbe, wie eine eigene Familie zu haben. Mit dir und Bowie zusammen zu sein? Ich habe das Gefühl, endlich die Familie gefunden zu haben, die ich mir als Kind gewünscht habe. Und ich erwarte keine Antwort. Ich kann geduldig sein. Ich möchte nicht, dass du diese Worte aussprichst, bevor du dir absolut sicher bist. Bevor du tief in deinem Herzen weißt, dass ich derjenige bin, den du willst ... für immer.«

Penny zögerte nicht. »Ich liebe dich auch, Kylo Mullins.«

Der Ausdruck auf seinem Gesicht würde ihr für den Rest ihres Lebens in Erinnerung bleiben. Er war voller Liebe, Hoffnung und Ungläubigkeit. Wahrscheinlich derselbe Ausdruck, den sie hatte.

Sie waren zwei Pflegekinder, die noch nie bedingungslose Liebe erfahren hatten ... bis jetzt.

Sie spürte, wie er in ihr hart wurde, und lächelte.

Er begann, die Hüften zu bewegen, während er den Kopf senkte und sie küsste. Es war ein emotionales Gelübde, ein Versprechen, das gegeben und empfangen wurde. Er liebte sie langsam und zärtlich, während er ihr Gesicht mit Küssen bedeckte und immer wieder »Ich liebe dich« sagte.

Penny wiederholte es jedes Mal, wenn er es sagte. Es fühlte sich unglaublich an, ihre innersten Gedanken mit ihm zu teilen. Endlich laut auszusprechen, was ihr Herz jedes Mal schrie, wenn sie in seiner Nähe war. Es war befreiend und erlösend. Von diesem Mann geliebt zu werden war ... alles.

Als sie beide wieder gekommen waren und Penny sich frisch gemacht hatte, war es Zeit für Pyro, Bowie zu holen.

Er umarmte sie und hielt sie einen langen, emotionalen Moment fest, während sie an der Tür zur Wohnung standen. Dann lächelte Pyro. »Heute ist der erste Tag unseres restlichen Lebens.«

»Kitschig«, stellte Penny fest, »aber wahr.«

Er grinste. »Logge dich ein, mach dein Ding. Ich bin in etwa zwei Stunden mit Bowie zurück. Ist das okay?«

»Perfekt.«

Er küsste sie auf die Nasenspitze und ließ widerwillig seine Arme von ihr gleiten. Penny trat zurück und sah dem Mann nach, der in ihr Leben getreten war und es auf die beste Art und Weise auf den Kopf gestellt hatte, als er den Flur entlang zum Treppenhaus ging.

Sie lächelte immer noch, als sie sich auf dem Firmenlaptop, den sie bekommen hatte, in das Programm einloggte und das Telefon klingelte, weil eine besorgte werdende Mutter anrief.

HILFE FÜR PENNY

Der Tag schien heller zu sein, die Last, die sie seit über zwei Jahren auf ihren Schultern getragen hatte, war von ihr genommen, und sie fühlte sich unglaublich. Sie war optimistischer in Bezug auf die Zukunft. Es war noch ein langer Weg bis zur finanziellen Stabilität, aber sie hatte ein Dach über dem Kopf für sich und Bowie, Essen auf dem Tisch, Geld auf dem Konto und einen Mann, der sie genauso liebte wie sie ihn.

Das war der Beginn von etwas Gutem. Penny wusste das.

KAPITEL VIERZEHN

Pyro hielt regelmäßig Kontakt zu Tex, der ihm mitteilte, dass Colvin immer noch in Washington war und nach dem zu urteilen, was er bei der Überwachung seiner elektronischen Spuren gesehen hatte, weder Virginia noch Penny erwähnt hatte. Das war eine Erleichterung ... aber Pyro war immer noch äußerst vorsichtig.

Warum sollte ein Mann, der Penny unmissverständlich gesagt hatte, dass er die Schulden ihres Mannes eintreiben würde, plötzlich beschließen, sich nicht mehr dafür zu interessieren? War es einfach, weil sie wieder in den Staaten war? War es schwieriger, Geld von ihr zu erpressen, in einem Land, in dem sie möglicherweise mehr Unterstützung von den Behörden bekam? Oder hatte Tex' Mann wirklich einen so großen Eindruck hinterlassen, dass er einfach so leicht aufgegeben hatte?

Pyro wusste es nicht, aber er war sich nicht sicher, ob er dem Mann, der behauptete, kein Interesse mehr an Penny zu haben, wirklich trauen konnte.

Allerdings musste er zugeben, dass die letzten zwei Wochen fantastisch gewesen waren. Pyro würde sich immer an den

Moment erinnern, in dem Penny ihm gesagt hatte, dass sie ihn liebte. Wie er sich gefühlt hatte. Wie er all die Pflegeeltern finden wollte, die ihn an den Staat zurückgegeben hatten, weil sie ihn für kalt und nicht liebenswert hielten, um ihnen zu beweisen, dass sie sich geirrt hatten. Er hatte ihnen lange geglaubt, bis er seine Night-Stalker-Familie gefunden hatte.

Und dann hatte ihm das Schicksal Penny und Bowie geschickt.

Immer wenn er einen schlechten Tag bei der Arbeit hatte, musste er nur an Bowies Lächeln und ihre ungehemmte Lebensfreude denken. Eine Freude, die ihre Mutter ihr geschenkt hatte. Denn es führte kein Weg daran vorbei, dass das Leben für das kleine Mädchen schwierig war. Sie musste doppelt so hart arbeiten wie alle anderen in einer Welt, die für Menschen ohne Behinderung geschaffen war.

Aber sie tat dies mit einem Lächeln im Gesicht und einer Begeisterung, die sich positiv auf alle um sie herum auswirkte. Hätte jemand Pyro gesagt, dass er vollkommen zufrieden damit wäre, jeden Abend zu Hause zu sitzen und Kinderbücher zu lesen, Braille zu lernen oder in der Küche zu stehen und einem kleinen Mädchen, das nicht sehen konnte, beizubringen, wie man Zutaten abwog und kochte, hätte er denjenigen für verrückt erklärt.

Und doch war er hier. Überglücklich.

Sogar seine Arbeit schien ihm leichter zu fallen, da er wusste, dass er am Ende des Tages jemanden – zwei Jemande – zu Hause hatte, zu denen er zurückkehren konnte.

Zum ersten Mal in seinem Leben fürchtete er sich vor dem Anruf, dass sie zu einer Mission aufbrechen mussten. Er wollte Penny und Bowie nicht verlassen. Sie waren durchaus in der Lage, ihr Leben zu führen, während er weg war, aber er wollte keine Minute mit ihnen verpassen.

Er war verliebt und es war ihm völlig egal.

Das Thema Mission war ein- oder zweimal bei der Arbeit zur Sprache gekommen, was Pyro ein wenig nervös machte. Er war erleichtert, dass Colvin kein Problem zu sein schien, aber eine quälende Stimme in seinem Kopf sagte ihm, dass die Dinge nicht so einfach waren.

Am liebsten wollte er nach Washington fliegen und sich mit dem Mann persönlich unterhalten, aber Tex hatte ihm das ausgeredet. Er sagte, sein Freund Baker Rawlins habe sich darum gekümmert und würde sich melden, falls etwas seltsam erscheinen sollte. Tex versicherte Pyro, dass er keine weiteren bedeutenden Abhebungen vom Konto des Mannes gefunden habe, die darauf hindeuten könnten, dass er jemanden bezahlte, um nach Virginia zu kommen und die Schulden einzutreiben. Es gab weder E-Mails noch Anrufe, die verdächtig erschienen.

Kurz gesagt, es schien, als könne Penny ihr Leben frei leben, ohne ihr hart verdientes Geld an jemanden abgeben zu müssen, der es weder verdient noch nötig hatte.

Pyro hatte also keine Ahnung, warum er jedes Mal, wenn er Penny morgens allein ließ oder wenn ein ganzer Arbeitstag vergangen war, ohne dass er von ihr gehört hatte, immer noch ein Gefühl der Angst verspürte. Er war eindeutig paranoid ... aber nach allem, was Zita, Mandy und Laryn widerfahren war, konnte ihm niemand seine Nervosität vorwerfen. Er wartete auf die nächste Hiobsbotschaft.

Er hasste es, sich so zu fühlen, aber seine Erziehung hatte ihn gelehrt, dass, wenn alles gut lief, normalerweise etwas passierte, das alles wieder ruinierte. Und diesmal stand viel auf dem Spiel. Denn wenn Penny oder Bowie etwas zustieße, würde er den Verstand verlieren.

Er bereitete sich gerade auf eine Trainingsflugübung mit Casper vor, als sein Telefon klingelte. Als er auf den Bildschirm schaute, schoss Pyro sofort Adrenalin durch den Körper, als er sah, dass es Penny war. Sie rief tagsüber selten an, da sie wusste, dass er oft beschäftigt war. Wenn sie ihn erreichen wollte, schrieb sie ihm normalerweise eine SMS. Angesichts seiner Paranoia kam ihm der Anruf unheilvoll vor.

»Was ist los?«, fragte er anstelle einer Begrüßung, als er abnahm.

Sie kicherte, woraufhin Pyro sich ein wenig entspannte.

»Warum denkst du, dass etwas los ist?«

»Weil du mich tagsüber nie anrufst.«

»Ja, weil ich dich nie stören will. Bist du beschäftigt?«

Das war er eigentlich. Er sah zu Casper hinüber, der neben dem Hubschrauber stand und die üblichen Kontrollen vor dem Start durchführte, und log: »Nein. Was gibt's?«

»Ich habe mich gefragt, ob du Bowie heute von der Schule abholen und nach Hause bringen könntest. Zwei Kolleginnen haben sich krankgemeldet und anscheinend sind die Telefonleitungen überlastet und die Wartezeiten sehr lang. Meine Chefin hat mich gefragt, ob ich heute ein paar Überstunden machen könnte. Wenn du keine Zeit hast, ist das auch okay, dann sage ich ihr einfach Nein.«

Pyro wusste, wie wichtig ihr Job war und wie hart sie arbeitete, um ihr Sparkonto aufzubauen. Außerdem liebte sie ihre Arbeit. Sie war begeistert davon, werdende Mütter aufzuklären und ihnen zu helfen, wenn sie mit Fragen anriefen.

»Kann ich dich in etwa zehn Minuten zurückrufen und dir Bescheid geben?«, fragte er.

»Natürlich. Ehrlich gesagt ist es wirklich okay, wenn du nicht kannst. Ich verstehe das.«

»Gib mir nur ein paar Minuten, um mit Casper zu sprechen und herauszufinden, ob es in Ordnung ist. Ich rufe dich gleich zurück.«

»Okay. Pyro?«

»Ja, Schatz?«

»Ich bin dir sehr dankbar. Du hast so viel für Bowie und mich getan. Ich habe das Gefühl, dass ich nur von dir nehme und nicht genug zurückgebe.«

Pyro lachte. »Das ist doch ein Scherz, oder? Du hast keine Ahnung, was du mir gegeben hast, Pen. Das Wichtigste ist das Gefühl der Zugehörigkeit. Ich habe die Familie gefunden, nach der ich mein ganzes Leben lang gesucht habe. Und ich habe noch nie so viel gelacht wie mit euch beiden. Es ist keine Belastung für mich, Bowie von der Schule nach Hause zu begleiten. Ich liebe es zu hören, wie ihr Tag war, und zu sehen, wie glücklich sie ist, Freunde in ihrem Alter zu haben. Ich liebe euch beide, mehr als ihr wahrscheinlich jemals wissen werdet.«

»Wir lieben dich auch«, entgegnete Penny sofort.

»Gib mir ein paar Minuten, dann rufe ich dich zurück«, erklärte er.

»Okay. Danke. Wir hören uns gleich.«

»Das werden wir«, sagte er.

Nachdem er aufgelegt hatte, ging Pyro sofort zu Casper. Sein Co-Pilot und Teamleiter lächelte leicht, als er ihn kommen sah. »Alles in Ordnung mit Penny und Bowie?«

»Ja. Sie wollte wissen, ob ich Bowie von der Schule abholen kann. Sie hat die Möglichkeit, bei ihrer Arbeit Überstunden zu machen. Ich habe ihr gesagt, ich würde mich bei dir erkundigen. Ich weiß, dass wir gleich fliegen, aber ...«

»Ist schon gut, Pyro. Geh. Ich fliege mit Edge, nachdem er seinen Flug mit Chaos gemacht hat.«

»Wirklich? Danke.«

»Ich verstehe«, sagte Casper leise. »Früher haben wir für das Fliegen gelebt, aber jetzt haben wir andere Prioritäten. Das bedeutet nicht, dass wir unseren Job nicht ernst nehmen oder kündigen wollen, aber wenn es hart auf hart kommt, sind diese Maschinen nicht mehr das Wichtigste«, sagte er, wobei er auf die Seite des Hubschraubers klopfte.

»Ich kann zurückkommen, nachdem ich Bowie in der Wohnung abgeliefert habe.«

Aber Casper schüttelte bereits den Kopf. »Nein. Ich bin mir sicher, dass Penny es zu schätzen weiß, wenn du Bowie beschäftigst, während sie telefoniert. Es wird in Zukunft noch viele Gelegenheiten geben, bei denen ich früher gehen muss, um bei Laryn und unserem Baby zu sein. Genieße die Zeit mit ihnen. Bald wird Bowie ihre erste Verabredung haben und dann von zu Hause ausziehen, um aufs College zu gehen.«

»Können wir bitte nicht über Bowies Verabredungen reden? Ich bin noch nicht bereit dafür«, sagte Pyro ernst. Aber tief in seinem Inneren fühlte er sich ganz warm, wenn er daran dachte, dabei zu sein und das kleine Mädchen aufwachsen zu sehen. Bis dahin konnte noch viel passieren, aber er wollte da sein, um sich davon zu überzeugen, dass jeder Freund sie gut behandelte, sonst würde er es mit Pyro zu tun bekommen. Er wollte mit Penny aufbleiben und sich um sie sorgen, bis sie später am Abend nach Hause zurückkehrte. Er wollte all die Dinge tun, von denen er wusste, dass Väter sie taten, die er aber noch nie selbst erlebt hatte. Und das wollte er mit Penny und Bowie ... und allen Kindern, die sie vielleicht in Zukunft haben würden.

Casper lachte. »Geh. Ich werde das mit dem Oberst klären.«

»Danke, Casper.«

Sein Teamleiter winkte ihm zum Abschied, und Pyro ging zur Tür, bevor etwas passieren konnte, das ihn dazu zwingen würde zu bleiben. Auf dem Weg zu seinem Wagen rief er Penny zurück und sagte ihr, dass er kurz bei sich vorbeifahren und sich schnell umziehen würde, bevor er zu ihrer Wohnung käme. Es verstieß nicht gegen die Regeln, seinen Fluganzug außerhalb des Stützpunktes zu tragen, aber da Bowies Schule nicht auf dem Stützpunkt lag, passte er sich lieber den anderen Eltern an, die dort ihre Kinder abholten.

Es dauerte nicht lange, bis er sich umgezogen hatte und auf dem Weg zu Pennys und Zitas Wohnanlage war. Als er die Eingangshalle betrat, sah er Jen und Fred. Fred trug seine offizielle Suchhundweste, und Pyro runzelte die Stirn.

»Gehst du auf Suchmission?«, fragte er.

Jen nickte. »Ein zweiundachtzigjähriger Alzheimer-Patient ist vor anderthalb Stunden aus seiner betreuten Wohnanlage verschwunden.«

»Wie kann so etwas passieren?«, fragte er kopfschüttelnd. »Werden die Bewohner nicht überwacht?«
»Leider kommt das öfter vor, als man meint«, sagte Jen.
»Aber Fred wird ihn finden, da bin ich mir sicher.«
»Viel Glück.«
»Danke.«
Jen ging nach draußen, während Fred eifrig an der Leine zog, als wüsste er, was sie vorhatten. Und vermutlich wusste er es auch. Er verband die Weste wahrscheinlich mit einer offiziellen Suche.

Pyro ging die Treppe hinauf und benutzte den Schlüssel, den Penny ihm kürzlich gegeben hatte, um die Wohnung zu betreten. Es war eine große Sache, rund um die Uhr Zugang zu ihrem Wohnraum zu haben, und Pyro hatte sich sofort revanchiert, indem er ihr einen Schlüssel zu *seiner* Wohnung besorgt hatte.

Als er hereinkam, sah er Penny am Küchentisch sitzen, ihr Headset aufgesetzt, und sie war offensichtlich gerade am Telefonieren. Sie lächelte und wandte die Aufmerksamkeit sofort wieder dem Computerbildschirm vor ihr zu. Er ging zu ihr hinüber und küsste sie auf den Kopf. Sie sah zu ihm auf, und er konnte die Liebe zu ihm in ihren Augen sehen.

Das würde ihn *niemals* langweilen. Und er würde es *niemals* als selbstverständlich ansehen. Er nahm ihr Glas vom Tisch und füllte es in der Küche mit Wasser auf. Dann öffnete er den Kühlschrank und holte den Frischkäse, das Hähnchenfleisch und die Dillgurken-Tortilla-Häppchen heraus, die Bowie mit seiner Hilfe am Abend zuvor zubereitet hatte. Sie waren reich an Proteinen und ein guter Snack für Mutter und Tochter. Die Erinnerung daran, wie viel Spaß Bowie beim Ausrollen der Tortillas und beim Schneiden in mundgerechte Stücke gehabt hatte, brachte Pyro erneut zum Lächeln.

Er legte ein halbes Dutzend der kleinen Häppchen auf einen Teller und brachte sie zusammen mit Pennys Getränk zurück zum Tisch. Er stellte alles neben den Computer und erhielt dafür ein zufriedenes Grinsen und ein leises Dankeschön.

Pyro nickte und küsste sie diesmal auf die Wange, bevor er wieder hinausging. Er vergewisserte sich, dass die Tür verschlossen war, und machte sich auf den Weg zum Treppenhaus. Als er auf die Uhr schaute, sah er, dass er noch etwa zwanzig Minuten Zeit hatte, bevor er Bowie abholen musste. Mehr als genug, um die achthundert Meter zu Fuß zurückzulegen.

Als er an der Schule ankam, stand er draußen mit den anderen Eltern herum, die auf ihre Kinder warteten. Allein die Tatsache, dass Penny ihm genug vertraute, um seinen Namen auf die Liste der Personen zu setzen, die Bowie abholen durften, erfüllte ihn mit Stolz.

Pünktlich strömten die Kinder aus den Schultüren, rannten zu ihren Eltern oder machten sich mehr oder weniger geordnet auf den Weg zu den Schulbussen, die darauf warteten, sie nach Hause zu bringen.

Als Pyro Bowie sah, konnte er nur grinsen. Es sah so aus, als hätte sie seit dem Morgen, an dem sie sie zur Schule gebracht hatten, eine harte Zeit hinter sich. Ihre Haare waren völlig zerzaust, ihre Jeans war an den Knien schmutzig und ihr Hemd war ebenfalls verschmutzt. Sie trug ihre leichte Jacke im Arm und ihr Rucksack sah aus, als sei er vollgestopft mit Papieren und wer weiß was noch allem.

Aber das Wichtigste war, dass sie ein breites Lächeln im Gesicht hatte. Sie hielt die Hand des Betreuers, der ihrer Klasse zugewiesen war. Das Vertrauen, das sie anderen jeden Tag ihres Lebens entgegenbringen musste, war beeindruckend. Vor allem da Pyro ein misstrauischer Mensch war.

»Hallo, Bowie«, sagte er, als sie näher kam.

»Kylo-Pyro!«, rief sie fröhlich, ließ die Hand des Betreuers los und rannte auf seine Stimme zu, sicher in dem Wissen, dass er sie auffangen würde.

Pyro bückte sich, fing sie auf, stand auf und drehte sie im Kreis. Ihr helles Lachen hallte in seinen Ohren wider.

»Ist Mommy auch hier?«, fragte sie.

»Nein, heute bin nur ich da.«

»Super! Ich bin gern mit dir zusammen.«

Dieses Mädchen. Mit nur wenigen Worten konnte sie jeden noch so schlechten Tag besser machen. Sie zappelte in seiner Umarmung und er beugte sich vor, um sie auf die Füße zu stellen. Sofort nahm sie seine Hand in ihre und begann zu plappern, was für einen tollen Tag sie in der Schule gehabt hatte.

Pyro nickte dem Betreuer dankbar zu, nahm Bowie den Rucksack ab und hängte ihn sich über die Schulter. Es war ihm völlig egal, dass er ein großer, böser Night Stalker war, der einen Pokémon-Rucksack trug. Wenn Bowie ihm die Nägel lackieren und Haarspangen anziehen wollte, würde er das auch mit sich machen lassen. Er würde alles für dieses kostbare kleine Mädchen tun.

Sie hüpfte neben ihm her, vertraute darauf, dass er sie warnen würde, wenn etwas auf ihrem Weg war, über das sie stolpern könnte, und erzählte ihm weiter von ihrem Tag. Davon, wie Abigail beim Mittagessen über etwas gelacht und Milch über den ganzen Tisch geprustet hatte und wie sie Tropfen davon auf ihrem Arm gespürt hatte, was sie beide nur noch mehr zum Lachen gebracht hatte.

Dann erzählte Bowie ihm über den Ausflug nach Disneyworld, den Abigail und ihre Mutter geplant hatten. Sie waren große Disney-Fans, und Pyro wusste aus früheren Gesprächen mit Bowie, dass ihre beste Freundin über zwanzig Paar Micky-Maus-Ohren besaß.

Er nahm sich vor, sie und Penny in naher Zukunft mit nach Disneyworld zu nehmen. Er wollte Bowie ihr erstes Paar Micky-Maus-Ohren kaufen.

Er nickte dem Schülerlotsen zu, als sie vorbeikamen, und außer »Wirklich?«, »Wow« und »Das klingt lustig« musste er sich nicht wirklich an der Unterhaltung beteiligen. Bowie war zufrieden damit zu reden, und er war zufrieden damit zuzuhören, während sie nach Hause gingen.

Da er erkannte, dass es keine gute Idee sei, eine aufgeregte Bowie nach Hause zu bringen, während Penny versuchte zu arbeiten, schickte er ihr eine kurze SMS, um ihr mitzuteilen, dass er mit Bowie noch in den Park ging und sie in einer Stunde zu Hause sein würden.

Er wandte sich in diese Richtung, als sein Telefon vibrierte und eine Antwort von Penny mit einem einfachen »OK« eintraf. Sie war offensichtlich mit ihren Anrufen beschäftigt, aber Pyro wusste es zu schätzen, dass sie seine Pläne zur Kenntnis genommen hatte.

Es waren nicht viele Kinder im Park, wahrscheinlich weil es bewölkt war, aber das war Bowie egal. Sie rutschte etwa vierzigmal hintereinander die Rutsche hinunter und bat Pyro dann, sie auf der Schaukel anzuschubsen, was er, ohne zu murren, etwa zwanzig Minuten lang tat.

Aber nach nur einer halben Stunde im Park war Bowie offiziell gelangweilt.

»Willst du zur Eisdiele gehen?«, fragte Pyro.

»Ja!«

Er hatte nicht erwartet, dass sie Nein sagen würde.

Sie gingen zu der Bank, auf der er ihren Rucksack und ihre Jacke zurückgelassen hatte, und Bowie zog etwas aus ihrer Tasche und hielt es ihm hin. »Machst du mir bitte einen Pferdeschwanz?«

Pyro erstarrte. Er starrte einen Moment lang auf das Stück Stoff in ihrer Hand. Das hatte er noch nie für jemanden gemacht. Es sah nicht schwer aus, aber für ihn war das völlig neu.

»Kylo-Pyro?«, fragte sie und neigte den Kopf.

»Natürlich, Bowie-Bär. Dreh dich um.« Er nahm ihr das Haargummi aus der Hand und setzte sich auf die Bank. Theoretisch wusste er, dass es nicht schwer sein konnte, jemandem die Haare zu einem Pferdeschwanz zu binden, aber er wollte ihr nicht wehtun. Ihr zu fest an den Haaren ziehen oder so etwas. Denn diesem kleinen Mädchen wehzutun wäre, als würde man ihm ein Messer ins Herz stoßen.

Langsam fasste er ihr Haar zusammen und bemerkte, wie seidig glatt es war, genau wie das ihrer Mutter. Sein erster Versuch war ein völliger Reinfall, denn plötzlich kam er sich vor, als hätte er zwei linke Hände. Aber Bowie stand geduldig da, fest davon überzeugt, dass er diese kleine Aufgabe bewältigen würde.

Beim zweiten Mal war er erfolgreicher. Der Pferdeschwanz war ein wenig schief, aber für seinen ersten Versuch gar nicht so schlecht. Bowie drehte sich um und streckte ihre Arme für eine Umarmung aus. Pyro kam der Aufforderung nach, und wie jedes Mal, wenn er sie umarmte, schien sein Herz um das Zehnfache zu wachsen.

»Komm schon, Kleine, ich habe Lust auf Schokoladen-Minz-Eis.«

»Kaugummi!«, rief Bowie.

Pyro lächelte. Das war ihre Lieblingssorte, wahrscheinlich weil das Eis winzige Kaugummistückchen enthielt, die sie sorgfältig aufhob, um sie alle auf einmal zu kauen, wenn sie den Rest der Leckerei aufgegessen hatte.

Pyro stand auf, half Bowie in ihre Jacke, da es draußen etwas windig geworden war, und schulterte erneut ihren Rucksack. Dann nahm er ihre Hand und sie verließen den Park in Richtung des Einkaufszentrums, in dem sich die Eisdiele befand.

Sie waren nur einen Block gegangen, als Pyro sich die Nackenhaare aufrichteten.

Er sah sich um, konnte aber niemanden entdecken ... dennoch konnte er das ungute Gefühl nicht abschütteln, dass sie beobachtet wurden.

Er verstärkte seinen Griff um Bowies Hand, als sie begannen, einen kleinen Parkplatz neben einem stillgelegten und heruntergekommenen Taco-Laden zu überqueren. Er befand sich auf der Rückseite der Ladenzeile, in der sich auch die Eisdiele befand.

Das Geräusch eines schnell heranfahrenden Fahrzeugs veranlasste Pyro, den Kopf in diese Richtung zu drehen. Dann tauchte wie aus dem Nichts ein weiteres Fahrzeug auf der anderen Seite auf. Es schien fast so, als seien zwei Männer, noch bevor die Wagen zum Stehen gekommen waren, herausgesprungen und auf sie zugelaufen.

Pyro schob Bowie hinter sich, als er sich umdrehte, um sich der offensichtlichen Bedrohung zu stellen.

Wäre er allein gewesen, hätte er schneller reagiert. Aber Bowie klammerte sich an sein Hemd, drückte sich so nahe wie möglich an ihn und fragte, was los sei, sodass er einen Tick zu langsam war.

Einer der Männer schwang einen Baseballschläger, und Pyro sah ihn wie in Zeitlupe auf sich zukommen. Der Schmerz von dem Schlag gegen sein Schienbein ließ ihn Sterne sehen, und er ging sofort zu Boden – Gott sei Dank zur Seite, sonst wäre er vielleicht auf Bowie gefallen.

Der Mann schlug erneut auf dasselbe Bein, wobei er diesmal sein Knie streifte, und Pyro brüllte vor Wut, Schmerz und Frustration.

Bowie schrie, als der zweite Mann sie packte und wegzuziehen versuchte. Aber das kleine Mädchen klammerte sich mit aller Kraft an Pyros Hemd und weigerte sich loszulassen.

Als Pyro sah, wie Bowie misshandelt wurde, sah er rot.

Sein erster Instinkt war, sich auf den Mann mit dem Schläger zu stürzen. Er brauchte eine Waffe. Aber Bowie schrie und klammerte sich immer noch verzweifelt an sein Hemd, und jeden Moment konnte ihr Entführer sie wegreißen und in ein Fahrzeug zerren.

Pyro sprang auf und stürzte sich auf den Mann, der Bowie festhielt, bereit, bis zum Tod zu kämpfen.

In diesem Moment schwang das Arschloch mit dem Schläger noch einmal und traf erneut dasselbe Bein – und diesmal hörte Pyro ein Knacken, bevor er auf dem Bürgersteig aufschlug.

»Schnappt ihn euch!«, befahl der Mann, der mit Bowie rang.

»Wir sollen doch nur das Mädchen mitnehmen«, argumentierte der Mann mit dem Schläger.

Pyro versuchte, sich zu konzentrieren, aber der Schmerz seines gebrochenen Beins hatte ihn völlig außer Gefecht gesetzt. »Lasst sie runter!«, brüllte er.

Der Mann ignorierte ihn, löste schließlich Bowies Finger von seinem Hemd und eilte zu einem der Fahrzeuge. »Das Doppelte! Wenn wir fünfzig Riesen für sie bekommen, bekommen wir mindestens genauso viel für ihn. Es gibt viele Leute, die einen Kerl wie ihn zu ihren Diensten haben wollen. Mit seinem gebrochenen Bein ist er kaum eine Bedrohung, und wir haben sein hübsches Gesicht nicht versaut. Der Boss muss es nicht einmal erfahren. Wir geben ihm das Geld, das wir für das Mädchen bekommen, und behalten das, was wir für dieses Arschloch bekommen, für uns.«

»Ja, cool«, sagte der Kerl mit dem Schläger, bevor er sich bückte und Pyro am Arm packte. »Steh auf und geh, sonst breche ich dir als Nächstes deinen verdammten Schädel.«

Der anfängliche Schmerz ließ langsam nach, aber Pyro war immer noch nicht in der Lage, sich wirksam zu wehren. Sein einziger Gedanke war im Moment, sie nicht mit Bowie gehen zu lassen. Nicht zuzulassen, dass sie getrennt wurden. Wenn sie ihn dorthin mitnahmen, wo sie *sie* hinbrachten, hatte er immer noch eine Chance, sie zu beschützen.

Das Gespräch über Menschenhandel war ihm nicht entgangen – und er wusste sofort, dass Colvin doch nicht einfach die Schulden erlassen hatte, die Penny ihm seiner Meinung nach zurückzahlen musste, wie alle gehofft hatten.

Sein schlimmster Albtraum wurde wahr.

Kurz war er dankbar, dass Penny Bowie heute nicht abgeholt hatte, denn wenn sie es getan hätte, hätte er wahrscheinlich beide nie wiedergesehen.

Diese Männer hatten eine schlechte Entscheidung getroffen, als sie beschlossen, auch ihn mitzunehmen.

Als er aufstand, schmerzte sein Kopf so sehr, dass ihm schwindelig wurde, und Laufen war unmöglich. Er musste in Richtung des Fahrzeugs hüpfen, in das der andere Mann Bowie getragen hatte. Sie war jetzt still, aber nur, weil ihr eine große, schmutzige Hand auf den Mund gepresst worden war. Sie strampelte und wand sich in seinem Griff und versuchte verzweifelt, sich zu befreien.

Pyro war stolz darauf, dass sie sich weigerte aufzugeben. Zu kämpfen. Aber der Schmerz machte seinen Kopf benommen.

»Hol sein Handy. Der Boss hat gesagt, wir sollen dafür sorgen, dass wir nichts Digitales mitnehmen, damit sie nicht aufgespürt werden kann.«

Pyro spürte die Hand des Mannes in seiner Gesäßtasche, bevor er mit dem Kopf voran in den Kofferraum des Wagens gestoßen wurde. Er bekam fast einen Herzinfarkt, als er dachte, sie würden Bowie in das andere Fahrzeug verfrachten. Aber zum Glück warf der Mann, der sie festhielt, sie praktisch mit ihm in den Kofferraum und schlug dann den Deckel zu.

Pyro konnte seine Hand vor seinem Gesicht nicht sehen, aber er schlang sofort seine Arme um Bowie, die wie Espenlaub zitterte.

»Schhhhh, Bowie-Bär, ich hab dich.«

»W-W-Was ist los?«, fragte sie zwischen panischen Atemzügen.

»Atme, Schatz. Atme langsam. Dir geht es gut. Ich weiß nicht, was los ist, aber ich bin hier und werde nicht zulassen, dass dir etwas passiert. Du musst tapfer sein, okay?«

Sie antwortete nicht, sondern versuchte nur, sich schluchzend an ihn zu kuscheln.

Pyro verdrängte den Schmerz in seinem Bein, während Wut ihn erfüllte. Wie konnten diese Männer es wagen, ein Kind so zu erschrecken? Wie konnten sie es wagen, sie einfach so von der Straße zu entführen, um sie zu verkaufen!

Sie hatten ihn eindeutig überrumpelt. Sein Bein tat höllisch weh, aber er würde nicht aufgeben. Er war ein Night Stalker, und ihr Motto lautete buchstäblich, niemals aufzugeben.

Sie hätten ihn auf dem Bürgersteig liegen lassen sollen. Ihre Gier würde ihnen zum Verhängnis werden. Gebrochenes Bein hin oder her, er würde sich wieder aufrappeln und eine Lösung finden. Auch wenn sie ihn überrascht hatten und seine Sorge um Bowie ihn negativ beeinflusst hatte, würde er nicht zulassen, dass dem kleinen Mädchen, das in seinen Armen zitterte, etwas zustieß.

Sie hatten sein Handy genommen, sodass er keine Hilfe rufen konnte. Und Bowies Handy, das nur für Notfälle gedacht war, befand sich in dem Rucksack, den er bei dem Angriff hatte fallen lassen. Aber Penny würde merken, dass etwas nicht stimmte, wenn er nicht bald mit Bowie in die Wohnung zurückkehrte. Sie würde ihm eine SMS schicken und ihn anrufen, und wenn sie keine Antwort erhielt, würde sie sicherlich Casper oder Zita oder irgendjemand anderen kontaktieren.

Sein Team würde sich auf die Suche nach ihnen machen, daran hatte Pyro keinen Zweifel. Er vertraute ihnen viel mehr als der Polizei. Er war sich sicher, dass die Polizisten kompetent waren und ihre Arbeit gut machten, aber sie hatten nicht die Ressourcen, über die die Night Stalkers verfügten.

Nämlich Tex.

Pyro hatte keine Ahnung, wie Colvin diese Entführung arrangiert hatte, ohne dass Tex etwas davon wusste, aber das Computergenie würde das herausfinden und ihn und Bowie finden, bevor sie wer weiß wohin verschleppt werden konnten.

Er zog Bowie enger an sich und zuckte zusammen, als einer ihrer Füße sein gebrochenes Bein streifte. Er gab jedoch keinen Laut von sich, schluckte und verdrängte den Schmerz. Er würde nichts tun, was dieses kleine Mädchen noch mehr erschrecken würde, als sie ohnehin schon war.

Er spürte, wie das Fahrzeug vom Parkplatz rollte, und Pyro versuchte sein Bestes, um herauszufinden, wohin sie fuhren, aber nach einer Weile verlor er den Überblick über die Abzweigungen und erkannte, dass er einfach warten musste, bis sie ihr Ziel erreichten.

Er blinzelte und konnte immer noch nichts sehen, was ihm auf sehr greifbare Weise bewusst machte, womit Bowie täglich zu kämpfen hatte. Die Dunkelheit war vollkommen und beängstigend. Als Night Stalker waren er und sein Team sehr gut darin, im Dunkeln zu operieren. Aber sie hatten alle möglichen technischen Hilfsmittel, die ihnen das Sehen erleichterten. Im Moment war er völlig blind, genau wie das Mädchen in seinen Armen.

Sein Respekt für sie wuchs. Ebenso wie seine Entschlossenheit. Niemand würde seinem Bowie-Bär etwas antun. Niemand. Sie würden es bereuen, Hand an sie gelegt zu haben. Sie zu erschrecken. Sie für Geld auszunutzen. Er würde sie mit seinem Leben beschützen und alles tun, um dafür zu sorgen, dass sie wieder mit ihrer Mutter vereint wurde. Und er würde nicht nur die Männer zur Rechenschaft ziehen, die sie entführt hatten, sondern auch Colvin Jackson ausschalten – für immer. Denn wenn er es über sich bringen konnte, eine Sechsjährige entführen und verkaufen zu lassen, dann hatte er keine Seele. Und wahrscheinlich hatte er genau das Gleiche auch anderen angetan.

Seine Schreckensherrschaft würde hier ein Ende finden. So oder so würde dieser Mann sterben.

Pyro schloss die Augen und zog Bowie fest an sich.

Seine Mission war klar. Sie um jeden Preis beschützen.

KAPITEL FÜNFZEHN

Penny runzelte die Stirn und schaute zum gefühlt hundertsten Mal auf ihr Handy. Sie hatte Feierabend, und Pyro hatte weder geschrieben noch angerufen. Sie hatte ihn kontaktiert und keine Antwort erhalten. Das Telefon klingelte und klingelte, bevor es auf die Mailbox umsprang. Und die Nachrichten, die sie geschickt hatte, waren nicht gelesen worden.

Etwas stimmte nicht. Sie spürte es in ihrem Innersten. Es waren erst etwa fünfundvierzig Minuten vergangen, seit er gesagt hatte, dass er zurückkommen würde, aber das waren fünfundvierzig Minuten zu viel für jemanden, der so zuverlässig war wie Pyro.

Plötzlich kam es ihr unheimlich vor, allein in der Wohnung zu sein. Sie hatte das Gefühl, beobachtet zu werden. Mit zitternden Fingern suchte Penny in ihrem Handy nach Caspers Kontaktdaten. Sie drückte auf die Anruftaste und hielt den Atem an in der Hoffnung, dass er abnehmen würde.

»Hey, Penny, was gibt's?«

Die Erleichterung machte sie ganz benommen. »Irgendetwas stimmt nicht.«

HILFE FÜR PENNY

»Erzähl mir alles«, sagte er und seine Stimme klang jetzt ganz anders. Ernsthafter, sachlicher.

»Pyro hat Bowie von der Schule abgeholt. Er sagte, er würde mit ihr in den Park gehen, aber sie sind fast eine Stunde zu spät und er antwortet weder auf Anrufe noch auf Nachrichten.«

»Bleib, wo du bist. Ich schicke Laryn zu dir. Ich meine es ernst, Penny – bleib in der Wohnung. Ich kümmere mich darum.«

Sie schätzte es mehr, als sie in Worte fassen konnte, dass Casper sie nicht bevormundete. Dass er ihr nicht sagte, sie würde überreagieren. Dass Pyro wahrscheinlich nur die Zeit vergessen hatte. Sie wussten beide, dass Pyro sie niemals ohne Grund beunruhigen würde. Und er würde ganz sicher nicht vergessen, ihr Bescheid zu geben, wenn er sich verspätete. Caspers Reaktion beruhigte sie einerseits, stresste sie aber andererseits noch mehr.

»Okay«, flüsterte sie.

»Ich melde mich«, sagte Casper und legte auf.

Fünfzehn Minuten später – fünfzehn Minuten, in denen Penny auf und ab ging und noch etwa zehnmal versuchte, Pyro anzurufen – wurde ihr mitgeteilt, dass jemand zu ihr auf ihre Etage hochkommen wollte. Es war Laryn.

Erleichterung erfüllte sie. Sie durfte sich einfach nicht mehr so allein fühlen.

Als sie die Tür öffnete, stand dort nicht nur Laryn, sondern auch Mandy und Zita. Zita war bei Obi-Wan gewesen, aber sie war gegangen, sobald sie gehört hatte, was los war, und hatte sich mit Mandy und Laryn in der Eingangshalle getroffen, nachdem diese bereits darum gebeten hatten, hochgelassen zu werden.

Die drei Frauen umringten Penny sofort und umarmten sie gemeinsam. Lange Zeit sagte niemand etwas. Von allen Menschen auf der Welt wussten diese Frauen am besten, unter welchem Stress Penny stand. Nicht ganz, denn sie hatten noch nie ein Kind verloren, aber sie wussten, wie es sich anfühlte, sich in einer ungewissen Situation zu befinden.

»Ich habe Tate gebeten, Jen anzurufen«, sagte Laryn, nachdem sie sich zurückgezogen hatte. »Sie wird sich mit ihm und den anderen Jungs im Park mit Fred treffen. Dort wollten sie doch hingehen, oder?«

Penny nickte.

»Gut, dann wird Fred ihre Fährte aufnehmen und wir werden herausfinden, was passiert ist. Okay?«

Penny nickte erneut. Sie brachte kein Wort heraus. Sie war so besorgt.

»Komm, setzen wir uns«, schlug Mandy vor und hakte sich bei Penny unter. »Chaos kommt herüber, sobald er weiß, was im Park los ist. Er hielt es für keine gute Idee, dass wir hier allein bleiben, also wird er herkommen und auf uns aufpassen und unser Ansprechpartner sein.«

Penny kam es vor, als würde sie in einem Albtraum leben. Wie konnte das passieren? Wie konnten Bowie *und* Pyro einfach verschwinden? Etwas war passiert. Das spürte sie in ihren Knochen.

Sie setzte sich auf die Couch. Aber nach gefühlt zwei Sekunden sprang sie wieder auf, unfähig, still zu sitzen und nichts zu tun, während ihr Baby verschwunden war. Sie ging hin und her und ignorierte die besorgten Blicke ihrer Freundinnen.

»Penny, Schatz. Komm, setz dich«, beschwichtigte Zita sie.

Sie schüttelte den Kopf. »Ich kann nicht aufhören, mich zu fragen, wo sie sind. Was ist passiert? Sind sie verletzt? Haben sie Angst? Pyro ist sehr beschützend gegenüber Bowie. Wenn jemand versucht hätte, sie zu entführen, hätte er alles Notwendige getan, um das zu verhindern, und wäre dann direkt zum Polizeirevier, zum Stützpunkt oder hierher zurück gegangen. Er würde nicht einfach den Kontakt abbrechen. Es sei denn, er hätte keine andere Wahl. Es sei denn …« Sie ließ ihre Stimme verstummen, unwillig, die schrecklichen Worte auszusprechen.

»Halte durch, Penny«, flüsterte Mandy, während sie sie fester umarmte. »Wir sind für dich da.«

Und das waren sie auch. Wenn es etwas Gutes an dieser Situation gab, dann waren es die drei Frauen, die ihr Bestes gaben, um sie aufrechtzuerhalten. Sie hatten sich sofort verstanden, und Penny hatte keine Ahnung, was sie ohne sie jetzt getan hätte.

Sie zitterte und versuchte verzweifelt, stark zu bleiben. Aber sie konnte nur daran denken, wie viel Angst Bowie haben musste.

Vielleicht reagierte sie übertrieben ... aber das glaubte sie nicht. Was auch immer mit Pyro und ihrer Tochter passiert war, es war schlimm. *Wirklich* schlimm. So schlimm, dass es ihr das Herz brach.

Es war extrem schwierig, nicht in Verzweiflung zu verfallen. Sie musste Vertrauen haben. In Pyro. In Bowie. In die Night Stalkers. In Jen und Fred. Hatte sie ihrer Tochter nicht immer gesagt, dass es besser sei, positiv als negativ zu sein?

Leichter gesagt als getan. Vor allem wenn die beiden Menschen, die sie am meisten liebte, die einzigen beiden Menschen, die sie jemals bedingungslos geliebt hatten, verschwunden waren. Aber wenn jemand Bowie nach Hause bringen konnte, dann war es Pyro. Er würde sie beschützen oder dabei sterben.

Und genau das machte Penny am meisten Angst.

»Alle zurückbleiben«, befahl Jen, während sie Fred auf die Suche vorbereitete.

Casper hatte ein Paar Handschuhe mitgebracht, die Pyro kürzlich getragen hatte, damit der Hund seinen Geruch wahrnehmen konnte. Er ging davon aus, dass Bowie dort sein würde, wo auch Pyro war, also würden sie mit seinem Geruch beginnen und, falls nötig, würde er sich etwas von Bowie von

»Stell keine Vermutungen an«, warnte Laryn sie sanft. »Ich kenne Pyro schon lange, und du hast recht. Er ist tatsächlich beschützend. Er würde alles tun, um Bowie zu schützen. Aber wir sollten nichts überstürzen. Wir wissen nicht, was passiert ist. Es ist möglich – nicht wahrscheinlich, aber möglich –, dass sie einfach die Zeit vergessen haben. Denk nicht das Schlimmste, Penny. Das macht dich nur verrückt.«

Sie blieb stehen, schloss die Augen und atmete tief durch. Laryn hatte recht. Sie musste positiv bleiben. *Falls* etwas passiert war, *falls* ihr Baby in Schwierigkeiten steckte, gab es keinen besseren Mann an ihrer Seite als Pyro.

Eines Abends, nachdem Bowie schon ins Bett gegangen war, hatten sie ein langes Gespräch über seine Ausbildung geführt. Sie hatte ihre Sorge um ihn und seine Missionen zum Ausdruck gebracht, obwohl sie nicht genau wusste, was diese beinhalteten. Pyro verbrachte viel Zeit damit, sie zu beruhigen, und erzählte ihr alles über die langen Stunden, die er und seine Kameraden von den Night Stalkers mit Nahkampftraining und der Kunst, Feinden auszuweichen, verbracht hatten. Sogar das psychologische Training, das sie erhalten hatten, um Entführer zu manipulieren. Ganz zu schweigen davon, dass sie sehr gut wusste, wie fit ihr Mann war.

Natürlich würde all das gegen eine Kugel nichts ausrichten können.

Nein.

Sie wollte sich damit nicht beschäftigen.

Sie öffnete die Augen und schaute auf die Uhr. Verdammt, seit dem letzten Mal waren erst zwei Minuten vergangen. Was war im Park los? Was hatten Casper und die anderen gefunden? Sie brauchte Informationen! Nicht zu wissen, was los war, machte sie wahnsinnig. Sie hörte ein Wimmern ... und stellte beschämt fest, dass es von ihr selbst kam.

Wieder einmal versammelten sich ihre Freundinnen um sie herum, unterstützten sie und gaben ihr das Gefühl, nicht ganz so allein zu sein.

HILFE FÜR PENNY

Penny besorgen. Aber die Frau war bereits unglaublich gestresst. Er hatte es in ihrer Stimme gehört, als sie angerufen hatte. Und sie um etwas von Bowie zu bitten, damit der Hund daran schnüffeln konnte, würde sie noch mehr aus der Fassung bringen.

Jen stand am Rand des Spielplatzes und sah zu, wie Fred herumrannte, von einer Bank auf der anderen Seite des Platzes zur Schaukel, zurück zur Bank, zur Rutsche und wieder zur Schaukel. Dann drehte er sich abrupt um und lief in Richtung Schule – aber er war noch keine zwanzig Meter weit gekommen, als er wieder umkehrte, zum Spielplatz zurücklief und dann auf die andere Seite des Gehwegs sprintete.

»Fred, sitz«, befahl Jen. Der Hund gehorchte sofort, aber sein ganzer Körper zitterte.

»Er hat eine Fährte aufgenommen«, sagte Jen, als sie zu dem Hund ging und eine lange Leine an seinem Geschirr befestigte. »Bleibt hinter mir«, sagte sie zu Casper und dem Rest des Teams.

»Auf keinen Fall«, erwiderte Edge. »Wir sind nicht im Wald, und das ist eine verdammt lange Leine. Fred wird unter meiner Aufsicht nicht von einem Fahrzeug angefahren.«

»Wenn du vor uns gehst, könntest du die Fährte verwischen«, argumentierte sie verärgert.

»Dann gehe ich neben euch, damit ich den Verkehr anhalten kann, wenn es sein muss.«

»Na gut.«

»Na gut.«

In jeder anderen Situation hätte Casper sich vielleicht über den Streit zwischen einem seiner besten Freunde und der Hundeführerin amüsiert. Aber im Moment konnte ihn nichts zum Lächeln bringen.

Die sechs machten sich auf den Weg, angeführt von Fred, dessen Nase auf Hochtouren arbeitete. Er lief nicht in einer geraden Linie, was laut Jen normal war. Pyros Geruch lag sowohl in der Luft als auch auf dem Boden, und obwohl es draußen nicht windig war, bewegte der Geruch sich ständig.

»Wohin ist er gegangen?«, murmelte Chaos, als sie den Bürgersteig entlanggingen, weg vom Wohngebäude.

»Könnte ihn jemand gezwungen haben, diesen Weg zu gehen?«, fragte Jen.

»Unwahrscheinlich. Niemand zwingt uns wirklich zu irgendetwas«, sagte Obi-Wan ohne Arroganz.

»Er könnte jemandem hinterhergelaufen sein. Wenn jemand Bowie entführt hätte, hätte er die Verfolgung aufgenommen«, sagte Buck.

Casper sah sich um und entdeckte keine Überwachungskameras in der unmittelbaren Umgebung, aber das bedeutete nicht, dass es keine gab. Tex stand bereits auf seiner Liste der Personen, die er anrufen wollte, und nun fügte er mental noch einen weiteren Punkt hinzu, über den er mit ihm sprechen wollte.

Niemand war besser darin, Aufnahmen von Überwachungskameras zu finden, als Tex Keegan. Und seitdem der Mann vor nicht allzu langer Zeit aus seiner eigenen Familie gerissen worden war, engagierte er sich noch mehr für die Suche nach vermissten Personen. Nicht nur nach Soldaten und Soldatinnen und ihren Familien, sondern auch nach Ausreißern, alleinerziehenden Müttern, misshandelten Ehepartnern, Prostituierten, einfach jedem, der spurlos verschwunden zu sein schien. Er arbeitete mit Polizeibehörden im ganzen Land zusammen, um das zu tun, was er am besten konnte: Technologie analysieren.

Gerüchten zufolge dachte der Mann auch darüber nach, einen Lehrauftrag in Harvard anzunehmen. Andere in seinem Fachgebiet zu unterrichten. Es war ein dringend benötigtes Spezialgebiet, etwas, das Casper, seine Freunde und unzählige andere Militärangehörige in ihrem Umfeld aus erster Hand kannten.

»Warte mal, weißt du was? Nicht weit von hier gibt es eine

Eisdiele«, sagte Edge. »Ich habe ihn eines Tages im Hangar vor einem Flugtest zufällig mit Laryn sprechen hören. Er erzählte ihr, dass Bowies Lieblingsgeschmack Kaugummi sei, wie eklig er das fand und wie sehr er sich wünschte, dass die Eisdiele, in die er sie mitnahm, diese Sorte aus dem Sortiment nehmen würde.«

»Stimmt«, sagte Jen. »Die ist etwa drei Blocks von hier entfernt und liegt eine Straße weiter.«

Wenn sie recht hatten, konnten sie hoffentlich die Videoaufnahmen der Eisdiele ansehen und herausfinden, ob Pyro und Bowie dort gewesen waren, zu welcher Uhrzeit und ob dort etwas passiert war, das Aufschluss darüber geben könnte, wo die beiden jetzt waren.

Doch statt weiter den Bürgersteig entlangzugehen, bog Fred links in den Parkplatz eines stillgelegten Taco-Restaurants ein. Gras wuchs durch die Risse im Asphalt, und die Fenster waren mit Brettern vernagelt.

Alle blieben stehen, als Fred und Jen begannen, im Kreis zu laufen. Fred hatte die Nase in die Luft gestreckt und winselte beim Laufen.

»Scheiße«, fluchte Edge leise. Zur gleichen Zeit bestätigte Jen: »Die Fährte endet hier.«

Das war schlecht. Penny hatte gesagt, dass Pyros Wagen noch bei der Wohnanlage stand, und wenn seine Spur hier endete, war es wahrscheinlich, dass er in das Fahrzeug von jemand anderem gestiegen war. Aber von wem? Und warum?

»Was ist das?«, fragte Buck und zeigte auf etwas im Unkraut am Rand des Grundstücks. Auf einer Seite des Geländes gab es einen Streifen mit extrem hochgewachsenen Büschen und Gras, und Casper sah sofort, worauf sein Freund gezeigt hatte.

Alle liefen zu dieser Seite des Grundstücks, um zu sehen, was es war.

»Mist.«

»Scheiße!«

»Das ist nicht gut.«

Nein, das war es nicht. Im Dreck und Gras lag ein Pokémon-Rucksack. Einer, den sie alle schon einmal gesehen hatten. Es war der von Bowie. Er war der Beweis, dass sie hier gewesen war ... oder zumindest ihre Tasche.

»Verteilt euch, schaut euch um. Schaut, was ihr noch finden könnt«, befahl Casper. Er betete, dass sie die Leiche des kleinen Mädchens nicht im Unterholz finden würden, und zu seiner Erleichterung konnten sie nach einer kurzen Suche in der Umgebung bestätigen, dass Bowie nicht da war.

Er hatte ein schlechtes Gewissen, weil er erleichtert war, aber die Alternative wäre schlimmer gewesen. Pyro und Bowie waren freiwillig oder unfreiwillig in ein Fahrzeug gestiegen, und der Rucksack des kleinen Mädchens war wahrscheinlich in der Hoffnung, dass niemand ihn finden würde, hier weggeworfen worden.

Fred gab ein leises Bellen von sich, womit er alle erschreckte. Casper drehte sich um und sah den Hund auf der anderen Seite des Parkplatzes sitzen, mit Jen und Edge an seiner Seite. Als er hinüberging, bückte Edge sich und hob etwas vom Boden auf.

Casper erkannte sofort, was es war.

Pyros Handy. Er hatte seinen Freund und Co-Piloten Hunderte Male damit gesehen. Und Fred hatte es offensichtlich gefunden, da er sich an Pyros Geruch festgebissen hatte.

»Der Bildschirm ist zerbrochen, aber es scheint zu funktionieren«, sagte Edge grimmig.

Casper sah sich um und versuchte, sich vorzustellen, was hier passiert war. Wie zum Teufel hatte Pyro sich überrumpeln lassen? Andererseits musste er sich nicht allzu viele Gedanken machen. Wahrscheinlich hatte jemand Bowie bedroht, und er hatte alles Notwendige getan, um sie zu beschützen und zu verhindern, dass ihr etwas zustieß.

Aber war sie unverletzt? War Pyro unverletzt? Er fragte sich unweigerlich, warum jemand sowohl Pyro als auch das Mädchen mitgenommen hatte. Ja, es gab Menschen auf der

Welt, die sie abgrundtief hassten, aber es wäre für Terroristen extrem schwierig, die Namen der Piloten der Hubschrauber herauszufinden, die die Delta Force und die Navy SEALs in ihre Gebiete hinein- und wieder herausflogen. Und wenn jemand Bowie aus niederen Beweggründen entführen wollte, schien es unwahrscheinlich, dass er auch einen erwachsenen Mann mitgenommen hätte. Das wäre zu riskant gewesen. Es wäre klüger gewesen, Pyro zu erschießen oder ihn zu verprügeln und ihn auf diesem Parkplatz zurückzulassen.

Aber er war nicht hier. Bowie auch nicht. Und sie waren nicht näher dran herauszufinden, was mit ihnen passiert war, als zu dem Zeitpunkt, an dem Penny angerufen hatte, um zu sagen, dass sie nicht nach Hause gekommen waren.

Es war Zeit, Verstärkung zu holen. Casper und sein Team hatten zu diesem Zeitpunkt alles getan, was sie konnten. Sobald sie mehr Informationen hatten, einen Ort, konnten er und seine Freunde versuchen, ihren Teamkameraden zu finden. Niemand legte sich mit einem Night Stalker an. Es spielte keine Rolle, dass sie nicht in ihren Hubschraubern saßen oder auf einer Mission in einem Land auf der anderen Seite der Welt waren. Sie würden ihren Teamkameraden und Bowie finden und nach Hause bringen.

Es gab keine andere Option.

KAPITEL SECHZEHN

Die Schmerzen in seinem gebrochenen Bein machten es ihm schwer, klar zu denken. Die Art und Weise, wie er und Bowie im Kofferraum hin und her geschleudert wurden, während das Fahrzeug schnelle Kurven fuhr und stark bremste, verursachte ihm Übelkeit. Aber er ließ Bowie nicht los. Er lockerte seinen Griff nicht eine Sekunde lang. Nichts und niemand würde ihn dazu bringen, sie loszulassen.

Auch sein Knie pochte, und er hatte keine Ahnung, ob sein Schienbein oder sein Wadenbein gebrochen war, aber er hatte definitiv ein Knacken gehört, als der Schläger zum zweiten Mal auf sein Bein schlug ... oder war es das dritte Mal? Er war sich in diesem Moment nicht sicher, aber eines war ihm klar.

Die Männer, die ihn und Bowie entführt hatten, hatten davon gesprochen, sie zu verkaufen. Das bedeutete, dass sie sie am Leben halten mussten. Und das bedeutete Zeit. Zeit für sein Team, sie zu finden. Denn er wusste ohne Zweifel, dass Penny Hilfe gerufen hatte, als er und Bowie nicht wie vereinbart zurückgekehrt waren.

Die Polizei würde vielleicht sagen, dass sie stundenlang warten musste, um sicherzugehen, dass sie wirklich vermisst waren, aber seine Freunde hatten nicht die gleichen Einschränkungen. Er hatte sein Handy nicht dabei, also konnten sie auf diese Weise nicht aufgespürt werden, aber er hatte volles Vertrauen in seine Kameraden von den Night Stalkers und ihre Ressourcen. Er und Bowie mussten nur am Leben bleiben und durften sich nicht trennen lassen.

Allerdings war das eindeutig der Plan. Die Arschlöcher, die sie entführt hatten, waren viel zu geschwätzig gewesen. Er wusste, dass jemand anderes das Sagen hatte und nur die Entführung von Bowie angeordnet hatte. Aber diese Typen waren gierig, daher befand Pyro sich mit dem verängstigten kleinen Mädchen in diesem Kofferraum.

Es war seltsam, dankbar zu sein, dass seine Entführer gierige Mistkerle waren. Aber wenn sie es nicht gewesen wären, hätten sie ihn mit einem gebrochenen Bein – oder Schlimmerem – auf dem Parkplatz zurückgelassen, und er hätte Bowie wahrscheinlich nie wiedergesehen.

Das Schluchzen des kleinen Mädchens hatte nachgelassen, aber sie zitterte immer noch in seinen Armen.

»Ich weiß nicht, was los ist, aber ich verspreche dir, dass ich alles in meiner Macht Stehende tun werde, um dich nicht zu verlassen.«

Bowie nickte an seinem Hals, wo sie ihren Kopf vergraben hatte.

»Du musst stark sein. Kannst du das für mich tun?«

Sie antwortete nicht.

»Bowie-Bär, du bist eines der mutigsten Kinder, die ich kenne. Erinnerst du dich, als wir in Afrika waren und du auf dem Dach standest? Ich war gerade mit Casper gelandet und wir mussten alle an Bord holen. Aber niemand bewegte sich. Sie hatten alle zu viel Angst. Aber weißt du, wer sich bewegt hat? Du. Du bist, ohne zu zögern, auf das Geräusch des Hubschraubers zugegangen. *Du* warst es, die den ersten Schritt gemacht hat, der allen anderen geholfen hat, mir zu vertrauen. Jeden Tag beeindruckst du mich mit deiner

Tapferkeit und Stärke. Du und deine Mutter seid Superfrauen.«

Er spürte, wie Bowie schluckte. Sie hob den Kopf nicht, murmelte aber: »Sie haben dir wehgetan. Ich habe gehört, wie sie dich geschlagen haben. Und du bist gefallen.«

Scheiße, er hasste das. Er verabscheute es zutiefst.

»Das haben sie«, sagte er, da er sich weigerte, sie anzulügen. »Aber ich werde wieder. Du auch. Du musst nur noch ein bisschen länger tapfer sein.«

»Wohin bringen sie uns?«

»Ich weiß es nicht. Aber wenn wir dort sind, benutzt du deine Ohren, um Informationen zu sammeln, und ich benutze meine Augen. Wir können unsere Erkenntnisse vergleichen, wenn wir wieder allein sind.«

Falls sie allein wären. Pyro hatte keine Ahnung, wie das hier ausgehen würde. Er betete, dass ihre Entführer sie irgendwo verstecken müssten, um ihre Abholung durch denjenigen zu arrangieren, der sie gekauft hatte. Wenn sie sie sofort weiterverkaufen würden, wäre das nicht gut. Pyro war nicht in der Verfassung zu kämpfen, aber er würde es trotzdem tun. Bis zu seinem letzten Atemzug. Wenn jemand Hand an das kostbare Mädchen in seinen Armen legte, würde er durchdrehen.

»Ich kann nicht helfen«, sagte Bowie mit einem Schniefen.

»Warum nicht?«

»Ich kann nichts sehen!«, wimmerte sie.

»Und?«, fragte Pyro, dem es nicht gefiel, dass sie zum ersten Mal zugab, dass ihre Behinderung ein Nachteil war. Normalerweise hielt sie den Kopf hoch und verlangte, das Gleiche tun zu dürfen wie alle anderen, auch wenn es auf ihre eigene Art und Weise war.

»Hör mal, Bowie-Bär, weil du blind bist, werden die Leute, die uns in diesen Kofferraum gesteckt haben, dich unterschätzen. Und wir alle haben die eine oder andere Behinderung. Manche lassen sich nur leichter verbergen als andere.«

»Was ist deine?«, fragte sie.

Natürlich fragte sie das. Sein Bowie-Bär war schlau wie ein Fuchs.

»Ich bin ohne Mutter und Vater aufgewachsen. Ich war ein Pflegekind. Niemand wollte mich behalten. Das gab mir das Gefühl, unwürdig zu sein. Wertlos. Deshalb fällt es mir schwer zu glauben, dass du mich liebst. Und deine Mutter auch. Aufgrund meiner Kindheit fällt es mir manchmal schwer, daran zu glauben.«

»Ich liebe dich, Kylo-Pyro! Du bist nett zu mir und gibst mir ein Gefühl der Sicherheit«, sagte Bowie mit Nachdruck.

»Und ich liebe dich auch. Du gehst durchs Leben und konzentrierst dich auf die Dinge, die du trotz deiner Blindheit gut machen kannst. Du hältst dich nicht mit den Dingen auf, bei denen sie dich beeinträchtigen könnte. Das musst du jetzt auch tun. Zähle die Schritte, damit du weißt, wie weit es von einem Ort zum anderen ist, sobald wir an unserem Ziel angekommen sind. Dann kannst du leicht entkommen, wenn wir fliehen. Hör zu, was die Leute sagen, die uns gefangen genommen haben. Wissen ist Macht, Bowie-Bär. Und du hast ein besseres Gehör als jeder andere, den ich kenne.«

»Ich kann tatsächlich gut hören«, sagte Bowie mit etwas festerer Stimme.

»Ja, das kannst du. Und du hattest recht. Sie haben mir wehgetan. Meinem Bein. Ich bin mir nicht sicher, ob ich gut laufen kann. Deshalb musst du tapfer sein und dich nicht aufregen, wenn du merkst, dass ich humple oder hüpfe, okay?«

Sie klang etwas weniger sicher, als sie »Okay« sagte.

»Ich werde mich wahrscheinlich so verhalten, wie du es noch nie von mir gehört hast. Dinge sagen, die keinen Sinn ergeben. Du musst nicht sprechen, hör einfach nur zu, das ist es, was ich von dir brauche.«

»Wie verhalten?«

»Schwach. Sie glauben, sie hätten einen schwachen Mann gefangen genommen. Jemanden, der sich nicht wehren kann. Jemanden, den man leicht kontrollieren kann. Ich muss dafür sorgen, dass sie weiterhin so über mich denken, also werde ich jammern. *Viel.* Weißt du, so wie deine Mutter es hasst?«

Bowie nickte an ihm. »Ja.«

»Also mach dir keine Sorgen, okay?«

»Kylo-Pyro?«, flüsterte Bowie.

»Ja?«

»Ich habe Angst.«

»Ich auch.«

Er spürte, wie sie ihren Kopf von seiner Schulter hob. »Wirklich?«, fragte sie überrascht.

»Ja. Auch Erwachsene haben Angst. Es wäre seltsam, wenn ich jetzt keine Angst hätte nach allem, was uns passiert ist. Aber Angst zu haben bedeutet nicht, dass ich nicht mutig sein kann. Dass ich nicht tun kann, was getan werden muss. Dass ich dich nicht beschützen kann. Verstehst du?«

»Ich glaube schon.«

»Gut. Ich glaube, wenn man Angst hat und so tut, als sei das nicht der Fall, dann lässt die Angst manchmal nach und man wird am Ende stärker, als man es jemals für möglich gehalten hätte.«

Pyro wusste nicht wirklich, ob das stimmte, aber er würde alles sagen, um Bowie zu beruhigen. Damit sie ihre eigene Stärke erkannte. Damit sie das Selbstvertrauen bekam, alles zu überstehen, was passieren könnte, wenn der Kofferraum geöffnet wurde.

»Okay, Kylo-Pyro. Ich habe keine Angst.«

»Braves Mädchen.« Er merkte, dass sie in Wirklichkeit Angst hatte, aber er liebte sie umso mehr dafür, dass sie sich seine Worte zu Herzen genommen hatte.

Wie konnte jemand versuchen, diesem kleinen Mädchen wehzutun? Sie hatte eine reine Seele. Sie war der Inbegriff von Güte und Freundlichkeit. Pyro würde alles tun, um das zu bewahren.

Er spürte, wie das Fahrzeug langsamer wurde, und holte tief Luft. Jetzt ging es los. Er hatte keine Ahnung, was ihn erwarten würde, wenn sie den Kofferraum öffneten. »Vergiss nicht, was ich gesagt habe, Bowie. Ich werde ganz anders klingen als der Mann, den du kennengelernt hast. Das ist alles nur gespielt, okay?«

Sie legte ihren Kopf wieder auf seine Brust und nickte. Sie begann wieder zu zittern, was Pyros Entschlossenheit, sie mit allen Mitteln zu beschützen, noch verstärkte.

Es klang, als läge Kies unter den Reifen, und als der Motor abgestellt wurde, schien die Zeit langsamer zu vergehen. Pyros Herz schlug hart und schnell, während er wartete. Er hörte Stimmen draußen, konnte aber die Worte nicht verstehen. Er wollte Bowie fragen, ob sie sie verstehen konnte, kam aber nicht dazu.

Es gab ein Klicken, und der Kofferraum sprang auf. Das Licht blendete seine Augen, aber Pyro gab sein Bestes, sie zumindest einen Spaltbreit offen zu halten, um die Situation einschätzen zu können.

Die beiden Männer standen da, sein Angreifer hielt den Schläger in der Hand, mit dem er ihm das Bein gebrochen hatte. Der Wunsch, ihm den Schläger zu entreißen und ihm zu zeigen, wie es sich anfühlte, wenn man diese Waffe gegen ihn einsetzte, war groß, aber Pyro unterdrückte diese Gefühle. Sein einziges Ziel war es jetzt, bei Bowie zu bleiben.

»Raus hier«, befahl der andere Mann und trat vom Kofferraum zurück.

Erleichtert, dass er nicht schon versuchte, Bowie von ihm wegzureißen, holte Pyro tief Luft. »Tut uns nichts«, flehte er mit der erbärmlichsten Stimme, die er aufbringen konnte. »Nicht schon wieder! Wir tun alles, was ihr uns sagt, nur schlagt mich nicht.«

Die beiden Männer sahen sich überrascht an – dann lachten sie. »Schlappschwanz. Steig aus dem Kofferraum, oder wir werden diesen Schläger *wirklich* einsetzen.«

Seltsamerweise hasste Pyro es, dass sie in Bowies Gegenwart fluchten, obwohl das im Moment seine geringste Sorge sein sollte. Er bewegte sich im Kofferraum, bis er aufrecht saß. Die Bewegung brachte sowohl sein Bein als auch sein Knie zum Pochen, und ihm wurde übel. Er unterdrückte das Gefühl und versuchte, den Schmerz zu ignorieren. Er war einmal mit einer Kugel in der Schulter eine Mission geflogen. Ein Glückstreffer, der durch das Seitenfenster des Hubschraubers kam, als sie ein Team von Navy SEALs abholten. Die Schmerzen waren fast so schlimm gewesen wie die, die er gerade empfand. Damals hatte er keine andere Wahl gehabt, als zu fliegen, genauso wie er jetzt keine andere Wahl hatte, als den Befehl auszuführen.

Allerdings konnte er nicht aus dem Kofferraum steigen, während er Bowie festhielt. Auf keinen Fall wollte er sie loslassen. Er hoffte inständig, dass die Männer, die ihn auslachten, die Gelegenheit nicht nutzen würden, um sie ihm wegzuschnappen.

»Du musst aufstehen, Bowie«, sagte er sanft zu ihr.

Er war erneut beeindruckt, als sie nickte und von seinem Schoß kletterte. Er ließ sie nicht los, sondern hielt ihre Hand fest im Griff. Sie drückte seine Hand genauso fest zurück, da sie offensichtlich den einzigen Halt, den sie im Moment hatte, nicht verlieren wollte.

Er konnte sich nicht vorstellen, wie beängstigend das für sie sein musste. Sie hatte keine Ahnung, wo sie waren, er war verletzt und sie waren gerade entführt worden.

Pyro schaffte es, sein unbrauchbares Bein über die Kante des Kofferraums zu heben, bevor er sich auf sein gesundes Bein stellte, aber die Übelkeit, die er zurückgehalten hatte, kehrte mit voller Wucht zurück, und er drehte schnell den Kopf zur Seite und erbrach den Rest seines Mittagessens, das er Stunden zuvor gegessen hatte.

Die Männer, die sie entführt hatten, lachten noch lauter.

»Was wird mit uns geschehen?«, fragte er schwach, während er sich den Mund mit dem Ärmel abwischte.

»Wir bringen euch rein, und ihr bekommt ein reichhaltiges

HILFE FÜR PENNY

Abendessen und das beste Zimmer, das wir haben. Ihr werdet gut schlafen, und morgen macht ihr einen kleinen Ausflug.«

Sie verarschten ihn, und das machte Pyro nur noch wütender.

»Eher werdet ihr in den Keller gehen, wo ihr bleiben werdet, bis die Kuriere euch morgen früh abholen«, sagte der Typ mit dem Schläger lachend.

»Wohin gehen wir?«, fragte Pyro, um so viel Zeit wie möglich zu gewinnen. Er musste sein Gleichgewicht wiederfinden und seine Kräfte sammeln, um das große Haus zu erreichen, das vor ihnen stand. Es war eigentlich ein hübsches Haus, ein zweistöckiges Gebäude, das wie jedes andere Ferienhaus am Strand aussah. Und sie befanden sich an einem Strand. Er wusste nicht, an welchem, aber er konnte Lichter über dem Wasser sehen. Sie waren nicht so lange im Kofferraum gewesen, daher glaubte er nicht, dass sie sich allzu weit außerhalb von Norfolk befanden. Das würde es seinen Freunden leichter machen, sie zu finden.

»Ins Krankenhaus«, sagte der erste Mann mit einem bösen Funkeln in den Augen. »Das Bein muss untersucht werden.«

»Gott sei Dank! Ich glaube, es ist gebrochen«, erwiderte Pyro und spielte mit dem Arschloch mit. »Kann meine Tochter bei mir bleiben? Sie hat Angst.«

Bowie verstand den Wink und drückte sich an seine Seite – seine gute Seite – und vergrub ihren Kopf an seinem Hemd. Er nahm an, dass sie nur halb schauspielerte, denn sie hatte ganz sicher Angst.

»Ja, ja. Sie kommt auch ins Krankenhaus. Unsere Kumpel holen euch ab. Aber ihr werdet nicht zusammen reisen.«

Das klang nicht gut. Die Countdown-Uhr tickte, und in Pyros Kopf war sie unerträglich laut. Er musste sie aus dieser beschissenen Situation herausholen.

Zweifel versuchten, sich in seinen Kopf zu schleichen, aber Pyro wehrte sie ab.

»Warum nicht?«, jammerte er in dem Versuch, besonders

erbärmlich zu klingen. Er zog die Schultern hoch und versuchte, sich kleiner zu machen. Weniger bedrohlich. Bislang schien es zu funktionieren. Die Männer wirkten ausgesprochen entspannt. Wahrscheinlich weil sie wussten, dass er offensichtlich nicht weglaufen würde, nicht mit seinem gebrochenen Bein.

»Du brauchst einen Spezialisten«, sagte der Mann mit dem Schläger grinsend. »Unsere Freunde werden euch beide zu den Ärzten bringen, die ihr braucht.«

»Warum nicht gleich jetzt?«

Pyro wusste warum – weil sie nicht ins verdammte *Krankenhaus* gehen würden. Irgendwann würden sie wahrscheinlich unter Drogen gesetzt, zu einem Flugplatz gebracht und direkt zu Leuten geflogen werden, für die Geld keine Rolle spielte. Leute, die einem schönen, hilflosen kleinen Mädchen schreckliche, unaussprechliche Dinge antun und ihre Macht über einen erwachsenen Mann ausüben wollten.

Er wollte diese Details unbedingt wissen, damit er sie an Tex weitergeben und dieser die gesamte Menschenhandelsoperation zerschlagen konnte.

Aber das Wichtigste zuerst ... er musste Bowie hier wegbringen.

Ohne sich zu verraten, versuchte Pyro, sich einen Überblick über die Lage zu verschaffen. Das Haus war von Bäumen umgeben, sodass er nicht viel von der Umgebung sehen konnte, aber er konnte das Meer riechen und die Lichter auf der anderen Seite sehen. Der späte Nachmittag war ruhig, bis auf die Musik, die von links zu hören war. Sie klang weit entfernt, aber wenn es Musik gab, bedeutete das, dass Menschen da waren.

Und Menschen bedeuteten ein Telefon.

»Weil«, blaffte der erste Mann. »Genug geredet. *Bewegung*«, befahl er und trat bedrohlich auf sie zu.

Pyro legte einen Arm um Bowie und drückte sie näher an sich, mehr zu ihrem Schutz als aus anderen Gründen, und tat sein Bestes, um der Aufforderung des Mannes nachzukommen.

Der erste Schritt war qualvoll. Der Druck auf sein Bein sandte stechende Schmerzen durch seinen Körper und raubte ihm den Atem.

Erstaunlicherweise spürte er beim zweiten Schritt, wie Bowie ihr Bestes gab, um ihn zu stützen. Sie war winzig, war verdammt noch mal *entführt* worden, und dennoch tat sie alles, was sie konnte, um ihm beim Gehen zu helfen.

Pyro war demütig und seine Entschlossenheit, sie hier herauszuholen, verdreifachte sich.

Es ging nur langsam voran, und Pyro suchte weiterhin die Umgebung ab, während sie sich auf den Weg zum Haus machten. Die Männer hinter ihm unterhielten sich mit leisen Stimmen, aber Pyros Ohren klingelten und der Schmerz machte es ihm schwer, etwas anderes zu hören als das Pochen seines eigenen Herzens.

Endlich erreichten sie das Haus, und der Mann mit dem Schläger schob ihn beiseite und ging auf eine Tür in der Wand zu. Er drückte einen Knopf, und das vertraute Klingeln eines Aufzugs hallte fast laut in der leeren Eingangshalle wider.

»Nur das Beste für euch beide«, scherzte der Mann und stieß Pyro erneut, sodass er und Bowie stolperten und fast in den Aufzug fielen.

»Schicke Mietshäuser mit Aufzügen sind gerade total angesagt«, schnaufte er, als er den K-Knopf auf der Konsole drückte.

Pyro sagte nichts. Er war eigentlich mehr als dankbar für den verfluchten Aufzug, denn er hätte nicht einmal eine einzige verdammte Stufe hinauf- oder hinuntersteigen können.

Die Tür öffnete sich zu einem völlig anderen Raum als dem, den sie gerade verlassen hatten. Es war definitiv ein stereotyper Keller – dunkel, feucht und mit dem Geruch von Schimmel. Der Betonboden war an einigen Stellen rissig und hier und da standen ein paar Kartons, aber ansonsten war der Raum leer.

Der Schlägertyp packte Pyro am Oberarm und führte ihn

zu einem Stuhl, der hinten im Raum stand. Er warf ihn darauf, sodass Pyro für einen Moment nichts mehr sehen konnte.

Das reichte dem Mann, um ein Paar Handschellen hervorzuholen. Er verdrehte Pyro die Hände hinter dem Rücken, schob sie zwischen verschiedene Latten des Stuhls und fesselte sie aneinander. Dann band er auch seine Beine an den Stuhl und zog das Seil fest. Das Seil, das sich in sein gebrochenes Schienbein grub, ließ Pyro vor Schmerz nach Luft schnappen, aber er kämpfte gegen die Ohnmacht an und schaffte es gerade so.

Bowie klammerte sich weiterhin so gut sie konnte an Pyros Seite, während er gefesselt wurde.

Als der Mann den Blick auf sie richtete, konzentrierte Pyro sich auf den Schmerz, der seinen Körper durchströmte, und ließ ein paar Tränen fließen. »Bitte, ihr müsst mich nicht fesseln. Ich brauche einen *Arzt!* Lasst mich nicht hier zurück!«

Wie er vermutet hatte, genossen seine Entführer es, ihn so gebrochen zu sehen.

Sie lachten nur, forderten ihn auf, sich zu benehmen, sagten, sie würden ihn am nächsten Morgen sehen, und gingen zurück zum Aufzug. Er war unendlich erleichtert, dass sie Bowie nicht ebenfalls gefesselt hatten.

»Versucht gar nicht erst, mit dem Aufzug hier rauszukommen«, warnte der Fahrer. »Selbst wenn du von diesem Stuhl loskommst, würde euch das nichts nützen. Wir schalten den Strom für den Aufzug ab, sobald wir wieder oben sind. Du und Helen Keller könnt hier unten bleiben und froh sein, dass wir euch nicht im Kofferraum schlafen lassen.«

»Danke, danke«, sagte Pyro sofort und tat so, als sei er den Arschlöchern dankbar.

»Schlaft gut. Morgen ist ein neuer Tag!«, krähte der Schlägertyp.

»Ja. Der Tag, an dem wir reich werden«, murmelte sein Kumpel lachend.

Dann waren sie verschwunden.

Pyro hörte sofort auf zu weinen und seine Schultern entspannten sich ein wenig. Er und Bowie steckten immer noch tief in der Scheiße, aber er zog es vor, allein zu sein, anstatt sich gegen die Übergriffe ihrer Entführer wehren zu müssen.

»Kylo-Pyro? Geht es dir gut?«, flüsterte Bowie. Sie legte eine Hand auf sein Gesicht und versuchte, seine Tränen wegzuwischen.

»Mir geht es gut, Bowie-Bär. Du hast das toll gemacht.«

»Ich habe getan, was du gesagt hast. So getan, als hätte ich keine Angst. Aber ich habe wirklich Angst. Es ist kalt hier unten und es stinkt.«

»Ich weiß. Aber wir sind zusammen, und alles wird gut.«

Er hatte keine Ahnung, ob das, was er sagte, stimmte, aber er wollte auf keinen Fall etwas sagen, das Bowie noch mehr erschrecken würde, als sie es ohnehin schon war.

»Wer ist Helen Keller?«

Pyro blinzelte, völlig überrascht von der Frage. Er durchsuchte sein Gedächtnis nach dem, was er über diese Frau wusste. »Sie war eine taubblinde Frau, die erste Person mit dieser Behinderung, die in den Vereinigten Staaten einen Bachelor-Abschluss erworben hat. Sie hat viele Bücher geschrieben und sich sehr dafür eingesetzt, das Leben von taubblinden und anderen Menschen mit Behinderungen zu verbessern.«

»Oh. Warum hat der Mann mich so genannt? Ich bin blind, nicht taub.«

Pyro holte tief Luft. Es gab eine Menge Dinge, die er sagen wollte, allesamt abfällige Bemerkungen über den Arsch, der gerade gegangen war, aber er gab sich alle Mühe, ruhig zu bleiben. »Er wollte gemein sein. Er hat offensichtlich nicht viel Respekt vor dieser Frau, die so Großes geleistet hat, obwohl sie weder sehen noch hören konnte.«

Er konnte sehen, wie Bowie darüber nachdachte. Dann

sagte sie: »Ich kann mir nicht vorstellen, wie schwer das sein muss. Mein Gehör hilft mir wirklich sehr.«

»Ich weiß, Bowie-Bär. Und ich bin so stolz auf dich. Du bist unglaublich. Danke, dass du mir beim Gehen geholfen hast. Ohne dich hätte ich es nicht geschafft.« Er schmeichelte ihr auch nicht nur. Das kleine Mädchen hätte ihn unmöglich aufrecht halten können, wenn er gefallen wäre, aber sie gab ihm gerade genügend Halt, dass er ins Haus humpeln konnte.

Pyro war immer noch übel und er hätte in diesem Moment alles für etwas Morphium gegeben, aber er hatte größere Probleme. Die Uhr tickte, und wenn er keinen Weg fand, aus diesem Keller herauszukommen, würden er und Bowie am nächsten Morgen wegtransportiert werden, um einem grausamen Schicksal entgegenzugehen.

Gedanken an Penny versuchten, sich in seinen Kopf zu schleichen, aber Pyro verdrängte sie gnadenlos. Er durfte nicht daran denken, was sie gerade durchmachte oder wie besorgt sie war. Er musste sich auf das Hier und Jetzt konzentrieren. Darauf, Bowie aus diesem Keller zu befreien.

Als die Aufzugtür sich öffnete, war ihm klar geworden, dass er sie nicht retten konnte. Nicht in seinem Zustand. Er würde sich auf Bowie verlassen müssen. Aber so sehr sie ihn auch täglich damit beeindruckte, wie gut sie sich ohne Augenlicht in der Welt zurechtfand, war dies doch etwas ganz anderes.

Dennoch ... sie hatten keine Wahl. Bowie würde sie retten müssen. Oder es zumindest versuchen. Pyro konnte nicht darauf warten, dass jemand sie fand. Sie hatten keine Zeit.

Die Flucht konnte jedoch warten. Bis die Nacht hereinbrach. Bis die Männer oben ihre Wachsamkeit aufgaben und schlafen gingen in der Gewissheit, dass ihre Gefangenen im Keller festsaßen. Pyro wusste nicht, ob sie dieses Haus besaßen oder nur mieteten. Letztendlich spielte das keine Rolle. Es zählte allein, von hier zu verschwinden, bevor ihre Kumpel am Morgen auftauchten.

Aber zuerst ... konnte er eine Umarmung gebrauchen.

»Komm her«, sagte er zu Bowie. »Auf meinen Schoß.«

Ohne zu zögern, tat sie, was er verlangte, kletterte auf seinen Schoß und legte ihre Arme um seinen Hals. Pyro hasste es, dass er die Umarmung nicht erwidern konnte, aber er schloss die Augen und genoss die Wärme und das Gewicht ihres kleinen Körpers an seinem eigenen.

»Ich hab dich lieb, Bowie-Bär. Alles wird gut. Wenn wir hier rauskommen, essen wir eine Woche lang nur Eis. Und so viele Chicken Nuggets, wie wir wollen. Verstehst du mich?«

Sie nickte, hob aber weder den Kopf noch antwortete sie. Sie war wahrscheinlich erschöpft. Pyro war es auf jeden Fall. Er hatte zwar überhaupt keine Lust zu schlafen, aber sie hatten Zeit für ein Nickerchen für Bowie. Sie würde ihre Ruhe brauchen.

Pyro verbrachte die nächsten Stunden damit, Bowies Atemzüge zu zählen, während sie schlief. Er überlegte sich einen Plan. Wie er das Selbstvertrauen des kleinen Mädchens so stärken konnte, dass sie die Kraft hatte, das zu tun, was getan werden musste.

Denn ohne Zweifel würde das, was er von ihr verlangen würde, unglaublich beängstigend sein. Aber wenn es ihr Leben rettete, würde er es nicht bereuen. Er hoffte nur, dass ihre Mutter ihm eines Tages verzeihen würde, in welche Lage er ihre Tochter später in dieser Nacht bringen würde.

KAPITEL SIEBZEHN

Penny war übel. Noch nie in ihrem Leben hatte sie solche Angst gehabt. Nicht, als John gewalttätig war und sie wusste, dass er sich gegen sie wenden würde. Nicht, nachdem er gestorben war und sie sich überlegen musste, wie es weitergehen sollte. Nicht, als Colvin Leute zu ihrer Hütte schickte, um Geld einzutreiben, das sie nicht hatte. Nicht einmal, als ihr klar wurde, dass sie buchstäblich nichts zu essen für sich und Bowie hatte, nachdem dieses Arschloch sie ohne einen Cent zurückgelassen hatte.

Aber nicht zu wissen, wo die beiden Menschen, die sie am meisten liebte, gerade waren? Ob es ihnen gut ging? Das war erschreckend bis ins Mark.

Chaos war in die Wohnung zurückgekehrt, und Penny hatte sich fast so gefühlt, als würde sie schweben und von oben auf alle anderen herabblicken und zuhören, was geschah. Ihre Ohren fühlten sich verstopft an, als kämen seine Nachrichten vom anderen Ende eines langen Tunnels.

Er hatte ihnen erzählt, dass Fred Pyros Geruch aufgespürt und ihm bis zu einem Parkplatz gefolgt war. Dann hatte er erzählt, dass er sein Handy und Bowies Rucksack gefunden hatte ... und dass es keine weiteren Anzeichen für ihre Tochter oder den Mann gab, der ihr Leben zum Besseren verändert hatte.

Chaos teilte ihnen außerdem mit, dass sie weder Blut noch andere Anzeichen von Gewalt gefunden hätten. Aber Penny wollte nicht einmal daran denken. Das Einzige, was ihr auch nur den kleinsten Funken Hoffnung gab, war die Annahme, dass Pyro bei Bowie war. Natürlich gab es dafür keinen Beweis, aber sie weigerte sich, etwas anderes zu glauben. Wenn sie getrennt waren, wäre Bowie hilflos. Sie war erst sechs Jahre alt. Und blind. Penny war zwar ständig erstaunt über die Dinge, die ihre Tochter leisten konnte, aber entführt und an einen unbekannten Ort gebracht zu werden wäre selbst für jemanden mit Sehvermögen beängstigend genug. Jemanden, der *kein* Kind war.

»Er sagte, wenn ich ihn nicht bezahle, würde er sie mitnehmen«, flüsterte Penny, als Chaos seine Erklärung beendete, was er und die anderen Night Stalkers gefunden hatten. »Dass er sich das, was ihm zusteht, durch ihren Verkauf holen würde.«

Sie hörte die anderen Frauen nach Luft schnappen, aber sie hielt den Blick auf Chaos gerichtet. Sie sah eine Vielzahl von Emotionen über sein Gesicht huschen. Überraschung, Schock, Wut.

»Das wird nicht passieren«, sagte er mit zusammengebissenen Zähnen. »Pyro wird sie beschützen, bis wir sie finden.«

»Wie sollen wir das machen?«, fragte Penny. »Ich habe die Polizei angerufen, während ihr weg wart, und die Beamten sagten, sie würden jemanden schicken, um eine Anzeige aufzunehmen, aber sie sind noch nicht da. Obwohl Bowie ein Kind ist und blind, scheinen sie nicht allzu besorgt zu sein, da sie bei Pyro ist.«

»Casper ruft Tex an.«

Die anderen Frauen nickten, als sei die Sache damit erledigt. Aber für Penny war sie das nicht. Sie konnte nicht einfach herumsitzen und auf Informationen warten. Jede Minute, die verging, war eine weitere Minute, in der ihrem Baby möglicherweise Schaden zugefügt wurde. Oder in der Pyro litt.

»Ich möchte mit ihm sprechen«, platzte es aus ihr heraus.

Chaos sah verwirrt aus. »Mit wem?«

»Tex. Hast du seine Nummer? Ich möchte wissen, was er unternimmt, um Bowie und Pyro zu finden, und wie ich helfen kann.«

»Wir können nur warten, bis Tex seine Arbeit erledigt hat und sich bei uns meldet.«

Penny schüttelte bereits den Kopf. »Nein. Es geht um *meine* Tochter. Du hast keine Ahnung, wie es sich anfühlt, wenn einem ein Teil von einem selbst so weggerissen wird. Mir ist klar, dass es das beste Szenario wäre, wenn sie und Pyro zusammen sind. Aber sie ist *blind*, Chaos. So stolz ich auch auf ihre Unabhängigkeit bin, bleibt doch die Tatsache, dass *sie nichts sehen kann!* Und so sehr wir es auch glauben wollen, es gibt keine Garantie, dass Pyro noch bei ihr ist. Ich kann nicht einfach herumsitzen, Däumchen drehen und warten. Ich muss etwas tun. Und jetzt möchte ich mit diesem Tex sprechen und hören, was *er* unternimmt, um mein Kind zu finden!«

Penny hörte die Hysterie in ihrer Stimme, als sie lauter wurde, aber das war ihr egal. Ihr ganzes Leben lang war sie das brave Mädchen gewesen. Diejenige, die keine Wellen schlug. Die tat, was ihr gesagt wurde, in der Hoffnung, nicht aus einer weiteren Pflegefamilie rausgeschmissen zu werden. Aber damit war jetzt Schluss. Bowies Leben stand auf dem Spiel, und sie konnte und *wollte* nicht einfach herumsitzen und ein »braves Mädchen« sein, das alle anderen über ihr Schicksal entscheiden ließ.

Scheiß drauf. Scheiß auf Colvin Jackson oder wie auch immer er hieß.

Sie wollte Bowie zurück. Jetzt. Heute Abend.

Chaos starrte sie einen langen Moment an, bevor er in seine Gesäßtasche griff und sein Handy herausholte. Er entsperrte es, klickte auf etwas und hielt es ihr dann hin.

Es war still im Raum, als hielten alle den Atem an und warteten darauf, was als Nächstes passieren würde.

»Ich habe Tex' Nummer geöffnet. Du musst nur anrufen.«

»Danke«, sagte Penny und nahm das Telefon. Sie ging zu dem kleinen Tisch neben der Küche und setzte sich. Ihre Beine fühlten sich wackelig an, als hätte sie mit ihrer Auflehnung gegen Chaos ihre letzten körperlichen Reserven aufgebraucht. Sie legte das Telefon auf den Tisch und tippte auf den Bildschirm. Dann schaltete sie den Lautsprecher ein. Auch für Chaos stand viel auf dem Spiel, sein Freund war verschwunden. Und Penny hatte kein Problem damit, die anderen Frauen das Gespräch mithören zu lassen. Sie hatte keine Ahnung, was der Mann am anderen Ende der Leitung sagen würde, und sie hatte das Gefühl, dass sie ihre Unterstützung brauchen könnte.

Das Telefon klingelte zweimal, bevor ein Mann abnahm.

»Ich bin gerade etwas beschäftigt, Chaos«, sagte er. »Was gibt's?«

»Ich bin nicht Chaos. Mein Name ist Penny Burns, und meine Tochter wurde entführt. Ich möchte wissen, was Sie unternehmen, um sie zu finden, und wie ich helfen kann.«

Man musste dem Mann zugutehalten, dass er weder verärgert noch überrascht klang, dass sie am anderen Ende der Leitung war. »Sie wissen, dass Pyros Handy zurückgelassen wurde, oder?«

»Ja. Und das von Bowie auch. Es war in ihrem Rucksack.«

»Ja. Also habe ich mich in die Überwachungskameras entlang der Strecke vom Spielplatz zum Parkplatz gehackt, wo ihre Sachen gefunden wurden. Ich habe ein Video gefunden, auf dem sie Hand in Hand auf dem Bürgersteig gehen, und ihre Körpersprache scheint völlig normal zu sein. Leider suche ich immer noch nach Kameras, die den Parkplatz des alten Taco-

Ladens zeigen, über den sie gegangen sind. Ich verfolge einige Spuren von Fahrzeugen, die sich zum Zeitpunkt ihres Verschwindens in der Gegend befanden, aber die Qualität der Sicherheitsaufnahmen ist miserabel, sodass ich keine Autokennzeichen erkennen kann. Im Moment lasse ich ein Programm laufen, um die Marken und Modelle der Fahrzeuge zu finden, die in der Gegend auf Video aufgenommen wurden, um zu sehen, ob ich sie auf diese Weise finden kann.«

Er holte tief Luft und sagte dann: »Ich bin froh, dass Sie angerufen haben. Reden Sie mit mir, Penny. Sagen Sie mir, wer Ihrer Meinung nach Ihre Tochter entführt hat.«

»Colvin Jackson«, sagte sie, ohne zu zögern. »Oder wie auch immer er heißt. Als wir in Gabun waren, hat er mir einmal gesagt, dass er Bowie entführen und verkaufen würde, wenn ich ihm nicht das Geld bezahle, das John ihm schuldete.«

»Haben Sie jemals einen Beweis für diese angebliche Schuld gesehen?«

»Nein. Ich habe einmal danach gefragt und mich geweigert, seinem Schläger die monatliche Zahlung zu geben. Aber am nächsten Tag wurde unsere Wohnung durchwühlt und ausgeraubt, und ich hielt das nicht für einen Zufall, da Colvin selbst am Tag danach auftauchte und die Zahlung verlangte. Da hat er Bowie bedroht. Ich habe nicht noch einmal gefragt.«

»Und Ihr Mann wurde auf dem Parkplatz eines Stripklubs ermordet?«

Penny spürte, wie sich Scham in ihr ausbreitete. Sie schloss die Augen und bereute, den Lautsprecher eingeschaltet zu haben. Sie spürte eine Hand auf ihrer Schulter und als sie sich umdrehte, um zu sehen, wer hinter ihr stand, sah sie nicht nur eine Person, sondern Laryn, Mandy und Zita. Anstatt Mitleid in ihren Gesichtern zu entdecken, wirkten alle drei wütend. Ihre Unterstützung gab ihr den Mut, Tex zu antworten.

»Ja. Zu diesem Zeitpunkt hatte er schon seit einigen Jahren keinen Sex mehr mit mir gehabt, also war es mir egal. Wir lebten im Grunde nur noch zusammen. Ich ließ mich nicht mehr von ihm anfassen, nachdem er angefangen hatte, Stripklubs zu besuchen. Mir war mehr als klar, dass er nicht nur Frauen beim Tanzen ohne Kleidung zusah. Die Polizei sagte, es sei ein Raubüberfall gewesen, aber dann gaben die Beamten mir seine persönlichen Gegenstände, darunter seine Uhr, eine Halskette, die er immer trug, und seine Brieftasche. Es war kein Geld darin, aber ich habe mich immer gefragt, welcher Räuber sich die Zeit nehmen würde, die Taschen eines Menschen nach einer Brieftasche zu durchsuchen, dann dort stehen zu bleiben und sie zu durchsuchen, anstatt einfach mit der ganzen Beute davonzulaufen. Und dabei auch noch eine Uhr und eine Halskette zurückzulassen, die offen sichtbar waren.«

»Das frage ich mich auch«, sagte Tex. »Sie wussten, dass Pyro mich gebeten hatte, Colvin zu überprüfen, oder?«

»Ja.«

»Der Mann war der Besitzer dieses Stripklubs. Und vieler anderer ähnlicher Klubs. Er hat viel Geld verdient, nicht nur mit Öl, sondern auch mit dem Verkauf von Sex. Ihr Mann schuldete ihm wahrscheinlich Geld, denn Colvin ist ein gewiefter Geschäftsmann. Er weiß, wie man mit Menschen spielt, und er hat John wahrscheinlich einen Vertrag unterschreiben lassen, als dieser kein Geld mehr hatte, um sich weitere Huren zu leisten. Entschuldigen Sie meine Derbheit.«

»Ich glaube, darüber müssen wir uns keine Gedanken mehr machen. Was hat das mit der Suche nach Bowie zu tun?«, fragte Penny. Sie billigte nicht, was ihr Mann in den Jahren vor seinem Tod getan hatte, aber er hatte für seine schlechten Entscheidungen mehr als bezahlt.

»Sie wissen auch, dass der Mann, den Sie als Colvin kannten, hier in den Staaten ist.«

»Ja, Pyro hat es mir gesagt. In Washington.«

»Ich habe seine Telefongespräche überprüft und seine Bankunterlagen durchgesehen und kann keine Verbindung zwischen ihm und irgendjemandem finden, der in Virginia sein könnte. Aber das bedeutet nicht, dass niemand dort ist. Er hat wahrscheinlich denjenigen, der Bowie und Pyro entführt hat, bar bezahlt oder plant, ihn bar zu bezahlen. Geld, das er nirgendwo eingezahlt hat, als er aus Großbritannien hierherkam. Es war ganz sicher nicht Colvin selbst, der Ihre Tochter entführt hat, aber seine Hände sind alles andere als sauber. Da bin ich mir sicher.«

Penny stimmte ihm zu. »Was nun? Wie finden wir sie?«

Die Stille am anderen Ende der Leitung war erschreckend.

»Tex? Sie *können* sie finden, oder?«

»Ich arbeite daran.«

Penny hatte Tränen in den Augen. Sie hatte all ihre Hoffnungen auf diesen Mann gesetzt. Alle sagten so tolle Sachen über ihn. Dass er es sogar schaffte, die kleinste Nadel im Heuhaufen zu finden, selbst wenn die Chancen gegen ihn standen. Er musste dieses Wunder für sie vollbringen. Aber ihr wurde langsam klar, dass er das vielleicht nicht schaffen würde.

»Ich habe einen Freund aus Colorado, der gerade auf dem Weg nach Washington ist«, sagte Tex leise. »Sie müssen seinen Namen nicht wissen, aber vertrauen Sie mir, er wird Colvin jede Information entlocken, die der Mann hat. Die Frau dieses Freundes wurde vor Jahren entführt und war ein Jahrzehnt lang verschwunden. Verkauft. Missbraucht und misshandelt. Als er sie fand, erfuhr er auch, dass sie einen Sohn hatte. Einen Jungen, den er sofort als seinen eigenen beanspruchte. Er duldet keine Gewalt gegen Frauen und schon gar nicht gegen Kinder. Normalerweise bitte ich nicht um solche Gefälligkeiten. Ob Sie es glauben oder nicht, ich mag Gewalt eigentlich nicht ... aber wenn es gerechtfertigt ist, werde ich absolut jedes Mittel einsetzen, das mir zur Verfügung steht.«

Penny nahm an, dass sie von Tex' Worten schockiert oder alarmiert sein sollte. Dass jemand Colvin *verhören* würde. Und wahrscheinlich nicht in einem sicheren Raum auf einer Polizeiwache. Aber das war sie nicht.

»Und ich garantiere Ihnen, dass mein Mann *jedes* bisschen Information aus ihm herausbekommen wird. Über alle, die er erpresst, ob er andere ›verschwinden‹ ließ und wo sie hingekommen sind, wer seine Kontakte sind und woher sie kommen – denn ich vermute, dass die meisten nicht in den USA sind. Und wenn wir alle Informationen haben, die wir brauchen, wird mein Freund sein Team losschicken, um alle zu retten, von denen sie glauben, dass sie noch am Leben sind.«

»Und Colvin?«, fragte Penny.

»Er wird keine Bedrohung mehr sein. Weder für Sie noch für irgendjemanden sonst.«

Penny nickte. Es kümmerte sie nicht einmal, dass Tex andeutete, jemanden umbringen zu lassen.

Colvin hatte ihre Tochter entführt, und wer wusste schon, wie viele andere Kinder noch. Ganz zu schweigen von den schutzlosen Menschen, die er erpresst und ausgenommen hatte ... oder Schlimmeres.

»Ich erwarte noch vor dem Morgen eine Rückmeldung von meinem Mann, um mehr Informationen über Bowie zu erhalten. Halten Sie noch ein wenig durch, Penny. Ich schwöre Ihnen, dass ich alles in meiner Macht Stehende tue, um nicht nur Ihre Tochter, sondern auch Pyro zu finden. Der Mann liebt Sie. Aufgrund Ihrer gemeinsamen Vergangenheit weiß ich, dass Sie das verstehen können, aber er hat noch nie etwas so Kostbares wie Sie und Bowie besessen. Und ich meine das nicht im negativen Sinne. Aber als Pflegekind musste er immer wieder Spielzeug, Unterkunft, Kleidung ... einfach alles zurücklassen. Sie und dieses kleine Mädchen sind das Wichtigste in seinem Leben. Er glaubt, dass Sie seine Belohnung für alles sind, was er gesehen und erlebt hat.«

»Das hat er gesagt?«, fragte Penny leise.

»Nein. Ich konnte es in seiner Stimme hören, als ich das letzte Mal mit ihm gesprochen habe. Als er mir alles über Sie und seine Bowie-Bär erzählt hat. Als er sagte, er würde alles tun, um Sie beide zu beschützen. Auch wenn er mir dafür für den Rest seines Lebens zu Dank verpflichtet wäre und alles bezahlen müsste, was ich ihm in Rechnung stelle ... was ich nicht tue. Das heißt, ich verlange nichts. Dieser Mann wird nicht einfach aufgeben. Er wird alles in seiner Macht Stehende tun, um sie nicht nur zu beschützen, sondern sie auch aus jeder Situation zu befreien, in die sie geraten sind. Auch wenn es seiner eigenen Gesundheit schadet.«

Penny schluchzte. Sie konnte nichts dagegen tun. Tex' Worte waren erschreckend und aufregend gleichzeitig.

»Ich werde sie finden, bevor er sich opfern kann. Denn er braucht Sie, Penny. Genauso wie Sie ihn brauchen. Sie haben meine Nummer, rufen Sie mich an. Wenn Sie Fragen haben, zögern Sie nicht, mich zu kontaktieren. Wenn Ihnen etwas einfällt, das mir bei meiner Suche nach den Arschlöchern helfen könnte, die es gewagt haben, Hand an einen der mutigsten Hubschrauberpiloten Amerikas zu legen, *rufen Sie mich an*. Ich bin für Sie da, Penny. Okay?«

»Okay«, brachte sie hervor.

»Ich melde mich«, sagte Tex noch, bevor die Verbindung unterbrochen wurde.

Penny starrte auf das Telefon. Dann knieten ihre drei Freundinnen sich neben ihren Stuhl auf den Boden und umarmten sie, während sie weinte.

Ein paar Minuten später, als sie sich die Nase putzte und tief durchatmete, sah sie die anderen Frauen an.

Zita und Mandy sahen besorgt aus; sie runzelten die Stirn und es schien, als würden sie selbst gleich weinen.

Aber Laryn? Sie sah wütend aus. Fast schon rasend.

»Ich hoffe, du bist nicht traurig, dass dieser Colvin bald nicht mehr atmen wird.«

Penny runzelte die Stirn. »Nein. Ich glaube, ich bin einfach nur überwältigt.«

»Hat es geholfen, mit Tex zu sprechen?«

Sie nickte.

»Gut.«

»Du bist wütend«, stellte Penny fest.

»Verdammt ja, ich bin wütend! Und sauer auf denjenigen,

HILFE FÜR PENNY

der Bowie und Pyro mitgenommen hat. Ich bin wütend, dass dieser Arsch Colvin so eine Bedrohung ist. Ich bin hormonell total durcheinander und liebe dieses kleine Baby oder diese kleinen Babys in mir schon jetzt, und allein der Gedanke, dass jemand sie als Druckmittel benutzt, um Geld zu erpressen, macht mich mörderisch. Diese ganze Mama-Bär-Sache ist kein Witz.«

Aus irgendeinem Grund brachten ihre Worte Penny zum Lächeln. Dann kicherte sie. Dann lachte sie laut.

»Oh Mann, sie ist hysterisch«, flüsterte Zita.

»Sollen wir den Notruf wählen und sie sedieren lassen?«

»Mir geht es gut«, beharrte Penny, während sie sich aufrichtete und sich das Gesicht abwischte. »Ich finde nur ... Laryn sieht so ... empört aus.«

»Empört. Das ist eine Art, es auszudrücken«, stimmte sie zu. »Können wir diese Kuschelstunde vielleicht auf die Couch verlegen? Der Boden ist eine Qual für meine Knie.«

Penny war schon in Bewegung, bevor sie zu Ende gesprochen hatte. »Natürlich. Es tut mir so leid, steht auf, Leute!«

Die vier setzten sich auf die Couch, und Penny warf Chaos einen Blick zu. Er stand in der Nähe und sah selbst wütend aus ... und irgendwie verloren.

»Du auch, Chaos«, befahl Penny und streckte ihm die Hand entgegen.

Er schüttelte den Kopf.

»Arrow Porter, schwing deinen Hintern hierher«, befahl Laryn und zeigte auf den winzigen Platz neben sich am Ende des Sofas.

Er verdrehte die Augen, gehorchte aber und quetschte sich auf die letzten Zentimeter Platz auf der Couch. Alle lehnten sich aneinander und niemand sagte ein Wort, jeder in seine eigenen Gedanken versunken.

Penny war immer noch verängstigt und machte sich Sorgen darüber, was Pyro und Bowie durchmachten, aber das Gespräch mit Tex hatte ihr geholfen. Sie wollte immer noch mehr tun, als nur herumzusitzen und zu warten, aber zu wissen, dass die Räder sich drehten, beruhigte sie ein wenig. Zu wissen, dass Colvin mit seinen bösen Taten nicht davonkommen würde. Und zu wissen, dass Pyro alles tun würde, um Bowie nach Hause zu bringen.

KAPITEL ACHTZEHN

Pyro wusste nicht, wie lange Bowie an ihn geschmiegt geschlafen hatte. Stundenlang, und er hasste es trotzdem, sie zu wecken. Aber er hatte beobachtet und gewartet, während der späte Nachmittag zur Dämmerung und dann zur Nacht wurde, und er wartete weiter. Jetzt war es stockdunkel hinter den Kellerfenstern ... und es war Zeit. Zeit, sich aus dem Staub zu machen, bevor jemand kam, um sie mitzunehmen.

»Bowie-Bär«, sagte er leise.

Sie brummte, wachte aber nicht auf.

Pyro musste lächeln, erstaunt darüber, wie tief dieses kleine Mädchen schlafen konnte.

»Bowie«, sagte er etwas lauter und zuckte leicht mit den Schultern, um sie anzustupsen.

Das funktionierte. Sie regte sich und er konnte sehen, dass sie sich in diesem Moment daran erinnerte, wo sie war und was passiert war.

»Ich dachte, es sei ein Traum gewesen.«

»Leider nicht. Ich weiß nicht, wie es dir geht, aber ich bin bereit, nach Hause zu gehen.«

»Ich will zu Mommy.«

»Ich weiß, mein Schatz. Ich auch. Kannst du von meinem Schoß herunterklettern? Ich brauche deine Hilfe.« Pyro musste behutsam vorgehen. Bowie war ein kleines Mädchen. Und dazu noch ein verängstigtes. Aber er musste sie dazu bringen, mutig zu sein. Mutiger, als sie jemals in ihrem Leben gewesen war. Er verabscheute sich selbst dafür, was er von ihr verlangen würde, aber es gab keinen anderen Weg. Er saß mit hinter dem Rücken gefesselten Händen auf diesem Stuhl, sein Bein pochte, und er zerbrach sich den Kopf, um einen anderen Weg zu finden, um hier herauszukommen. Aber ihm fiel nichts ein.

Sein Plan war es, zumindest Bowie von diesem Ort wegzubringen. Wenn er am Ende verkauft werden würde, dann sei es so ... solange Bowie in Sicherheit war und wieder mit Penny vereint sein würde.

Er war immer noch nicht in der Lage, länger als ein paar Minuten am Stück an die Frau zu denken, die er mehr als sein Leben liebte. Es tat zu sehr weh. Sie würde jetzt bestimmt Angst haben und sich Sorgen um ihn und Bowie machen. Wenn er sonst nichts tun konnte, würde er ihr zumindest ihre Tochter zurückbringen, auf die eine oder andere Weise.

Bowie kletterte unbeholfen von seinem Schoß und schniefte. »Ich muss pinkeln«, flüsterte sie verlegen.

»Okay, Bowie-Bär.« Gott sei Dank war es fast Vollmond und der spendete gerade genügend Licht durch die kleinen Kellerfenster, um die unmittelbare Umgebung zu überprüfen. Er hatte sich alles in dem Raum eingeprägt, während Bowie schlief.

»Dreh dich um, sodass du mir den Rücken zuwendest. Gut, genau so. Jetzt mach einen Schritt nach rechts. Etwa zehn Schritte vor dir steht ein Eimer auf dem Boden. Dahinter befindet sich ein alter Holzofen, daher denke ich, dass er dazu dient, die Asche aus dem Ofen hineinzuschütten. Du kannst ihn benutzen, um auf die Toilette zu gehen.«

Bowie rümpfte die Nase, nickte aber. »Okay.«

HILFE FÜR PENNY

Er sah ihr nach, wie sie zu dem Eimer ging, den er zuvor bemerkt hatte. Die Gefahr, die er in der Luft spürte, machte ihn nervös. Jeden Moment konnten die Männer zurückkommen und ihm Bowie wegnehmen. Er könnte vielleicht einen oder zwei ausschalten, selbst mit seinem gebrochenen Bein, aber bei mehr als zwei würde er in Schwierigkeiten geraten. Ganz zu schweigen davon, dass sie ihn mit einer Waffe leicht ins andere Bein schießen könnten, wodurch er völlig bewegungsunfähig würde.

Als Bowie ihre Hose wieder hochgezogen hatte, sagte er: »Braves Mädchen. Jetzt zehn Schritte zurück zu mir.«

Ihre Schritte waren etwas selbstbewusster, als sie zurückging. Stolz erfüllte ihn. Bowie hatte mehr Mut in ihrem kleinen Finger als viele Soldaten, die er im Laufe seiner Karriere kennengelernt hatte. Als sie mit ihren kleinen Händen seinen Arm umfasste, holte er tief Luft. Jetzt oder nie. Er hatte keine Ahnung, wie spät es war, und er musste sie so weit wie möglich von diesem Haus wegbringen.

»Kannst du mir die Schnürsenkel meiner Stiefel aufbinden, Bowie-Bär? Die Idioten, die uns entführt haben, haben mich nicht durchsucht, bevor sie mich gefesselt haben. Ich habe einen Schlüssel für die Handschellen in meinem Stiefel.«

Ohne ein Wort zu sagen, kniete Bowie sich zu seinen Füßen hin und begann, an den Schnürsenkeln seines Stiefels zu ziehen. Pyro zischte, als sie kräftig an einem der Schnürsenkel seines verletzten Beins zerrte.

»Tut mir leid, Kylo-Pyro. Geht es deinem Bein, wo sie dich getroffen haben, schon besser?«

Er war in dem Moment sehr froh, dass sie nicht sehen konnte. Er wollte nicht, dass sie bemerkte, wie er die Stirn runzelte oder wie sehr er schwitzte, während er sich bemühte, seine Schmerzensschreie zurückzuhalten. Er log, dass sich die Balken bogen, als er sagte: »Ja, Baby. Es geht mir besser. Wie läuft es bei dir?«

Es dauerte einige Minuten, aber schließlich gelang es ihr, seine Schnürsenkel zu lösen.

»Braves Mädchen. Jetzt zieh meinen Stiefel aus ... Nein! Nicht den!«

Seine Stimme war zu laut, zu entschlossen. Er sah, wie Bowie zusammenzuckte, und hasste sich dafür, dass er ihr Angst gemacht hatte. Aber sie hatte gerade versucht, an seinem gebrochenen Bein zu ziehen, und er hätte den Schmerzensschrei, den diese Bewegung verursacht hätte, unmöglich unterdrücken können. »Entschuldige, Bowie-Bär. Ich wollte dir keine Angst machen. Nicht dieser Stiefel. Der andere. Gut, ja, der.«

Es dauerte einen Moment, bis sie den Stiefel von seinem Fuß gezogen hatte.

»Hui, stinkende Füße!«, scherzte er, als der Stiefel endlich ab war.

Die Tatsache, dass das kleine Mädchen kichern konnte, war beruhigend und traurig gleichzeitig. Pyro schwor sich, alles in seiner Macht Stehende zu tun, um sie jeden Tag ihres Lebens zum Lachen zu bringen, falls er das hier überstehen würde.

»Ich weiß, dass mein Stiefel wahrscheinlich verschwitzt ist, und das tut mir leid, aber du musst bitte hineingreifen und die Einlegesohle herausziehen – das gepolsterte Ding unten. Gut, ja, genau das.« Er sah zu, wie Bowie die Einlegesohle herauszog, die er nicht zur Stütze brauchte, sondern um den dünnen Handschellenschlüssel zu verstecken, den er und alle seine Night-Stalker-Kameraden für alle Fälle bei sich trugen. Zum Glück hatte er hohe Fußgewölbe und spürte das kleine Stück Metall in seinem Stiefel nicht, wenn er herumlief.

Jetzt kam der schwierige Teil.

»Du hast es geschafft!«, rief er aus und legte so viel Lob wie möglich in seine Stimme. »Jetzt geh hinter mich und taste die Handschellen nach einem winzigen Loch ab. Dort kommt der Schlüssel rein. Steck ihn rein und dreh ihn ein kleines bisschen. Du solltest ein Klicken hören, und die Handschellen gehen auf.«

Bowie runzelte konzentriert die Stirn, als sie hinter ihm verschwand. Pyro konnte nicht sehen, was sie tat, aber er spürte, wie sie mit den Fingern über die Metallhandschellen an seinen Handgelenken glitt und jeden Zentimeter abtastete. Es dauerte eine ganze Weile, und sie stöhnte mehrmals frustriert, als sie sich zunächst abmühte, den Schlüssel in das Loch zu stecken, und dann, ihn zu drehen.

Jede verstreichende Minute war für Pyro genauso frustrierend wie für Bowie. Er lobte sie ununterbrochen und sagte ihr, was für ein mutiges Mädchen sie sei. Wie klug. Wie sehr er sie liebte. Alles, um sie davon abzuhalten aufzugeben.

Als das verräterische Klicken der sich lösenden Handschellen an einem Handgelenk zu hören war, fühlte Pyro sich wie der stolzeste Vater, den es je auf diesem Planeten gegeben hatte.

Er senkte seine Hände, ignorierte das Kribbeln, das bei dieser Bewegung durch seine Arme schoss, ergriff Bowies Arm, führte sie um den Stuhl herum und zog sie in seine Umarmung. Es war eine große Erleichterung, seine Arme um sie legen zu können. Sie vergrub ihre Nase an seiner Brust, während sie sich an ihn klammerte.

So sehr er auch dort sitzen und sie halten wollte, tickte die riesige Uhr in seinem Kopf unerbittlich weiter. Sie musste gehen. Er musste ihr den Rest seines Plans erzählen – aber nicht bevor er ihr alle Informationen über das Haus, in dem sie versteckt wurden, gegeben hatte, an die er sich erinnern konnte.

Er zog sich zurück und hielt Bowies Schultern fest, während er mit ihr sprach, ohne auf die Handschellen zu achten, die noch immer an einem seiner Handgelenke hingen. Er würde sich darum kümmern, sobald Bowie weg war.

»Es gibt keine Tür in diesem Keller, und wir können nicht mit dem Aufzug nach oben fahren. Wir können auch nicht darauf warten, dass deine Mutter und Casper und all die anderen uns finden. Wir müssen uns selbst helfen, hier rauszukommen. Aber die Sache ist die ... Ich bin verletzt, Bowie-Bär. Zu sehr, um laufen zu können. Und ich passe nicht durch die winzigen Fenster in diesem Keller – aber du schon.«

Ihre Unterlippe zitterte, aber sie protestierte nicht. Sie schüttelte nicht den Kopf, um zu widersprechen.

»Du musst Hilfe holen. Sag irgendwo Bescheid, wo ich bin. Wo deine Mutter ist. Du kennst doch deine Adresse, oder? Und die Telefonnummer deiner Mutter?«

Bowie nickte. »Sie hat mich dazu gebracht, sie auswendig zu lernen, als wir bei Miss Zita eingezogen sind.«

»Gut. Sag sie mir.«

Das kleine Mädchen sagte ihre Adresse, den vollständigen Namen ihrer Mutter und ihre Telefonnummer auf.

»Du bist so klug«, lobte Pyro sie und fühlte sich dabei innerlich schlecht. Er wollte das hier nicht tun. Er wollte nicht, dass sie das tat, aber er musste sie von hier wegbringen. Es war unwahrscheinlich, dass sie Hilfe für ihn finden würde, aber das war in Ordnung. Solange sie in Sicherheit war.

Natürlich war es nicht *sicher*, eine blinde Sechsjährige in eine unbekannte Umgebung zu schicken. Es war nicht einmal annähernd sicher, aber Pyro musste daran glauben, dass sie jemanden finden würde, irgendjemanden, der ihr helfen würde. Die Wahrscheinlichkeit, dass sie einem Psychopathen oder Kinderschänder begegnete, war viel geringer als die, dass sie einen anständigen Menschen finden würde, der einen Blick auf das verlorene und verängstigte kleine Mädchen warf, das im Dunkeln umherirrte, und sich nach Kräften bemühte, ihr auf jede erdenkliche Weise zu helfen.

»Das Haus, in dem wir sind, ist groß. Es hat zwei Stockwerke. Es ist gelb mit weißen Veranden im Erdgeschoss und ersten Stock. Das Dach ist braun. Ich habe keine Adresse und weiß nicht genau, wo wir sind, aber es liegt am Meer. Hast du es gerochen, als wir aus dem Wagen gestiegen sind?«

Bowie nickte.

»Natürlich hast du das. Denn deine Sinne sind viel besser

als meine. Wenn du jemanden findest, gibst du ihm die Kontaktdaten deiner Mutter. Erzähl ihr von dem Haus. Dass es einen Aufzug gibt und wir im Keller waren. Sie wird Hilfe schicken. Du wirst klarkommen. Ich weiß es einfach.«

Er sagte nicht, dass alles gut werden würde, denn in Wahrheit war Pyro klar, dass er verloren wäre, sobald ihre Entführer merkten, dass Bowie geflohen war. Sie würden wütend sein und ihn wahrscheinlich aus Rache auf der Stelle töten. Aber um Bowie hier herauszuholen, würde er gern für sie in die Bresche springen.

»Kylo-Pyro ... ich kann nichts sehen«, wimmerte sie. »Ich weiß nicht, wie viele Schritte es sind und wohin ich gehen soll.«

»Das ist beängstigend, Bowie. Ich weiß. Ich bitte dich um etwas, das unglaublich schwer ist. Aber du kannst es schaffen. Weißt du, woher ich das weiß?«

Sie schniefte und schüttelte den Kopf.

»Weil ich in dem Moment, in dem ich dich auf dem Dach in Gabun auf mich zukommen sah, dachte: ›Dieses Mädchen ist etwas Besonderes.‹ Und das bist du auch. So besonders. Du bist das außergewöhnlichste Mädchen, das ich je getroffen habe. Und ich liebe dich.«

»Ich liebe dich auch, Kylo-Pyro.«

»Erinnerst du dich an deinen ersten Schultag, als ich dir gesagt habe, dass die Schiffe im Hafen sicher sind, aber nicht dafür gebaut wurden?«

Sie nickte.

»Das beschreibt dich perfekt. Klar, du bist sicher, wenn du zu Hause sitzt, wo du weißt, wo alles ist, und du nirgendwo anstößt, aber das ist langweilig. Und du, mein mutiges Mädchen, bist nicht dazu bestimmt, herumzusitzen und nichts zu tun. Du bist geboren, um Großes zu leisten. Erstaunliche Dinge.«

Pyro sah, wie sie sich aufrichtete, als würde sie ihm wirklich zuhören und ihm glauben. Dieses Mädchen war unglaublich.

Sie brachte ihn dazu, ein besserer Mensch sein zu wollen. Stärker. Mutiger.

»Ich habe keine Angst«, sagte sie zu ihm. »Du hast gesagt, wenn man so tut, als hätte man keine Angst, macht einen das stärker.«

Sie war auch ein Schwamm, der alles aufnahm, was sie um sich herum hörte, und Pyro war erneut von ihrer Widerstandsfähigkeit beeindruckt. »Das stimmt, Bowie-Bär. Und du bist das stärkste Mädchen, das ich kenne. Hier ist der Plan. Es gibt hier ziemlich viele Fenster, und du passt locker durch sie hindurch. Du kriechst hinaus und gehst in Richtung Wasser. Zum Meer. Du wirst es riechen und hören können, wenn du draußen bist. Du musst nur das Wasser finden und dann nach links abbiegen. Als wir hier eintrafen, habe ich Musik aus dieser Richtung gehört, und das bedeutet, dass dort Menschen sind. Geh am Wasser entlang, bis du jemanden findest, der dir helfen kann. Orientiere dich am Strand und am Meer, damit du dich nicht verirrst.«

Bowie blinzelte, und Pyro hielt den Atem an. Als sie eingetroffen waren, hatte er das Plätschern von Wasser am Ufer gehört, nicht das Brechen von Wellen an Felsen. Das ließ ihn vermuten, dass das Haus an einem Sandstrand lag. Da es sich um ein Mietobjekt handelte, wurde wahrscheinlich mit dem schönen Strand auf dem Grundstück geworben.

Er konnte sich irren. Der Strand könnte nur dreißig Meter lang sein, bevor er in eine felsige, unüberwindbare Barriere überging. Aber ehrlich gesagt war das Einzige, was er tun konnte, um Bowie in Sicherheit zu bringen, ihr zu sagen, sie solle am Wasser entlanggehen. Wenn es ein Strand war, sollte es auf ihrem Weg nur wenige Hindernisse geben, und vielleicht würde jemand früh morgens schwimmen oder joggen gehen. Derjenige würde das kleine Mädchen finden, das auf der Suche nach Hilfe herumstolperte.

Gott, sein Plan barg so viele Unbekannte, und Pyro hasste sich dafür, dass er Bowie darum gebeten hatte. Er wollte sich einfach nur verstecken und hoffen, dass sie vor dem Morgen gefunden würden, aber er konnte dieses Risiko nicht eingehen. Er würde dieses Risiko nicht eingehen. Nicht, wenn Bowies Leben auf dem Spiel stand.

»Ich kann aber nicht gut schwimmen.«

»Du wirst nicht ins Wasser gehen, Bowie-Bär. Du wirst nur am Ufer entlanglaufen. Erinnerst du dich, als wir am Strand waren und spazieren gingen, wie sich der Sand unter deinen Füßen anfühlte, als wir nahe am Wasser waren? Wie du spüren konntest, wie die Wellen auf den Sand rollten und sich dann wieder ins Meer zurückzogen?«

Sie nickte.

»Das wirst du auch dieses Mal tun. Suche den Sand, suche das Wasser und geh dann am Ufer entlang, bis du jemanden findest, der dir helfen kann. Ruf deine Mutter an. Bitte die Person, die bei dir ist, ihr zu sagen, wo du bist. Geh langsam und ruhig. Renne nicht, haste nicht. Nutze deine Sinne, Bowie-Bär. Sie werden dich nicht irrleiten.«

»Was ist irrleiten?«

»Vom Kurs abkommen. Vom richtigen Weg abweichen. Du schaffst das. Ich *weiß*, dass du es schaffst. Denn Bowie Burns ist großartig.«

»Ich will dich nicht verlassen.«

Sie brach ihm das Herz.

»Ich weiß. Und ich will auch nicht, dass du mich verlässt, aber du musst.«

»Weil du verletzt bist. Und die bösen Männer wollen uns etwas Schlimmes antun. Ich habe sie belauscht, als wir zum Haus gegangen sind. Sie haben Colvin gesagt. Das ist der Mann, der in Gabun gemein zu Mommy war. Der unser Geld genommen hat. Sie hatte Angst vor ihm. Sie haben gesagt, dass er ihnen viel Geld für uns geben würde. Sie werden das Geld bekommen, wenn ihr Freund mich morgen mitnimmt. Ich will nicht mit ihnen gehen! Ich will bei dir und Mommy bleiben!« Sie musste ein paarmal tief durchatmen, um sich zu beruhigen. »Ich schaffe das, Kylo-Pyro. Ich werde dem Wasser folgen und dafür sorgen, dass die bösen Männer uns in Ruhe lassen.«

Eine Träne rollte aus Pyros Auge, als er Bowies Entschlossenheit hörte. Er hasste es, dass sie die Arschlöcher belauscht hatte, wie sie darüber sprachen, sie zu verkaufen, aber er war unglaublich stolz darauf, dass sie so mutig war.

»Wirst du Mommy heiraten?«

Pyro blinzelte angesichts des abrupten Themenwechsels und hob eine Hand an sein Gesicht, um sich die Tränen von den Wangen zu wischen. »Ja, das möchte ich sehr gern.«

»Wirst du dann mein Daddy sein? Der, den ich vorher hatte, war nicht nett. Aber du bist nett. Ich liebe dich, Kylo-Pyro, und möchte, dass du für immer bei uns lebst.«

»Das möchte ich auch, Bowie-Bär. Das möchte ich mehr, als ich sagen kann.«

»Gut. Wenn wir nach Hause kommen, werde ich es Mommy sagen, und dann könnt ihr heiraten, und du kannst mein Daddy sein.«

Die Unschuld der Jugend. Pyro hätte nie gedacht, dass er so starke Gefühle für jemanden entwickeln würde, den er erst seit so kurzer Zeit kannte. Aber er hielt es für notwendig, sie zu warnen. »Deine Mutter will mich vielleicht nicht heiraten. Zumindest nicht sofort.«

Aber Bowie lächelte tatsächlich. »Doch, will sie, Dummkopf! Sie redet mit dir genauso wie mit mir. Ganz schmalzig. Ich kann es an ihrer Stimme hören. Du liebst sie, und sie liebt dich. Heiraten ist das, was Menschen tun, wenn sie sich lieben.«

»Okay, Bowie-Bär.«

»Können wir Chicken Nuggets auf der Hochzeit haben?«

Pyro lachte leise. »Wir können alles haben, was du willst.«

»Super.«

Er schloss die Augen und betete um Vergebung für das, was er tun würde. Dieses unschuldige Kind in die Welt hinauszuschicken, mit nichts als ihrem Gehör und ihrem Geruchssinn, um ihr den Weg zu weisen.

»Bist du bereit?«, fragte er, bevor er seine Meinung änderte und sie bei sich im Keller behielt, um sich dem zu stellen, was am Morgen passieren würde.

»Bereit«, sagte sie. Ihre Stimme klang nicht mehr so sicher wie zuvor, aber sie trat von ihm zurück und machte ihm Platz.

Er beugte sich vor und brauchte ein paar Minuten, um die Knoten in dem Seil um seine Beine zu lösen. Jedes Mal wenn er sein Schienbein berührte, schoss Schmerz durch seinen Körper und machte ihn schwindelig, aber Pyro ignorierte es. Er musste für Bowie stark bleiben. Zumindest bis er sie aus einem der Fenster herausgebracht hatte. Dann musste er zurück zum Stuhl und so tun, als sei er noch gefesselt. Er hoffte, dass er ein wenig Zeit haben würde, sich zu sammeln, bevor die Männer zurückkehrten. Je größer Bowies Vorsprung war, desto besser waren ihre Chancen, sich in Sicherheit zu bringen.

Pyro holte tief Luft und stand auf. Sein verletztes Bein fühlte sich an, als würde jemand mit einem Messer darauf einstechen.

»Ich helfe dir«, sagte Bowie und legte einen Arm um seine Taille, wie sie es getan hatte, als sie das Haus betreten hatten.

Sie überraschte ihn immer wieder mit ihrem Einfühlungsvermögen und ihrer Stärke. Mit ihr als kleine Stütze gelang es Pyro gerade so, die Wand und eines der Fenster mit Blick auf den Strand zu erreichen. Zu seiner Erleichterung konnte er es leicht öffnen und aufstoßen. Es schob sich nicht nach oben, sondern schwang nach oben und nach außen. Das ließ Bowie noch weniger Platz, um hinauszuschlüpfen. Aber sie konnte es schaffen. Sie musste es schaffen. Es gab keine Alternative.

Pyro beugte sich vor, hob das kleine Mädchen hoch und drückte sie fest an sich. Die Tränen kamen zurück, und er versuchte gar nicht erst, sie zurückzuhalten.

»Ich liebe dich, Bowie-Bär. Du schaffst das. Ich weiß, dass du es schaffst.«

Sie schniefte, aber die Tränen in ihren Augen flossen nicht. »Ich kann das«, wiederholte sie. »Und ich liebe dich auch, Kylo-Pyro. Glaubst du, wenn du und Mommy heiratet, kann ich meinen Namen an deinen anpassen?«

»Was meinst du damit?«

»Bowie Mullins. Wie du.«

Verdammt. Dieses Mädchen. Sie brachte ihn um. »Wenn du das willst, werden wir mit deiner Mommy sprechen und herausfinden, was sie dazu sagt«, versprach Pyro ihr.

Er schaute aus dem Fenster und musste die Tränen aus seinen Augen blinzeln, damit er sehen konnte.

»Okay, wir sind hinter dem Haus. Links und rechts von uns stehen viele Bäume, aber vor dem Fenster ist alles frei. Bleib auf Händen und Knien, bis du den Sand erreichst. Sei vorsichtig, denn ich kann nicht sehen, ob es zum Strand hin steil abfällt und dort Felsen sind oder ob es ein sanfter Abhang ist. Du weißt, dass du das nicht tun würdest, wenn ich eine andere Wahl hätte, oder?« Pyro konnte nicht anders, als zu fragen.

»Ich weiß. Du bist verletzt, zu groß, um durch das Fenster zu passen, und die bösen Männer kommen morgen früh, um uns zu holen. Ich schaffe das, Daddy. Ich weiß es.«

Ihre Worte brachen ihm das Herz. »Natürlich schaffst du das«, brachte er hervor. »Pass auf dich auf, Bowie-Bär. Ich hab dich lieb.«

»Ich hab dich auch lieb.«

Pyros Arme fühlten sich schwer wie Blei an, als er Bowie zum Fenster hob. Sie tastete mit den Händen um sich herum, sah mit ihrer Berührung und duckte sich dann. Pyro drückte sie sanft, und bevor er bereit war, war sie draußen.

»Ich schicke Hilfe«, flüsterte sie, bevor sie sich umdrehte und vorsichtig über das Gras hinter dem Haus kroch.

Pyro stand am Fenster und beobachtete ihre Fortschritte. Sie bewegte sich langsam und stetig vorwärts. Bevor er bereit war, verschwand sie den Abhang hinunter, der zum Strand führte.

Er blieb noch einige lange Minuten am Fenster stehen, aber sie tauchte nicht wieder auf.

Gott steh ihm bei, hatte er wirklich eine blinde Sechsjährige in die Welt hinausgeschickt, um Hilfe zu holen? Er war so ein schlechter Soldat. So ein schlechter Freund.

So ein schlechter ... Vater.

Ein Schluchzen drang aus seiner Kehle, aber Pyro versuchte nicht, es zu unterdrücken. Er schloss und verriegelte das Fenster, bevor er sich umdrehte und zu dem Stuhl zurückhüpfte, an den er gefesselt worden war. Er fiel praktisch hinein, krümmte sich dann und vergrub sein Gesicht in den Händen, während er sich die Augen ausweinte. So zusammengebrochen war er seit seinem achten Lebensjahr nicht mehr gewesen, als ihm gesagt worden war, dass er zurück ins System kommen würde, nachdem die Pflegemutter, die sich zwei lange Jahre um ihn gekümmert hatte, verstorben war und sein trauernder Pflegevater ihn nicht behalten konnte.

Damals war er am Boden zerstört gewesen ... aber es war nichts im Vergleich zu den Gefühlen, die er jetzt durchlitt. Grauen. Reue. Furcht. Lähmende Angst. Nicht zu wissen, was Bowie durchmachte, war eine Qual. Eine Qual, mit der er nicht umgehen konnte.

Als seine Tränen versiegten, fühlte sein Gesicht sich geschwollen an und er konnte wegen des Schleims in seinen Nebenhöhlen nicht gut atmen. Er wischte sich die Wangen mit den Schultern ab und holte tief Luft. Er war nicht bereit aufzugeben. Er musste zumindest überleben, was auch immer am nächsten Morgen passieren würde, damit er hinausgehen und seine Bowie-Bär finden konnte. Um sich zu entschuldigen. Um sie um Vergebung zu bitten.

Er tat, was er für das Beste hielt, aber das bedeutete nicht, dass er es nicht bereute. Dass er seine Handlungen nicht hinterfragte. Was würde Penny sagen? Würde sie ihn dafür hassen, dass er Bowie in solche Gefahr gebracht hatte? Dafür, dass er etwas so unglaublich Dummes getan hatte?

Die Zeit würde es zeigen. Aber falls er das überlebte, falls Bowie diese idiotische Tortur unbeschadet überstand und *falls* Penny ihm vergab – und Letzteres war ein großes Falls –, würde Pyro den Rest seines Lebens damit verbringen, es bei seinen Mädchen wiedergutzumachen. Ihnen das Leben zu geben, das sie schon immer verdient hatten. Voller Liebe und Lachen, und ihnen alles zu geben, was ihre Herzen begehrten.

KAPITEL NEUNZEHN

Das Gras unter Bowies Händen kratzte. Sie konnte das Meer riechen, die Wellen hören, die sanft an die Küste schlugen, und das Salz in der Luft auf ihren Lippen schmecken. Ihr Herz schlug viel zu schnell und zu stark in ihrer Brust.

»Ich habe keine Angst. Ich habe keine Angst«, flüsterte sie leise, während sie langsam auf das Meer zukroch.

Aber in Wahrheit hatte sie doch Angst.

Sie war zwar erst sechs Jahre alt, aber sie war nicht dumm. Sie lernte viel, indem sie zuhörte. Ihr Gehör war sehr gut. Mommy sagte, das liege daran, dass ihre Ohren ihren Sehverlust ausglichen.

Als sie in Afrika lebten, hörte sie Mommy manchmal nachts weinen, obwohl sie versuchte, ganz leise zu sein.

Sie hörte, was die anderen Erwachsenen in Gabun über sie sagten. Dass sie nicht klug genug sei, um zur Schule zu gehen. Dass sie eine Last sei ... was auch immer das bedeutete. Es musste etwas Schlimmes sein, wenn es bedeutete, dass sie nicht zur Schule gehen durfte. Sie hatte gehört, wie sie sagten, dass sie keine Zeit hätten, jemanden wie Bowie zu unterrichten, und außerdem könne sie weder lesen noch schreiben, warum sollte man sie also überhaupt zur Schule schicken?

Aber ihre Mommy sagte ihr immer, wie klug sie sei. Sie nahm sich abends Zeit, um sie zu unterrichten, wenn sie von der Arbeit nach Hause kam. Bowie wusste, dass ihre Mommy ihr auch am meisten zu essen gab. Sie hörte Mommys Magen knurren, auch wenn sie schwor, dass sie keinen Hunger hatte.

Seit sie nach Nor-fock gezogen waren, war alles viel besser geworden. Bowie hatte ein Bett – ein wirklich sehr weiches. Und so viel zu essen, wie sie wollte. Mommy war glücklicher, und Bowie durfte eine richtige Schule besuchen. Sie hatte eine beste Freundin, Abigail, und die bösen Männer kamen nicht mehr vorbei und brachten Mommy zum Weinen.

Und dann war da noch Kylo-Pyro. Sie liebte ihn so sehr! Er war so nett zu ihr *und* Mommy. Bei ihm fühlte sie sich sicher. Er behandelte sie nicht, als sei sie dumm. Er brachte sie zum Lachen und las ihr ständig vor.

Sie wusste nicht wirklich, was vor sich ging, warum jemand Kylo-Pyro wehtun und sie in den Kofferraum eines Autos stecken und zu diesem Haus bringen würde, aber sie verstand, dass nichts davon gut war. Dass der böse Mann, der Mommys Geld in Afrika genommen hatte, dafür verantwortlich war. Dass Kylo-Pyro am nächsten Morgen wehgetan werden würde, wenn sie keine Hilfe holte.

Das allein ließ sie weiterkriechen, obwohl sie vor Angst zitterte.

»Ich habe keine Angst, ich habe keine Angst«, wiederholte sie. Wenn Kylo-Pyro sagte, es würde helfen, so zu tun, als hätte sie keine Angst, dann glaubte sie ihm.

Bowies Welt war ziemlich vorhersehbar. Sie konnte sich ohne Probleme in der Wohnung bewegen. Sie wusste, wo die Möbel standen, und Mommy hielt alles sehr ordentlich. Sie konnte Stimmen erkennen und kannte alle ihre neuen Freunde. Aber draußen an einem Ort zu sein, an dem sie noch nie gewesen war, allein, war etwas, was sie noch nie zuvor tun musste. Sie hatte immer Mommy oder jemand anderen bei sich gehabt.

Aber Kylo-Pyro passte nicht durch das Fenster. Es war ihre Aufgabe, ihm zu helfen. Aus irgendeinem Grund dachte sie an Laura Ingalls Wilder aus den Büchern *Unsere kleine Farm*, die Kylo-Pyro ihr vorlas. Sie geriet in alle möglichen beängstigenden Situationen, aber sie war klug und schaffte es, sie zu meistern. Und dann war da noch Wonder Woman. Kylo-Pyro hatte angefangen, ihr die Zeichentrickfilme vorzuspielen, und sie wollte genau wie die Superheldin sein. Das war ihre Chance.

Sie durfte Kylo-Pyro nicht enttäuschen. Er sagte, sie müsse nur das Wasser finden und ihm folgen. Das konnte sie schaffen.

Das Gras endete, und Bowie stieß einen leisen Wimmerlaut aus, als ihre Hand unerwartet auf einen harten Felsen traf. Sie hatte das Ende des Grases erreicht. Bowie setzte sich auf ihren Hintern und bewegte sich vorsichtig noch langsamer über die Felsen. Sie waren scharf und verletzten ihre Hände und ihren Hintern, aber das Rauschen des Wassers war jetzt lauter. Ihre Hände rutschten dreimal ab und sie verletzte sich an den Armen, aber sie machte weiter.

Dann verschwanden plötzlich die harten Felsen unter ihr – und sie spürte Sand.

Sie hatte es geschafft! Sie hatte den Strand erreicht!

Stolz auf sich selbst ging Bowie wieder auf alle viere und kroch weiter auf das Rauschen des Wassers zu. Der Sand war kühl unter ihren Handflächen, anders als damals, als sie mit Mommy und Kylo-Pyro am Strand gewesen war. Es dauerte nicht lange, bis der Sand feucht und matschig wurde. Sie näherte sich dem Wasser. Sie erinnerte sich an das Gefühl des nassen Sandes, als sie darin gespielt und Sandburgen gebaut hatte.

Das Gefühl einer Welle, die über ihre Hände schwappte,

ließ sie vor Schreck zusammenzucken und aufschreien. Sie war am Wasser! Ihre Aufregung wich schnell der Angst, die sie zu überwältigen drohte. Mit Kylo-Pyro im Wasser zu sein machte ihr nichts aus, denn er würde nicht zulassen, dass ihr Kopf unterging, aber ohne ihn wollte sie nicht im Wasser sein. Mommy hatte sie gewarnt, dass sie immer noch nicht schwimmen konnte, nur weil sie einmal an der Wasseroberfläche getrieben war.

So sehr Bowie auch eine Meerjungfrau sein wollte, sie verstand, dass sie zuerst üben musste.

Sie stand auf und versuchte herauszufinden, wie nahe sie an das Wasser herankommen konnte, das an den Sand schwappte. Sie nahm sich einige Minuten Zeit, um den Wellen zu lauschen und herauszufinden, wann das Wasser kam und wann es sich zurückzog.

Sie neigte den Kopf und versuchte, die Musik zu hören, von der Kylo-Pyro gesagt hatte, dass er sie gehört hatte, als sie zum Haus kamen. Aber alles, was Bowie hörte, war das Rauschen des Wassers und gelegentlich ein Vogel. Es war ihr auch peinlich zuzugeben, dass sie manchmal links und rechts verwechselte. Er hatte gesagt, sie solle nach links gehen ... aber Bowie war sich nicht sicher, in welcher Richtung das war.

Sie biss sich auf die Lippe, unsicher, was sie tun sollte. Was, wenn sie den falschen Weg einschlug? Was, wenn sie es vermasselte und niemanden fand, der Kylo-Pyro helfen konnte, und die bösen Männer ihn mitnahmen? Sie wollte nicht, dass ihm etwas zustieß!

Tränen füllten ihre Augen, und Bowie spürte sie auf ihren Wangen.

»Ich habe keine Angst«, flüsterte sie und schniefte.

Schließlich drehte sie sich um und ging los – einen langsamen, vorsichtigen Schritt nach dem anderen – in der Hoffnung, dass sie in die richtige Richtung ging. Dass sie dorthin ging, wo die Musik gewesen war.

Es war ein wenig seltsam, nichts außer dem Wasser zu

hören. Es gab keine Autos, keine Menschen, die redeten. Sie hatte sich sehr an eine laute Welt gewöhnt, daher war die Stille ziemlich *abgefahren*.

Sie mochte dieses Wort, Abigail benutzte es ständig. Wenn sie an ihre beste Freundin dachte, fühlte sie sich besser. Sie wünschte sich, sie wäre jetzt hier. Sie würde wissen, wo links und wo rechts war. Sie war der klügste Mensch, den sie kannte.

Entschlossenheit stieg in Bowie auf. Abigail hatte gesagt, dass sie mit ihr nach Disneyworld fahren wolle. Bowie verstand nicht wirklich, was Disneyworld war, aber da Abigail es so sehr liebte, musste es großartig sein.

Bowie ging so gerade wie möglich, achtete darauf, im matschigen Sand zu bleiben, der nass war, und bewegte sich langsam weiter, damit sie nicht stolperte. Hin und wieder überraschte das Meer sie und spülte über ihre Füße, aber Bowie achtete darauf, nicht ins Wasser gezogen zu werden.

Nachdem sie gefühlt stundenlang gelaufen war, wurde sie langsam müde. Sie wollte sich am liebsten hinlegen und ausruhen. Ihre Beine waren schwer und ihr knurrte der Magen. Seit dem Mittagessen in der Schule hatte sie nichts mehr gegessen, und das schien schon so lange her zu sein. Sie machte sich Sorgen, dass sie in die falsche Richtung gegangen war. Sie hatte niemanden gehört. Und schon gar keine Musik. Sie hatte keine Ahnung, wie weit sie schon gelaufen war oder wie lange sie noch laufen musste, bis sie jemanden finden würde, der ihr helfen konnte.

Aber Kylo-Pyro schien sich sicher zu sein, dass sie jemandem beggnen würde. Dass jemand sie sehen würde. Sie sprach ihre Adresse und Mommys Telefonnummer laut aus, nur um beides nicht zu vergessen.

Je länger sie ging, desto müder wurde sie. Umso mehr schmerzten ihre Füße. Sie waren nass vom Wasser und es war nicht leicht, im Sand zu laufen. Ihre Beine fühlten sich an, als würden sie hundert Kilo wiegen, und der Geschmack von Salz auf ihren Lippen machte sie wirklich durstig.

Sie wollte anhalten. Sich in den Sand setzen und weinen. Tränen liefen ihr über die Wangen, und Bowie musste all ihre Kraft aufbringen, um nicht aufzugeben.

Doch dann hörte sie Kylo-Pyros Stimme in ihrem Kopf. Er sagte ihr, wie stolz er auf sie war. Wie stark sie war. Bowie fühlte sich nicht stark, aber der Gedanke daran, dass er verletzt war, brachte sie dazu weiterzugehen. Die bösen Männer, die sie entführt hatten, hatten ihn *geschlagen*. Und er hatte geweint. Das Wissen, dass Kylo-Pyro Schmerzen hatte, ihr Lieblingsmensch auf der Welt nach ihrer Mommy, trieb sie vorwärts.

Er zählte darauf, dass sie Hilfe finden würde.

»Ich habe keine Angst, ich habe keine Angst«, wiederholte sie immer wieder, während sie weiterging.

Gerade als sie dachte, sie könne keinen Schritt mehr weitergehen, dass sie versagt hätte, dass dieser Strand niemals enden würde ... glaubte sie, vor sich etwas zu hören.

Stimmen. Menschen, die redeten! Sie war sich sicher!

Jeder Gedanke an Müdigkeit verschwand, und sie begann, schneller zu gehen. Menschen bedeuteten Hilfe. Im Hinterkopf hörte sie Miss Blake, ihre Lehrerin, die ihnen von der Gefahr durch Fremde erzählte, aber Kylo-Pyro hatte gesagt, sie solle jemanden finden und fragen, ob er ein Telefon habe, also würde sie genau das tun.

Während sie weiterging, wurden die Stimmen lauter, und Bowie konnte hören, wie sie über Fisch sprachen. Dann sagte einer der Männer etwas über neunundsechzig und wie lecker eine bestimmte Frau sei. Das ergab für Bowie keinen Sinn. Wie konnte eine Frau lecker sein? Und was hatte neunundsechzig damit zu tun?

Ihre Schritte stockten. *Aßen* die Männer Menschen? Nein, das konnte nicht stimmen.

Die beiden Stimmen wurden lauter, während sie weiterging, und die Angst, die Bowie verdrängt hatte, als sie an ihre Freundin, Disneyworld und Kylo-Pyro gedacht hatte, der wirklich ihr Vater werden würde, kehrte zehnfach zurück.

»Ich habe keine Angst, ich habe keine Angst ...«

Ihre Worte wurden abrupt unterbrochen, als sie gegen etwas Hartes prallte.

Sie fiel rücklings auf ihren Hintern in den Sand, und eine Welle durchnässte sie sofort von der Taille bis zu den Zehen, als sie an Land kam.

In Panik rappelte Bowie sich auf und versuchte, sich vom Wasser zu entfernen, aber sie stolperte, diesmal über einige Felsen. Sie fiel erneut hin und konnte den Schreckensschrei nicht unterdrücken.

Die Stimmen über ihr verstummten, als Bowie sich erneut mühsam aufrappelte. Ihre Handflächen fühlten sich nun nass an, und sie hatte das Gefühl, sich geschnitten zu haben.

»Was zum *Teufel*?«, rief einer der Männer über ihr.

Bowie wollte ihm sagen, dass das ein Schimpfwort sei und er es nicht benutzen solle, aber ihre Kehle war wie zugeschnürt. Jetzt, da sie endlich jemanden gefunden hatte, hatte sie Angst, dass er ihr wehtun würde, so wie der böse Mann Kylo-Pyro wehgetan hatte.

»Alles in Ordnung?«, rief ein zweiter Mann.

Bowie antwortete nicht, sie zitterte zu sehr, ihre Handflächen schmerzten, ihr Magen knurrte und ihr Herz schlug so schnell, dass es fast wehtat.

»Scheiße, Bud, sie ist verletzt.«

»Ich sehe niemanden bei ihr.«

»Komm schon.«

Sie kamen näher. Bowie wusste nicht, ob sie zurücklaufen oder sie auf sich zukommen lassen sollte. Kylo-Pyro hatte gesagt, sie müsse jemanden mit einem Telefon finden. Wenn sie weglief, würden sie sie wahrscheinlich sowieso einholen.

»Keine Angst«, flüsterte sie, während sie darauf wartete, dass die Männer sie erreichten. Sie war sich nicht sicher, worauf sie gestoßen war, aber da die Männer irgendwo über ihr waren, als sie stehen geblieben war, dachte sie, dass es vielleicht ein Pier war. Als sie am Strand waren, hatte Mommy ihr erklärt, was ein Pier war. Eine große künstliche Konstruktion – manchmal aus Holz, manchmal aus Beton –, die so gebaut war, dass sie über das Wasser ragte. Manchmal gab es dort Geschäfte oder einfach nur Bänke, auf denen man sitzen konnte. Und sie hatte gesagt, dass manche Leute gern vom Ende des Piers aus angelten.

»Kleines Mädchen? Ist alles in Ordnung?«

Bowie schüttelte den Kopf.

»Wo sind deine Eltern?«

»Mein Daddy ist in Schwierigkeiten«, sagte sie und drehte sich zu der Stimme des Mannes um. »Habt ihr ein Telefon?«

»Das gefällt mir nicht, Bud. Was, wenn es eine Falle ist?«

»Was für eine Falle, Shawn? Es ist ja nicht so, als würden die Polizisten ein kleines Kind für eine verdeckte Ermittlung benutzen, um Entführer zu fangen. Wie heißt du, Kleines?«

»Bowie Burns. Aber wenn Kylo-Pyro meine Mommy heiratet, werde ich Bowie Mullins heißen.«

»Wovon redet sie da?«, murmelte der andere Mann, Shawn.

»Bitte helft mir! Ich brauche ein Telefon.«

»Es ist fast halb sechs Uhr morgens, Bowie Burns. Du solltest nicht hier draußen sein«, sagte der Mann namens Bud.

Bowie konnte nicht glauben, dass es schon so spät war. Oder so früh. Sie wusste nicht, wann sie Kylo-Pyro verlassen hatte, aber sie war offensichtlich schon lange unterwegs. Und wenn es fast Morgen war, bedeutete das, dass die bösen Männer kommen würden, um Kylo-Pyro mitzunehmen.

Bowie machte einen Schritt in die Richtung, in der sie die Männer vermutete, und wäre beinahe wieder hingefallen, weil sie mit dem Knöchel an einem Stein hängen blieb. Sie streckte eine Hand aus. »Bitte, ich muss meine Mommy anrufen!«

»Bist du ... Scheiße, bist du *blind*?«, fragte Shawn, der schockiert und irgendwie verängstigt klang.

Bowie nickte und bereitete sich darauf vor, dass er sich über sie lustig machen oder etwas Unhöfliches sagen würde. Sie war daran gewöhnt.

»Wo kommst du denn her?«, fragte Bud, seine Stimme jetzt leiser. Sanfter. Bowie gefiel das viel besser als sein Schreien.

»Von dort unten«, sagte sie und deutete zurück in die Richtung, aus der sie gekommen war.

»Heilige Scheiße.«

»Das ist ein böses Wort«, sagte Bowie leise.

»Ich habe ein Handy. Aber ich habe es zusammen mit unserer Ausrüstung hier auf dem Pier«, sagte Shawn.

»Hier auf dem Pier«, sagte Bowie mit einem kleinen Lächeln. Sie mochte es, wenn Wörter sich reimten.

Sie hörte einen der Männer näher kommen und ihr Lächeln verschwand. Sie machte einen Schritt zurück und achtete darauf, diesmal auf dem Sand zu bleiben.

»Ich werde dir nichts tun, Kleine. Ich habe eine Tochter. Sie heißt Carrie. Sie ist jetzt erwachsen, aber ich verspreche dir, dass alles in Ordnung ist. Ich habe ein Telefon, du kannst deine Mommy anrufen.«

Bowie wollte ihm glauben, aber sie hatte immer noch Angst.

»Ich schwöre bei Carries Leben, dass du in Sicherheit bist, kleine Bowie. Ich weiß nicht, was passiert ist oder wie du dich verlaufen hast, aber ich wäre ein mieser Mensch, wenn ich dir wehtun würde, nachdem du mutig genug warst, Hilfe für deinen Daddy zu suchen. Darf ich deine Hand halten? Dir über die Felsen zum Pier helfen?«

Sie hatte die Wahl. Sie konnte diesem Mann vertrauen und möglicherweise verletzt werden. Aber vielleicht hatte er wirklich ein Telefon und sie konnte ihre Mommy anrufen, die die Polizei schicken würde, um Kylo-Pyro zu holen. Oder sie konnte weglaufen und versuchen, jemand anderen zu finden. Aber wenn sie das tat, könnten die bösen Männer zum Haus kommen.

»Ich habe keine Angst«, flüsterte sie, bevor sie ihre Hand in Richtung der Stimme des Mannes ausstreckte.

Sie hörte, wie er auf sie zukam, und hielt den Atem an.

Einen Sekundenbruchteil später schloss seine warme Hand sich um ihre. Bowie konnte nicht anders, als sich ein wenig zu entspannen.

»Komm, Bowie. Lass uns deine Mutter anrufen.«

Sie bahnten sich ihren Weg durch die Felsen, und Bowie war froh, einen Führer zu haben. Sie tat gern Dinge auf eigene Faust, aber da sie keine Ahnung hatte, wo sie sich befand, war es einfacher, nicht zu fallen, wenn sie Shawns Hand festhalten konnte.

Die Felsen endeten und das Geräusch ihrer Schritte ließ sie vermuten, dass sie sich auf dem Pier befanden. Es klang irgendwie hohl, als würden sie auf Holz statt auf Beton laufen.

»Im Ernst, hier ist sonst niemand. Und es ist immer noch dunkel! Wie zum Teufel ist sie da runtergekommen?«, fragte Bud.

Da sie nicht glaubte, dass er sie wirklich fragte, antwortete Bowie nicht. Shawn blieb stehen und ließ ihre Hand los. Sie hörte das Rascheln von Stoff, und als Shawn wieder sprach, klang es, als würde er direkt vor ihr hocken, anstatt zu stehen.

»Kennst du die Nummer deiner Mommy?«

Bowie nickte und sagte sie ihm.

»Hier bitte, Schatz.« Shawn nahm ihre Hand und legte sein Handy hinein.

Die Erleichterung brachte Bowie fast wieder zum Weinen. Er hatte nicht gelogen. Er hatte wirklich ein Telefon und hatte getan, was er gesagt hatte.

Sie hielt sich das Telefon ans Ohr und hielt den Atem an, während sie darauf wartete, dass ihre Mommy abnahm. Sie hatte keine Ahnung, wo sie war, aber sie wusste ohne Zweifel, dass ihre Mommy sie finden und holen würde. Und sie würde auch für Kylo-Pyro Hilfe schicken. Bowie musste nur noch ein bisschen länger warten.

Penny hatte nicht geschlafen. Nicht einmal eine Minute. Wie hätte sie schlafen können, wenn die beiden Menschen, die sie am meisten liebte, verschwunden waren? Es gab keine Hinweise. Die Polizei, die spät in der Nacht gekommen war, eine Anzeige aufgenommen und eine Vermisstenmeldung für Bowie herausgegeben hatte, schien keine Ahnung zu haben, wo sie überhaupt mit der Suche beginnen sollte.

Sie war in ihrem Zimmer, da sie die anderen nicht stören wollte, die sich alle an verschiedenen Orten in der Wohnung niedergelassen hatten. Edge hatte Chaos' Platz eingenommen, als Jen und Fred zurückgekommen waren, und der Rest der Night Stalkers war immer noch draußen und suchte in der Hoffnung, etwas zu finden, irgendetwas, das sie nicht nur zu ihrem Freund, sondern auch zu Bowie führen könnte.

Ihre Entschlossenheit, nicht aufzugeben, brachte Penny erneut zum Weinen. Aber sie hatte seit Stunden nichts mehr von ihnen gehört, und jede Hoffnung, dass sie sie finden könnten, schwand.

Laryn, Mandy, Zita, Jen, Fred und Edge hatten sich die ganze Nacht um sie gekümmert, bis Penny schließlich gelogen und gesagt hatte, sie würde versuchen, etwas zu schlafen. Sie befahl Laryn, Bowies Bett zu benutzen, denn eine schwangere Frau auf dem Boden oder der Couch schlafen zu lassen gefiel ihr nicht.

Alle anderen übernachteten, wo sie konnten. Selbst Jen und Fred blieben, obwohl ihre Wohnung nur den Flur hinunter lag. Niemand wollte gehen. Sie waren alle da, um Penny zu unterstützen, und es war tröstlich, so viele Freunde um sich zu haben. Sie hatte noch nie zuvor so viel Unterstützung erfahren wie jetzt, und wäre Bowie nicht verschwunden, hätte sie sich innerlich ganz warm und wohlig gefühlt.

Seit sie alle im Wohnzimmer zurückgelassen hatte, ging Penny abwechselnd in ihrem Schlafzimmer auf und ab und lag auf dem Bett, starrte an die Decke und malte sich das Schlimmste aus.

Als ihr Telefon klingelte, griff sie danach und sah, dass es Tex war. Sie hatte seine Nummer in ihr Telefon eingespeichert, und ihr Herz begann, schneller zu schlagen, in der Hoffnung, dass er gute Nachrichten hatte.

»Bitte sag mir, dass du sie gefunden hast«, sagte sie, als sie abnahm. Sie waren mittlerweile zum Du übergegangen.

»Noch nicht. Aber ich habe Informationen«, sagte er.

Penny schluckte enttäuscht, aber jede Information war besser als gar keine.

»Mein Mann hat mit Colvin gesprochen. Er steckt definitiv dahinter. Wie vermutet, hat er einen Teil des Bargeldes, das er aus Großbritannien mitgebracht hat, verwendet, um einen Mann zu bezahlen, der einen Mann kennt, der einen Mann kennt. Es ist kompliziert und im Moment nicht wichtig, aber da so viele Leute involviert waren und er bar bezahlt hat, konnte ich keine digitalen Spuren der Kontakte verfolgen.

Unterm Strich ist Colvins Ruf als Ölmann nur eine Fassade. In diesem Job verdient er nur wenig Geld im Vergleich zu dem, was er mit dem Handel mit Menschen verdient. Seine Drohung, deine Tochter zu entführen und zu verkaufen, war eines der ehrlichsten Dinge, die er dir jemals gesagt hat. Es gab keine riesigen Schulden deines Mannes. Es gab zwar tatsächlich Schulden, aber es waren nur ein paar Tausend Dollar, keine exorbitante Summe, wie er behauptet hat.«

Penny schloss die Augen. John war kein guter Mann gewesen. Er war ein schrecklicher Ehemann und Vater gewesen. Aber es tröstete sie ein wenig, dass er nicht Zehntausende von Dollar in Stripklubs und für Prostituierte ausgegeben hatte.

»Mit ein wenig Druck gab Colvin die Namen seiner Kontakte preis, und sowohl ich als auch das FBI sind jetzt auf der Suche nach ihnen. Das geht über dich hinaus, Penny. Es ist eine internationale Angelegenheit. Es gibt viele andere Menschen, die ihm angeblich Geld schuldeten und die verschwunden sind.«

Penny fühlte sich schlecht, weil sie sich im Moment nur um

Pyro und Bowie sorgte.«»Okay, aber ... wo ist meine Tochter? Und Pyro? Sind sie ... haben sie ...« Sie schluckte und konnte nicht in Worte fassen, was sie fragen wollte. Es war zu schrecklich.

»Wir glauben nicht, dass dafür genug Zeit war«, sagte Tex sanft. »Wir sind nahe dran, Penny. Bleib noch ein bisschen stark.«

»Ich glaube nicht, dass ich das kann«, flüsterte sie.

»Doch, das kannst du«, sagte Tex entschlossen. »Du bist aus dem gleichen Holz geschnitzt wie meine Frau. Sie ist eine Säule der Stärke. Mein Fels in der Brandung. Du bist dasselbe für Pyro und deine kleine Tochter. Wir sind so nahe dran«, wiederholte er. »Wir haben die Namen der Männer, die mit der Entführung beauftragt waren, und das FBI ist jetzt hinter ihnen her.«

»Und Colvin?«, fragte Penny, die wissen musste, dass dieser Mann keine Gefahr mehr für sie oder ihre Lieben darstellte.

»Um ihn wurde sich gekümmert.«

»Ich brauche mehr, Tex«, sagte sie hitzig.

»Er ist auf dem Weg ins Bundesgefängnis. Und ich sollte das eigentlich nicht sagen, aber scheiß drauf, ich sage es trotzdem. Ich kenne jemanden, der Leute kennt. Nicht meinen Freund aus Colorado, sondern einen anderen. Einen pensionierten Navy SEAL, der gern so tut, als sei er ein einfacher Strandgänger, der mit seiner Frau in Hawaii lebt. Aber der Mann hat Kontakte, Männer und Frauen auf der falschen Seite des Gesetzes, und er weiß, wie man Vereinbarungen trifft. Er fordert einen Gefallen von jemandem ein, der Leute im Gefängnis hat. Böse Männer, die für ein paar Luxusgüter, die sie hinter Gittern sonst nicht bekommen würden, fast alles tun würden. Colvin wird nicht lange genug leben, um noch jemandem wehzutun. Darauf gebe ich dir mein Wort.«

Penny mochte die Person nicht, die sie in diesem Moment war. Jemand, der sich tatsächlich den Tod eines anderen Menschen wünschte. Aber sie war selbst ein fehlerhafter

Mensch. Und Colvin Jackson hatte ihr und Bowie zu lange wehgetan. Er hatte ihre Tochter *verkauft*, als sei sie ein Stück Müll. *Scheiß auf ihn.* Karma war ein Miststück, und es würde sich immer seinen Teil vom Kuchen holen, wenn es nur genügend Zeit hatte.

Penny konnte nicht traurig sein, dass Colvins Zeit abgelaufen war.

»Okay«, sagte sie.

»Okay«, wiederholte Tex. »Ich halte dich auf dem Laufenden. Ich sage dir Bescheid, wenn das FBI zuschlägt. Wenn sie sie finden.«

Er hatte gesagt *wenn*, nicht *falls*. Das musste reichen. »Danke.«

»Ich mache das nicht für ein Dankeschön«, sagte Tex gedehnt.

»Pech gehabt. Du bekommst es trotzdem.«

»Gern geschehen«, sagte er leise. »Ich melde mich.«

Penny legte auf, ohne zu wissen, ob sie sich nun besser fühlte oder nicht. Es war eine Erleichterung, dass Colvin keine Gefahr mehr für sie oder andere darstellte, aber dieses Wissen brachte ihre Tochter nicht auf magische Weise zurück. Oder Pyro.

Sie konnte nicht darüber nachdenken, was sie gerade durchmachten. Was Pyro vielleicht tat, um Bowie zu beschützen. Denn sie wusste ohne Zweifel, dass er sterben würde, wenn es darum ging, ihre Tochter zu beschützen.

Und so sehr der Gedanke, dass Pyro bereit war, sich für Bowie zu opfern, sie mit unglaublicher Dankbarkeit erfüllte, so sehr zerbrach er ihr auch das Herz. Pyro war ihre andere Hälfte. Sie hatte die Hölle durchlebt, und ihn zu finden war ein Wunder gewesen. Er machte sie glücklich, sie vertraute ihm von ganzem Herzen. Die Wahrscheinlichkeit, dass zwei Pflegekinder sich so schnell und so vollständig fanden und verstanden wie sie, war extrem gering.

Sie hatte Pyro gerade erst gefunden. Sie durfte ihn nicht schon wieder verlieren.

Penny war wieder auf und ab gegangen und hatte keine Ahnung, wie lange sie schon ein Loch in ihren Teppich gelaufen hatte, als ihr Handy erneut klingelte. Als sie auf das Display schaute, sah sie, dass es fast halb sechs Uhr morgens war.

Überrascht, dass ein neuer Tag anbrach, und mit einem mulmigen Gefühl, weil mit jedem Ticken der Uhr die Zeit ablief, um Pyro und Bowie lebend zu finden, schluckte Penny schwer.

Sie erkannte die Nummer auf dem Display nicht, aber es war eine lokale Vorwahl. Sie wollte nicht rangehen, aus Angst, es könnte einer der Detectives sein, der ihr mitteilte, dass sie eine Leiche gefunden hatten. Aber es war auch möglich, dass es jemand vom FBI war, der ihr sagte, wo sie ihre Tochter abholen konnte. Der ihr mitteilte, dass sie sie wohlbehalten gefunden hatten.

Penny drückte auf die grüne Taste, holte tief Luft und nahm den Anruf entgegen.

»Hallo?«

»Mommy?«

Penny knickten die Knie ein und sie sank zu Boden. Der Klang von Bowies Stimme am anderen Ende der Leitung war fast unglaublich. Aber sie würde ihre Tochter überall wiedererkennen.

»Bowie? Oh mein Gott, wo bist du? Geht es dir gut?«

»Mir geht es gut. Ich weiß es nicht, aber Kylo-Pyro sagte, ich solle dich anrufen, sobald ich jemanden mit einem Telefon finde. Er ist verletzt, Mommy! Die bösen Männer kommen!«

Penny geriet in Panik. Sie sprang auf, stürmte aus ihrem Schlafzimmer und eilte ins Wohnzimmer.

Edge stand in der Küche, hielt eine Tasse Kaffee in der Hand und starrte vor sich hin. Er sah genauso aus, wie sie sich fühlte. Wie aus der Hölle.

Als sie plötzlich hereinkam, knallte er die Tasse auf die Arbeitsplatte und stapfte auf sie zu.

»Bowie ist am Telefon!«, rief sie.

Sie hörte, wie die anderen Frauen, die im Zimmer schliefen, sich regten, aber sie hatte nur Augen für Edge.

»Schalte den Lautsprecher ein«, befahl er sanft, aber bestimmt.

Penny drückte auf die Taste, um genau das zu tun, und fragte: »Bist du mit jemandem zusammen, Schatz?«

»Ja. Shawn und Bud. Sie sind an einem Pier und angeln.«

»Welcher Pier? Wo?«, fragte Penny fast verzweifelt.

»Ich weiß es nicht.« Bowie klang jetzt verängstigt.

»Es ist okay«, beruhigte Penny sie und versuchte, sich zu entspannen, damit auch ihre Tochter sich beruhigen konnte. »Du bist jetzt in Sicherheit, das ist das Wichtigste. Kannst du mich mit den netten Männern sprechen lassen, die dir ihr Telefon gegeben haben, damit sie mir sagen können, wo du bist?«

»Ja. Aber Mommy, ich muss dir sagen, was Kylo-Pyro mir gesagt hat.«

»Okay, Schatz, ich höre.« Allein schon Pyros Namen zu hören brachte Penny fast zum Weinen, aber sie beherrschte sich. Sie konnte später zusammenbrechen. Sobald sie Bowie in ihren Armen hielt und Pyro sicher und wohlbehalten zu Hause war.

»Wir wurden in den Kofferraum eines Autos gesteckt. Es war beängstigend, und sie haben Kylo-Pyro wehgetan. Sie haben ihm auf das Bein geschlagen. Er kann nicht mehr so gut laufen. Aber ich habe ihm geholfen. Wir wurden zu einem Haus gebracht. Er hat mir gesagt, ich soll dir sagen, dass es wirklich groß ist. Zwei ganze Stockwerke. Es ist gelb, mit weißen Veranden im Erdgeschoss und im Obergeschoss. Und es hat ein braunes Dach. Es hat sogar einen Aufzug! Die bösen Männer haben uns in den Keller gebracht und Kylo-Pyro Handschellen angelegt. Dort unten hat es gestunken. Ich habe ein Nickerchen gemacht, und als ich aufgewacht bin, habe ich Kylo-Pyro die Handschellen mit dem Schlüssel in seinem Stiefel aufgemacht. Dann bin ich aus dem Fenster geklettert, weil er nicht durchpasst. Wir waren am Meer, und ich ging zum Wasser und lief und lief und lief, bis Bud und Shawn mich fanden. Schickst du Casper und seine Freunde, um Kylo-Pyro zu holen? Er ist schwer verletzt. Er hat geweint! Ich habe Angst, Mommy!«

Pennys Herz schlug ihr bis zum Hals. Die Tränen, die sie unbedingt zurückhalten wollte, flossen trotzdem. Inzwischen war sie von all ihren Freunden umringt. Laryn hatte einen Arm um ihre Schultern gelegt, Mandy und Zita drängten sich an sie. Jen und Fred standen vor ihr, Edge neben ihr. Alle starrten mit beängstigender Intensität auf das Telefon in ihrer Hand.

»Bowie, hier ist Edge. Ich bin hier und habe alles gehört, was du gesagt hast. Du bist so ein kluges kleines Mädchen. Und wir werden Pyro jetzt sofort holen.«

»Okay. Er hat mir gesagt, dass es helfen würde, wenn ich so tue, als hätte ich keine Angst, obwohl ich Angst habe. Ich glaube, das macht er gerade. Ich glaube, er hat auch Angst. Vor den bösen Männern, die kommen, um ihn zu stehlen. Und er kann nicht gut laufen. Er braucht eure Hilfe.«

Penny hielt sich die Hand vor den Mund, um das Schluchzen zu unterdrücken, das ihr entfuhr. Bowie war in Sicherheit, aber Pyro war verletzt. Und hatte Angst. Das war mehr, als sie verkraften konnte.

»Mommy?«

Penny schluckte schwer. »Ja, mein Schatz?«, krächzte sie.

»Kylo-Pyro hat gesagt, er will dich heiraten. Und wenn er das tut, kann ich Bowie Mullins sein und er wäre mein Daddy.«

Das war es. Pennys Beine trugen sie nicht mehr. Sie sank erneut zu Boden, und Edge nahm ihr das Telefon aus der Hand, während sie ihr Gesicht in den Händen vergrub und schluchzte.

»Pyro wird der beste Daddy aller Zeiten sein«, sagte Edge

mit einer Stimme, die rauer klang als sonst. »Kannst du das Telefon einem der Männer geben, die jetzt bei dir sind? Ich muss herausfinden, wo du bist, damit ich Casper und die anderen schicken kann, um dich zu holen.«

»Kommst du auch? Und bringst du Mommy mit? Ich möchte, dass Casper Kylo-Pyro sucht.«

»Ja, Schatz. Das kann ich machen.«

»Okay. Ich hab dich lieb, Edge!«

»Hallo?«, sagte eine tiefe Stimme durch den Lautsprecher.

»Wo sind Sie?«, fragte Edge ohne Umschweife.

Der Mann gab ihm die Adresse des Piers, an dem er und sein Freund geangelt hatten. »Ich habe gehört, was sie gesagt hat. Ich kann es nicht glauben ... Heilige Scheiße«, sagte der Mann. »Mein Freund Bud und ich haben sie unterhalb des Piers gesehen. Sie ist hier entlang der Küste gelaufen ... Ich kann nicht ... das ist ...«

»Sie ist ein besonderes Mädchen«, stimmte Edge zu und unterbrach den Mann. »Bitte passen Sie auf sie auf, bis wir dort sind. Wir haben verzweifelt nach ihr gesucht.«

»Das werde ich. Ich habe auch eine Tochter. Bei uns ist sie in Sicherheit. Ich gebe Ihnen mein Wort.«

»Danke. Wir kommen so schnell wie möglich.«

»Wir werden warten. Sie werden meinen dunkelblauen Pick-up sehen. Ich habe Wasser in einer Kühlbox und ein paar Snacks für sie, falls sie Hunger hat.«

»Klingt gut. Bleiben Sie dort«, sagte Edge eindringlich.

»Das werden wir. Ich verspreche es.«

»Gut. Nochmals vielen Dank.«

»Gern geschehen.«

»Bis bald.«

Edge legte auf und hockte sich vor Penny hin. »Es klingt, als hätten sie sie über die Chesapeake Bay Bridge gebracht und wären jetzt in der Nähe des Kiptopeke Beach Piers. Ich weiß, wo das ist. Pyro muss in der Nähe sein. Ich rufe die Jungs an, sobald wir unterwegs sind. Holen wir dein Mädchen, Penny.«

Sie nickte. Sie wusste nicht, wo die Orte lagen, die Edge erwähnt hatte, aber es zählte nur, dass Bowie in Sicherheit war und sie alles in ihrer Macht Stehende tun würden, um Pyro zu finden.

Sie stand auf, trocknete ihre Tränen und ging zur Tür. Es war Zeit, das ein für alle Mal zu beenden. Und ihre Tochter und Pyro nach Hause zu bringen.

KAPITEL ZWANZIG

Pyro war bereit.

Als er und Bowie entführt worden waren, hatte er sich vielleicht nicht gewehrt, aber jetzt würde er sich nicht mehr überraschen lassen. Und weil Bowie nicht hier war und er keine Angst hatte, etwas zu tun, das sie für ihr Leben zeichnen könnte – mehr als sie vielleicht ohnehin schon war, nachdem sie entführt und allein in die Welt hinausgeschickt worden war –, war Pyro mehr als bereit, den Arschlöchern, die es wagten, Hand an dieses kostbare kleine Mädchen zu legen, zu zeigen, dass er eine Naturgewalt war. Sie mochten ihn für einen erbärmlichen, ängstlichen Schwächling halten, der sich außerhalb seines Elements bewegte ... aber sie irrten sich gewaltig.

Sein Bein tat höllisch weh, aber er würde sich nicht von einem gebrochenen Knochen davon abhalten lassen, das zu tun, was getan werden musste. Der Knochen ragte nicht aus seinem Bein heraus, also war alles in Ordnung. Er hatte viel, wofür es sich zu kämpfen lohnte. Penny und Bowie. Eine eigene Familie. Etwas, das er nie gehabt hatte und sich von ganzem Herzen wünschte.

HILFE FÜR PENNY

Wenn er überwältigt und weggebracht werden würde, dann sei es so. Aber er würde es ihnen nicht leicht machen.

Die Schuldgefühle, die er hatte, weil er Bowie aus dem Fenster geschoben und sie auf den Weg geschickt hatte, lasteten immer noch schwer auf ihm. Wo war sie? War sie in Ordnung? Hatte sie jemanden gefunden, der ihr helfen würde? Jemand Anständiges, der ein kleines, hilfloses Mädchen nicht ausnutzen würde? Pyro wusste besser als die meisten anderen, welche bösen Menschen auf dieser Welt lebten.

Nach etwa zwanzig Minuten der Verzweiflung, in denen er seinen Gefühlen freien Lauf ließ, ohne sie zurückzuhalten, gewann Pyro die Kontrolle über sich zurück und schmiedete einen Plan. Der einzige Ein- und Ausgang zu diesem Keller war offenbar der Aufzug. Er hatte keinen anderen Eingang von außen gefunden als die Fenster, von denen er auf den ersten Blick wusste, dass er nicht durch sie hindurchpassen würde.

Der Stuhl, an den er gefesselt war, stand in Sichtweite des Aufzugs. Dort musste er also sein, wenn jemand kam, um ihn und Bowie zu holen. Er ignorierte die Schmerzen und stapelte ein paar Kartons unter dem Fenster, das sich nur wenige Meter hinter seinem Stuhl befand. Wenn derjenige, der ihn holen wollte, das kleine Mädchen nicht sah, würde er sofort die Verbindung zwischen den Kartons und dem Fenster herstellen.

Sein Plan war bestenfalls riskant. Wenn mehrere Leute gleichzeitig kamen, um ihn zu holen, war die Wahrscheinlichkeit groß, dass er sterben würde. Aber wenn sie ihn unterschätzten – und er hoffte inständig, dass sie das taten, besonders nach seinem hilflosen Auftritt gestern Abend –, hatte er vielleicht eine kleine Chance, dieses Haus des Grauens lebend zu verlassen.

Pyro rechnete nicht damit, dass Bowie Hilfe finden und Verstärkung schicken würde. Nicht, weil er nicht daran glaubte, dass sie dazu in der Lage war. Sondern weil es einfach nicht klug wäre, sich ausschließlich auf das kleine Mädchen zu verlassen. Realistisch gesehen war er auf sich allein gestellt, bis die Polizei oder sein Team durch die Tür kamen.

Pyro holte tief Luft, beruhigte seinen Herzschlag, setzte sich auf den Stuhl, die Hände hinter dem Rücken, die Füße vorsichtig platziert, die Seile um seine Waden geschlungen. Er sah genauso aus wie am Abend zuvor. Er zwang sich, nicht an den Schmerz zu denken, nicht an Bowie und Penny, sondern nur an die verschiedenen Szenarien, die eintreten könnten, wenn jemand auftauchte.

Draußen wurde es langsam hell, als er schließlich hörte, wie sich der Aufzug in Bewegung setzte. Sein Körper verkrampfte sich, aber er zwang sich, sich zu entspannen. Jetzt war es so weit. Er war für diesen Moment trainiert worden. Um seine Entführer zu überwältigen und zu fliehen.

Pyro senkte den Kopf in der Hoffnung, dass er ausreichend niedergeschlagen wirkte, und wartete.

Der Aufzug klingelte, als die Kabine ankam, und Pyro hörte das Zischen der sich öffnenden Tür. Er hob leicht den Kopf und sah erfreut, dass nur ein Mann ausstieg. Derselbe, der am Vortag den Baseballschläger geschwungen hatte.

Pyro würde große Befriedigung empfinden, wenn er ihn zur Strecke bringen könnte.

»Guten Morgen!«, sagte der Mann – doch das falsche Lächeln auf seinem Gesicht verschwand schnell, als er sich im Raum umsah. »Was zum Teufel? Wo ist das Mädchen?«

Pyro sagte nichts. Stattdessen hielt er den Atem an und hoffte entgegen aller Hoffnung, dass der Arsch auf die Täuschung hereinfallen würde, die er sorgfältig vorbereitet hatte.

Er sah den Moment, in dem der Mann die unter dem offenen Fenster gestapelten Kartons entdeckte.

»Scheiße!«

Genau wie Pyro gehofft hatte, lief der Mann zum Fenster, um hinauszuschauen, ohne einen zweiten Blick auf den an den Stuhl gefesselten Mann zu werfen. Pyro stand lautlos auf und schwang zu dem Mann herum, der ihm den Rücken zuwandte und immer noch aus dem Fenster schaute.

Er nahm eines der Seile, mit denen zuvor seine Beine gefesselt gewesen waren, warf es um den Hals des Kerls und zog es straff.

Der Mann griff sofort nach seinem Hals, aber es war zu spät, um seine Finger unter das Seil zu bekommen und den Druck zu verringern.

Er strampelte und wehrte sich, aber Pyro hatte die Oberhand. Ganz zu schweigen von der Wut, die er darüber empfand, was ihm und Bowie angetan worden war. Wut darüber, dass dieser Kerl ein hilfloses kleines Mädchen entführt hatte, um das krankhafte Verlangen eines anderen Mannes nach Geld zu befriedigen.

Pyro hatte nicht die Absicht, den Mann zu töten, er musste ihn nur bewusstlos machen. Seine Arme zitterten vor Anstrengung, als er ihm die Luft abschnürte, denn der Mann kämpfte, als hinge sein Leben davon ab. Was auch der Fall war. Das Leben, das er bis zu diesem Zeitpunkt gekannt hatte.

Plötzlich warf sich der Mann zur Seite und zwang Pyro, einen Schritt in die gleiche Richtung zu machen, um das Seil um seinen Hals zu halten – einen Schritt auf seinem gebrochenen Bein.

Deshalb konnte er nicht schnell genug reagieren, als der Mann in eine Scheide an seiner Hüfte griff und ein Messer zog.

Er stieß es Pyro in den Oberschenkel.

Pyro stieß einen lauten Schrei aus, als sein bereits verletztes Bein plötzlich fast unbrauchbar wurde. Er fiel zu Boden und riss den Kerl mit sich.

Wie durch ein Wunder schien seine wilde Anstrengung, das Messer zu benutzen, dem Mann seine letzten Kräfte geraubt zu haben. Er sackte in Pyros Armen zusammen, der daraufhin stöhnte, als er plötzlich das gesamte Gewicht des Arschlochs zu tragen hatte.

Schnell schob Pyro ihn zur Seite und entfernte das Seil. Um

seinen Hals war eine tiefrote Markierung zu sehen, aber der Mann atmete noch. Pyro setzte sich auf seinen Hintern und manövrierte den Mann mit seinem gesunden Bein zur Wand des Kellers, wo einige große Rohre vom Boden bis zum Obergeschoss des Hauses verliefen.

Dann holte er die Handschellen aus seiner Tasche, befestigte den Mann an einem dicken Rohr und sah sich dann sein verletztes Bein an.

Das Blut hatte bereits seine Hose durchtränkt und eine deutlich sichtbare, schreckliche Spur auf dem Boden hinterlassen, wo er den Körper zu den Rohren geschleift hatte. Pyro legte eine Hand auf das Messer und wollte es herausziehen – doch dann überlegte er es sich anders.

Er hatte eine umfassende Erste-Hilfe-Ausbildung bei einigen der besten Sanitäter des Militärs absolviert, und etwas, das eine Green Beret einmal gesagt hatte, schoss ihm durch den Kopf. Sie schien nicht groß genug, nicht gemein genug und nicht alt genug zu sein, um eine Green Beret zu sein, aber sie hatte ihn und den Rest der Night Stalkers beeindruckt, und sie respektierten das Wissen, das sie bereitwillig mit ihnen geteilt hatte. Ihr Name war Annie Fletcher, und sie hatte darauf bestanden, dass man, egal wie sehr man ein im Körper steckendes Objekt auch entfernen wollte, *dies nicht tun solle*. Man solle es mit allen Mitteln, die einem gerade zur Verfügung standen, sichern und es dann in Ruhe lassen.

Sie hatte das Beispiel von jemandem angeführt, der seinen Finger in ein Loch in einem Damm steckte, wie in einem Cartoon. In dem Moment, in dem man den Finger herauszog, strömte das Wasser heraus und ließ sich nicht mehr aufhalten. Sie sagte, dass es mit dem Körper ähnlich sei und wenn etwas Lebenswichtiges von dem Gegenstand durchbohrt worden sei, könnte das Entfernen dazu führen, dass die Person verblutete.

Aber selbst wenn Pyro das Messer entfernen und etwas zum Verbinden der Wunde suchen wollte, hatte er keine Zeit dafür. Denn als er aufstand und zum Stuhl zurückhumpelte, hörte er, wie der Aufzug wieder anlief.

Jemand anderes fuhr in den Keller hinunter, und er musste bereit sein.

Pyro griff nach dem Stuhl und stützte sich darauf, um zur Wand neben dem Aufzug zu humpeln. Er fluchte, als er die deutlichen Blutspuren sah, die er hinterließ. Wer auch immer den Keller betrat, würde sie sofort sehen. Aber er hatte keine Zeit, etwas dagegen zu unternehmen.

Der Aufzug klingelte erneut und kündigte die bevorstehende Ankunft seines nächsten Gegners an.

Pyro hob den Stuhl über seinen Kopf und wartete.

In dem Moment, in dem ein Mann aus dem Aufzug trat, schwang Pyro den Stuhl mit aller Kraft.

Der Stuhl traf den Mann am Kopf, und er ging zu Boden wie ein Stein.

Leider war er nicht allein. Und Pyro hatte keine weitere Waffe.

Außer …

In dem Wissen, dass er keine Wahl hatte, langte Pyro nach dem Griff des Messers, das aus seinem Oberschenkel ragte, und stürzte sich auf den dritten Mann.

Der Mann war vorbereitet. Als er sah, wie sein Kumpel mit einem Stuhl auf den Kopf geschlagen wurde, war ihm offensichtlich klar geworden, dass im Keller etwas nicht stimmte. Dass sich ihr sanftmütiger und ruhiger Gefangener in einen Gegner verwandelt hatte, der bereit und willens war, sich zu wehren.

Der dritte Mann war groß, hochgewachsen und muskulös. Er wog mindestens hundertfünfzig Kilo und war etwa eins fünfundneunzig groß. Er war fast einen Kopf größer als Pyro, aber der ließ sich davon nicht einschüchtern. Er hatte es schon mit Männern zu tun gehabt, die genauso groß und kräftig waren wie dieser Arsch, und damals hatte er nicht annähernd so viel Motivation gehabt wie jetzt.

Das Dringendste war Bowie. Er musste sie finden. Er hatte ein blindes sechsjähriges Mädchen allein in die Nacht hinausgeschickt, an einen fremden Ort, und er hatte keine Ahnung, ob es ihr gut ging.

Die beiden Männer umkreisten sich, jeder humpelnde Schritt schickte stechende Schmerzen durch Pyros Bein. Er spürte, wie Blut seinen Oberschenkel hinunterlief, aber er blendete es aus. Ignorierte das Schwindelgefühl, das durch den Blutverlust verursacht wurde. Er würde nicht so leicht aufgeben.

Der Mann hatte nun selbst ein Messer in der Hand und stürzte sich auf ihn.

Pyro wich aus, schlug mit seiner Klinge zu und traf sein Ziel mit einem langen Schnitt über die Brust des Mannes.

Er fluchte laut und knurrte dann: »Du wirst sterben.«

»Fick dich«, erwiderte Pyro.

»Wo hast du das Kind versteckt? Denn weißt du was? Ich habe noch Zeit, bevor sie von hier verschwindet, um ein bisschen Spaß mit ihr zu haben – während du zusiehst.«

Pyro ließ sich von diesen Worten nicht beeindrucken. Bowie war nicht hier. Sie war in Sicherheit. Was dieser Arsch andeutete, war pervers und krank, aber er würde sie nicht in die Finger bekommen. Auf keinen Fall.

»Ich werde den Leuten, die deinen Verkauf arrangieren, sagen, dass sie dich an das sadistischste Arschloch verkaufen sollen, das sie finden können. An jemanden, der dich bis über beide Ohren unter Drogen setzt, aber nicht so sehr, dass du nicht mehr weißt, was vor sich geht. Du wirst gefesselt und immer wieder vergewaltigt werden. Von jedem, an den dein Käufer dich vermieten will, mit allen möglichen Gegenständen. Deine verbleibende Zeit auf dieser Erde wird so schmerzhaft sein, wie sie es nur machen können – das kann ich dir garantieren.«

Die Augen des Mannes waren leblos. Er hatte kein schlechtes Gewissen wegen seiner Taten, und Pyro wusste ohne

HILFE FÜR PENNY

Zweifel, dass er, wenn er ihn am Leben ließe, nicht zögern würde, andere zu entführen, um mit ihnen Geld zu verdienen. Es war ihm egal, ob es sich um jemandes Freunde, Schwestern oder Großväter handelte. Er würde wahrscheinlich sogar seine eigene Mutter verkaufen, wenn er damit Geld verdienen könnte.

Er veränderte seinen Griff um das Messer und verstärkte ihn. Einer von ihnen würde in diesem Keller sterben, und er hatte fest vor, dass dies der Psychopath vor ihm sein würde, der lächelte, während er über all die Dinge nachdachte, die Pyro hoffentlich widerfahren würden.

Casper hielt sich am Oh-Scheiße-Griff fest, während Chaos wie ein Verrückter fuhr. In dem Moment, in dem er den Anruf von Edge erhalten hatte, hatten er und der Rest des Teams ihre Ausrüstung gepackt und sich auf den Weg zur Bay Bridge gemacht. Bowie hatte eine verdammt gute Beschreibung des Hauses gegeben, in das sie und Pyro gebracht worden waren, und obwohl sie keine Koordinaten hatten, hofften sie, es finden zu können. Da Edge die Männer, die sie gefunden hatten, nach der Richtung gefragt hatte, aus der sie gekommen war, hatten sie einen Anhaltspunkt.

Tex sah sich Satellitenbilder an, um zu sehen, was er finden konnte, aber Casper und der Rest des Teams waren nicht bereit, auf weitere Informationen zu warten.

Zu hören, dass Bowie gefunden worden und in Sicherheit war, nahm ihnen allen eine große Last von den Schultern. Ebenso wie das Wissen, dass Edge bei Penny war und sicherlich genauso schnell fuhr, um Mutter und Tochter wieder zu vereinen.

Aber ihr Teamkamerad, ihr Freund, war immer noch irgendwo da draußen. Und nach dem zu urteilen, was Tex gesagt hatte, steckte er tief in der Scheiße. Es gab keine

Garantie dafür, dass er nicht bereits verschleppt worden war. Dass er noch in dem Haus war, das Bowie beschrieben hatte. Aber niemand war bereit aufzugeben. Nicht, bevor sie Pyro zurück oder seine Leiche gefunden hatten.

Dieser letzte Gedanke reichte aus, um Casper zum Kotzen zu bringen, aber er unterdrückte das Gefühl. Er musste sich konzentrieren. Dieses verdammte Haus finden.

Die Polizei und das FBI waren ebenfalls unterwegs, aber auch in diesem Fall war niemand bereit, auf sie zu warten. Nicht, wenn Pyros Leben auf dem Spiel stand. Und Casper wusste aus tiefster Überzeugung, dass sein Freund in großen Schwierigkeiten steckte.

Nachdem sie die Brücke überquert und das Fisherman Island National Wildlife Refuge passiert hatten, wurde Chaos langsamer, damit sie sich jedes Haus, an dem sie vorbeikamen, genau ansehen konnten. Es gab keine Garantie, dass das Haus von der Straße aus zu sehen war, aber niemand sprach das laut aus.

Sie passierten den Aussichtspunkt und dann das Besucherzentrum. Als sie zu einer Reihe von Häusern kamen, fuhr Chaos noch langsamer, aber keines davon sah so aus, wie Bowie es Penny beschrieben hatte.

Nachdem sie die Abzweigung zum Kiptopeke-Angelpier passiert hatten, fuhr Chaos noch ein paar Kilometer weiter. Sie kannten die Richtung, in die Bowie gegangen war, aber nicht, wie weit.

»Scheiße. Ich kehre um. Wir müssen einige der Seitenstraßen abfahren. Schaut euch die Häuser an, die von der Hauptstraße aus nicht zu sehen sind.«

Chaos nickte. Sein Freund hatte recht. Aber das war blöd, weil das Zeit kosten würde. Zeit, die Pyro vielleicht nicht hatte.

»Ich wünschte, ich hätte meinen Wagen genommen«, murmelte Buck. »Mit mehr als einem Fahrzeug könnten wir mehr Strecke zurücklegen.«

Er hatte recht, aber es war zu spät, um die Situation noch zu ändern.

Sie kehrten um und fuhren methodisch jede Straße entlang, die sie passiert hatten, um die Häuser in Strandnähe zu überprüfen. Wenn sie das gesuchte Haus nicht fanden, kehrten sie zur Hauptstraße zurück.

Sie hatten die Abzweigung zum Pier wieder passiert und fuhren zurück in Richtung Brücke. Es sah so aus, als würde ihre Suche erfolglos bleiben, als sie in die gefühlt hundertste Straße einbogen.

Die Sonne lugte nun über den Horizont und machte es leichter, die Häuser zu sehen. An der Schotterstraße, auf der sie sich befanden, stand ein Schild, auf dem etwas über ein Ferienhaus weiter vorn stand. Es hatte einen niedlichen Namen, aber Casper nahm es nicht wirklich zur Kenntnis.

Sie fuhren um eine kleine Kurve – und da war es.

Das Haus.

Genau wie Bowie es beschrieben hatte. Gelb, zweistöckig, mit weißen Veranden auf beiden Ebenen und einem braunen Dach.

»Verdammt, das muss es sein«, sagte Obi-Wan.

Vor dem Haus standen drei Fahrzeuge. Zwei weiße Lieferwagen ohne Fenster und ein ramponierter Pinto.

Pyro war hier, das spürte Casper in seinen Knochen.

Die vier Männer stiegen aus Chaos' Escalade aus und gingen zur Eingangstür. Ihr Plan war es, schnell und entschlossen vorzugehen. Sie wollten jeden, der sich möglicherweise im Haus befand, überwältigen und überraschen. Alle vier hatten ihre Waffen gezogen und waren mehr als bereit, sie einzusetzen. Tödliche Gewalt war nicht ausgeschlossen, aber nur als letztes Mittel.

Obi-Wan hob sein Bein, um die Tür einzutreten, aber Casper packte seinen Arm und hielt ihn mit einem entschiedenen Kopfschütteln zurück.

Casper sah aus, als sei er die Ruhe selbst, fühlte sich aber ganz und gar nicht so. Er griff nach dem Türknauf. Langsam drehte er ihn und lächelte, als er sich in seiner Hand bewegte.

Ein heimliches Eindringen würde ihnen ein paar zusätzliche Sekunden geben und ihnen hoffentlich einen Vorteil bei der Überwältigung der Personen verschaffen, die sich möglicherweise im Inneren befanden.

Der Gedanke, dass Pyro vielleicht, nur vielleicht, gar nicht hierhergebracht worden war, schoss Casper durch den Kopf. Er wollte auf keinen Fall eine unschuldige Familie erschrecken, die vielleicht gerade beim Frühstück saß und von vier bewaffneten Männern unterbrochen wurde, die sie anschrien, sich auf den Boden zu legen. Aber er würde die Verantwortung für alle Konsequenzen übernehmen, die das mit sich brächte. Pyro zu finden, bevor er verletzt oder getötet werden konnte, war jede Strafe wert. Selbst eine Gefängnisstrafe.

Die vier Männer schlichen sich ins Haus. Casper konnte zwei Männer in einem nahe gelegenen Raum sprechen hören. Er hob die Faust, um seinem Team zu signalisieren anzuhalten. Sie hörten, wie die Männer über die hohe Bezahlung sprachen, die sie für diesen einfachen Auftrag bekamen. Während Casper und sein Team lauschten, spielten sie tatsächlich eine Runde Schere, Stein, Papier, um zu entscheiden, wer den leichteren Auftrag, »das Kind« zu transportieren, bekommen sollte.

Wut drohte Caspers normale Selbstbeherrschung zu überwältigen, aber er holte tief Luft. Dann wandte er sich an seine Männer, seine Freunde, und formte mit den Lippen: *Auf drei.*

Alle nickten, und Casper hob erneut die Hand.

Drei Finger. Dann zwei. Dann einer.

Als Einheit sprangen die vier Männer in den Raum und schrien die Typen an.

»Runter!«

»Auf den Boden, sofort!«

»Runter, runter, runter!«

Die beiden Männer zuckten überrascht zusammen, ihre

Augen weiteten sich und sie befolgten sofort den Befehl. Ohne jeglichen Widerstand fielen sie zu Boden.

Während Chaos und Obi-Wan die Männer festhielten, richteten Casper und Buck ihre Waffen auf die Türen für den Fall, dass jemand den Tumult hörte und mit gezückter Waffe in den Raum stürmte. Aber glücklicherweise kam niemand.

»Wer seid ihr? Was macht ihr hier?«, fragte Obi-Wan und ging auf einen der Männer zu. Sie lagen nun auf dem Rücken, die Hände mit Kabelbindern unbequem hinter sich gefesselt. Einer hatte einen dunklen Fleck auf der Vorderseite seiner Hose. Sie schienen Mitte zwanzig zu sein, viel zu jung, um im Entführungsgeschäft tätig zu sein.

»Ich bin Tom. Das ist Marcus. Wir wurden angeheuert, um zu fahren. Das ist alles, Mann! Nur fahren!«

»Wen fahren? Wohin?«, knurrte Obi-Wan.

»Ich weiß es nicht. Uns wurde nur gesagt, wir sollten heute Morgen hierherkommen, unsere Passagiere abholen und sie zu zwei verschiedenen Flugplätzen bringen.« Die Stimme des Mannes zitterte, und er sah aus, als würde er gleich weinen.

Obi-Wan zeigte ihm nicht das geringste Mitleid. »Welche Flugplätze? Wer hat euch angeheuert? Wie viel bezahlt derjenige euch?«

Casper wollte nicht auf die Antworten warten. Obi-Wan würde alles herausfinden, was die Polizei und Tex wissen mussten, um diese Operation zu beenden.

Seine Sorge galt der Suche nach Pyro. Er unterbrach Obi-Wans Verhör. »Wer ist noch hier? Wo sind der Mann und das Mädchen, die ihr abholen solltet?«

»Im Keller. Es sind noch drei andere Männer da. Sie sind runtergegangen, um sie zu holen.« Er deutete mit dem Kinn auf eine Tür hinter Chaos. »Das ist der Aufzug. Der einzige Weg, um dort hinunterzukommen.«

Bowie hatte gesagt, dass es einen Aufzug gab. Casper presste die Lippen zusammen. Das war nicht ideal. Jeder noch so heimliche Einstieg würde durch die Benutzung des Aufzugs zunichtegemacht werden. Aber zu wissen, dass es nur drei Männer waren, beruhigte ihn ein wenig. Er, Buck und Chaos konnten es leicht mit drei Tätern aufnehmen. Es war der Gedanke daran, was im Keller vor sich ging, der ihm den Magen umdrehte.

»Wie lange sind sie schon dort unten?«

»Die ganze Nacht.«

»Nicht der Mann und das Mädchen, Idiot«, sagte Casper ungeduldig. »Die drei Männer, die sie holen wollten.«

»Ich bin mir nicht sicher. Einer ist zuerst hinuntergegangen, dann die anderen beiden. Vielleicht vor etwa fünf Minuten?«

Fünf Minuten. Das war sowohl eine Ewigkeit als auch ein Tropfen auf den heißen Stein.

»Geht«, sagte Obi-Wan mit einem Kopfnicken. »Ich kümmere mich um diese beiden Arschlöcher. Wenn ich mit ihnen fertig bin, werden sie singen wie Kanarienvögel.«

Chaos hatte bereits den Knopf für den Aufzug gedrückt, und Casper und Buck traten zu ihm. Die etwa fünfzehn Sekunden, die es dauerte, bis die Tür sich öffnete, kamen ihm wie eine Ewigkeit vor.

Alle drei Männer drängten sich in den Aufzug, und Casper holte tief Luft. Er umklammerte die Pistole in seiner Hand fester und konzentrierte sich auf die Tür. Was auch immer auf der anderen Seite auf sie wartete, wenn der Aufzug anhielt, er und sein Team würden sich darum kümmern ... aber er betete, dass sie Pyro lebend finden würden, der nur darauf vorbereitet wurde, zu irgendeinem Perversen verschifft zu werden, der einen Sexsklaven wollte.

Und nicht schon tot war.

KAPITEL EINUNDZWANZIG

Penny fiel das Atmen schwer. Sie saß auf dem Beifahrersitz von Edges Pick-up mit verlängerter Kabine und beugte sich nach vorn, als würde das den Wagen schneller machen. Mandy saß auf dem Rücksitz, da sie mitgekommen war, um sie moralisch zu unterstützen.

»Atme, Penny«, befahl Edge.

Sie nickte, behielt aber den Blick auf die Straße vor sich gerichtet. Ihr Baby war da draußen. Allein und verängstigt. Okay, nicht ganz allein, da die beiden Angler bei ihr waren, aber mit ziemlicher Sicherheit immer noch verängstigt. Sie konnte sich nicht vorstellen, was Bowie durchgemacht hatte. Sie musste ihre Tochter einfach in den Armen halten. Sich selbst davon überzeugen, dass es ihr gut ging. Dass sie unversehrt war.

Edge bog in die Straße ein, die zum Pier führte, und sie sahen den blauen Pick-up, den der Angler erwähnt hatte. Noch bevor Edge sein Fahrzeug vollständig angehalten hatte, hatte Penny ihren Sicherheitsgurt gelöst und die Tür aufgerissen. Sie sah drei Personen in der Nähe des Piers stehen, und ihr Herz schlug ihr bis zum Hals.

»Bowie!«, schrie sie und lief auf sie zu.

Das kleine Mädchen drehte sich in ihre Richtung und ein breites Lächeln huschte über ihr Gesicht. »Mommy!«, rief sie und streckte die Arme aus.

Penny war sofort bei ihr, packte Bowie und umarmte sie so fest sie konnte, sodass sie dabei fast vom Boden abhob. Die Wärme ihres Körpers, das Gefühl ihrer kleinen Arme um ihren Hals, der Schweißgeruch des kleinen Mädchens, gemischt mit der salzigen Meeresluft – all das war fast überwältigend.

Penny sank auf die Knie, ließ Bowie aber nicht los.

»Mommy, du tust mir weh!«, rief Bowie mit einem kleinen Kichern.

Penny lockerte sofort ihren Griff, ließ aber nicht los, sondern zog sich gerade so weit zurück, dass sie ihre Tochter von Kopf bis Fuß mustern konnte.

Sie war schmutzig, hatte Sand im Haar und auf der Kleidung, und ihre Jeans hatte Löcher in den Knien. »Bist du verletzt?«, fragte Penny, während sie verzweifelt versuchte, ihre Tränen zurückzuhalten.

Als Antwort streckte Bowie ihre Hände mit den Handflächen nach oben aus. »Meine Hände tun weh.«

Die Tränen, die sie zurückgehalten hatte, liefen ihr über die Wangen. Bowies Handflächen waren voller Kratzer. Als sei sie immer wieder hingefallen.

»Aber mir geht es gut. Ich mache mir Sorgen um Kylo-Pyro. Können wir ihn jetzt holen?«

Penny war so stolz auf ihre Tochter. Sie war durch und durch ein gutes Wesen. Sie weinte nicht. Sie jammerte nicht über ihre Erfahrungen oder ihre Verletzungen. Stattdessen machte sie sich Sorgen um Pyro. Natürlich ging es Penny genauso. Sie sah hinter sich zu Edge.

»Die anderen holen ihn«, sagte er.

Das schien Bowie zu beruhigen. Sie nickte. »Gut. Mommy? Ich habe immer noch Hunger. Können wir auf dem Weg zu Kylo-Pyro Chicken Nuggets kaufen? Er wird auch welche wollen, weil wir gestern Abend nichts zu essen bekommen haben.«

Penny holte tief Luft. Sie hatte sich solche Sorgen um Bowie gemacht, aber jetzt, da sie sie im Arm hielt und selbst sehen konnte, dass es ihr gut ging, verlagerte sich ihre ganze Sorge auf Pyro, den sie mehr liebte, als sie jemals gedacht hätte, einen Mann lieben zu können. »Ja, Baby, das können wir machen. Aber zuerst müssen wir hier warten, bis die Polizei kommt. Und die Sanitäter. Sie müssen sich davon überzeugen, dass es dir gut geht.«

Bowie runzelte die Stirn.

»Es ist okay, Baby. Sie werden dir nichts tun. Aber alle haben sich Sorgen um dich gemacht, als du verschwunden warst. Erinnerst du dich an den Krankenwagen, der neulich an uns vorbeigefahren ist? Du warst so aufgeregt und hast dich gefragt, wie es wohl darin aussieht. Heute Morgen wirst du die Gelegenheit haben, das herauszufinden.«

Doch statt sich darüber zu freuen, begann Bowies Unterlippe zu zittern.

»Oh, Schatz, was ist los?«

»Ich will nach Hause! Ich will Kylo-Pyro!«

Edge kniete sich neben sie und legte eine Hand auf ihren Rücken. »Hallo, Bowie. Ich bin's, Edge. Ich habe deine Mutter mitgebracht, wie du es dir gewünscht hast, und wir sind *so schnell* gefahren, dass wir die Polizei und den Krankenwagen überholt haben ... Du kannst sie sicher hinter uns hören, oder?«

Bowie neigte den Kopf und lauschte einen Moment lang, dann nickte sie. Natürlich konnte sie das, denn wenn Penny sie hörte, konnte ihr Kind das entfernte Heulen der Einsatzfahrzeuge *definitiv* hören.

»Wir werden die ganze Zeit an deiner Seite sein. Und ich verspreche dir, dass die anderen Jungs – Casper, Buck, Obi-Wan und Chaos – Pyro finden werden. Er wird auch mit der Polizei und den Sanitätern sprechen.«

»Wirklich?«, fragte Bowie.

»Mh-hm.«

»Okay. Wenn er das tut, kann ich das auch.«

Es war offensichtlich, dass Bowie einen ernsthaften Fall von Heldenverehrung hatte. Und das war für Penny mehr als in Ordnung.

Die nächsten zehn Minuten verbrachten sie damit, mit der Polizei zu sprechen, den Anglern dafür zu danken, dass sie sich um Bowie gekümmert hatten, bis Penny dort eintraf, und dafür zu sorgen, dass Bowie durch die kreischende Sirene des Krankenwagens nicht zu Tode erschreckt wurde. Die Sanitäter waren großartig und brachten sie innerhalb weniger Minuten, nachdem sie sich auf die Trage im hinteren Teil der Ambulanz gesetzt hatte, zum Lachen.

Insgesamt ging es ihrer kleinen Tochter erstaunlich gut. Sie hatte Schürfwunden an den Knien und Handflächen, war hungrig, müde und schmutzig, aber nicht ernsthaft verletzt. Und Penny wusste ohne Zweifel, dass das Pyro zu verdanken war. Er hatte sie beschützt, genau wie er es versprochen hatte. Aber dadurch hatte er sich selbst in Gefahr gebracht. Er war immer noch in den Händen der Leute, die sie mit der Absicht entführt hatten, ihm großes Leid zuzufügen. Sie wollten ihn verkaufen. Möglicherweise sogar töten, da sie inzwischen wissen mussten, dass Bowie geflohen war.

Ihre Sorge um ihn war überwältigend.

»Halte durch, Penny«, sagte Mandy und legte einen Arm um ihre Schultern.

Bowie kicherte gerade, als die Sanitäterin sie mit einem Stethoskop ihren Herzschlag abhören ließ, während der andere Sanitäter die Unterlagen für Penny vorbereitete, in denen sie erklärte, dass sie nicht wollte, dass ihre Tochter ins Krankenhaus gebracht wurde.

»Die Jungs werden ihn finden. Ich weiß es. Sie sind vielleicht die besten Piloten der Armee, aber sie sind auch verdammt gute Soldaten. Und niemand legt sich mit einem von ihnen an«, sagte Mandy leise.

Penny nickte, obwohl ihre Angst nicht nachließ. Pyro zu verlieren, gerade als sie *und* Bowie ihn gefunden hatten, war etwas, worüber sie nicht nachdenken wollte.

Das Heulen der Sirenen durchbrach erneut die Stille des Morgens ... und sie klangen, als seien sie ganz in der Nähe.

Pennys Blick traf den von Edge.

»Ist das ...«, flüsterte sie.

»Ich weiß es nicht.«

Aber beide wussten, was es war. Bowie war zu Fuß aus dem Haus geflohen, in dem sie gefangen gehalten worden war, also konnte es nicht allzu weit von ihrem derzeitigen Standort entfernt sein.

»Können wir gehen? Wir müssen gehen!«, sagte Penny eindringlich, weil sie sehen musste, wohin diese Sirenen fuhren. Sie musste wissen, was los war.

»Ich denke, wir sollten hierbleiben und auf eine Nachricht von Casper oder einem der anderen warten«, sagte Edge.

»Nein«, sagte Mandy entschlossen. »Wir müssen gehen. Du musst helfen, Edge.«

Er wollte es. Penny konnte es an seiner Körpersprache erkennen.

»Pyro würde mich umbringen, wenn ich dich irgendeiner Gefahr aussetze«, sagte er. »Besonders nachdem er sich so sehr bemüht hat, Bowie da rauszubringen.«

»Wir werden nicht im Weg stehen. Wie es aussieht, wird die Polizei sowieso vor uns dort sein. Aber wir können sehen, wo die Beamten sind, und uns zurückhalten, bis sie den Tatort gesichert haben.« Penny hatte diesen Begriff in ein oder zwei Krimiserien gehört. Sie hatte keine Ahnung, wie so etwas bei einer aktiven Entführungsrettung wirklich ablief, aber sie musste selbst sehen, ob Pyro in Ordnung war. Und falls nicht ...

Nein. Sie verdrängte diesen Gedanken. Er würde in Ordnung sein. Das musste er einfach.

»Bitte, Edge?«, flehte sie.

»Verdammt. Okay. Aber du, Mandy und Bowie bleibt im Wagen. Ich meine es ernst. Ihr steigt nicht aus, bevor ich euch hole. Wenn ihr damit nicht einverstanden seid, bringe ich euch direkt zurück in eure Wohnung.«

»Ich schwöre es«, sagte Penny, ohne zu zögern. Sie würde alles tun, um zu Pyro zu gelangen.

Die Sanitäter waren mit Bowie fertig, und sie kletterte aus dem hinteren Teil des Krankenwagens. Ihre Hände und Knie waren gereinigt worden, und sie hatte ein Lächeln auf den Lippen. Dann hielt sie inne, neigte den Kopf und sagte: »Noch mehr Sirenen, Mommy.«

»Ich höre sie, Schatz. Bist du bereit zu gehen?« Sie hatte nicht vor, Bowie zu sagen, dass sie zu dem Haus zurückkehren würden, in dem sie gefangen gehalten worden war, oder auch nur Pyros Namen zu erwähnen. Wenn es ihm nicht gut ging, wollte sie nicht, dass Bowie davon erfuhr.

Sie stiegen alle wieder in Edges Pick-up und fuhren vom Parkplatz weg. Mandy saß jetzt auf dem Beifahrersitz, Penny hinten mit Bowie. Sie legte einen Arm um ihre Tochter und drückte ihre Lippen auf ihren Kopf. Bowie lehnte sich an sie, und Penny wurde klar, dass sie erschöpft sein musste. Sie war wer weiß wie lange wach gewesen, war in einer fremden Gegend herumgelaufen, voller Angst und Adrenalin, während sie versuchte, Hilfe für sich und Pyro zu finden. Sie sollte Bowie wirklich nach Hause bringen ...

Manche würden sie vielleicht als schlechte Mutter bezeichnen, aber das Bedürfnis, Pyro zu sehen, war zu überwältigend.

Penny schloss die Augen und betete, dass es ihm gut ging. Dass dieser Albtraum bald vorbei sein würde ... für alle drei.

Pyro verlor. Und das machte ihn wütend.

Er verlor nicht, weil der Mann, gegen den er kämpfte,

größer und stärker war oder weil er besser im Nahkampf war. Es lag daran, dass Pyro so viel Blut verloren hatte. Der Betonboden des Kellers war mit Blut bedeckt, sowohl seinem als auch dem seines Gegners. Beide hatten es geschafft, den jeweils anderen mit den scharfen Kanten ihrer Klingen zu verletzen. Aber die Wunde in Pyros Oberschenkel und sein gebrochenes Bein beeinträchtigten definitiv seine Kampfkraft.

Er würde nicht mehr lange durchhalten. Und sein einziger Trost war, dass dieses Arschloch ihn nicht verkaufen könnte, wenn er starb. Das und die Tatsache, dass Bowie nicht hier war.

Er spürte in seinen Knochen, dass es ihr gut ging. Sie war ein kluges kleines Mädchen. Sie würde jemanden finden, der ihr half, sie zu ihrer Mutter zurückzubringen. Er hatte getan, was er sich vorgenommen hatte: sie beschützen. Er wollte nicht sterben, aber er hatte nichts zu bereuen.

»Gib schon auf«, verspottete ihn der Mann. »Du siehst nicht gut aus. Ich kann das hier genauso gut schnell beenden. Ich kann dir die Kehle durchschneiden, damit du keine Schmerzen mehr hast.«

»Fick dich ins Knie«, murmelte Pyro – und stürzte sich auf ihn. Er war zufrieden, als der Mann aufschrie, da die Klinge in seinen Bauch eindrang.

Pyro sprang ebenso schnell zurück, und der Mann bedeckte die Wunde mit seiner freien Hand.

»Dafür wirst du verdammt noch mal bezahlen!«, kreischte er.

Der Raum schwankte, und Pyro blinzelte, bis alles wieder scharf zu sehen war. Er lief auf purem Adrenalin, und das wussten beide. Der Mann musste Pyro nur noch ein paar Minuten auf den Beinen halten, dann würde er vor Blutverlust ohnmächtig werden. Dann könnte er ihn ungestört töten.

Das Summen des Aufzugsmotors ließ beide für den Bruchteil einer Sekunde innehalten.

»Klingt, als hätten die Arschlöcher oben endlich die Nase

voll und kämen herunter, um zu sehen, warum das so lange dauert. Du bist ein toter Mann.«

Pyro presste die Lippen zusammen. Er konnte noch ein bisschen länger gegen einen Mann kämpfen, aber gegen zwei? Oder drei? Das war unmöglich.

Aber er gab nicht auf. Das lag nicht in seiner Natur. Er hatte eine Zukunft, auf die er sich freuen konnte. Eine Familie. Etwas, das er nie gehabt hatte, und er würde es nicht ohne einen erbitterten Kampf aufgeben.

Die beiden Männer umkreisten sich erneut, aber Pyro musste zweimal blinzeln, um die schwarzen Flecke vor seinen Augen loszuwerden.

Als hätte er gewusst, wie sehr Pyro zu kämpfen hatte – was angesichts seines Blutverlusts nicht schwer zu erkennen war –, grinste der andere Mann. »Das macht fast keinen Spaß mehr. Es ist zu einfach«, spottete er. Er stand mit dem Rücken zum Aufzug, beugte leicht die Knie und machte sich bereit zum Sprung.

Pyro biss die Zähne zusammen, um den Schmerz zu unterdrücken, der durch seinen Körper schoss. Er würde alles in seiner Macht Stehende tun, um dieses Arschloch mit sich zu nehmen. Mit den Fingern umklammerte er das Messer fester und richtete den Blick auf die Kehle des Mannes. Er brauchte nur einen einzigen gezielten Stich, um die Halsschlagader des Mannes zu durchtrennen. Oder seine Speiseröhre aufzuschlitzen. Normalerweise war er nicht so blutrünstig, aber die Vorstellung von einer verängstigten Bowie, die blindlings über den Rasen hinter dem Haus zum Meer kroch, reichte aus, um ihn in Rage zu versetzen.

»Komm schon«, knurrte Pyro und kniff die Augen zusammen.

Der Aufzug klingelte erneut, und Pyro wusste, dass er diesen Klang in seinen Albträumen hören würde, falls er das hier überlebte. Er wagte es nicht, den Blick von dem Messer in der Hand des anderen Mannes abzuwenden. Er musste um jeden Preis vermeiden, getroffen zu werden. Er konnte es sich nicht leisten, auch nur einen Tropfen Blut mehr zu verlieren. Nicht, wenn er leben wollte.

Und Pyro wollte leben. Unbedingt.

»Wurde auch Zeit, dass ihr eure verdammten Ärsche hierher bewegt. Schnappt ihn euch!«, sagte der Mann mit dem Messer, ohne sich umzudrehen, als das Zischen der Aufzugtür ertönte.

»Kein Problem«, sagte eine vertraute Stimme gedehnt.

Erschrocken blickte Pyro über die Schulter seines Angreifers – und sah Casper, Chaos und Buck.

Sie sahen alle extrem wütend aus.

Buck stürzte sich auf den Mann, packte ihn und warf ihn wie einen Sack Kartoffeln auf den Betonboden.

Zur Überraschung aller grunzte der Mann ... aber er wehrte sich nicht.

Der Grund dafür wurde klar, als Buck von ihm sprang, ihn mit dem Fuß umdrehte und ihm seine Waffe zwischen die Augen hielt.

Nein. Er musste sich definitiv keine Sorgen machen, dass der Mann sich wehren würde. Das Messer, das er bereitgehalten hatte, steckte nun in seiner Kehle – genau dort, wohin Pyro als Nächstes zielen wollte. Seine Augen waren vor Schreck weit aufgerissen, sein Mund öffnete und schloss sich, sodass er wie ein Fisch auf dem Trockenen aussah.

Chaos beugte sich vor, um nach dem Mann zu sehen, den Pyro mit einem Stuhl niedergeschlagen hatte und der neben dem Aufzug lag.

Casper ging schnurstracks auf Pyro zu. »Waffen nieder, Soldat«, sagte er ruhig.

Pyro hatte nicht bemerkt, dass er immer noch auf seinem gesunden Bein in Kampfhaltung kauerte, bereit, um sein Leben zu kämpfen. Es dauerte einen Moment, bis er begriff, dass es vorbei war. Die Männer, die ihn und Bowie entführt hatten, waren entweder außer Gefecht gesetzt oder lagen im Sterben, und seine Freunde waren da.

Er ließ das Messer fallen, das er mit eisernem Griff gehalten hatte, und es fiel klappernd auf den Boden.

»Mein Gott, hier unten herrscht ein Blutbad«, sagte Chaos.

Pyro sah sich um. Sein Freund hatte recht. Es war buchstäblich Blut auf fast jeder Oberfläche. Auf dem Boden, der Decke, den Wänden.

Er schwankte, und die Dunkelheit, gegen die er gekämpft hatte, kehrte mit voller Wucht zurück.

»Scheiße, er geht zu Boden«, sagte Casper.

Aber Pyro brach nicht zusammen. Casper fing ihn auf, während Chaos und Buck herbeieilten, um ihm zu helfen, Pyro auf den Boden zu legen.

»Bowie?«, fragte er verzweifelt. »Sie ist da draußen! Ich habe sie weggeschickt.«

»Schhhh, sie ist in Sicherheit.«

»In Sicherheit?«, fragte er, fast zu ängstlich, um zu glauben, was Casper sagte. Er hatte eine Menge Schuldgefühle wegen dem, was er getan hatte. Weil er eine blinde Sechsjährige in eine extrem gefährliche Situation geschickt hatte. Aber andererseits war dieser Keller auch nicht gerade sicher gewesen. Nicht einmal annähernd.

»Ja. Sie ist am Ufer entlanggegangen, bis sie zwei Männer beim Angeln traf. Die haben ihr ihr Telefon gegeben, damit sie Penny anrufen kann, und sie hat ihr beschrieben, wie dieses Haus aussieht. Und jetzt sind wir hier.«

Zufriedenheit sorgte dafür, dass Pyro erleichtert die Augen schloss. Er hatte keine Ahnung, ob sie psychisch unter dem leiden würde, was er getan hatte, aber das Wichtigste war jetzt, dass sie körperlich unverletzt war.

»Scheiße, mach die Augen nicht zu, Pyro. Sieh mich an!«

Pyro hatte keine Ahnung, warum sein Teamleiter so aufgebracht klang.

»Loch in seinem Oberschenkel«, sagte Buck, als er sein Bein abtastete.

»Mist!«, fluchte Pyro und riss die Augen auf, als sein Freund sein Schienbein berührte.

»Und mit seinem Unterschenkel stimmt etwas nicht.«

»Ja, das passiert, wenn irgendein Arschloch mit einem Baseballschläger draufhaut. Und bevor du dich als Arzt aufspielst: Mein Knie ist auch im Arsch«, sagte Pyro und klang sogar für seine eigenen Ohren genervt.

Casper war bereits dabei, ihm einen Druckverband am Oberschenkel anzulegen, um die Blutung aus der Stichwunde zu stillen. Es war so ähnlich wie ein Tornadoalarm, der erst ertönte, nachdem der Tornado bereits über eine Gemeinde hinweggefegt war, aber Pyro wollte sich nicht beschweren.

Das Geräusch des Aufzugs, der wieder ansprang, ließ Pyro fluchen.

»Ganz ruhig. Wir haben Obi-Wan oben gelassen. Er würde niemanden vorbeilassen.«

Aber um auf Nummer sicher zu gehen, stellten Buck und Chaos sich zwischen Casper, Pyro und den Aufzug und richteten ihre Waffen auf jeden, der auftauchen könnte.

Die Zeit schien stillzustehen, während die vier Männer darauf warteten zu sehen, wer durch die Tür treten würde. Aber Pyro schloss erneut die Augen. Er war am Ende seiner Kräfte. Müde. So verdammt müde. Er hatte getan, was er sich zu Beginn dieses Albtraums geschworen hatte … er hatte Bowie nach besten Kräften beschützt.

»Polizei, Waffen runter!«

»Legen Sie die Waffen nieder!«

Pyro spürte die Spannung um sich herum, aber es war ihm egal. Bowie war in Sicherheit. Nichts anderes zählte.

»Sie sind ausgeschaltet.«

»Nicht schießen, wir sind die verdammten Guten!«

Die Stimmen seiner Teamkameraden klangen, als kämen sie aus weiter Ferne.

»Pyro, mach deine verdammten Augen auf!«

Verflucht, sein Teamleiter war nervig, aber Pyro tat trotzdem, was Casper ihm sagte.

»Du musst wach bleiben, Mann. Das ist ein Befehl, hast du verstanden?«

»Ja«, sagte Pyro mit undeutlicher Stimme.

»Bringen Sie sofort einen Sanitäter her.«

»Dafür ist keine Zeit. Wir bringen ihn hoch zum Krankenwagen.«

»Jones, fangen Sie an, den Tatort zu dokumentieren. Ich will Bilder von diesem Chaos.«

»Ja, Sir.«

»Lebt der Typ, der an das Rohr gefesselt ist?«

»Ja. Der neben dem Aufzug auch. Sie sind nur bewusstlos.«

»Okay, schicken Sie einen Sanitäter hinunter, nachdem Sie mit ihm dort oben angekommen sind.«

Die Gespräche zwischen den Polizisten und seinem Team klangen gedämpft. Als seien seine Ohren verstopft und er würde sie aus der Ferne beobachten.

»Wir werden dich hochheben, Pyro. Belaste das Bein nicht, okay?«

Es dauerte einen Moment, bis er begriff, dass Casper mit ihm sprach. »Kein Problem. Tut verdammt weh.«

»Das glaube ich dir gern. Du hast ein Loch im Oberschenkel, ein kaputtes Knie und ein gebrochenes Bein. Ganz zu schweigen von einem halben Dutzend Schnittwunden an verschiedenen Stellen deines Körpers.«

»Wie zum Teufel kann er noch bei Bewusstsein sein?«, fragte einer der Polizisten.

»Weil er ein Night Stalker ist. Und Night Stalker geben nicht auf. Und weil er ein zäher Kerl ist.«

Pyro fühlte sich nicht zäh. Er fühlte sich beschissen. Er wollte nur noch schlafen. Aber als Casper und Buck ihn hochhoben, seine Arme um ihre Schultern legten und ihre eigenen um seine Taille schlangen, um ihn aufrecht zu halten, dachte er nur daran, sich nicht zu übergeben. Das tat er nur nicht, weil er nichts im Magen hatte, was er hätte auskotzen können.

Einer der Polizisten begleitete ihn und die anderen drei Night Stalkers in den Aufzug, und sie fuhren zurück in das Erdgeschoss des Hauses. Als die Türen sich öffneten, sah Pyro die schockierten Gesichter der wartenden Sanitäter. Dann machten sie sich an die Arbeit und rollten eine Trage zu seinen Freunden, die ihn im Grunde genommen trugen.

Kaum lag Pyro auf der Trage, schloss er wieder die Augen.

»Pyro!«, schnauzte Casper. »Was habe ich dir befohlen?«

Mit Mühe öffnete Pyro langsam die Augen. Alles war verschwommen und sein Kopf fühlte sich benommen an. »Ich versuche es.«

»Streng dich mehr an!«

Es gab Aufregung im Raum – und Pyro hörte den schönsten Klang der Welt.

Penny.

»Pyro? Oh mein Gott!«

Dann war sie da, beugte sich über seine Brust und sein Gesicht, während die Sanitäter daran arbeiteten, seine Hose aufzuschneiden und ihm eine Infusion in den Arm auf der ihr gegenüberliegenden Seite zu legen.

Pyro war verwirrt. Was machte Penny hier? Sie sollte nicht hier sein. Es war nicht sicher!

»Nicht sicher«, flüsterte er.

»Doch, ist es«, entgegnete sie. »Überall ist Polizei. Und natürlich dein Team. Es ist vorbei. Tex hat dafür gesorgt, dass Colvin ins Gefängnis kommt. Er wird Bowie und mich nicht mehr verfolgen.«

Erleichterung durchströmte Pyro. »Bowie geht es gut?«

»Ihr geht es gut«, sagte Penny leise.

Langsam richtete er den Blick auf ihr Gesicht, zu der Liebe, die er in ihren Augen sah. Es war, als seien sie die einzigen beiden Menschen auf der Welt, obwohl sie sowohl von Fremden als auch von Freunden umgeben waren.

»Du hast sie gerettet. Sie beschützt. Sie benimmt sich, als hätte sie gerade ein großes Abenteuer erlebt. Ich liebe dich so sehr.«

»Ich liebe dich auch«, sagte Pyro.

»Sein Blutdruck sinkt«, sagte einer der Sanitäter.

Pyro nahm die Worte kaum wahr. Er wusste nur, dass Bowie in Sicherheit war und Penny ihn liebte.

»Halte durch, Kylo«, sagte sie eindringlich.

Pyro spürte ihre Lippen auf seiner Stirn. Seine Augen hatten sich erneut geschlossen, aber er hatte keine Kraft mehr, sie wieder zu öffnen.

»Und nur damit das klar ist, meine Antwort lautet: Ja, ich werde dich heiraten. Bowie hat mir gesagt, dass sie denselben Nachnamen wie ihre Mommy und ihr Daddy haben möchte, und wer bin ich, dass ich sie enttäuschen könnte? Gib nicht auf, Kylo. Wir brauchen dich.«

Ihre Worte hallten einen Moment lang in seinem Kopf wider, bevor er sich schließlich der Verlockung der süßen Vergessenheit hingab.

KAPITEL ZWEIUNDZWANZIG

Penny konnte nicht still sitzen. Sie ging in dem kleinen Warteraum des Krankenhauses auf und ab. Sie war schon seit Stunden dort, aber sie war nicht allein. Der Raum war nicht nur mit Pyros Teamkameraden von den Night Stalkers gefüllt, sondern auch mit Mechanikern, von Zeit zu Zeit einigen Polizisten und anderen Militärangehörigen, sowohl von der Armee als auch von der Marine, die Penny nicht kannte. Sie alle hatten gehört, was passiert war, was Pyro getan hatte, und waren gekommen, um sie zu unterstützen, während ihr Freund operiert wurde.

Bowie war zu Hause in der Wohnung, die sie mit Zita teilten, wo Jen, Fred und Edge über sie wachten, während sie schlief. Sie war seit Mitternacht wach gewesen, und selbst die Aufregung, Pyro gefunden zu haben, half ihr nicht, die Augen offen zu halten.

Edge hatte sich bereit erklärt, sie zurück zum Wohngebäude zu bringen, und Penny war dankbar dafür. Sie wusste, dass ihre Tochter Pyro fast genauso gern sehen wollte wie sie, aber niemand wusste, wie lange die Operation dauern würde, also war es besser für sie, zu schlafen. Zu wissen, dass Edge und Jen bei ihr waren, nahm ihr eine Last von den Schultern.

Seit Stunden hatte es keine neuen Informationen von dem Arzt gegeben. Als Pyro auf der Trage in dem Haus bewusstlos geworden war, hatte Penny sich große Sorgen gemacht, war aber zuversichtlich, dass alles gut werden würde.

Doch je mehr Zeit verging, desto ängstlicher wurde sie. Und als der Arzt ihr das Ausmaß seiner Verletzungen mitteilte, wurde sie noch besorgter. Er wurde operiert, um das Loch in seinem Oberschenkel zu schließen – diese Verletzung hatte eine große Blutbahn in Mitleidenschaft gezogen, weshalb es so stark geblutet hatte – und um die Schäden an seinem Schienbein zu reparieren. Auch sein Knie war schwer verletzt, aber dessen Behandlung musste möglicherweise warten.

Penny befürchtete, dass seine Karriere vorbei sein könnte, aber Casper versicherte ihr, dass er zwar eine Weile pausieren müsse, aber sobald sein Bein geheilt sei, würde er kein Problem damit haben, sich wieder hinter das Steuer seiner geliebten Hubschrauber zu setzen.

Laryn, Mandy und Zita waren ebenfalls im Krankenhaus, und so sehr Penny ihre Anwesenheit auch schätzte, gab es nur einen Menschen, den sie sehen wollte ... nein, sehen *musste*.

Pyro.

Sie bestand darauf, dass Casper ihr die ganze Geschichte darüber erzählte, was im Keller passiert war, was er gesehen hatte, als er dort hinunterging. Aus offensichtlichen Gründen durfte sie es nicht selbst sehen, und nachdem sie von der Menge an Blut und den Folgen des Kampfes gehört hatte, war sie froh darüber.

Pyro war ... er war ihr Held. Daran gab es keinen Zweifel. Er hatte nicht nur Bowie beschützt, wie er es immer wieder versprochen hatte, sondern auch dafür gesorgt, dass die Männer, die sie entführt hatten, keine Chance mehr hatten, so etwas noch einmal zu tun.

Ihr Mann war ein knallharter Typ, und Penny liebte ihn

so sehr. Sie wollte nur, dass es ihm gut ging, damit sie ihm für den Rest ihres Lebens zeigen konnte, wie sehr sie ihn liebte.

Die Tür zum privaten Wartebereich öffnete sich, und Penny drehte sich um und sah den Arzt, der hereinkam. Sein Blick war auf sie geheftet; es war derselbe Mann, mit dem sie kurz vor der Operation gesprochen hatte.

»Wie geht es ihm?«, platzte sie heraus.

Es war so still im Warteraum, dass man eine Stecknadel hätte fallen hören können, und Penny hielt den Atem an, während sie auf seine Antwort wartete.

»Gut. Stabil. Er ist im Aufwachraum, und Sie können ihn in etwa einer Stunde besuchen.«

Penny schwankte. Zum Glück war Obi-Wan da, um sie vor einem Sturz zu bewahren.

»Danke«, flüsterte sie.

»Er ist zäh. Um ehrlich zu sein, sein Blutdruck ist irgendwann so stark gefallen, dass wir dachten, wir würden ihn verlieren, aber sobald wir ihm etwas von dem verlorenen Blut zurückgegeben hatten, erholte er sich wieder. Wir haben sein Bein behandelt, einen Stift in das Schienbein eingesetzt, um es zu stabilisieren, und die Wunde an seinem Oberschenkel geschlossen. Auch seine anderen Wunden haben wir genäht. Er wird wieder ganz gesund werden.«

Penny nickte und schloss die Augen. Obi-Wan führte sie zu einem Stuhl, auf den sie sich dankbar fallen ließ. Plötzlich war sie erschöpft. Sie hatte die Nacht zuvor nicht geschlafen, und das Adrenalin, das in den letzten Stunden durch ihre Adern geströmt war, ließ endlich nach. Sie hatte das Gefühl, tagelang schlafen zu können.

Aber zuerst musste sie sich selbst davon überzeugen, dass es Pyro gut ging. Seine tiefe Stimme hören, seine schönen braunen Augen sehen, mit denen er in ihre eigenen blickte.

»Eine Krankenschwester wird Sie holen, wenn Sie ihn sehen können. Tut mir leid, aber im Moment kann nur eine

Person auf einmal zu ihm«, sagte der Arzt mit Blick auf den vollen Warteraum.

»Kein Problem. Penny wird bei ihm bleiben, wenn es erlaubt ist«, sagte Casper.

Der Arzt nickte. »Wir stellen ihr ein Klappbett in seinem Zimmer auf.« Dann nickte er den anderen zu und ging hinaus.

»Es geht ihm gut«, flüsterte Penny Casper zu, als er sich vor ihren Stuhl kniete.

»Ja. Wie der Arzt gesagt hat, er ist zäh.«

Penny nickte.

»Ich fahre nach Hause und hole dir ein paar Sachen für die Nacht«, sagte Zita zu ihr.

Penny blickte auf und lächelte sie schwach an. »Danke.«

»Und ich gehe nach unten und hole dir etwas zu essen. Du musst doch Hunger haben«, fügte Mandy hinzu.

Jetzt, da sie darüber nachdachte, hatte sie tatsächlich Hunger. Sie war sogar am Verhungern. Penny nickte ihrer Freundin zu.

»Und ich bleibe hier, bis du Pyro sehen kannst«, erklärte Laryn.

Penny kicherte. Es tat wirklich gut, einmal etwas anderes als Entsetzen, Angst und Sorge zu empfinden. »Danke, dass ihr alle hier seid.«

»Wir würden nirgendwo anders sein.«

»Natürlich.«

»Ihr seid wie eine Familie für uns.«

Und Penny wurde klar, dass diese Männer und Frauen tatsächlich ihre Familie waren. Sie waren vielleicht nicht blutsverwandt, aber das spielte keine Rolle. Sie waren da, wenn sie am dringendsten gebraucht wurden, unterstützten sie, ohne etwas dafür zu verlangen, und würden alles tun, um sie und Pyro zu beschützen. Penny hatte geglaubt, dass sie mit ihrer Familie, die nur aus ihr und Bowie bestand, zufrieden war, aber sie hatte sich geirrt. Diese Night-Stalker-Familie war das Beste, was ihnen beiden je passiert war.

HILFE FÜR PENNY

Sie holte tief Luft und versuchte ihr Bestes, um den Schrecken der letzten vierundzwanzig Stunden hinter sich zu lassen. Sie war in Sicherheit. Bowie war in Sicherheit. Pyro war in Sicherheit. Mehr konnte sie nicht verlangen.

Pyro war verwirrt. Er hörte ein piepsendes Geräusch, das in ihm den Wunsch auslöste, das elektronische Gerät, das diesen nervigen Ton von sich gab, zu zerschmettern. Es war kein Geräusch, das er jemals zuvor von seinem Hubschrauber gehört hatte, und er konnte nicht verstehen, wo er war und was vor sich ging.

Dann hörte er ein Geräusch, das er überall wiedererkennen würde.

Schnarchen.

Nun, nicht wirklich Schnarchen, eher extrem tiefes Atmen. Penny.

Und einfach so kamen ihm die Ereignisse des letzten Tages – der letzten zwei Tage? Er hatte keine Ahnung, welcher Tag oder welche Uhrzeit es war – wieder in den Sinn.

Für einen Moment geriet er in Panik und dachte, Penny sei vielleicht entführt worden und würde mit ihm als Geisel festgehalten. Aber als er tief einatmete, erkannte er den Geruch eines Krankenhauses. Zum Glück hatte er nicht allzu viel Zeit dort verbracht, aber genug, um zu wissen, wo er war.

Er hatte keine Schmerzen, was eine Erleichterung war, denn er konnte sich noch lebhaft daran erinnern, wie sehr sein gebrochenes Bein und die Stichwunde in seinem Oberschenkel ihn geschmerzt hatten.

Mit Mühe öffnete Pyro die Augen. Im Raum war es schummrig, aber nicht dunkel. Die Vorhänge am Fenster seines Zimmers waren zugezogen, sodass er anhand des Aussehens draußen nicht einschätzen konnte, wie spät es war.

In diesem Moment bewegte Penny sich, und alle Gedanken

daran, wie spät es war oder welcher Tag heute war, verschwanden aus seinem Kopf. Alles, was zählte, war die Frau, die neben seinem Bett saß, ihren Kopf auf die Matratze gelegt und seine Hand haltend.

Seine Erinnerungen wurden etwas verschwommen, nachdem seine Freunde zu ihm in den Keller gekommen waren, aber er erinnerte sich daran, Penny dort gesehen zu haben.

Und er erinnerte sich noch an etwas anderes. Er drückte ihre Hand.

Als hätte er sie mit einem Viehtreiber geschlagen, hob Penny den Kopf und starrte ihn an.

»Du bist wach!«

»Du hast Ja gesagt«, platzte es aus ihm heraus, wobei seine Stimme in seinen eigenen Ohren seltsam und kratzig klang.

Sie sah ihn verwirrt an. »Was?«

»Du hast gesagt, dass du mich heiraten würdest.«

Da lächelte sie, und Pyro wollte diesen Ausdruck auf ihrem Gesicht für den Rest seines Lebens jeden Tag sehen.

»Das habe ich. Ich liebe dich, Kylo Mullins.«

Sie benutzte seinen richtigen Namen nicht oft, aber wenn sie es tat, hatte es eine besondere Bedeutung. »Ich liebe dich auch. Geht es Bowie wirklich gut?«

»Ja, geht es ihr gut. Sie ist nach Hause gegangen und hat fünf Stunden geschlafen, dann hat sie darauf bestanden, dass Edge und Jen sie hierherbringen, damit sie dich sehen kann.«

»Sie ist hier?«, fragte Pyro, begierig darauf, sich selbst davon zu überzeugen, dass es dem kleinen Mädchen gut ging.

»Ja.«

Dann wurde er ernst. »Es tut mir leid.«

»Was?«, fragte Penny.

»Das, was ich getan habe. Dass ich sie aus dem Fenster geschoben habe. Dass ich deine blinde Sechsjährige allein in die Nacht hinausgeschickt habe, in eine fremde Gegend. Das war unverzeihlich, das weiß ich, aber ich hoffe, dass du mir trotzdem vergibst. Dass ihr mir beide vergebt.«

Penny blickte ihn finster an. »Machst du Witze? Pyro, du hast sie *gerettet*. Du hast sie aus dem Keller befreit, in dem ihr beide gefangen gehalten wurdet, bevor sie *verkauft* werden konnte! Du hast ihr genaue Anweisungen gegeben, wie sie zum Strand kommt und wohin sie gehen soll. Du hast ihr *genau* gesagt, was sie tun soll, und deshalb sieht sie das Ganze als eine Art Abenteuer. Also nein, ich werde dir nicht verzeihen, denn es gibt nichts zu verzeihen. Und wenn du jemals wieder so etwas Dummes sagst, werde ich nicht für meine Handlungen verantwortlich sein.«

Pyro grinste. Gott, er liebte diese Frau. Ihre Worte nahmen ihm zwar nicht das schlechte Gewissen, aber sie trugen wesentlich dazu bei, dass er sich in Bezug auf die ganze Situation besser fühlte.

Penny holte Luft. »Bowie hat mir erzählt, wie die Männer aus dem Nichts auftauchten und dich schlugen. Ich war etwas verwirrt, wie sie es geschafft haben, euch beide zu entführen, aber als sie sagte, dass du dich ängstlich und schwach verhalten hast ... da habe ich es verstanden. Du konntest dich nicht wehren, weil du dachtest, dass Bowie dabei verletzt werden könnte, oder?« Sie hielt inne, als er den Kopf schüttelte. »Aber als sie in Sicherheit war, hast du das getan, wozu du ausgebildet wurdest. Ich bin so stolz auf dich, dass ich vor Freude platzen könnte. Aber Pyro, du solltest wissen, dass ich ohne dich nicht leben kann. Ich brauche dich in meinem Leben. Im Leben meiner Tochter. Bitte, falls du jemals wieder in eine so schreckliche, beängstigende Situation gerätst, hör nicht auf zu kämpfen. Egal was passiert.«

»Das werde ich nicht«, schwor Pyro. »Ich habe dich das sagen hören, bevor ich bewusstlos wurde. Ich brauche dich auch, Pen. Ich wusste nie, wie es sich anfühlt, jemanden so sehr zu lieben, dass es mein ganzes Wesen erfüllt.« Er musterte sie und prägte sich ihre Gesichtszüge erneut ein. »Du siehst müde aus.«

Sie seufzte. »Das bin ich auch. Aber ich bin nicht diejenige, die mit einem Messer attackiert und mit einem Baseballschläger geschlagen wurde. Wie fühlst du dich?«

»High«, sagte Pyro ehrlich.

Penny grinste. »Die haben hier im Krankenhaus gute Medikamente.«

»Ja.« Seine Augen wurden wieder schwer, aber er war entschlossen, noch nicht einzuschlafen. »Du hast gesagt, Bowie-Bär ist hier?«

»Mh-hm. Bist du bereit, sie zu sehen? Sie wird total aufgeregt sein«, warnte Penny ihn vor.

»Ja. Ich muss sie sehen. Ich muss mich selbst davon überzeugen, dass es ihr gut geht.«

Als Antwort griff Penny in ihre Gesäßtasche und holte ihr Handy heraus. Sie verschickte eine kurze SMS. »Ich habe Zita Bescheid gegeben.«

Pyro verbrachte die nächsten Minuten damit, das Gefühl von Pennys Hand in seiner zu genießen, etwas, von dem er nicht sicher gewesen war, ob er es jemals wieder spüren würde.

Die Tür zu seinem Zimmer quietschte, und dann stand Bowie vor ihm.

»Kylo-Pyro!«, rief sie aus, als sie von einer Krankenschwester in den Raum geführt wurde.

»Hier, Bowie-Bär«, sagte er und führte sie mit seiner Stimme zu sich.

Das kleine Mädchen ließ die Hand der Krankenschwester los und eilte zur Bettkante. Penny legte einen Arm um ihre Schultern und zog sie an sich, während Bowie die Hand ausstreckte.

Sie berührte seine Hand, dann seinen Arm, dann seine Brust. Dann sah sie plötzlich unsicher aus. »Geht es dir gut?«

»Mir geht es gut, mein Schatz. Dank dir. Ich habe gehört, dass du großartig warst. Dass du genau das gesagt hast, was ich dir gesagt habe, und dass meine Freunde mich deshalb finden konnten. Danke.«

»Ich hatte Angst, aber ich habe so getan, als sei das nicht der Fall, genau wie du gesagt hast«, erklärte Bowie sachlich.

»Das macht dich zu einer echten Wonder Woman.«

Bowie kicherte, wurde dann aber ernst. »Die bösen Männer haben dir wehgetan«, flüsterte sie.

»Ja, aber das werden sie nie wieder tun, und die Ärzte haben mich wieder ganz gesund gemacht.«

Ohne um Erlaubnis zu fragen, begann sie, auf das Bett zu klettern.

»Bowie, nein ...«

»Ist schon gut«, unterbrach Pyro sie, weil er dieses kleine Mädchen an sich spüren wollte. Sie hatten gemeinsam etwas Traumatisches durchgemacht, und das hatte seine Liebe zu diesem kleinen Menschen nur noch vertieft. Bowie kuschelte sich an ihn und legte einen Arm um seine Brust. Zum Glück lag sie auf seiner »guten« Seite, sodass ihre Beine, die gegen seinen Oberschenkel stießen, ihm keine Schmerzen bereiteten.

»Kannst du mir verzeihen, Bowie-Bär? Dass ich dich weggeschickt habe? Dass ich dich an einen fremden Ort geschickt habe, um Hilfe zu holen?«

»Du hast mich nicht weggeschickt«, sagte sie schläfrig. Es war erstaunlich, wie Kinder innerhalb eines kurzen Augenblicks von völlig wach zu eingeschlafen wechseln konnten. »Ich hätte Nein sagen können. Mommy sagt immer, dass ich tun soll, was Erwachsene mir sagen, außer wenn ich tief in meinem Inneren das Gefühl habe, dass es falsch ist. Ich wollte dich nicht verlassen, aber du warst zu groß, um durch das Fenster zu passen. Ich war an der Reihe, *dich* zu beschützen, so wie du es für mich getan hast.«

Dieses Kind. Sie brachte ihn um. Pyro versuchte gar nicht erst, die Tränen zurückzuhalten, die ihm über die Wangen liefen. Er spürte Pennys Wange an seiner Hand. Er war umgeben von den beiden Menschen, die er am meisten auf dieser Welt liebte, und er hatte das Gefühl, eine zweite Chance bekommen zu haben. Es hätte so schlimm kommen können, hätte ganz anders enden können, als es gekommen war. Er hatte Glück gehabt. Das wusste er, und er schwor sich, keine seiner beiden Mädchen jemals als selbstverständlich anzusehen.

»Du hast mich so gut beschützt«, sagte er zu ihr. »Du bist meine Heldin.«

»Genauso wie du *mein* Held bist«, erwiderte sie. »Ich hab dich lieb, Daddy.«

Das half ihm nicht, seine Tränen zu unterdrücken. »Und ich hab dich lieb, Bowie-Bär.«

»Und du wirst Mommy heiraten, oder?«

»Ja, Baby, ich werde deine Mommy heiraten.«

»Wann?«

Pyro lachte leise und lächelte Penny an, als sie ihm sanft die Tränen von den Wangen wischte. Ihr Blick war voller Liebe und Verehrung, und er galt ihm. Das weckte in ihm den Wunsch, die Bettdecke zurückzuschlagen und sofort aus dem Krankenhaus zu fliehen, um sie aufs Standesamt zu bringen und sie zu seiner Frau zu machen.

»Ich weiß es nicht. Aber bald.«

»Okay.« Und schon schnarchte sie.

Pyro lächelte, erstaunt darüber, wie schnell sie eingeschlafen war.

»Ich liebe sie so sehr«, sagte er leise zu Penny.

Jetzt waren es *ihre* Augen, die sich mit Tränen füllten. Penny leckte sich die Lippen, beugte sich vor und küsste ihn sanft. »Du, Kylo-Pyro, bist das Beste, was mir je passiert ist ... nach Bowie natürlich.«

Er lächelte. »Natürlich. Ich wünschte, du könntest auch hier hochkommen«, murmelte er und war plötzlich schlecht gelaunt, weil er nicht mit seinen Armen um sie und ihre Tochter schlafen konnte.

»Ich glaube, die Krankenschwestern würden Bowie dort

oben vielleicht übersehen, aber mich würden sie schneller rauswerfen, als du ›Klage‹ sagen kannst.«

»Nein, das würden sie nicht. Weil ich es nicht zulassen würde.« Pyro fielen die Augen zu. Diesmal fühlte es sich natürlicher an, nicht weil er aufgrund des Blutverlustes kurz davor war, das Bewusstsein zu verlieren. »Du bleibst?«

»Nichts und niemand könnte mich davon abhalten«, versicherte Penny ihm.

»Ich liebe dich.«

»Ich liebe dich auch, Kylo.«

Er schlief ein, Bowie in seinen Armen und die Hand seiner Frau in seiner. Er hatte noch viele Fragen zu allem, was passiert war, was hinter den Kulissen vor sich ging, ob seine Teamkameraden wegen der Ereignisse im Keller Ärger bekommen würden und was mit Colvin geschah. Aber im Moment war er zufrieden, dass die beiden Menschen, die er am meisten liebte, in Sicherheit waren. Das war alles, was zählte.

KAPITEL DREIUNDZWANZIG

Pyro war fünf Tage im Krankenhaus, was für ihn etwa vier Tage zu lang war. Penny wich nicht von seiner Seite, sehr zu seiner Freude *und* seinem Ärger. Sie schlief nicht gut. Wer könnte das schon in einem Krankenhaus? Aber sie beschwerte sich kein einziges Mal.

Sie kümmerte sich rührend um ihn, was für Pyro eine neue Erfahrung war. Als Kind hatte ihn niemand verwöhnt, wenn er krank war, und als Erwachsener schon gar nicht. Es gefiel ihm. Sehr sogar.

Jetzt war er zu Hause, sauer, dass er wegen seines Beines eine Weile nicht fliegen konnte, aber glücklich, aus dem Krankenhaus heraus zu sein. Und mit »zu Hause« meinte er die Wohnung, die Penny und Bowie sich mit Zita geteilt hatten.

Obi-Wan und Zita hatten sich mit ihm und Penny im Krankenhaus zusammengesetzt und ihnen mitgeteilt, dass sie zusammenziehen würden. Zita hatte ursprünglich nach ihrem Umzug aus L. A. unabhängig sein wollen für den Fall, dass ihre neue Beziehung nicht funktionieren würde. Aber sie erkannten schnell, dass es albern war, die Wohnung zu behalten, wenn sie sowieso die meiste Zeit bei Obi-Wan verbrachte.

Und Pennys Wohnung war größer als die von Pyro, was gut war, da sie Bowie hatten, also war die Entscheidung leicht.

Nachdem er dem Umzug zugestimmt hatte, kümmerten seine Freunde sich darum, all seine Sachen in die neue Wohnung zu bringen, während er noch im Krankenhaus lag. Er rief den Vermieter seiner alten Wohnung an und teilte ihm mit, dass er ausziehen würde, und das war's.

Es schien schnell zu gehen, aber es fühlte sich richtig an, nun offiziell mit Penny und Bowie zusammenzuleben.

Sie war gerade mit ihrer Tochter im Supermarkt, um Lebensmittel einzukaufen, und benutzte dabei seine Kreditkarte, die er ihr aufgedrängt hatte, während Pyros Night-Stalker-Teamkameraden zu Besuch waren.

Pyro musste ein für alle Mal wissen, was los war. Penny hatte ihm einige Dinge erzählt, aber er brauchte alle Details darüber, was vor sich ging.

»Ich weiß, alle haben gesagt, dass Colvin, oder wie auch immer er heißt, kein Problem darstellen wird, dass er Bowie oder Penny nicht wieder nachstellen wird, aber das reicht mir nicht. Ich hatte noch keine Gelegenheit, Tex anzurufen«, sagte er und sah seine Teamkameraden an. »Abgesehen von Colvin, was zum Teufel ist an diesem beschissenen Tatort passiert, nachdem ich bewusstlos geworden war? Die Polizei hat zwar meine Aussage aufgenommen, mir aber nichts über eine ›laufende Ermittlung‹ gesagt.«

»Richtig, also das Wichtigste zuerst. Buck hat den Arsch, mit dem du gekämpft hast, zu Boden geworfen, und als er fiel, durchbohrte das Messer, das er in der Hand hielt, seine Kehle und durchtrennte seine Halsschlagader. Er war innerhalb weniger Minuten tot. Wir konnten nichts mehr für ihn tun.«

Pyro grunzte. »Zufall, denn genau das wollte ich mit meinem eigenen Messer tun, sobald ich die nächste Gelegenheit dazu gehabt hätte.«

»Der ganze verdammte Raum war buchstäblich voller Blut.

Wir wären fast darin ausgerutscht, als wir zu dir wollten«, sagte Chaos leise.

Pyro presste die Lippen zusammen und nickte. Er war sich bewusst, wie schrecklich der Kampf gewesen war. »Was ist mit den anderen beiden Männern?«

»Lebendig. Sie wurden im Krankenhaus untersucht und dann zur Vernehmung auf die Wache gebracht. Beide haben gesungen wie Kanarienvögel und den Arsch beschuldigt, mit dem du gekämpft hast. Sie sagten, er habe sie im Auftrag von Colvin angeheuert. Sie sind derzeit auf unbestimmte Zeit inhaftiert«, berichtete Casper ihm.

»Und wenn sie freikommen? Werden sie dann zurückkehren, um zu beenden, was sie angefangen haben?«

»Nein«, sagte Obi-Wan mit Nachdruck.

»Das weißt du nicht«, erwiderte Pyro.

»Doch, das weiß ich. Denn Tex hat mit seinen Tausenden von Kontakten dafür gesorgt. Während sie hinter Gittern sitzen, wird ihnen klargemacht werden, dass es nicht cool ist, ein Kind zu entführen, um es an Menschenhändler zu übergeben.«

»Da wir gerade von Tex sprechen, erzähl mir mehr über Baker. Ich weiß, dass er nach Seattle gereist ist, um mit Colvin zu sprechen, und ihm zu verstehen gegeben hat, dass er es bereuen würde, sollte er sich nicht zurückziehen.«

»Richtig. Also hat Tex' Mann aus Colorado alle Informationen beschafft, die die Polizei brauchte, um den Menschenhandelsring zu zerschlagen. Und Baker wird dafür sorgen, dass Colvin seine Entscheidungen garantiert bereuen wird. In ein paar Wochen wird Penny über den Tod des Mannes in Haft informiert werden«, sagte Obi-Wan.

»Vertrauen wir diesem Kerl?«, fragte Pyro. Er war nicht bereit, einfach irgendjemandem das Leben von Bowie und Penny anzuvertrauen. Und er hatte bereits eine Chance bei Colvin gehabt, die offenbar nicht so viel Wirkung auf den Kerl gezeigt hatte, wie sie gehofft hatten.

»Absolut«, sagte Casper überzeugt.

HILFE FÜR PENNY

»Tex sagte auch, dass sein Mann aus Colorado sauer war, als er erfuhr, wie viele Menschen Colvin verschwinden ließ. Er hat es sich zur Aufgabe gemacht, alle aufzuspüren, die jemals mit Colvin Geschäfte gemacht oder seine Entführungen durchgeführt haben. Die Welt wird ohne Colvin Jackson oder Miles oder wie auch immer er sich nannte ein sichererer Ort sein. Und ohne die Handlanger, die nur allzu bereit waren, seine Drecksarbeit zu erledigen«, fügte Edge hinzu.

»Verdammt, ihr habt euch mit Tex ganz schön unterhalten, während ich im Krankenhaus lag«, beschwerte Pyro sich, erleichtert über die Informationen, aber irgendwie sauer, dass er nicht sofort über die Geschehnisse informiert worden war.

»Wir mussten *etwas* tun, während du geschlafen hast«, scherzte Casper.

»Wie auch immer. Was ist mit euch? Buck? Bist du aus dem Schneider wegen dem, was im Keller passiert ist?«

»Absolut. Die Polizisten haben dich angeschaut, das Blutbad um uns herum gesehen und ziemlich schnell entschieden, dass es Notwehr war.«

Das war eine weitere Last, die Pyro von den Schultern genommen wurde.

»Wie geht es dir?«, fragte Edge leise.

»Mir geht es gut. Mein Bein tut weh, aber wenigstens weiß ich in Zukunft, wann es regnen wird.« Eigentlich tat sein Bein höllisch weh, aber Pyro gab sich alle Mühe, das zu ignorieren. Er setzte die starken Schmerzmittel langsam ab, weil er nicht riskieren wollte, abhängig zu werden.

»Ich meinte in Bezug auf Bowie.«

Pyro wandte den Blick ab. In Wahrheit hatte er immer noch große Schuldgefühle wegen dem, was er getan hatte. Rational wusste er, dass er keine andere Wahl gehabt hatte. Und dass sie tatsächlich ein Wunder vollbracht und ihm Hilfe geschickt hatte. Aber er wurde das Gefühl nicht los, dass er der schlimmste Mensch auf dem Planeten war, weil er ein hilfloses, blindes kleines Mädchen allein in die Welt hinausgeschickt hatte. Er verdiente es nicht, Daddy genannt zu werden, auch wenn jedes Mal, wenn sie es sagte, Wärme seinen ganzen Körper durchströmte.

Und obwohl Bowie ihre Tortur als »Abenteuer« betrachtete, war sie sehr anhänglich geworden und wollte weder von ihm noch von Penny allzu weit entfernt sein. Das Bringen zur Schule war besonders schwierig gewesen, auch wenn Penny ihm sagte, dass Bowie immer ihr Bestes tat, um ihre Unruhe zu verbergen. Abigail, ihre beste Freundin, war eine große Hilfe und brachte sogar einen ihrer kostbaren Mickey-Ohren-Haarreifen mit, um ihn Bowie zu schenken.

Es war erst eine Woche her, und Pyro wusste, dass die Erinnerungen verblassen würden, aber im Moment fühlte er sich jedes Mal extrem schuldig, wenn er von Penny von den Schwierigkeiten des kleinen Mädchens hörte.

»Ich ... Nicht gut«, sagte Pyro verspätet und beantwortete damit Edges Frage. »Ich frage mich, ob sie mich tatsächlich in ihrem Leben brauchen. Ob sie ohne mich nicht besser dran wären.«

»Das ist Blödsinn!«, rief Casper aus. Er holte Luft und sagte dann etwas ruhiger: »Hör mal, ich sollte wahrscheinlich nicht zugeben, dass ich gelauscht habe, aber egal. Ich war im Krankenhaus und wollte nach Laryn sehen, die Penny in die Cafeteria mitgenommen hatte, um etwas zu essen zu besorgen. Ich begegnete ihnen im Flur. Sie waren so in ihr Gespräch vertieft, dass sie mich nicht einmal bemerkten. Laryn fragte Penny so ziemlich das Gleiche, was Edge dich gerade gefragt hat, wie es ihr mit allem, was passiert ist, geht. Und weißt du, was sie gesagt hat?«

Pyro hielt den Blick auf seinen Teamleiter gerichtet und schüttelte den Kopf.

»Sie sagte, es ginge ihr gut. Laryn sah ziemlich skeptisch aus, aber Penny sagte sinngemäß, wenn ihre Tochter schon entführt werden musste, bist *du*, Pyro, der einzige Mensch, den sie an ihrer Seite haben wollte. Dass es stressig und beängstigend gewesen sei und sie so etwas nie wieder in ihrem Leben erleben wolle, aber die Tatsache, dass *du* bei Bowie warst, sei der einzige Grund gewesen, warum sie sich zusammenreißen konnte. Sie sagte, sie habe nie daran gezweifelt, dass du alles Notwendige tun würdest, um sie nach Hause zu bringen.«

»Das hat sie gesagt?«, fragte Pyro. Er hatte bewusst nicht viel mit Penny über den Tag der Entführung gesprochen, weil er befürchtete, sie würde ihm die Schuld geben, jetzt, da einige Tage vergangen waren und ihre Tochter zu kämpfen hatte. Dass die verärgert sein würde, dass er Bowie zum Eisessen mitgenommen hatte, anstatt direkt vom Park nach Hause zu gehen.

»Ja. Mann, du musst mit deiner Frau reden. Oder besser noch, mit einem Therapeuten. Schaff diesen Mist ein für alle Mal aus deinem Kopf«, sagte Casper.

Er hatte recht. Pyro war irgendwie ein Feigling. Aber jetzt, da er zu Hause war ... war es an der Zeit.

»Du hast recht.«

»Ich weiß«, sagte Casper.

»Danke für alles, Leute«, sagte er zu seinen Freunden und sah jedem einzelnen in die Augen. »Dass ihr euch um Penny gekümmert habt, dass ihr Bowie geholt habt, dass ihr mich geholt habt. Für alles«, sagte Pyro.

»Ach, halt die Klappe. Natürlich haben wir das gemacht. Wozu hat man denn eine Familie?«, fragte Chaos.

»Es tut mir leid, dass ich eine Weile außer Gefecht sein werde«, sagte er als Nächstes und deutete auf sein Bein.

»Ja, es ist scheiße, dass ich mich mit einem vorübergehenden Ersatz herumschlagen muss, aber du wirst noch unglücklicher sein als ich«, sagte Casper mit einem Grinsen. »Schreibtischdienst.«

Pyro runzelte die Stirn. Er hasste den Gedanken, zurückbleiben zu müssen, während seine Freunde, seine Familie, auf Mission waren.

Alle lachten.

»Du wirst bald wieder im Pilotensitz sitzen.«

»Ohne dich wird es nicht dasselbe sein.«

»Denk einfach daran, dass du mehr Zeit mit Penny und Bowie verbringen kannst.«

Das letzte Argument war sehr zutreffend. Der einzige Lichtblick in dieser ganzen beschissenen Situation.

Es gab ein Geräusch an der Tür, und alle Köpfe drehten sich gleichzeitig um, als Penny und Bowie hereinkamen, die Arme voller Einkaufstüten.

Es ärgerte Pyro, dass er nicht aufstehen und ihnen beim Tragen helfen konnte, aber seine Freunde zögerten nicht.

»Noch mehr?«, fragte Edge.

»Ein paar«, antwortete Penny etwas verlegen.

»Schon dran«, entgegnete er, und Buck folgte ihm auf den Fersen, als sie hinuntergingen, um die Tüten zu holen, die noch in Pyros Malibu lagen.

Penny lächelte Obi-Wan an, der sofort begann, die Einkäufe wegzuräumen, und kam dann zu Pyro auf die Couch. Sie beugte sich zu ihm hinunter und küsste ihn. »Wie geht es dir? Hast du Schmerzen? Brauchst du noch ein Schmerzmittel?«

»Mir geht es gut, Schatz. Danke.«

Sie starrte ihn einen Moment lang an, als wollte sie die Wahrheit in seinen Augen sehen, nickte dann aber nur. »Okay. Sind gegrillte Käsesandwiches zum Mittagessen in Ordnung?«

»Nur wenn du saure Gurken dazugibst.«

Sie rümpfte die Nase. »Im Ernst?«

»Ja. Das schmeckt gut. Vertrau mir.«

»Das tue ich«, sagte sie, ohne zu zögern. »Aber saure Gurken?«

»Und Ranch-Dressing.«

»Okay, *das* kann ich akzeptieren«, neckte sie ihn.

»Kylo-Pyro!«, schrie Bowie, bevor sie sich auf ihn stürzte.

Zum Glück fing Penny sie auf und sagte: »Bowie! Sein Bein!«

»Oh, ja, tut mir leid«, murmelte sie etwas schuldbewusst.

»Das habe ich vergessen. Ich war einfach so aufgeregt, wieder mit dir zu Hause zu sein!«

Und genau das war ein weiterer Grund, warum Pyro das kleine Mädchen so sehr liebte.

»Hast du mir ein Geschenk aus dem Laden mitgebracht?«, neckte er sie.

»Ja!«, rief sie, rannte zurück in die Küche und tastete in den Tüten herum, die Obi-Wan noch nicht ausgepackt hatte.

Bowie war im Nu zurück und hielt ihm mit einem strahlenden Lächeln das Geschenk hin, das sie für ihn gekauft hatte. »Es hat mich an das Boot erinnert. Und du hast gesagt, das magst du am liebsten.«

»Es« war ein Twix-Riegel. Zugegeben, Pyro hatte bisher nicht viel mit Kindern zu tun gehabt, aber die Tatsache, dass Bowie sich nach allem, was sie seit ihrer Rettung mit ihrer Mutter von dem Dach in Gabun erlebt hatte, noch an die einfache Freude erinnern konnte, ihren Schokoriegel mit ihm zu teilen, ließ sein Herz höherschlagen.

»Das perfekte Geschenk, danke, Bowie-Bär.«

»Gern geschehen. Möchtest du es jetzt essen?«

»Nach dem Mittagessen, Bowie«, schimpfte Penny leicht.

Das kleine Mädchen runzelte die Stirn, nickte aber. Sie kletterte auf die Couch und lehnte sich an Pyros gesunde Seite, während Penny in die Küche ging, um Sandwiches für das Mittagessen zuzubereiten.

Pyro schloss die Augen und seufzte. Die letzten Monate waren sehr intensiv gewesen. Er hätte nie gedacht, dass eine Routinemission dazu führen würde, dass er sich verlieben und dabei eine fertige Familie bekommen würde. Aber er war sehr dankbar dafür.

An diesem Abend, nachdem Bowie ins Bett gebracht worden war und tief und fest schlief und nachdem Penny Pyro ins Bett geholfen und dafür gesorgt hatte, dass er es so bequem wie möglich hatte – Kissen unter seinem Bein, Wasser auf dem Tisch neben dem Bett und rezeptfreie Schmerzmittel in seinem Magen –, kuschelte sie sich an ihn, legte ihren Kopf auf seine Brust und ihren Arm über seinen Bauch.

»War der Besuch von den Jungs okay für dich?«, fragte sie.

»Ja. Willst du wissen, worüber wir gesprochen haben?«

Zu Pyros Überraschung schüttelte sie den Kopf. »Nein. Ich will und brauche keine Details. Tex hat gesagt, er würde sich um alles kümmern und er würde uns nie wieder belästigen. Er hat doch nicht gelogen, oder?«

»Nein.«

»Dann ist alles gut. Ich habe mich noch nie so frei gefühlt wie in diesem Moment. Seit John gestorben ist, war ich gestresst. Wegen Bowie, wegen genug zu essen, wegen eines Dachs über dem Kopf, wegen der Bezahlung der Männer, die an unsere Tür kamen, wegen allem. Dann kam ich hierher und hatte ganz neue Stressfaktoren. Es ist viel Gutes passiert, Bowie kam zum ersten Mal in die Schule, ich zog bei einer Fremden ein ... aber Colvin hing immer noch wie ein Damoklesschwert über mir. Und jetzt ist all das einfach weg. Ich habe ein sicheres Zuhause, mein Baby hat Freundinnen und blüht auf, ich habe einen Job, der mir Spaß macht, und niemand nimmt mir alles weg, was ich verdiene. Und ich habe Freunde, *echte* Freunde, zum ersten Mal in meinem Leben.

Und dann bist da noch du. Ich habe dich nicht erwartet, Pyro. Ich wollte keinen weiteren Mann in meinem Leben, vor allem angesichts der Tatsache, wie es mit dem letzten ausgegangen ist. Aber jetzt kann ich mir ein Leben ohne dich nicht mehr vorstellen. So sehr ich dich auch schätze und liebe, weil du bereit bist, Bowie mit deinem Leben zu beschützen, bin ich dennoch nicht glücklich darüber. Denn ohne euch beide könnte ich nicht weitermachen. Du bist mir genauso wichtig wie meine Tochter. Ich weiß nicht, wie das so schnell passieren konnte, aber es ist so.«

»Penny«, sagte Pyro leise, überwältigt von allem, was sie sagte.

»Nein, ich meine es ernst. Bowie liebt mich. Natürlich tut sie das, ich bin ihre Mutter, aber ich habe mich noch nie in meinem Leben so geliebt gefühlt wie von dir. Und ich habe auch noch nie jemanden so geliebt wie dich. Es ist, als würde die Sonne mit dir auf- und untergehen. Ich bewundere alles, was du tust. Ich bin so stolz auf alles, was du erreicht hast, weil ich weiß, wie schwer es war. Wie sehr du benachteiligt warst, weil du ein Pflegekind warst, so wie ich. Du hast all das überwunden und bist ein wahrer Held geworden. Nicht nur für dein Land und die Männer und Frauen, denen du bei deinen Missionen hilfst, sondern auch für mich. Und für Bowie. Ich liebe dich, Pyro. So sehr. Und das macht mir keine Angst. Denn ich weiß, dass du mich genauso liebst.«

»Verdammt ja, das tue ich.« Pyro war überwältigt. Er fand keine Worte, um die Tiefe seiner Gefühle auszudrücken. Aber zum Glück schien Penny das auch nicht zu erwarten. Sie umarmte ihn und seufzte an seiner Brust.

Nach einer Minute sprach sie wieder. »Ich kann nicht glauben, dass du ein Messer, das aus deinem *Oberschenkel* ragte, genommen und zum Kämpfen benutzt hast. Mein Mann ist knallhart!«

Pyro lachte leise und küsste sie auf den Kopf. »Ich möchte Bowie adoptieren. Ich meine, wenn das okay ist. Und wenn sie das auch will.«

Penny hob abrupt den Kopf und hätte beinahe Pyros Kinn getroffen. »Was?«

»Sie fühlt sich schon jetzt wie meine Tochter an, obwohl wir uns erst seit kurzer Zeit kennen. Aber ich verstehe, wenn du das nicht willst, wenn du warten möchtest, weil ...«

»Natürlich will ich das!«, rief Penny aus. »Alles, was ich jemals wollte, war ein Vater, der sich um sie kümmert. Du ... Pyro, du hast in der kurzen Zeit, seit du sie kennst, mehr für sie getan als ihr leiblicher Vater in den vier Jahren, in denen er Teil ihres Lebens war. Ich glaube, er hat nicht einmal eine Windel gewechselt. Er ist sicherlich nie mitten in der Nacht aufgestanden, um sie zu trösten, wenn sie geweint hat. Er ist nie mit mir zu einem Arzttermin wegen ihrer Augen gegangen.«

»Er war ein Idiot.«

»Das war er. Pyro?«

»Ja, Schatz?«

»Du hast alle Träume wahr gemacht, die ich als Kind hatte. Dass mich jemand liebt. Dass ich eine echte Familie habe. Danke.« Sie legte ihren Kopf wieder auf seine Brust. »Ich werde mich erkundigen, was wir tun müssen, um Bowies Namen zu ändern und die Adoption in die Wege zu leiten.«

»Das habe ich schon getan.«

Ihr Kopf schnellte wieder hoch.

»Ganz ruhig, Tiger. Wenn du nicht aufpasst, schlägst du mich noch mit deinem Kopf k. o.«, scherzte Pyro.

»Im Ernst? Hast du das? Du bist gerade mal anderthalb Sekunden aus dem Krankenhaus raus. Wann hast du Zeit gehabt, so etwas zu recherchieren?«

»Ähm ... vielleicht habe ich das getan, bevor all dieser Mist passiert ist«, gab Pyro zu. Er befürchtete, Penny könnte sich über ihn ärgern, aber sie lächelte ihn sanft an.

»Natürlich hast du das.« Sie legte ihren Kopf wieder auf seine Brust. »Ich bin glücklich, Pyro. Glücklicher, als ich es jemals für möglich gehalten hätte.«

»Ich auch. Obwohl ich noch glücklicher sein werde, wenn ich wieder laufen kann.«

Penny kicherte. »Du wirst ein furchtbarer Patient sein, oder?«

»Ja.«

»Nun, gut, dass ich schon Übung mit mürrisch und gelangweilt habe. Und Bowie wird dich auch gern unterhalten.«

»Ich freue mich schon darauf. Darauf, den ganzen Tag mit dir zusammen zu sein, und mit Bowie, wenn sie nicht in der Schule ist. Oh, meinst du, sie könnte eine Übernachtung mit ihrer Freundin Abigail machen? Wir könnten Filme schauen/hören, Brettspiele spielen und die ganze Nacht kichern.«

Penny lachte. »Ich werde mit ihrer Mutter sprechen.«

Pyro seufzte zufrieden. Er war nicht glücklich darüber, dass er in absehbarer Zukunft nicht mit seinen Teamkameraden fliegen konnte, aber er konnte nicht leugnen, dass er begeistert war von der zusätzlichen Zeit, die ihm seine Verletzung mit Penny und Bowie bescheren würde.

Es dauerte nicht lange, bis sie einschlief und sich entspannt an ihn schmiegte. Pyro schlief nicht sofort ein. Er verbrachte die nächste Stunde damit, sich das Gefühl der Frau einzuprägen, die seine Ehefrau werden würde, die ihn zum Vater gemacht hatte, und dankte seinem Glücksstern, dass er an diesem Tag in Gabun den Hubschrauber geflogen hatte. Das hatte sein Leben buchstäblich verändert, und er würde dafür für immer dankbar sein.

EPILOG

Die letzten zwei Monate waren für das Team hart gewesen, da Pyro krankgeschrieben war. Das Bein des Mannes heilte gut, und er hoffte, bald wieder neben Casper auf dem Co-Pilotensitz Platz nehmen zu können. Auch wenn Pyro es geliebt hatte, mit Penny und Bowie zu Hause zu sein, konnte Chaos sehen, dass sein Freund mehr als bereit war, wieder an die Arbeit zu gehen.

Das Fliegen lag ihm im Blut, genau wie den anderen Night Stalkers. Sie waren zum Fliegen geboren, und am Boden bleiben zu müssen kam für sie einer Folter gleich.

Es war also keine Überraschung, dass Pyro verärgert war, als seine Teamkameraden ohne ihn zu einer *weiteren* Mission geschickt wurden.

Chaos verstand seine Frustration. Auch Casper spürte die Auswirkungen der Abwesenheit seines Co-Piloten, aber er war ein absoluter Profi und ließ sich nie von seinen Gefühlen überwältigen.

Wenigstens hatten sie diesmal das Land nicht verlassen. Das Team befand sich in North Carolina, um bei Evakuierungen mitten in einem Orkan zu helfen. In demselben Teil des Bundesstaates, der auch von verheerenden Überschwemmungen heimgesucht wurde.

Die Niederschlagsmenge war beispiellos. Das war keine Jahrhundertflut, sondern eher eine Jahrtausendflut. In der Gegend um Asheville, wo sie arbeiten sollten, hatte es schon seit einer Woche geregnet, und das noch bevor der Orkan überhaupt vorhergesagt worden war. Es half auch nicht, dass der Regen und der Wind aufgrund eines beispiellosen Drucksystems nicht nachließen.

Es war eine extrem gefährliche Situation, weshalb die Night Stalkers hinzugezogen wurden. Ihre Expertise im Fliegen unter instabilen Bedingungen war legendär, und Chaos war bereit.

Die Bilder in den Nachrichtensendern waren erschreckend. Häuser wurden weggespült, Straßen von Flüssen zerstört, die eine Woche zuvor noch nicht existiert hatten. Menschen waren in Fahrzeugen, auf Dächern und in Bäumen gefangen und brauchten dringend Hilfe, die jedoch bei Weitem nicht ausreichte.

Das Team diskutierte gerade den Aktionsplan für den Tag. Sie hatten zwei Hubschrauber zur Verfügung, und Chaos bot Casper freiwillig an, seinen Pilotensitz neben Edge zu übernehmen. Er würde hinten sitzen und dabei helfen, Menschen an Bord zu bringen.

Chaos war sich nicht sicher, *warum* er seinen Platz an Bord an Casper abgetreten hatte. Nicht dass sein Teamleiter nicht fähig gewesen wäre; das war er. Mehr als das. Aber etwas in seinem Innersten hatte ihn einfach dazu gedrängt, sich *nicht* hinter die Steuerknüppel zu setzen. Dass er woanders gebraucht wurde.

Seine Mutter hatte ihm immer eingeschärft, auf seinen »sechsten Sinn« zu hören. Sie war das, was die meisten Menschen als exzentrisch bezeichnen würden. Sie lebte abgeschieden in Maine. Sie baute ihre eigenen Nahrungsmittel an, hielt Hühner und Schweine und hackte ihr eigenes Holz für den Winter. Sie war sein Idol, und Chaos hatte es nie bereut, auf sein Bauchgefühl zu hören. Es hatte ihm und seinen Teamkameraden mehr als einmal das Leben gerettet.

Als ihm also etwas sagte, dass er im hinteren Teil des Hubschraubers bleiben solle, zögerte er nicht, seinen Platz Casper anzubieten.

Der Flug zu dem Gebiet, das ihnen zugewiesen worden war, verlief bestenfalls holprig. Es erinnerte Chaos an einen Flug durch einen Sandsturm im Nahen Osten während einer früheren Mission. Erst als er gelandet war, wurde ihm klar, wie angespannt er gewesen und wie verdammt beängstigend dieser Flug gewesen war. Jetzt hatte er jedoch keine Angst mehr. Er konzentrierte sich auf den Boden unter ihm.

Der Scheinwerfer, den sie an der Unterseite des Hubschraubers angebracht hatten, war nach unten gerichtet, damit sie im Dunkeln sehen konnten, und die Tür des Hubschraubers war offen, was bedeutete, dass er Wind und Regen ausgesetzt war, aber es war wichtig, eine ungehinderte Sicht auf die Landschaft zu haben, um jemanden zu entdecken, der sofort evakuiert werden musste.

Buck und Obi-Wan flogen dicht hinter ihnen, alle Piloten über ihre Headsets miteinander verbunden.

Es gab Vorwürfe von Menschen außerhalb der Region, die den Opfern des schrecklichen Wetters die Schuld für ihre derzeitige Notlage gaben. Sie sagten, sie hätten evakuiert werden müssen, als sie von den Überschwemmungen hörten. Oder von dem Orkan. Aber die Sache war die, dass viele der Menschen, die jetzt gerettet werden mussten, Häuser und Geschäfte weit über den normalen Überschwemmungsgebieten hatten. Es hatten sich Flüsse gebildet, wo es zuvor keine gegeben hatte. Und sie tosten. Niemand hätte die Zerstörung durch die Stürme und den Regen vorhersagen können.

Chaos' Blick war auf die Landschaft gerichtet. Auf die Verwüstung. Er sah die ersten Menschen, die Hilfe brauchten. Es sah aus wie eine Familie auf einem Dach, die verzweifelt mit den Armen winkte, während das Wasser um sie herum tobte.

Er meldete den Standort an Buck, der antwortete, dass er sie gesehen habe und sie sich auf den Weg nach unten machten.

Als er Menschen neben Löchern stehen sah, die darauf hindeuteten, dass sie gewaltsam ihre eigenen Dächer durchbrochen hatten, erinnerte Chaos das an die Bilder, die er nach dem Hurrikan Katrina in Louisiana gesehen hatte. Nur dass damals nicht der Orkan selbst solche Verwüstungen angerichtet hatte. Es war das Versagen der Deiche, das New Orleans und die umliegenden Gemeinden überflutet hatte.

Chaos zwang sich zur Konzentration, während Casper und Edge vorsichtig um das Haus kreisten und Ausschau hielten, wobei Buck eine Kufe auf dem Dach platzierte, damit die Familie an Bord klettern konnte. Und so ging es weiter. Die beiden Hubschrauber arbeiteten zusammen und fanden und retteten Dutzende von Menschen. Sobald ihre Hubschrauber voll waren, kehrten sie zum Stützpunkt zurück, um die Evakuierten abzusetzen, aufzutanken und dann erneut loszufliegen. Sie würden diesen Zyklus fortsetzen, bis sie niemanden mehr fanden, den sie evakuieren könnten. Das könnte noch Tage dauern.

Sie waren gerade auf dem Weg zurück zum Stützpunkt, als etwas Chaos' Aufmerksamkeit erregte. Er blinzelte und versuchte herauszufinden, ob er tatsächlich etwas in der Dunkelheit entdeckt hatte oder ob er Menschen sah, die gar nicht da waren.

»Verdammt, warte! Casper, halt an!«

»Was siehst du?«, fragte sein Teamleiter und brachte den Hubschrauber zum Schweben. Buck und Obi-Wan hielten ebenfalls hundert Meter entfernt an und warteten darauf zu erfahren, was Chaos so beunruhigte.

»Da! Auf drei Uhr. Seht ihr es? Ist das jemand in einem Baum?«

Einige Sekunden vergingen, während Casper den Scheinwerfer bediente und ihn auf die Bäume in der Umgebung richtete. Dann sagte Edge: »Verdammt, ich glaube ja!«

Chaos' Herz schlug schnell. Die Person klammerte sich fest an den Baum, der sich unter der Kraft des um ihn herum herabstürzenden Wassers bog. Es würde nicht lange dauern, bis der Baum dem Druck des Flusses nachgab und seinen Bewohner in das brodelnde Wasser voller Äste, Teile von Häusern und dickem, lebensfeindlichem Schlamm warf.

Der sechste Sinn, den Chaos gelernt hatte, niemals zu ignorieren, erwachte zum Leben. »Bring uns runter. Ich werde versuchen, denjenigen mit dem Seil zu retten.«

Casper senkte den Hubschrauber nicht sofort. Stattdessen blickte er zu Chaos zurück, der am Rand der Tür stand. Sie waren voll besetzt, die Passagiere waren zerzaust und sahen verängstigt aus, sie drängten sich zusammen, waren klatschnass und wollten nichts weiter, als auf dem Boden zu sein.

Aber Chaos konnte es mit seinem Gewissen nicht vereinbaren, die Person zu ignorieren, die sich an diesem Baum festklammerte, um ihr Leben zu retten.

»Es ist unwahrscheinlich, dass derjenige das Seil greifen kann, ohne ins Wasser zu fallen«, sagte Casper.

»Wenn wir jetzt wegfliegen, wird er oder sie nicht mehr hier sein, wenn wir zurückkommen«, erwiderte er, da er davon zutiefst überzeugt war.

Casper nickte, wandte sich dann wieder den Steuerelementen zu und begann, den Hubschrauber zu senken.

Chaos blickte wieder auf den Baum hinunter, und es schien ihm, als würde er sich noch weiter zum Wasser hin neigen. Er suchte nach der Person, die er gesehen hatte, und trotz der Entfernung, des Regens und des Windes trafen sich ihre Blicke.

Es war eine Frau.

Zwischen ihnen sprang ein Funke über. Etwas, das Chaos nicht verstand.

Aber im Hinterkopf hörte er wieder die Worte seiner Mutter, die ihm geraten hatte, sich mit der Suche nach einem Lebenspartner nicht zu beeilen. Wenn er sie oder ihn treffen würde, würde er es wissen.

HILFE FÜR PENNY

Und in diesem Moment, in dem er auf die Frau hinunterblickte, die gleich in den schäumenden, mit Trümmern gefüllten Fluss geworfen werden würde, wusste Chaos es.

Ohne jeden Zweifel.

Nichts würde ihn davon abhalten, diese Frau zu retten.

Und wenn nötig, würde er den Rest seines Lebens damit verbringen, sie davon zu überzeugen, dass sie füreinander bestimmt waren.

Es war verrückt. Wahrscheinlich eine Folge davon, dass alle seine Freunde wahnsinnig verliebt in ihre eigenen Frauen waren. Aber tief in seinem Inneren wusste Chaos, dass es nicht daran lag.

Diese Frau war etwas Besonderes – und er würde es sich nie verzeihen, wenn sie unter seiner Aufsicht starb.

Er hielt den Blick auf sie gerichtet, während Casper den Hubschrauber immer näher heranflog. Er wickelte das Rettungsgeschirr in seiner Hand auf, um es ihr zuzuwerfen, hielt den Atem an und betete, dass der Baum halten würde.

Ohne die Existenz von *Unglück* hätte Kara Guthrie überhaupt kein Glück. Zum hundertsten Mal fragte sie sich, womit sie all das verdient hatte, was ihr während der letzten zwei Wochen widerfahren war. Sie war ein guter Mensch. Sie versuchte, freundlich zu sein. Sie brachte ihren Einkaufswagen jedes Mal zurück. Sie machte Fremden Komplimente, wann immer sie konnte. Sie ließ aggressive Autofahrer auf der Autobahn überholen, selbst wenn sie sich an die zulässige Höchstgeschwindigkeit hielt.

Doch als sie versucht hatte, sich von ihrem Freund Nolan zu trennen, den sie erst seit zwei Monaten kannte und mit dem sie noch nicht einmal geschlafen hatte – weil sie abwarten wollte, ob romantische Gefühle für ihn entstehen würden, was nicht der Fall war –, verlor er völlig den Verstand.

Er erklärte, wenn *er* sie nicht haben könne, könne niemand sie haben.

Dann sperrte er sie in seinem Haus ein, nahm ihr das Handy weg und sagte ihr, dass er sie genug für sie beide lieben würde.

Kara hatte Angst gehabt, war sich aber sicher, dass jeden Moment jemand an seine Tür hämmern und verlangen würde, das Haus zu durchsuchen, um zu sehen, ob sie da war.

Ihre Hoffnungen wurden schnell zunichtegemacht, dass einer ihrer Kollegen Alarm schlagen würde, wenn sie nicht zur Arbeit erschien, nachdem Nolan ihr gesagt hatte, dass er ihr Handy benutzt hatte, um ihren Freunden, ihrem Chef und sogar der netten älteren Dame, die neben ihr in ihrem Apartmentgebäude wohnte, eine SMS zu schicken.

Anscheinend hatte er sich als Kara ausgegeben und gesagt, dass sie eine neue Arbeitsstelle in Kalifornien bekommen habe und sofort abreisen würde. Er hatte ihrem Chef eine SMS geschickt, in der er ihm mitteilte, dass sie kündigen würde. Er hatte ihrer Nachbarin gesagt, dass sie ihre Sachen gepackt habe und umziehen würde.

Er hatte genau das getan: Er hatte einige seiner Freunde mit Bier bezahlt, damit sie zu ihr fuhren und *alles* zusammenpackten. Sie hatten alles zu ihm nach Hause gebracht, und er hatte ein paar Kartons mit Kleidung in das Zimmer gestellt, in dem er Kara eingesperrt hatte, und ihr gesagt, dass alles andere sich im Keller befände.

Es war ein Albtraum – und sie hatte keine Ahnung, wie es enden würde.

Als er es leid war, sie zu bitten, es sich noch einmal zu überlegen, wurde Nolan gewalttätig. Er schlug sie, vergewaltigte sie ... und sagte dabei die ganze Zeit, dass *er sie so sehr liebe*. Er erklärte ihr, dass sie ihn niemals verlassen könne. Dass sie ihn bald lieben würde.

Wie er sich von dem leicht nerdigen Mann, mit dem sie sich

verabredet hatte, in ein komplettes Monster verwandelt hatte, war Kara unbegreiflich.

Gerade als sie dachte, es könnte nicht schlimmer kommen ... begann es zu regnen.

Und hörte nicht auf.

Nolans Haus lag an einem hübschen kleinen Bach, der schnell über die Ufer getreten war und den Garten überflutet hatte, dann auch das Haus selbst. Eines Nachts – warum schienen schlechtes Wetter, Tornados und Orkane besonders in der Dunkelheit der Nacht immer schlimmer zu sein? – stieg das Wasser bis zur Türschwelle ... und stieg dann weiter.

Es war das Geräusch des Wassers, das an das Bett schlug, auf dem sie lag, das Kara aufspringen und in fünfzehn Zentimeter tiefes Wasser treten ließ. Sie hämmerte gegen die Tür ihres Gefängnisses und flehte Nolan an, sie herauszulassen. Aber sie hörte nichts. Entweder war er nicht zu Hause oder er ignorierte sie.

So viel zu seiner Erklärung ewiger Liebe. Nicht dass das Schlagen und Vergewaltigen von ihr irgendetwas mit Liebe zu tun hatte.

Während sie weiter nach Nolan rief und gegen die Tür hämmerte, stieg das Wasser immer höher. Gerade als sie sicher war, dass sie in diesem Raum ertrinken würde, sprang die Tür aus den Angeln.

Kara bahnte sich ihren Weg durch das hüfthohe Wasser zur Eingangstür. Das Wasser wirbelte um sie herum, und Nolans Habseligkeiten schwammen überall herum, was es schwierig machte, die Tür zu erreichen. Sie ließ sich nicht öffnen, und wieder einmal befürchtete Kara, dass sie eine tote Frau war. Aber dann wurde ihr klar, dass sie sie nicht öffnen konnte, weil das Wasser durch die Ritzen strömte. Sie konnte sich gegen die Kraft des Wassers nicht wehren, also drehte sie sich um und machte sich auf den Weg zurück durch das Haus zur Hintertür.

Als sie dort ankam, reichte ihr das Wasser fast bis zur Brust, und sie war keineswegs klein. Sie war etwa eins achtzig groß.

Die Tür klapperte unter dem Druck des Wassers, und mit zitternden Händen öffnete Kara den Riegel und drehte den Knauf.

Sie schwang fast gewaltsam auf, das Wasser im Haus strömte hinaus, um sich mit den restlichen tosenden Wellen außerhalb des Hauses zu vereinen, und riss Kara mit sich. Sie hatte gerade noch Zeit, einmal tief Luft zu holen, bevor sie in die reißende Flut gespült wurde.

Sie erinnerte sich an etwas, das sie einmal von einem ihrer Kollegen gehört hatte, der gerade von einer Wildwasser-Rafting-Tour zurückgekommen war, und versuchte, ihre Füße nach vorn zu richten, damit sie, wenn sie auf Trümmer stieß, diese ihre Füße und nicht ihren Kopf trafen.

Das funktionierte mehr oder weniger. Kara sah den Schatten von etwas Großem vor sich und trat mit den Füßen dagegen, aber die Wucht des Aufpralls schleuderte sie herum. Dann befand sie sich unter Wasser und kämpfte sich durch die Trümmer um sie herum, um wieder an die Oberfläche zu gelangen.

Sie musste aus dem Wasser herauskommen, wenn sie überleben wollte. Und plötzlich wollte sie unbedingt überleben, schon allein, um zur Polizei zu gehen und Nolan wegen Entführung verhaften zu lassen.

Obwohl sie eine gute Schwimmerin war, war es unmöglich, aus dem reißenden Fluss herauszuschwimmen, die Strömung war einfach zu stark. Also konnte sie nur versuchen, ihren Kopf über Wasser zu halten, während sie mitgerissen wurde.

Sie hatte keine Ahnung, wie lange sie schon durch das Wasser raste, aber durch den Regen und die Dunkelheit entdeckte sie plötzlich ihre beste Chance, dem sicheren Tod durch Ertrinken zu entkommen, der vor ihr aus dem Wasser ragte.

Einen Baum.

Und sie schwamm direkt darauf zu.

Kara machte sich bereit, griff nach einem der Äste, die tief über das Wasser ragten, und klammerte sich mit aller Kraft daran fest, als sie daran vorbeitrieb. Sie spürte, wie die raue Rinde ihre Haut aufriss, aber sie ließ nicht los. Ihr Körper wurde stromabwärts gezogen, und sie musste ihre ganze Kraft aufbringen, um gegen die Strömung den Ast hinaufzuklettern, bis sie den Stamm des Baumes erreichte. Sie ruhte sich einen Moment aus, während das Wasser sie gegen die Rinde drückte. Dann begann sie zu klettern.

Sie war schon als Kind ein Wildfang gewesen, und eine ihrer Lieblingsbeschäftigungen war es, auf den Baum in ihrem Vorgarten zu klettern und sich vor der Welt zu verstecken, die zu einem introvertierten, unbeholfenen kleinen Mädchen nicht immer freundlich gewesen war. Zum Glück war dieser Baum zum Klettern wie geschaffen. Die Äste lagen dicht beieinander, und sie konnte hoch genug klettern, um aus dem Wasser zu kommen.

Kara atmete tief durch und war erleichtert. Sie war in Sicherheit. Sie würde einfach hierbleiben und warten, bis das Wasser zurückging, dann würde sie Hilfe suchen.

Nur dass das Wasser nicht zurückging. Es stieg nur noch höher. Der Regen hörte nicht auf und der Wind heulte um sie herum. Kara musste weiter klettern, um dem reißenden Fluss unter ihr zu entkommen.

Stunden später gab der Baum, der wie eine Rettungsleine schien und so stabil war, schließlich der Kraft des Wassers nach, das ständig gegen ihn drückte.

Kara schloss die Augen. Das konnte nicht das Ende sein. Sie konnte nicht eine beschissene Kindheit durchlebt, sich im College den Arsch aufgerissen, Schläge, Vergewaltigungen und Entführungen durch einen Mann überstanden haben, den sie einst für »süß« und »einen richtigen Gentleman« gehalten hatte, und es aus einem Haus heraus und auf diesen Baum geschafft haben, nur um schließlich wieder in dieses schreckliche, schlammige Wasser geworfen zu werden und zu ertrinken.

Zum tausendsten Mal wischte Kara sich das Wasser aus

den Augen und strich sich die Haare aus dem Gesicht. Sie versuchte, nicht in Panik zu geraten, als sie ein Geräusch hörte, das fehl am Platz schien. Es war nicht das beängstigende Geräusch des wütenden Wassers oder das von Häusern irgendwo in der Dunkelheit, die unter der Kraft der Wellen auseinanderbrachen. Es war mechanisch.

Sie war verwirrt, bis sie aufblickte und zwei dunkle Gestalten über sich sah, mit einem starken Scheinwerfer, der hin und her schwenkte, als würde er nach etwas suchen.

Da dämmerte es ihr – es waren Hubschrauber, und ihre beste Chance, aus dieser tödlichen Situation zu entkommen.

Sie wagte es, eine Hand von dem Baum zu nehmen, den sie mit aller Kraft festhielt, und winkte verzweifelt über ihrem Kopf. Sie hoffte inständig, dass sie sie irgendwie sehen würden.

Zu ihrer großen Überraschung hielten die Hubschrauber an. Sie schwebten nicht weit von ihrem Baum entfernt.

Hatte ihr Glück sich endlich gewendet? Hatten sie sie gesehen?

Einer der Hubschrauber neigte sich nach rechts, und sie sah, dass die Seitentür offen war. Es war kaum zu glauben, dass jemand verrückt genug war, bei diesem Wetter zu fliegen, aber sie war mehr als dankbar dafür.

Der Baum unter ihr bewegte sich, und Kara atmete scharf ein und hustete, als ihr dabei Regen in den Hals lief. Toll, jetzt würde sie gerade in dem Moment ersticken, in dem die Rettung unmittelbar bevorstand.

Als sie sich wieder unter Kontrolle hatte, blickte sie wieder zum Hubschrauber hinauf und wurde fast geblendet von dem starken Licht, das von oben strahlte. Sie konnte nichts sehen. Sie hatte keine Ahnung, wie zum Teufel jemand sie aus diesem Baum herausholen sollte, aber sie vertraute demjenigen, der in diesem Hubschrauber saß, mit ihrem Leben.

Sie entspannte sich ein wenig. Dieser Albtraum würde bald vorbei sein.

Als sie diesen Gedanken hatte, bebte der Baum, an dem sie

sich festhielt, als buchstäblich ein halbes Haus gegen seine Seite prallte.

In einer Sekunde starrte sie noch zu dem Mann im Hubschrauber hinauf, und in der nächsten wurde der Baum, an dem sie sich wie ein Klammeraffe festhielt, mit seinen Wurzeln aus dem Boden gerissen und in das gefährliche, tosende Hochwasser katapultiert.

Verdammt.

So viel zu ihrem Glück, das sich gewendet hatte.

Das war eine lange Einleitung zum nächsten Buch, und ich hätte es bei Chaos' Sichtweise belassen können, aber ich wollte Ihnen auch einen Einblick in Kara, die nächste Heldin, geben.

Sie steckt zweifellos in großen Schwierigkeiten, aber Sie können sicher sein, dass Chaos nicht zulassen wird, dass sie weggespült und nie wieder gesehen wird. Aber was ist mit ihrem Ex? Wo ist *er*? Wie immer hat die Geschichte gerade erst begonnen. Holen Sie sich das nächste Buch der Reihe, *Hilfe für Kara,* um alle spannenden Details zu erfahren!

BÜCHER VON SUSAN STOKER

Die Rescue Angels
Hilfe für Laryn
Hilfe für Amanda
Hilfe für Zita
Hilfe für Penny
Hilfe für Kara (7 July)
Hilfe für Jennifer (10 Nov)

Die Männer von Alpha Cove
Ein Soldat für Britt
Ein Seemann für Marit
Ein Pilot für Harper (4 Aug)
Ein Wächter für Jordan

SEALs of Protection: Alliance
Schutz für Remi
Schutz für Wren
Schutz für Josie
Schutz für Maggie

HILFE FÜR PENNY

Schutz für Addison
Schutz für Kelli
Schutz für Bree

Die Zuflucht in den Bergen
Zuflucht für Alaska
Zuflucht für Henley
Zuflucht für Reese
Zuflucht für Cora
Zuflucht für Lara
Zuflucht für Maisy
Zuflucht für Ryleigh

Ein Spiel des Glücks
Ein Beschützer für Carlise
Ein Prinz für June
Ein Held für Marlowe
Ein Holzfäller für April

Badge of Honor: Die Texas Heroes
Gerechtigkeit für Mackenzie
Gerechtigkeit für Mickie
Gerechtigkeit für Corrie
Gerechtigkeit für Laine
Sicherheit für Elizabeth
Gerechtigkeit für Boone
Sicherheit für Adeline (1 Jun)
Sicherheit für Sophie (1 Jun)
Gerechtigkeit für Erin (1 Aug)
Gerechtigkeit für Milena (1 Aug)
Sicherheit für Blythe (1 Oct)
Gerechtigkeit für Hope (1 Oct)
Sicherheit für Quinn
Sicherheit für Koren
Sicherheit für Penelope

Die Männer von Silverstone
Vertrauen in Skylar
Vertrauen in Taylor
Vertrauen in Molly
Vertrauen in Cassidy

Die Zuflucht in den Bergen
Zuflucht für Alaska
Zuflucht für Henley
Zuflucht für Reese
Zuflucht für Cora
Zuflucht für Lara
Zuflucht für Maisy
Zuflucht für Ryleigh

Das Bergungsteam vom Eagle Point
Ein Retter für Lilly
Ein Retter für Elsie
Ein Retter für Bristol
Ein Retter für Caryn
Ein Retter für Finley
Ein Retter für Heather
Ein Retter für Khloe

SEALs of Protection: Legacy
Ein Beschützer für Caite
Ein Beschützer für Brenae
Ein Beschützer für Sidney
Ein Beschützer für Piper
Ein Beschützer für Zoey
Ein Beschützer für Avery
Ein Beschützer für Kalee
Ein Beschützer für Jane

Die SEALs von Hawaii:

HILFE FÜR PENNY

Die Suche nach Elodie
Die Suche nach Lexie
Die Suche nach Kenna
Die Suche nach Monica
Die Suche nach Carly
Die Suche nach Ashlyn
Die Suche nach Jodelle

Delta Team Zwei
Ein Held für Gillian
Ein Held für Kinley
Ein Held für Aspen
Ein Held für Jayme
Ein Held für Riley
Ein Held für Devyn
Ein Held für Ember
Ein Held für Sierra

Mountain Mercenaries:
Die Befreiung von Allye
Die Befreiung von Chloe
Die Befreiung von Morgan
Die Befreiung von Harlow
Die Befreiung von Everly
Die Befreiung von Zara
Die Befreiung von Raven

Ace Security Reihe:
Anspruch auf Grace
Anspruch auf Alexis
Anspruch auf Bailey
Anspruch auf Felicity
Anspruch auf Sarah

Die Delta Force Heroes:

SUSAN STOKER

Die Rettung von Rayne
Die Rettung von Emily
Die Rettung von Harley
Die Hochzeit von Emily
Die Rettung von Kassie
Die Rettung von Bryn
Die Rettung von Casey
Die Rettung von Wendy
Die Rettung von Sadie
Die Rettung von Mary
Die Rettung von Macie
Die Rettung von Annie

SEALs of Protection:
Schutz für Caroline
Schutz für Alabama
Schutz für Fiona
Die Hochzeit von Caroline
Schutz für Summer
Schutz für Cheyenne
Schutz für Jessyka
Schutz für Julie
Schutz für Melody
Schutz für die Zukunft
Schutz für Kiera
Schutz für Alabamas Kinder
Schutz für Dakota
Schutz für Tex

Eine Sammlung von Kurzgeschichten
Ein langer kurzer Augenblick

BIOGRAFIE

Susan Stoker ist die New York Times, USA Today und Wall Street Journal Bestsellerautorin der Buchreihen »Badge of Honor: Texas Heroes«, »SEAL of Protection«, »Die Delta Force Heroes« und einigen mehr. Stoker ist mit einem pensionierten Unteroffizier der US-Armee verheiratet und hat in ihrem Leben schon überall in den Vereinigten Staaten gelebt – von Missouri über Kalifornien bis hin zu Colorado. Zurzeit nennt sie die Region unter dem großen Himmel von Tennessee ihr Zuhause. Sie glaubt ganz und gar an Happy Ends und hat großen Spaß daran, Geschichten zu schreiben, in denen Romantik zu Liebe wird.

Besuchen Sie Susan im Netz!
www.stokeraces.com
facebook.com/authorsusanstoker
twitter.com/Susan_Stoker
bookbub.com/authors/susan-stoker
instagram.com/authorsusanstoker
Email: Susan@StokerAces.com

www.ingramcontent.com/pod-product-compliance
Lightning Source LLC
LaVergne TN
LVHW031608060526
838201LV00065B/4779